À PROPOS DE L'AUTRICE

Après avoir quitté son travail suite à la naissance de ses trois filles, Miranda Lee s'est lancée dans l'écriture de romances depuis son cottage en terre australienne. Elle considère cette décision comme la meilleure de sa vie.

La vengeance d'un homme d'affaires

*

L'héritière de Pearl Beach

*

L'épouse bafouée

MIRANDA LEE

La vengeance d'un homme d'affaires

INTÉGRALE

3 MILLIARDAIRES À MARIER

Traduction française de
JEAN-BAPTISTE ANDRÉ

SAGAS

HARLEQUIN

Collection : SAGAS

Titre original :
A SCANDALOUS MARRIAGE

Ce roman a déjà été publié en 2006

HARPERCOLLINS FRANCE
83-85, boulevard Vincent-Auriol, 75646 PARIS CEDEX 13
Service Lectrices — Tél. : 01 45 82 47 47 - www.harlequin.fr
ISBN 978-2-2804-8496-1 — ISSN 2426-993X

Composé et édité par HarperCollins France.
Imprimé en décembre 2022 par CPI Black Print (Barcelone)
en utilisant 100% d'électricité renouvelable.
Dépôt légal : janvier 2023.

MIXTE
Papier issu de sources responsables
FSC® C159065
FSC www.fsc.org

Pour limiter l'empreinte environnementale de ses livres, HarperCollins France s'engage à n'utiliser que du papier fabriqué à partir de bois provenant de forêts gérées durablement et de manière responsable.

1

Dans le taxi qui le ramenait de l'aéroport à son domicile, Mike ne pouvait s'empêcher d'être préoccupé. Il n'était satisfait ni de la façon dont son voyage d'affaires aux Etats-Unis s'était déroulé, ni de la réaction impulsive qu'il avait eue. Sans parler des conséquences que celle-ci allait avoir.

Mais il était trop tard pour faire machine arrière. Il était coincé.

Une fois chez lui, Mike ôta le costume italien qu'il avait acheté spécialement pour son rendez-vous avec Helsinger, et se dirigea vers la salle de bains. Après s'être douché et rasé, il passa un jean et un T-shirt et entreprit de se préparer un petit déjeuner digne de ce nom. Celui qu'on lui avait servi dans l'avion ne lui avait pas rempli l'estomac.

Il sortit ensuite manger ses œufs au bacon sur sa terrasse inondée de soleil. Elle faisait face au nord et offrait une vue imprenable sur le port intérieur de Sydney. C'était d'ailleurs l'une des raisons pour lesquelles Mike avait acheté cet appartement. Il n'aimait rien tant que de s'asseoir là après une dure journée de travail, un verre de whisky à la main. La vue de l'eau l'apaisait.

Mais en ce moment, cependant, rien ne pouvait le calmer.

Il termina son repas rapidement, ne songeant qu'à sa rencontre avec son meilleur ami — et accessoirement banquier — Richard Crawford. Tout en déposant son assiette dans l'évier, Mike se demanda comment celui-ci allait réagir en apprenant ce qu'il avait fait.

Richard était peut-être traditionnel en apparence, mais dans le fond ce n'était pas le cas. On ne devenait pas P.-D.G. d'une grande banque à moins de quarante ans, sans un minimum de sens pratique. Et aussi fou qu'il puisse paraître, le plan de Mike pouvait leur rapporter énormément d'argent à tous les deux.

Le jeune homme enfila sa veste de cuir et quitta son appartement. Une demi-heure plus tard, il entrait dans le bureau de Richard.

— Comment ça, tu n'as pas vu Helsinger ?

Richard paraissait plus perplexe que furieux. Il enchaîna :

— Je croyais que vous aviez pris rendez-vous avant ton départ ?

— Oui, mais malheureusement Chuck a dû quitter Los Angeles le jour de mon arrivée. Une urgence familiale, à ce qu'il paraît.

— Bon sang, quelle malchance !

— Ne t'inquiète pas. J'ai rencontré son directeur général à la place. Il m'a assuré que Comproware était toujours très intéressée par mon nouvel anti-virus.

— Ça ne m'étonne pas, dit Richard. Il est fantastique.

Mike était parfaitement d'accord. Son programme était en effet révolutionnaire, capable d'intercepter des virus dont la signature n'était pas encore connue. Mais il avait compris très vite que sa petite société n'avait pas la taille requise pour exploiter pleinement le potentiel commercial de ce produit.

Après avoir fait des recherches, il s'était tourné vers Comproware, une société américaine relativement récente, dotée d'un indéniable sens du marketing, et réputée pour les généreux contrats qu'elle passait avec les créateurs de logiciels.

Il avait d'abord tenté de négocier par téléphone, puis avait compris que rien ne vaudrait une rencontre avec le fondateur de Comproware, Chuck Helsinger. Si seulement il avait pu prévoir les conséquences de ce rendez-vous…

— Je n'ai pas encore signé de contrat, reconnut-il. En revanche, j'ai eu une offre de partenariat.

— De partenariat ? s'exclama Richard avec excitation. Avec Chuck Helsinger ? Tu plaisantes ? Ce type est une légende vivante. Tout ce qu'il touche se transforme en or. Une association avec lui, ça veut dire gagner des millions !

— Exactement. Si j'arrive à conclure l'affaire, les parts que tu détiens dans ma petite société vont te rapporter une jolie somme ! Même chose pour Reece.

« Et moi, je pourrai enfin faire tout ce que je veux », songea Mike. Les possibilités étaient illimitées ! Si du moins il décrochait le contrat…

Richard secoua la tête d'un air incrédule.

— Je n'arrive même pas à y croire. C'est inouï !

— Il y a juste un hic. Mais je vais le régler.

Richard fronça aussitôt les sourcils et arbora une mine méfiante.

— Quel genre de hic ?

— Chuck Helsinger a une règle d'or lorsqu'il s'engage dans un partenariat avec quelqu'un.

— Laquelle ?

— Le quelqu'un en question doit être marié. Chuck aime les hommes établis, avec de solides valeurs familiales.

— Tu plaisantes ?

— Malheureusement pas.

Richard soupira, puis s'adossa à son siège, le menton posé sur ses mains jointes.

— Et veux-tu me dire comment tu comptes régler ce léger problème ?

— Eh bien, j'ai immédiatement envoyé un mail à Chuck pour lui annoncer que j'étais justement sur le point d'épouser une fille merveilleuse, et que le mariage devait avoir lieu avant Noël.

Richard rit de bon cœur, puis secoua la tête.

— C'est très inventif de ta part, mais je ne crois pas qu'un type de l'envergure de Chuck Helsinger se laissera abuser par un procédé aussi grossier. Je suis sûr qu'il va faire une enquête sur ton compte avant de signer quoi que ce soit avec toi. Et il découvrira que tu lui as menti.

— J'y ai pensé. Mais ce ne sera pas un mensonge.

A ces mots, son ami bondit de son siège.

— Tu veux dire que tu vas vraiment te marier ?

Mike comprenait aisément sa stupeur. Après tout, il était un célibataire endurci, ayant plusieurs fois juré qu'il ne se marierait jamais.

Mais il n'avait jamais pensé non plus qu'une telle opportunité professionnelle s'offrirait un jour à lui. Et parfois, un homme devait savoir faire des compromis.

Mais selon ses propres termes, bien sûr.

— Si je veux signer ce contrat, reprit-il, je dois me marier. Et vite. Helsinger sera à Sydney le 4 décembre pour y prendre possession d'un yacht qu'il vient de faire construire. Il m'a déjà invité à les rejoindre, sa femme et lui, pour une petite croisière. Il va sans dire que ma nouvelle épouse doit m'accompagner. Je pense qu'il en profitera pour me jauger. Et si j'arrive à le convaincre que je suis un bon mari, le tour sera joué.

— Je ne suis pas sûr de bien comprendre. Tu vas vraiment te marier ?

— Oui, mais pour une durée déterminée, précisa Mike. Ce sera un arrangement, valable jusqu'à la signature du contrat.

— C'est un peu… cynique, non ? Même venant de toi.

Mike eut un haussement d'épaules.

— La fin justifie les moyens. Et puis, de quel droit ce vieil hypocrite peut-il demander une chose pareille ? Je ne vois pas en quoi le mariage serait une garantie d'honnêteté.

— Peut-être. Ça ne le rend pas hypocrite pour autant.

— Tu crois ? Figure-toi que, moi aussi, j'ai fait des recherches avant de m'adresser à Comproware. J'ai enquêté sur Helsinger. Il se trouve que ce bon vieux Chuck en est à sa troisième épouse. J'ajouterai qu'elle a bien vingt-cinq ans de moins que lui. D'accord, ils sont mariés depuis seize ans et elle lui a donné deux garçons. Mais ne me dis pas que c'est l'image du parfait père de famille ?

— Oui, évidemment…

— Quant à l'épouse en question, ce n'est pas mieux. Chuck a soixante-dix ans : tu crois qu'elle l'a épousé pour son charme ? Tu parles ! Beaucoup de jeunes femmes mettent le grappin sur des types riches, et l'amour n'a pas grand-chose à voir là-dedans. Depuis que je suis millionnaire, je n'ai jamais eu autant de filles prêtes à sauter dans mon lit. Je n'aurai donc aucun mal à me trouver une femme… temporaire. Il suffit juste que je mette assez d'argent sur la table pour la convaincre.

— On dirait que tu as quelqu'un en tête. Une de tes ex, je suppose ? On ne peut pas dire que tu en manques.

— Non, surtout pas. Aucune ne ferait l'affaire. La dernière chose dont j'ai besoin, c'est bien de complications. Je veux une femme qui sache exactement ce que j'attends d'elle, dès le départ. Ce sera un mariage de façade, qui sera discrètement dissous un peu plus tard. Et sans sexe, pour ne pas compliquer les choses.

Mike devait admettre qu'il en avait assez des femmes qui se disaient amoureuses de lui en dépit de ses avertissements. Au départ, toutes semblaient accepter la relation sans lendemain qu'il leur proposait. Mais après quelques nuits, elles changeaient. Et il détestait qu'une femme lui dise qu'elle l'aimait. Essentiellement parce qu'il n'y croyait jamais. Les femmes utilisaient ces trois petits mots pour manipuler les hommes et leur passer la corde au cou.

Avec lui, c'était très vite réglé : il rompait aussitôt.

Voilà pourquoi, comme l'avait souligné Richard, il avait tant d'ex. Dès qu'une fille devenait collante, il s'en débarrassait. Sa dernière petite amie en date avait été une fille ambitieuse, une brillante avocate. Il s'était dit qu'elle serait peut-être différente. Mais non. Elle était devenue tout aussi possessive que les autres.

Mike s'était donc un peu éloigné des filles ces derniers temps. Il préférait consacrer son temps à des œuvres caritatives. Ou à faire plus de sport.

— Et où comptes-tu trouver cette épouse, Mike ? Je n'ai jamais vu de fille se balader avec une pancarte autour du cou précisant qu'elle cherchait à se marier pour de l'argent.

— Tu as la mémoire courte, Richard. Tu m'as dit toi-même que tu t'étais adressé à l'agence Une femme pour la vie avant de rencontrer Holly. Et tu as même ajouté que cette agence avait un sacré nombre de croqueuses de diamants dans ses fichiers.

Richard se frotta le menton, l'air renfrogné.

— C'est vrai, j'ai dit ça. Mais en y repensant, il est possible que je les aie mal jugées. J'étais dans un état d'esprit pour le moins cynique quand je suis sorti avec ces filles. Elles n'étaient sans doute pas aussi vénales que je l'ai prétendu. La preuve, Reece a trouvé Alanna par l'intermédiaire de l'agence. Et personne ne peut accuser Alanna d'être une croqueuse de diamants.

Mike songea un court instant à la femme de Reece et acquiesça.

— C'est vrai. C'est l'exception qui confirme la règle, c'est tout. J'ai besoin de l'adresse d'Une femme pour la vie, Richard. Je suis sûr que je vais y trouver mon bonheur.

Son ami haussa les épaules.

— Comme tu voudras.

Richard ouvrit un tiroir de son bureau et fouilla dans les cartes de visite qui s'y entassaient. Mike paraissait décidé à mettre son plan insensé à exécution. Mais qui pouvait l'en blâmer ? Un partenariat avec Chuck Helsinger était une chance qui n'arrivait qu'une fois dans la vie.

Mais tout de même…

Holly n'allait pas le croire lorsqu'il lui raconterait ça ce soir.

Mike était l'homme le plus opposé au mariage qu'il connaisse. Le plus opposé à l'amour. Et aux femmes.

Non, pas aux femmes. Elles tournaient autour de lui comme des abeilles autour d'un pot de miel et Mike avait toujours une ravissante créature pendue à son bras. Holly disait que c'était parce qu'il était grand, beau, ténébreux, et qu'il avait l'air dangereux.

Il voulait bien le croire. La haute taille de Mike et sa musculature impressionnante le rendaient assez intimidant. Il ne portait presque jamais de costumes, leur préférant des jeans et des vestes de cuir comme celle qu'il portait en ce moment.

Quoi qu'il en soit, il ne manquait jamais de compagnie féminine. Dieu merci, songea Richard, Holly préférait les hommes plus traditionnels…

— Voilà, dit-il en tendant la carte à Mike. La femme qui dirige la société s'appelle Natalie Fairlane. Son nom et son numéro sont au dos. Elle voudra te voir avant de te présenter qui que ce soit. Je suggère que tu ne lui dises pas l'entière vérité sur tes motivations. Elle prend son métier très au sérieux. Oh ! Et autre chose : les filles que j'ai rencontrées via l'agence étaient toutes sublimes. Il serait sans doute sage que tu en trouves une qui ne soit pas trop belle. Un homme tel que toi pourrait avoir du mal à garder ses distances.

Mike fronça les sourcils.

— Comment ça, un homme tel que moi ?

— Allons, Mike, tu aimes le sexe. Ne prétends pas le contraire. Tu as eu plus de femmes cette année que moi durant toute ma vie. Je crois que tu as raison de ne pas vouloir consommer ce mariage. Mais seras-tu capable de résister à la tentation ? Par exemple, vous allez devoir partager une cabine sur le yacht de Helsinger. Si elle est trop jolie, tu auras peut-être du mal à ne pas la toucher.

— Tu me sous-estimes. Avec l'argent qui est en jeu, je suis prêt à me faire moine.

Mais Richard ne parut guère convaincu.

— Si tu le dis… A présent, n'oublie pas ce que j'ai dit sur Natalie Fairlane. Fais attention à ce que tu lui diras.

— Je crois que tu es un peu naïf. Si cette bonne femme dirige une agence matrimoniale, c'est pour gagner de l'argent. Comme quatre-vingt-dix-neuf pour cent des filles qui travaillent pour elle. Non, je suis sûr que cette vieille entremetteuse n'aura pas de mal à me trouver quelqu'un.

Un sourire étira les lèvres de Richard. Il aurait tout donné pour pouvoir assister à l'entretien que son ami allait avoir avec la formidable Natalie Fairlane.

Car Mike avait peut-être raison quant aux motivations de ses clientes. Mais il se trompait lourdement en la qualifiant de « vieille entremetteuse »…

2

— Mais c'est terrible, maman… Comment papa et toi avez pu vous mettre dans une telle situation ?

Avant même qu'elle ne pose la question, Natalie connaissait déjà la réponse. Son père avait toujours été attiré par la possibilité de gagner de l'argent facilement. Non qu'il fût joueur au sens courant du terme : il n'avait jamais perdu d'argent au casino ou sur les champs de courses. Mais il était la proie idéale pour tous ceux qui cherchaient des investisseurs crédules pour financer leurs combines trop belles pour être vraies.

Quand elle était enfant, Natalie ne s'était jamais rendu compte des difficultés que rencontrait son père dans ses affaires. Elle n'avait jamais manqué de rien. En tant que fille unique, elle avait même été plutôt gâtée. Mais parvenue à l'âge adulte, elle avait compris que ses parents vivaient à crédit. Elle essayait d'aider sa mère de temps en temps, en lui glissant un billet de cent dollars quand elles se voyaient.

Mais cette fois, ses parents avaient touché le fond. Son père avait eu l'idée désastreuse d'investir dans l'acquisition d'une société spécialisée dans la tonte de gazons. Malheureusement, à cinquante-sept ans, il n'avait plus l'énergie nécessaire pour s'en occuper efficacement.

Pour ne rien arranger, il s'était cassé une cheville le mois dernier. Comme il n'était pas assuré pour ce genre d'accidents, tous les frais avaient été à sa charge. Ne pouvant pas travailler, il n'avait plus de revenus. Bref, ses parents étaient maintenant tellement endettés que la banque menaçait de saisir leur maison, déjà hypothéquée.

Ce qui signifiait qu'ils n'auraient bientôt plus d'argent, et plus de toit…

Natalie frissonna en songeant à la perspective de les accueillir chez elle. A trente-quatre ans, elle estimait avoir passé l'âge d'habiter avec ses parents !

De plus, elle travaillait chez elle, utilisant l'une des deux chambres comme bureau et le salon en guise de salle de réception. Les choses seraient beaucoup plus compliquées avec deux personnes supplémentaires sur place. Surtout deux personnes déprimées.

— Ne t'inquiète pas, ma chérie, la rassura sa mère. Je vais trouver du travail.

Natalie leva les yeux au ciel. Sa mère était décidément aussi naïve que son père. Elle n'avait en effet pas travaillé depuis vingt ans, se contentant d'aider son mari dans chacune de ses malheureuses entreprises. Personne ne voudrait embaucher une femme de cinquante-neuf ans, sans qualifications.

— Ne sois pas ridicule, maman, répliqua Natalie plus durement qu'elle n'en avait eu l'intention. Ce n'est pas si facile de trouver un travail à ton âge.

— Je ferai des ménages. Ton père m'a imprimé des petits prospectus que je mettrai dans toutes les boîtes aux lettres du voisinage.

Natalie en aurait pleuré. Il n'était pas juste que sa mère ait à faire des ménages à son âge.

— Ecoute, maman, je pourrais hypothéquer mon appartement. Il a pris de la valeur depuis que je l'ai acheté.

— Tu n'en feras rien du tout. Tout ira bien. Je ne veux pas que tu t'inquiètes.

«Dans ce cas, pourquoi m'avoir parlé de vos problèmes ?» se dit Natalie.

Le carillon de la porte d'entrée la ramena brusquement à la réalité.

— Est-ce que je peux te rappeler, maman ? J'ai quelqu'un à la porte.

Son premier client depuis quinze jours. Les affaires étaient plutôt calmes, ces derniers temps. Aucune femme n'était venue s'inscrire depuis un moment. Peut-être était-il temps de passer une nouvelle annonce dans la presse féminine.

— Vas-y, ma chérie. Mais n'oublie pas de me rappeler.

— Je te le promets.

Natalie raccrocha, puis boutonna la veste de son tailleur.

Un coup d'œil rapide dans le miroir de l'entrée lui confirma qu'elle avait l'allure impeccable d'une femme d'affaires. Ses épais cheveux auburn étaient noués en une tresse sévère. Son maquillage était discret, tout comme ses bijoux. Elle ne portait qu'une fine montre en or et des boucles d'oreilles très simples.

Ce ne fut qu'en se dirigeant vers la porte qu'elle se demanda à quoi ressemblait Mike Stone.

Il lui avait été envoyé par Richard Crawford, un banquier qui avait fait appel à ses services quelques mois auparavant. Restait à espérer qu'il soit aussi riche que lui…

Elle ne savait pas dans quel domaine ce M. Stone travaillait, mais elle n'était pas en position de faire la difficile. S'il était disposé à lui donner quelques milliers de dollars pour qu'elle lui trouve une femme, il pouvait tout aussi bien être conducteur de camion qu'avocat. Elle s'en moquait parfaitement.

Il fallait juste qu'il soit *riche*. Car la plupart de ses clientes recherchaient en effet des hommes aisés.

Natalie ouvrit la porte, et écarquilla les yeux en voyant l'homme qui se tenait sur le seuil.

Jamais, en trois années de travail, elle n'avait eu affaire à un client pareil.

Non seulement il n'aurait pas détonné au volant d'un camion, se dit-elle, mais même d'un camion militaire. Car Mike Stone avait l'air d'un soldat.

Et pas n'importe lequel. Le genre de soldat que l'on voyait dans les commandos, songea Natalie en le détaillant, passant en revue sa haute silhouette, son impressionnante musculature et ses cheveux coupés court. Le genre de type qui partait en mission secrète et pouvait tuer sans sourciller.

Il était d'une beauté d'autant plus frappante qu'elle n'avait rien de conventionnel. Son nez semblait avoir été cassé, et sa bouche arborait un pli sensuel et cruel à la fois. Malgré cela, ou peut-être à cause de cela, Natalie le trouvait infiniment séduisant.

Elle étouffa un soupir, tout en prenant soin de ne rien trahir de ses sentiments. D'aussi loin qu'elle se le rappelait, elle avait toujours été attirée par ce genre d'homme. Par ceux qui sortaient du lot. Dangereux.

Dix ans plus tôt, elle serait tombée dans ses bras. Aujourd'hui, son expérience lui soufflait de s'en méfier.

— Madame Fairlane ? fit-il d'une voix grave qui collait parfaitement à son apparence.

— Oui, répondit-elle, irritée par les battements précipités de son cœur.

Elle nota qu'il la détaillait également, de la tête aux pieds, et qu'il avait l'air surpris. Que lui avait donc dit Richard Crawford ?

— Mike Stone, dit-il enfin, tendant la main.

Elle hésita avant de placer sa main dans la sienne, se raidissant par avance.

Mais lorsque les doigts de Mike Stone touchèrent les siens, elle ressentit cette petite décharge électrique, ce signe évident d'alchimie sexuelle, qui remonta le long de son bras, la faisant légèrement frissonner.

— Ravie de vous rencontrer, monsieur Stone, dit-elle avec une indifférence feinte.

Si elle avait rencontré Mike Stone ailleurs, elle aurait tourné les talons. Elle se serait enfuie en courant, même. Chose qu'elle pouvait difficilement faire en cet instant. Il était en effet un client potentiel. Il représentait cinq mille dollars. Et elle en avait désespérément besoin !

— Mike, dit-il. Appelez-moi Mike.

— Mike, répéta-t-elle avec un sourire factice. Eh bien, par ici, fit-elle en s'effaçant, et en désignant le couloir. Première porte à gauche.

Natalie se plaqua contre le mur tandis qu'il passait devant elle. Elle ne voulait surtout pas que son épaule effleure sa poitrine. Elle referma la porte d'entrée, se maudissant mentalement pour sa faiblesse, puis entra à sa suite dans le salon.

Mike s'était déjà installé dans le canapé, les jambes étendues et les bras déployés sur le dossier. Il regardait autour de lui.

Natalie savait que la pièce était étrangement meublée, pleine d'objets hétéroclites mais qui reflétaient sa personnalité. Elle comptait trois grands fauteuils de cuir Chesterfield, le long canapé de velours marron dans lequel son client venait de s'installer, un bureau d'acajou sur lequel était posé un ordinateur portable. Tout un pan de mur était recouvert d'étagères. Le sol était fait de lattes de bois brut. Au centre du salon, un tapis circulaire apportait une touche de couleur et de chaleur orientale.

De nombreuses petites tables supportaient des objets divers qu'elle avait chinés çà et là. Deux lampes à abat-jour jaune à franges flanquaient le canapé, fournissant une lumière tamisée lorsque, le soir, elle regardait la télévision.

Un ami lui avait dit un jour que son salon était comme elle : dur à catégoriser.

— Vous êtes très ponctuel, dit-elle brusquement, jetant un coup d'œil à sa montre tout en s'installant derrière son bureau. Il est 17 heures pile.

— Je n'ai aucun problème pour être à l'heure quand je ne travaille pas, répliqua-t-il.

Natalie se figea aussitôt.

— Je suis désolée, annonça-t-elle, mais je n'accepte pas de clients sans emploi.

Il lui lança un regard impénétrable.

— Je n'ai pas dit que j'étais sans emploi. J'ai dit que je ne travaillais pas en ce moment. Je suis mon propre patron. Je dirige une société d'informatique.

La nouvelle surprit Natalie. Elle imaginait mal Mike Stone passer sa journée derrière un ordinateur. Il était bien trop bronzé et athlétique pour cela. Il avait plutôt l'air d'un homme qui passait sa vie au grand air.

Comme Brandon.

Le fait de penser à Brandon ne fit qu'ajouter à son irritation.

— Je vois, répondit-elle un peu sèchement.

Puis elle s'assit à son bureau et alluma son ordinateur. Elle s'affaira à ouvrir un nouveau dossier, tout en s'attachant à ne pas regarder son client avant d'avoir fini de tout préparer.

— J'en conclus que quand vous travaillez, vous n'êtes jamais à l'heure ?

Décidément, songea-t-elle, c'était un autre trait de caractère qu'il partageait avec Brandon ! Ce dernier avait en effet toujours une bonne raison pour arriver en retard. Ou pour ne pas venir du tout.

Son travail d'agent anti-terroriste d'abord. Puis sa femme et ses deux enfants… Mais cela, elle ne l'avait appris que plus tard.

Natalie ne put s'empêcher de se demander quelles excuses donnait Mike Stone aux femmes qui l'attendaient…

— Vous êtes un drogué de travail ?

— On me l'a souvent dit, rétorqua-t-il avec un haussement d'épaules indifférent.

Décidément, Natalie l'appréciait de moins en moins à chaque seconde qui passait.

— Est-ce la raison pour laquelle vous n'avez pas trouvé de femme ? demanda-t-elle avec un soupçon de mauvaise humeur.

— Non. J'aurais pu me marier des dizaines de fois.

— Vraiment ?

A la liste de ses défauts, Natalie ajouta « insupportablement arrogant ». Et ça n'était sûrement pas fini.

Trouver la candidate idéale pour Mike Stone allait s'avérer difficile, malgré son physique impressionnant. Les femmes recherchaient en général des hommes doux et délicats, pas des brutes égoïstes.

Natalie se morigéna aussitôt. Après tout, ce ne serait pas son problème si aucune des filles qu'elle lui présenterait ne voulait l'épouser. Elle lui facturerait ses services cinq mille dollars, sans garantie de résultat. Pour ce prix, elle lui présenterait jusqu'à cinq femmes belles, intelligentes, et susceptibles de lui plaire.

Mais il lui faudrait déployer un peu plus de charme qu'en cet instant s'il voulait réussir. Son sex-appeal ne suffirait pas à lui gagner les faveurs d'une fille échaudée par d'autres machos dans son genre.

— Avant de commencer, je tiens à vous dire que je dois procéder à des vérifications à votre sujet. Je fais de même avec tous mes clients, afin de m'assurer qu'ils sont bien ce qu'ils prétendent être. Je suppose que vous n'y voyez pas d'objection ?

— Aucune.

— Parfait. Commençons. Votre nom complet ?

— Mike Stone ?

— Non, votre nom *complet*, répéta-t-elle avec une légère pointe d'exaspération. Celui qui figure sur votre certificat de naissance ou votre permis de conduire.

— Mike Stone.

Natalie crispa la mâchoire.

— Pas Michael ?

— Non. Juste Mike.

— Très bien. Votre adresse et votre numéro de téléphone s'il vous plaît ? Votre portable également.

Elle tapa ce qu'il lui indiquait, songeant que son adresse à Glebe pouvait être un atout. Glebe était devenu un quartier branché depuis peu, grâce à sa proximité avec le centre-ville et l'université de Sydney. Mais certaines rues étaient encore un peu délabrées.

— Votre adresse professionnelle ?

— Je travaille à domicile.

Ça, c'était une mauvaise nouvelle. Certaines micro-sociétés prospéraient, mais c'était rare.

— Votre âge ?

— Trente-quatre ans.

Natalie fronça les sourcils. Elle l'avait cru plus vieux. Il était vrai que son regard trahissait une certaine expérience de la vie.

— J'aurai trente-cinq ans en décembre, ajouta-t-il. Le 15.

— Vous êtes donc Sagittaire.

— Je ne crois pas à ces bêtises.

— Vraiment ?

Elle aurait dû le savoir. Brandon avait un jour fait un commentaire similaire lorsqu'elle lui avait demandé son signe.

— Vous avez déjà été marié ?

— Non, pourquoi ?

— Beaucoup de mes clients l'ont été, expliqua-t-elle.

— Pas moi, ma belle.

Natalie se raidit avant de répliquer d'un ton glacial :

— Je m'appelle Natalie. Pas « ma belle ».

Une lueur amusée apparut dans le regard de Mike Stone, et il hocha la tête.

— C'est noté. Désolé.

Mais il était évident qu'il n'était pas le moins du monde désolé. Malgré cela, elle ne regrettait pas de l'avoir repris. Elle détestait les hommes qui affublaient les femmes de noms génériques tels que « ma jolie » ou « ma belle ». C'était condescendant et irrespectueux.

— La description physique, à présent… Vos cheveux sont bruns, coupés court, et vos yeux sont noirs.

— Non. Marron foncé.

— D'accord. Taille ?

— Un mètre quatre-vingt-cinq.

Dans la rubrique « Silhouette », elle inscrivit ensuite « mince et musclé ».

— Vous fumez ?

— Non.

— Vous buvez ?

Il se mit à rire.

— Ça dépend de ce que vous appelez boire.

— Quelle quantité d'alcool buvez-vous ?

— Ça dépend.

— De quoi ?

— Je ne bois pas quand je travaille.

Natalie soupira.

— Et quand vous ne travaillez pas ?

Il haussa les épaules.

— J'aime le whisky essentiellement. Mais j'apprécie un peu de vin rouge avec mon dîner ou une bière fraîche quand il fait chaud.

— Diriez-vous que vous avez un problème de boisson ?

— Certainement pas.

— Quels sont vos loisirs ?

— Mes loisirs ? répéta-t-il.

— Que faites-vous durant votre temps libre ? expliqua-t-elle en levant la tête de son écran.

Leurs regards se croisèrent, et il baissa lentement les yeux vers ses seins.

— A part ça, dit-elle sèchement.

Il sourit, puis haussa de nouveau les épaules.

— Je fais du sport. Je sors.

— Dans quel genre d'endroits ?

— Des clubs. Des pubs. Là où je peux boire un verre avec des amis, rencontrer des femmes, ce genre de choses.

Il y avait fort à parier que Mike Stone n'avait aucun mal à se trouver des femmes. Il n'avait sans doute même pas besoin de parler. Son corps et ses yeux le faisaient pour lui.

— Etes-vous un bon amant ?

La question avait jailli avant qu'elle puisse s'en empêcher. Elle ne figurait évidemment pas dans le questionnaire. Dieu merci, il ne pouvait pas le savoir.

— Je n'ai jamais eu de plaintes, répondit-il nonchalamment.

Elle faillit lui demander à quelle fréquence il aimait faire l'amour, mais elle se ressaisit à temps. Elle était déjà allée trop loin.

— Votre religion ? fit-elle à la place.

— Aucune.

— Vous êtes athée ?

— Non. Disons que le Seigneur et moi avons eu peu de relations, jusqu'à présent, mais qui sait ce que l'avenir nous réserve ?

— Bon, j'indique que vous êtes ouvert d'esprit sur le sujet de la religion. Diplômes ?

— Pas grand-chose.

— Pourriez-vous être plus précis ?

— Je suis allé à l'école jusqu'à dix-huit ans, mais je n'ai pas passé mon bac, et je ne suis pas allé à la fac. Je suis un génie autodidacte de l'informatique.

— Un *génie* ? Eh bien, ce n'est pas la modestie qui vous étouffe, on dirait.

— C'est la vérité.

— Très bien. Je vais me contenter d'inscrire « expert en informatique ». Nous ne voudrions pas qu'une future femme potentielle vous trouve… arrogant.

— Je ne suis pas arrogant. Je suis honnête. Mais mettez ce que vous voulez.

Natalie en avait bien l'intention. Bon sang, il était l'homme le plus irritant qu'elle avait jamais rencontré !

— Quel est le nom de votre société ?

— StoneSoft.

— StoneSoft, répéta-t-elle en levant les yeux au ciel.

— Oui, répondit-il. Le nom m'amusait.

Une esquisse de sourire étira ses lèvres. Natalie soupira.

— Bon, je peux indiquer que vous avez le sens de l'humour, alors.

— Ce n'est pas l'une de mes principales qualités.

— Oui, ça ne m'étonne guère. A présent, Mike, quel est,

approximativement, votre revenu annuel ? Je comprendrais si vous ne vouliez pas me donner de chiffre précis, mais j'ai besoin d'une estimation.

— Je n'ai pas de problème pour parler argent. L'année dernière, StoneSoft a fait un profit de 6,4 millions de dollars. Je possède soixante-dix pour cent de la société, cela porte donc ma part à 4,48 millions. Mais j'espère de bien meilleurs résultats cette année.

Natalie déglutit, et s'efforça de ne pas trahir sa stupeur.

— Que voulez-vous dire par « meilleurs » ?

— *Bien* meilleurs. Nous avons sorti deux jeux qui marchent extrêmement bien.

— Je vois.

— Je présume que ça augmente mes chances de trouver une femme ?

Sa question — ainsi que le ton sur lequel il l'avait posée — comportait un sous-entendu cynique qui déplut souverainement à Natalie.

— L'argent seul ne vous suffira pas pour trouver une épouse chez moi, l'informa-t-elle froidement.

— Vous en êtes sûre ?

— J'en suis certaine.

— Dommage.

— Qu'est-ce que ça veut dire ?

Mike Stone la fixa si intensément qu'elle s'agita inconfortablement sur son siège.

— Vous savez, vous êtes très différente de ce à quoi je m'attendais. Mais je vois que vous êtes une femme d'affaires, et que vous avez les pieds sur terre. Comme je vous l'ai dit, je suis un homme honnête. Je n'aime pas tromper les gens. Je n'ai pas non plus de temps à perdre. La vérité, madame Fairlane, dit-il en se penchant en avant, c'est que j'ai besoin d'une femme pour la première semaine de décembre.

3

— La première semaine de décembre ! s'exclama Natalie. Mais c'est dans moins d'un mois !

— C'est exact, fit Mike, qui éprouvait un plaisir pervers à l'idée de l'avoir déstabilisée.

Ce n'était pas la première fois qu'il rencontrait une fille comme Natalie Fairlane. Pour une raison ou pour une autre, c'étaient des filles amères, qui en voulaient à la vie autant qu'aux hommes. C'était pourquoi elles cachaient leur féminité derrière des vêtements presque masculins. Elles vivaient dans le déni permanent de leur propre sexualité.

Pourtant, il fallait être aveugle pour ne pas se rendre compte que Natalie Fairlane était magnifique. Mieux habillée, mieux maquillée, elle serait irrésistible. Elle avait en effet tout ce qu'il fallait : de superbes cheveux auburn, des yeux bleus, une bouche parfaitement dessinée, sensuelle et boudeuse. Et s'il ne se trompait pas, son pantalon gris cachait une silhouette renversante.

— Mais c'est impossible ! s'écria-t-elle. Il faut un mois et un jour pour obtenir un permis de mariage, à moins d'avoir un motif particulier d'accélérer la procédure. C'est votre cas ? Pourquoi devez-vous vous marier à cette date ?

Natalie le vit soupirer, puis se radosser au canapé, étalant de nouveau ses bras sur le dossier. Sa veste s'ouvrit, révélant un torse puissant, moulé dans un T-shirt blanc.

— Vous voulez la version courte ou la version longue ? demanda-t-il.

— N'importe quelle version. Pourvu que je comprenne.

— D'accord. Voyez-vous, madame Fairlane…

— Mademoiselle.

— Mademoiselle Fairlane. Je suis en négociations avec une société américaine du nom de Comproware. Les dirigeants sont intéressés par un nouvel anti-virus que je viens de concevoir. Intéressés au point de m'offrir un partenariat.

— Et ? fit impatiemment Natalie lorsqu'il s'interrompit.

— Et un tel partenariat représente une occasion en or pour mon entreprise. Malheureusement, le patron de Comproware, Chuck Helsinger, est un vieil hypocrite moralisateur. Et il refuse de s'associer avec un homme célibataire. Il estime qu'un homme marié a des valeurs.

— Ah, je commence à comprendre. Mais pourquoi le traitez-vous d'hypocrite ?

— Parce qu'il a soixante-dix ans, que sa femme en a à peine plus de quarante et que c'est sa troisième épouse.

— Ça ne veut rien dire.

— Changer régulièrement de femme pour un modèle plus jeune n'est en général pas le signe d'une très grande probité. Bien que je sois sûr que chacune ait largement profité de l'affaire.

— Ce qui est plus ou moins ce que vous voulez faire. Vous marier pour obtenir l'argent de ce M. Helsinger.

— Exactement, mademoiselle Fairlane. Ravi de voir que vous avez compris.

— Oh, oui, je n'ai que trop compris, rétorqua-t-elle, frémissant d'indignation. A présent, laissez-moi vous répondre honnêtement. Si vous croyez que je vais insulter mes clientes en leur proposant un tel marché, vous vous trompez lourdement. Aucune ne voudra d'un tel mariage, pas pour tout l'or du monde. Toutes recherchent un homme avec lequel établir une relation solide et fonder une famille. Je suppose que ça ne fait pas partie de vos projets ?

Sa tirade ne parut pas affecter Mike Stone outre mesure. Il continuait d'arborer le même sourire satisfait et la même pose décontractée.

— Vous avez raison, mademoiselle Fairlane. Je ne veux pas d'un véritable mariage. Il s'agirait juste d'un contrat, avec à la clé un divorce discret et rapide.

— Juste un contrat ? répéta-t-elle. Vous voulez dire… sans sexe ?

— Surtout pas.

Natalie avait peine à le croire. Ainsi, Mike Stone pratiquerait l'abstinence avec son épouse ! Mais sûrement pas avec les autres femmes…

— Je suis désolée, répondit-elle avec raideur. Je refuse de faire une proposition aussi insultante à mes clientes. Ce n'est pas pour ça qu'elles viennent chez moi. Elles seraient offensées, et aucune n'accepterait.

— Vous en êtes sûre ?

— J'en suis absolument certaine.

— Je paierai un million de dollars d'avance. Et un autre million ensuite, si je conclus l'affaire avec Helsinger.

Natalie ouvrit des yeux ronds.

— C'est… c'est une offre très généreuse, fit-elle d'une voix étranglée.

Généreuse, et tentante !

— C'est parfaitement normal en regard du travail que cela demandera, répondit Mike. En plus d'organiser la cérémonie, et de donner l'impression qu'il s'agit d'une véritable union, ma femme devra passer quelques jours avec moi sur le yacht de Helsinger, au début du mois de décembre. Il vient à Sydney chercher son nouveau bateau et veut faire connaissance avec moi par la même occasion.

Natalie fronça les sourcils.

— Les yachts n'ont pas d'immenses cabines. Et en tant que jeunes mariés, vous et votre femme devrez partager la même.

— Je vois ce que vous sous-entendez, mademoiselle

Fairlane, mais je peux vous assurer que ce mariage ne sera pas consommé, car je ne veux pas de problème après coup. Alors s'il vous plaît, ne me présentez pas une fille qui s'imaginera pouvoir me faire tomber amoureux d'elle. Parce que ça n'arrivera pas, conclut-il avec un éclat dur dans le regard. Je ne tombe jamais amoureux, et je n'ai pas l'intention de rester marié plus longtemps que nécessaire.

— Vous n'avez pas à vous en faire. Aucune des filles de mon fichier ne se fera ce genre d'illusion sur votre compte, car je n'ai toujours pas l'intention de vous en présenter.

Bien plus tard, Natalie se demanderait ce qui l'avait poussée à faire ce qu'elle fit ensuite. Etait-ce l'argent ? Ou y avait-il d'autres forces à l'œuvre ?

La somme était pour le moins tentante. Elle lui permettrait de payer l'hypothèque de ses parents, de rembourser son propre crédit et de ne plus avoir à se soucier de l'avenir pendant un certain temps.

De fait, elle était fatiguée de jouer les entremetteuses. Au début, oui, elle avait éprouvé de la joie et de la fierté à voir les rencontres qu'elle avait arrangées se transformer en mariage. Ces derniers temps, cependant, son plaisir s'était teinté de jalousie.

Malgré sa relation désastreuse avec Brandon, Natalie s'était toujours imaginée mariée. Et mère de famille. Lorsqu'elle avait lancé Une femme pour la vie, trois ans plus tôt, elle avait nourri l'espoir secret de voir le prince charmant franchir un jour son seuil.

Mais elle devait reconnaître qu'elle avait changé. Elle était devenue agressive et méfiante avec les hommes. Le fait était qu'elle ne leur faisait plus confiance.

Et les hommes, en retour, n'étaient pas attirés par la femme dure et cynique qu'elle était devenue. Le résultat, c'était qu'elle n'avait pas eu une seule aventure depuis Brandon.

— Que diriez-vous de moi ? proposa-t-elle tout de go.

Cela eut le mérite de le prendre de court. Il se pencha brusquement en avant, une expression de surprise sur le visage.

— Vous ?

Sa stupeur piqua Natalie au vif.

— Oui, moi. Qu'est-ce qui ne vous va pas ?

Ce qui ne lui allait pas, c'était qu'il la désirait.

Garder ses distances avec la troublante Mlle Fairlane risquait de s'avérer difficile, surtout lorsqu'ils devraient passer quelques jours ensemble sur le yacht. D'un autre côté, il était évident qu'elle refuserait de lui présenter qui que ce soit d'autre.

Et soudain, il comprit pourquoi. Elle voulait le travail — l'argent — pour elle-même.

— Je suppose que vous cherchiez quelqu'un de plus jeune ? dit-elle.

— Quel âge avez-vous ?

— Trente-quatre ans.

Mike haussa les sourcils. Il l'aurait crue plus jeune, malgré son affreux tailleur.

— Je peux paraître plus jeune, déclara-t-elle, se méprenant sur son silence. Et plus belle. Si c'est ce que vous voulez.

— Ce que je veux, mademoiselle Fairlane, c'est une femme qui puisse convaincre Chuck Helsinger qu'elle est vraiment amoureuse de moi. Vous pensez pouvoir le faire ?

Natalie Fairlane eut un sourire narquois.

— Pour deux millions de dollars, je le persuaderai que je suis raide dingue de vous, et que je baise le sol que vous foulez.

Mike sourit. Il était curieux de voir ça…

Mais son sourire s'évanouit lorsqu'il comprit qu'il aurait encore plus de mal à garder ses distances si elle feignait d'être folle de lui. Il lui faudrait se rappeler sans cesse qu'elle ne faisait cela que pour l'argent.

— Vous avez bien compris que je n'allais pas tomber amoureux de vous, n'est-ce pas ? lança-t-il sèchement.

— Ne soyez pas ridicule. Vous êtes bien le dernier homme sur terre sur lequel je fantasmerais !

— Je ne suis pas votre type ?

— Disons que seule une imbécile pourrait tomber amoureuse d'un homme qui ne croit ni en l'amour, ni au mariage. Et je ne suis pas une imbécile, monsieur Stone.

— Dans ce cas, marché conclu, mademoiselle Fairlane.

Au moment même où il prononçait ces mots, Mike se demanda s'il n'allait pas regretter d'avoir choisi cette femme au caractère bien trempé pour lui servir d'épouse. Mais quelle autre solution avait-il ? Les femmes prêtes à se marier pour quelques semaines ne se trouvaient pas comme ça. Et le mois de décembre approchait dangereusement.

Pour la première fois depuis leur rencontre, elle parut hésitante, et porta sa main à sa gorge en un geste d'évidente vulnérabilité.

Elle avait un cou long et fin, remarqua-t-il. Et sa peau était claire, comme si elle n'avait pas vu le soleil depuis longtemps.

Mike se la représenta soudain allongée sur son lit, nue, ses cheveux flamboyant se détachant sur la blancheur laiteuse de sa peau. Ses grands yeux seraient plongés dans les siens, comme en cet instant, mais il y lirait du désir et non de l'incertitude…

— Alors… Que faisons-nous maintenant ? demanda-t-elle d'une voix hésitante.

« Nous pourrions monter dans votre chambre », songea-t-il.

Parce que c'était ce qu'il avait envie de faire. Tout de suite.

Cela faisait trop longtemps qu'il n'avait pas été avec une femme. Richard avait raison. Le célibat ne lui réussissait pas.

Malheureusement, il ne pouvait laisser libre cours à son attirance pour Mlle Fairlane. Il devrait mener une existence de moine pendant les deux mois à venir. Il ne pouvait même pas se permettre quelques escapades car ce vieux renard de Chuck était en effet capable de l'apprendre. Et si cela arrivait, il pouvait dire adieu au contrat !

« Pense à l'argent », se dit-il. Il devait se montrer aussi pragmatique que Natalie Fairlane. Et arrêter de l'imaginer dans son lit. Ses chances de la voir nue un jour étaient proches de zéro, de toute façon. Elle avait été assez claire sur ses sentiments — ou devait-il dire, son absence de sentiments ? — pour lui.

Il avait un mariage à organiser, et il n'y avait pas de temps à perdre.

— Nous sommes jeudi soir, répondit-il enfin en jetant un coup d'œil à sa montre. Les magasins ne fermeront pas avant 9 heures. Premièrement, nous allons manger un morceau. Après quoi, nous irons acheter une bague de fiançailles.

4

— Pardon ?

Sous le coup de la surprise, Natalie bondit sur ses pieds.

— Vous avez bien dit : « acheter une bague de fiançailles » ?

— Absolument, répondit Mike en se levant à son tour.

— Mais ce n'est pas nécessaire !

Natalie ne supportait pas l'idée d'aller dans un magasin de bijoux en feignant le grand amour !

— Bien sûr que si. Quand je vous présenterai à Chuck Helsinger, je ne veux rien laisser au hasard. Ce qui signifie que vous aurez une belle bague et une garde-robe digne de vous.

— Mais…

— S'il vous plaît, Natalie, pas de « mais ». Désolé, mais il va falloir que je vous appelle Natalie. A moins que vous ne préfériez Nat ?

Elle grimaça en entendant le diminutif qui remontait à ses années de collège, et qu'elle détestait toujours autant.

— Natalie ira très bien, rétorqua-t-elle.

— Parfait. Et n'oubliez pas de m'appeler Mike.

— D'accord. A présent, à propos de ce que vous avez dit sur ma garde-robe…

— Oui ?

— Il se trouve que je ne m'habille pas toujours comme ça. C'est juste une tenue de travail.

— Dieu merci.

Elle se raidit.

— Inutile de m'insulter.

— Je ne vous insulte pas. Je dis simplement la vérité. Ce pantalon que vous portez est hideux. La couleur ne vous va pas et la coupe est bien trop masculine.

— Je croyais que vous étiez un génie informatique, pas de la mode.

— Je suis un homme. Je sais ce qui va ou non à une femme. Le fait que vous ayez pu acheter cette… cette chose est éloquent. Nous renouvellerons votre garde-robe, que ça vous plaise ou non.

— Comme vous voudrez, répondit-elle, songeant qu'elle n'avait en effet pas de tenues adaptées pour une croisière. Mais c'est vous qui payez.

— Absolument. C'est une chose que j'aime chez vous, Natalie : vous avez les pieds sur terre. Vous savez où est votre intérêt.

La jeune femme tenta de ne pas en prendre ombrage. Mais il était difficile d'entendre dans la même minute qu'elle s'habillait mal et qu'elle était une mercenaire.

Elle fut tentée de lui répondre que la seule raison pour laquelle elle avait accepté ce contrat était la situation financière de ses parents.

Et en parlant de ses parents…

— Il faut que je passe un rapide coup de fil avant de partir.

— Très bien. Je vous attendrai dans ma voiture. Je suis garé juste en bas de la rue. C'est un 4 x 4 noir. La plaque d'immatriculation est STONE. Vous ne pouvez pas le rater.

Et il sortit avant qu'elle pût songer à une repartie sarcastique.

Natalie leva les yeux au ciel, puis décrocha le téléphone. Mais tout en composant le numéro de sa mère, elle se demanda ce qu'elle allait lui dire.

Rien, décida-t-elle. Elle ne dirait rien tant que le premier million ne serait pas sur son compte en banque. Et cela signifiait aussi qu'elle ferait bien d'adopter profil bas avec Mike Stone, si elle ne voulait pas qu'il change d'avis.

— Allô maman ? C'est encore moi. J'ai de bonnes nouvelles. J'ai trouvé un nouveau client.

— J'en suis ravie. Il est riche ?

— Plutôt, oui.

— Beau ?

— Pas mal, dans son genre.

— Tu crois que tu arriveras à lui trouver une femme ?

— Oui, sans problème. Ce qui signifie que je vais bientôt avoir de l'argent. Alors ne fais rien de stupide, d'accord ? N'emprunte surtout pas d'argent pour rembourser ce que tu dois. Et en attendant, donne-moi le nom de ton banquier.

Sa mère s'exécuta. Tout en prenant note, Natalie se demanda comment elle justifierait auprès de ses parents le fait de pouvoir rembourser leurs dettes. Peut-être pourrait-elle prétendre qu'elle avait gagné à la loterie ?

— J'irai à ta banque demain et je me débrouillerai pour obtenir un rééchelonnement de ton crédit à un taux plus intéressant. Les taux ont baissé depuis que vous avez fait votre emprunt. Et je couvrirai les premiers mois de paiement.

— Merci, ma chérie. Heureusement que nous t'avons. Tu es merveilleuse.

Natalie fit la grimace. Epouser un homme pour de l'argent n'était en général pas la spécificité de quelqu'un de « merveilleux ».

Ou peut-être que si, après tout. Car c'était pour la bonne cause, non ? D'autant plus qu'ils ne coucheraient pas ensemble.

Malheureusement, une petite partie d'elle-même regrettait cet aspect-là de leur accord…

Natalie étouffa un soupir. Inutile de continuer à se mentir. Elle devait bien avouer, fût-ce seulement à elle-même, que l'idée de coucher avec Mike Stone était incroyablement excitante. Dieu merci, il semblait particulièrement ferme sur ce point, et décidé à ne pas toucher sa femme le temps que durerait leur mariage.

Il était de plus évident qu'il ne la désirait pas. Et c'était heureux. Car Natalie savait que dans le cas contraire, elle aurait fait une grosse bêtise. Oh, pas le genre de bêtise qu'elle avait commise avec Brandon. Non, elle ne tomberait pas amoureuse de Mike, et ne s'imaginerait jamais qu'il était autre chose qu'un macho égoïste et arrogant. Mais elle savait qu'elle aurait du mal à lui résister sur un plan purement physique.

— Ecoute, maman, je n'ai pas beaucoup de temps. Je sors dîner avec mon client.

— J'espère que c'est lui qui paie.

— Evidemment que c'est lui qui paie. Tu oublies que je suis une femme d'affaires impitoyable.

— Dans ce cas, mange tant que tu peux. Tu es trop maigre.

— C'est ça. Je te rappellerai demain soir pour te dire comment ça s'est passé avec la banque. Au revoir.

— Au revoir, ma chérie. Et merci encore.

Natalie résista à la tentation de se remaquiller avant de rejoindre Mike. Elle se contenta de prendre son sac à main et sortit.

Sa voiture était aussi prétentieuse que lui, songea-t-elle en l'apercevant, garée en bas de la rue. C'était un imposant 4 x 4 noir aux vitres teintées, à l'air vaguement menaçant.

Un frisson la parcourut lorsque la porte côté passager s'ouvrit.

— Vous êtes une femme unique, commenta Mike comme elle s'installait à son côté, dans un confortable siège de cuir.

— A quel égard ?

— Vous ne m'avez pas fait attendre.

— Et c'est une bonne ou une mauvaise chose ?

Il l'étudia d'un œil amusé.

— Ça dépend.

— De quoi ?

— De ce que nous faisons et où nous allons.

— Oui, d'ailleurs, où allons-nous ?

— C'est votre quartier, Natalie. Où pourrions-nous dîner ?

— Il y a un petit café italien un peu plus loin dans la rue.

Chez Bertollini. Ils font d'excellentes pâtes et le service est rapide.

— Juste ce qu'il nous faut, s'exclama Mike en démarrant. Je meurs de faim.

— Moi aussi.

Son compagnon lui jeta un regard curieux.

— Vous voulez dire que vous n'êtes pas au régime ? Toutes les femmes que j'ai connues étaient au régime.

— Je ne fais jamais de régime.

De fait, Natalie n'avait jamais eu de problèmes de poids. Elle faisait partie de ces rares femmes qui pouvaient manger sans grossir, et avait de plus tendance à perdre son appétit lorsqu'elle était stressée. Elle était descendue à quarante kilos après sa rupture avec Brandon.

— De plus en plus étrange, murmura-t-il.

Il ne prononça plus un mot jusqu'au moment où ils s'arrêtèrent devant Chez Bertollini.

La patronne italienne qui tenait le café accueillit Natalie avec une exubérance supérieure encore à son habitude, sans doute parce qu'elle était accompagnée d'un homme. Elle leur offrit un apéritif et les installa à une table isolée. Natalie surprit à plusieurs reprises les regards complices de membres du personnel et rougit. Cela faisait trois ans qu'elle fréquentait l'endroit, seule la plupart du temps, et tous devaient penser qu'elle s'était enfin trouvé un petit ami.

— Alors, comment se fait-il que vous ne soyez pas mariée ? demanda Mike lorsque arrivèrent enfin leurs spaghettis Marinara. Vous vous habillez peut-être mal, mais vous êtes une très belle femme.

Natalie ouvrit la bouche pour lâcher une repartie cinglante, puis se ravisa. Si elle devait épouser cet homme — et accessoirement faire semblant de l'adorer — autant se montrer honnête avec lui. L'honnêteté semblait être une valeur qu'il appréciait.

— Il se trouve que personne ne me l'a jamais proposé, avoua-t-elle. J'ai passé les meilleures années de ma vie avec un homme dont j'espérais qu'il le ferait un jour, mais ça n'est jamais arrivé. Je n'ai compris pourquoi qu'au bout de quatre ans.

— Ne me dites rien, ironisa Mike. Il était déjà marié.

— Comment le savez-vous ?

— Ma jolie, c'est écrit sur vous. Oh, désolé.

— Comment ça, c'est écrit sur moi ?

— Mais bon sang, regardez-vous !

— Je ne vois pas ce qui ne va pas !

— Rien ne va ! Si du moins vous voulez toujours vous marier un jour. Et je suppose que c'est le cas ? C'est ce que veulent la plupart des femmes. Et vous pouvez remercier le ciel de m'avoir rencontré.

— Ce qui signifie ? s'enquit-elle avec raideur.

— Que vous avez besoin que quelqu'un vous dise la vérité. Et vous aide à être un peu plus sexy.

— Un peu plus sexy ? répéta-t-elle, soudain ravie d'avoir une table éloignée des autres.

— Oui. Ce n'est pas en vous habillant et en agissant comme vous le faites que vous allez trouver un homme. Aucun ne se risquera à vous approcher. Quant à vous demander en mariage…

Natalie était tiraillée entre deux envies : lui dire de se taire, ou lui demander si *lui* ne voulait pas s'y risquer.

— Et vous êtes un expert en la matière, c'est ça ?

— C'est ça.

— Eh bien, c'est mon jour de chance !

Mike plissa les yeux d'un air pensif. Il reposa sa fourchette et prit son verre de chianti.

— On m'a souvent dit que j'étais trop franc, déclara-t-il après avoir avalé une gorgée de vin. Mais parfois, il faut savoir être dur pour aider les gens. Vous préféreriez que je vous mente ?

Il y avait une étrange sincérité dans sa voix et dans son visage. Il était évident qu'il n'avait pas voulu la vexer, même si c'était ce qu'il avait fait.

Natalie avait donc le choix : soit elle jouait les offusquées, soit elle écoutait ses conseils. A dire vrai, oui, elle avait toujours envie de se marier et de fonder une famille. Surtout d'avoir des enfants. L'idée de ne jamais en avoir était trop déprimante pour être seulement formulée. Mike Stone allait peut-être l'aider, après tout. Il la forcerait à affronter ses problèmes.

Et puis, à bien y réfléchir, pourquoi ne pas utiliser le rôle qu'elle devait jouer, celui d'une femme amoureuse, pour changer *réellement* ? Pour devenir plus douce, plus sexy, moins agressive ?

Elle prit une profonde inspiration.

— Je me rends compte que j'ai pris des mauvaises habitudes. Je n'étais pas aussi cynique et aussi dure, autrefois. Mais quand j'ai découvert que Brandon avait non seulement une femme, mais deux enfants, j'ai perdu la tête.

— Comment a-t-il fait pour vous cacher une chose pareille pendant… combien de temps avez-vous dit ?

— Quatre ans.

— Bon sang, ça fait long. Vous avez bien dû soupçonner quelque chose ?

— J'aurais dû, mais non. Son travail lui fournissait l'excuse idéale pour disparaître quand bon lui semblait, sans me dire où il allait et sans que je puisse le contacter. Il était agent secret.

— Un espion ! s'exclama Mike d'un air incrédule. Ne me dites pas que vous êtes tombée dans le panneau ! C'est un coup classique…

— Non. Il était — il *est* — vraiment agent secret, spécialisé dans l'anti-terrorisme. Je travaillais moi-même pour le gouvernement à ce moment-là.

— A quel titre ?

— J'étais l'assistante d'un ministre. J'ai pris six mois de congé sabbatique après le fiasco avec Brandon. Et je ne suis jamais revenue. A la place, j'ai lancé Une femme pour la vie.

— Pourquoi ?

— Comment ça ?

— Pourquoi avoir monté cette affaire ?

Natalie haussa les épaules.

— Je suppose qu'il y avait plusieurs raisons. Quelques semaines après le début de mon congé, je me suis inscrite à quelques sites de rencontres sur Internet. Je n'avais que trente ans, et je me sentais seule. Mais après quelques échanges avec des types inintéressants, j'ai décidé de lancer ma propre agence. Une agence qui recruterait des hommes selon *mes* critères. J'ai découvert qu'il y avait beaucoup de femmes dans ma situation. Et beaucoup d'hommes aussi.

— A vous entendre, vous avez fait ça par pur altruisme. Mais reconnaissez que vous avez lancé Une femme pour la vie pour trouver un mari.

Natalie soupira.

— Je suppose, oui. Malheureusement, ça n'a pas marché. Mais j'ai pris du plaisir à voir mes clientes trouver l'homme de leur vie. Je pense que ça a eu des vertus thérapeutiques.

— Oui, je comprends.

— Et vous ? demanda-t-elle, un peu irritée de s'être dévoilée ainsi.

— Moi ?

— Oui, vous. Qu'est-ce qui vous a rendu si amer vis-à-vis de l'amour et du mariage ?

— Je ne suis pas amer. Je suis ravi pour ceux qui trouvent le bonheur dans le mariage ou dans l'amour. Mais ça n'est pas pour moi, c'est tout.

— Mais pourquoi ? Et ne me mentez pas. Dites-moi la vérité, puisque vous êtes si franc.

Mike Stone crispa la mâchoire, puis secoua la tête.

— Toutes les vérités ne sont pas bonnes à dire, maugréa-t-il avant de se remettre à manger.

Natalie le fixa, brûlante de curiosité.

— C'est tout ? Vous n'allez rien me dire ?

Son compagnon termina sa dernière bouchée de pâtes, puis déclara :

— Non.

— Eh bien, merci beaucoup !

— Vous n'avez pas besoin de tout connaître de moi. Ce n'est pas comme si nous allions nous marier pour de bon.

— Je vous ai parlé de *ma* vie.

— Les femmes aiment parler d'elles-mêmes, répondit-il brusquement. Pas les hommes.

Natalie sentit la colère monter en elle. Elle ne supportait pas les hommes qui se conduisaient ainsi. Une nouvelle fois, cela lui rappelait Brandon, l'homme le plus sournois et le plus manipulateur de la terre. Il l'avait fait parler d'elle, sans jamais rien révéler de lui-même.

Quand Natalie se marierait — *si* elle se mariait —, ce serait avec un homme qui ne lui cacherait rien de ce qu'il avait dans la tête et dans le cœur. Il lui confierait ses secrets. Il ne jouerait pas avec elle. Car l'amour devait se construire dans la douceur, la tendresse, le partage.

Elle fixa celui qui lui faisait face et comprit qu'il était justement incapable de ces sentiments-là. Sa soi-disant honnêteté lui servait à masquer son impolitesse et à justifier sa brutalité. Pour une raison qu'elle ignorait, il en voulait aux femmes. Mais il ne semblait pas décidé à lui dire pourquoi.

Natalie avait passé un pacte avec le diable en acceptant ce marché. Mais il était trop tard pour reculer, à présent.

Pour autant, elle n'était pas obligée de faire *tout* ce qu'il lui demandait.

— Je sais que les hommes n'aiment pas parler. Et c'est dommage. Souvent, ça leur ferait le plus grand bien. Les femmes, quant à elles, n'aiment pas qu'on les prenne pour des imbéciles. Je ne vous accompagnerai donc pas pour choisir une bague ce soir. Je sais que je devrai faire semblant de vous aimer devant M. Helsinger, mais je n'ai pas à le faire devant le bijoutier. Ma grand-mère m'a légué ses bijoux. Je porterai sa bague de fiançailles, et son anneau de mariage le moment venu. C'est à prendre ou à laisser.

Il haussa les épaules, visiblement peu ému par sa colère. Cela ne fit qu'ajouter à l'irritation de Natalie.

— Comme vous voudrez, répondit-il. Tant que ce sont de beaux bijoux. Un homme dans ma position n'achète pas de la pacotille à sa femme.

— Ils sont magnifiques, rétorqua Natalie, les dents serrées.

— Dans ce cas, très bien. Ça nous fera gagner du temps et de l'argent. Reste le problème de la garde-robe. Mais je suppose que ça peut attendre. En revanche, il y a cette histoire de papiers. Vous avez dit que ça prenait plus d'un mois. Où doit-on faire les démarches ?

— A la mairie. Vous aurez besoin d'un extrait de naissance. Vous en avez un ?

— Non.

— Il faut aller le demander à l'état civil. Vous pouvez en avoir un tout de suite si vous y allez en personne.

— Parfait. Nous pourrons régler tout ça demain matin. Je passerai vous prendre à 9 heures.

Natalie lui lança un regard noir.

— Vous pourriez peut-être me demander si j'ai des choses à faire demain matin ?

— C'est le cas ?

— Je vais chez le coiffeur. Tous les vendredis matin.

Elle savait que c'était un luxe, mais c'était le moment le plus relaxant de la semaine. Elle adorait le massage du cuir chevelu qui suivait le shampoing.

Mike étudia un instant ses cheveux, puis déclara :

— Dans ce cas, je vous suggère de changer tout de suite de coiffeur.

Natalie le fixa, stupéfaite, puis s'entendit répondre :

— Et moi, je vous suggère de vous trouver une autre épouse.

Ce fut au tour de Mike de paraître surpris, comme s'il ne se rendait pas compte de l'abominable manque de tact dont il faisait preuve.

— Vous aimez vos cheveux comme ça ?

— C'est moi qui les ai coiffés comme ça ce matin. Pas mon coiffeur.

— Oh, je vois. Vous vous êtes donc délibérément enlaidie pour recevoir un nouveau client masculin ?

Etait-ce ce qu'elle avait fait ? Ce n'était pas impossible...

— A quelle heure sortirez-vous de chez le coiffeur ? reprit brusquement son compagnon.

— Vers midi.

— Parfait. Je passerai vous prendre chez vous à 13 h 30.

— Je serai prête.

— Bien. C'est tout pour ce soir, alors.

Et il fit signe au serveur de lui apporter l'addition.

Il régla et laissa un généreux pourboire. Nouveau point commun avec Brandon, songea Natalie. Il y en avait bien trop à son goût !

Lorsqu'il arrêta enfin son 4 x 4 devant chez elle, la jeune femme ne lui laissa pas le temps de descendre pour lui ouvrir la porte. Elle ne voulait pas qu'il la raccompagne jusqu'au seuil, pour ne pas être tentée de lui offrir un dernier verre. Elle s'en voulait déjà assez de l'excitation qu'elle éprouvait à l'idée de le revoir le lendemain !

C'était d'autant plus étonnant qu'elle ne l'appréciait pas. Mais elle devait bien admettre qu'il l'attirait. Le simple fait d'avoir partagé l'espace étroit de la voiture l'avait laissée légèrement haletante, le cœur battant.

Il attendit qu'elle entre chez elle pour repartir. Elle sentit son regard sur elle tandis qu'elle ouvrait sa porte. Natalie ne put s'empêcher de se sentir protégée par cette présence masculine et, une nouvelle fois, elle s'en voulut terriblement. Elle était une femme forte, indépendante. Elle n'avait pas besoin d'un homme. Elle n'avait pas besoin d'être rassurée.

Pourtant, elle savait que, le lendemain, la femme qui franchirait ce même seuil à 13 h 30 serait beaucoup plus séduisante et sexy qu'aujourd'hui. Elle voulait avoir la satisfaction de voir les yeux de Mike Stone s'arrondir de surprise.

Oh, bien sûr, cela ne changerait rien à leurs sentiments mutuels. Ils continueraient de se détester. Mais l'attirance sexuelle n'avait rien à voir avec les sentiments, ou avec le bon sens. C'était une pulsion, un besoin primitif sur lequel la raison n'avait aucune prise.

Une fois qu'elle fut couchée, l'esprit de Natalie se refusa d'ailleurs à penser à autre chose qu'à Mike Stone.

— Tu es complètement idiote, ma vieille, maugréa-t-elle en se tournant et en se retournant dans son lit.

Sa difficulté à trouver le sommeil la fit changer d'avis à propos de sa tenue du lendemain. Non, elle ne s'habillerait pas juste pour impressionner Mike Stone. Certes, elle ferait un effort, mais elle ne voulait pas lui donner la satisfaction de penser qu'il lui faisait de l'effet. D'autant plus qu'il pourrait en tirer de fausses conclusions et s'imaginer qu'elle s'était mis en tête de le séduire.

Et s'il en venait à soupçonner cela, elle pouvait dire adieu aux deux millions de dollars. Il mettrait aussitôt fin au contrat. Natalie n'allait pas risquer de perdre une telle somme pour un moment de triomphe !

A bien y réfléchir, il était sans doute plus prudent de lui faire signer un vrai contrat. Car sinon, quelle garantie avait-elle d'être payée ? Il pouvait très bien l'abuser. Et elle n'aurait pas les moyens de le traîner devant les tribunaux. D'un autre côté, Mike Stone chercherait probablement à éviter toute publicité négative. Il savait qu'elle pouvait tout raconter à Chuck Helsinger si les choses tournaient mal…

Natalie préférait cependant éviter d'en arriver là. Elle exigerait de Mike un contrat. C'était d'ailleurs comme cela qu'elle devait se comporter avec lui. Se montrer pragmatique, dépassionnée, impitoyable.

Et à présent, il était temps de dormir…

Mais Natalie ne put trouver le sommeil que vers 2 heures. Elle fit des rêves étranges, peuplés d'hommes sans visage qui se détournaient d'elle, s'éloignaient sans un regard. Elle les appelait, mais ils ne se retournaient pas.

5

Mike, dans sa voiture, eut un sourire satisfait. Dans quelques minutes à peine, il allait revoir Natalie…

La réaction de Richard, lorsqu'il lui avait annoncé l'identité de sa future femme, l'amusait encore.

— Tu plaisantes ! s'était exclamé son ami. Natalie Fairlane !

La surprise initiale de Richard s'était bien vite atténuée lorsque Mike lui avait exposé les termes du contrat.

— C'est incroyable ce que certaines femmes sont prêtes à faire pour de l'argent, avait remarqué le banquier.

Mike était tout à fait d'accord avec cette vision cynique des choses. Mais il était content de lui. Une fois habillée correctement, Natalie allait en mettre plein la vue à ce vieux vautour de Helsinger.

Elle ne s'était sans doute pas toujours habillée ainsi. Les types mariés, comme son Brandon, aimaient en général la compagnie de filles sexy. Natalie Fairlane avait donc dû se vêtir autrement à l'époque de leur liaison.

Mike avait hâte de révéler sa beauté naturelle. Malgré son affreux tailleur, la veille, il avait remarqué qu'elle avait des seins splendides. Et elle devait avoir de belles jambes. Il avait déjà noté que ses chevilles étaient fines et sensuelles…

Bon sang, il l'imaginait déjà avec un jean taille basse et des chaussures à talons…

Il prit soudain conscience de son excitation, et réalisa qu'il n'était peut-être pas prudent de continuer dans cette voie. Avec un juron, il se gara le long du trottoir, devant chez Natalie.

Il avait déjà remarqué la veille qu'elle habitait une jolie maison d'un étage dans une rue composée d'habitations similaires. Mais alors que les autres arboraient des couleurs un peu vulgaires, la sienne était de couleur claire, avec un toit vert foncé et quelques touches de bordeaux apportées par la gouttière et la ferronnerie. La minuscule cour qui donnait accès à la maison était dallée de terre cuite. Des pots vernissés la décoraient, contenant des plantes diverses, allant du palmier au magnolia.

Mike resta au volant pendant cinq bonnes minutes avant de se décider à descendre. Il se dirigea lentement vers la porte de la maison, et sonna.

Le battant s'ouvrit presque instantanément.

— Vous êtes en retard, fit remarquer sèchement Natalie.

— De cinq minutes seulement. Je n'appelle pas ça être en retard, répondit-il, notant dans le même temps son changement d'apparence par rapport à la veille.

Oh, ce n'était pas grand-chose, mais il y avait un progrès. Elle portait encore un pantalon, cette fois de lin noir, et un haut couleur ivoire qui ressemblait à une chemise d'écolière. Ses cheveux étaient noués en queue-de-cheval.

Son visage, en revanche, était parfait. Elle avait fait un réel effort pour le maquillage. Ses yeux n'en paraissaient que plus grands et plus bleus, ses lèvres plus sensuelles encore…

Mieux valait ne pas regarder ses lèvres, songea Mike. Elles produisaient sur lui un drôle d'effet… Tout comme son parfum.

— Vous êtes prête ? demanda-t-il un peu abruptement.

— Je dois prendre ma veste et mon sac.

— Vous n'aurez pas besoin de veste. Il fait vingt-huit degrés.

Elle le fusilla du regard.

— Je prends toujours une veste. Le temps change souvent à Sydney.

— Comme vous voudrez, dit-il avec un haussement d'épaules nonchalant. Je vous attends dans la voiture.

Quelques minutes plus tard, Natalie s'installait dans le 4 x 4, claquant la porte derrière elle.

— Allons-y, déclara-t-elle. Nous n'avons que trop tardé.

— Vous êtes toujours aussi impatiente ? demanda son compagnon d'un air amusé.

« Non, aurait voulu pouvoir répondre Natalie. Seulement quand je dois me retenir de courir à la fenêtre chaque fois que j'entends une voiture, que je dois me répéter que je suis stupide de désirer un homme qui n'a pas envie de moi. »

— Je suppose que je suis un peu nerveuse, avança-t-elle en guise d'excuse. Ce n'est pas tous les jours que j'accepte d'épouser un homme que je connais à peine.

— Vous n'allez pas changer d'avis, n'est-ce pas ?

Natalie réprima un frisson en l'étudiant. La veille, elle l'avait trouvé séduisant en T-shirt et en jean. Aujourd'hui, il était absolument magnifique. Même dans son club de gymnastique, elle n'avait jamais vu un homme aussi musclé. A côté de lui, Brandon lui-même aurait paru frêle !

— Non, dit-elle enfin. Mais j'ai réfléchi, la nuit dernière, et j'aimerais signer un contrat de mariage qui reprenne les termes de notre arrangement.

A son grand soulagement, il ne s'offusqua pas de cette requête.

— Bien sûr, dit-il avec l'un de ses fameux haussements d'épaules.

— Vous êtes d'accord ?

— Absolument. J'aime être clair dans les affaires d'argent. Je demanderai à Richard de mettre son avocat sur l'affaire. Il en a un très bon, à la banque.

En entendant le mot « banque », la jeune femme écarquilla les yeux.

— Oh, non, j'avais oublié…

— Oublié quoi ?

— J'ai promis à mes parents de passer à leur banque aujourd'hui. Ils ont des problèmes d'argent, ajouta-t-elle avant de regretter cette précision. Ça m'était sorti de l'esprit.

— Je peux vous y conduire quand nous aurons fini.

— Vous feriez ça ? Ce n'est pas à Sydney même, mais à Parramatta.

— Aucun problème. Nous devrions avoir réglé nos affaires assez vite. Allons-y.

Mike démarra. Après quelques secondes, Natalie regrettait déjà de lui avoir demandé de l'accompagner à Parramatta. L'habitacle du 4 x 4 lui paraissait soudain trop étroit, la virilité de Mike presque agressive, sa sensualité aussi troublante que dangereuse.

Seigneur, pourquoi avait-elle accepté qu'il la conduise à la banque ?

Natalie prit une profonde inspiration. Après tout, ce n'était pas un crime que de désirer quelqu'un. Le crime, ce serait de laisser voir à Mike à quel point sa présence la bouleversait. Elle était ravie de s'être habillée de façon classique. Au moins ne s'imaginerait-il pas qu'elle avait fait des efforts pour lui.

Finalement, la chance tourna en sa faveur. Entre les problèmes de parking et d'attente à la mairie, ils n'en eurent fini avec les formalités que peu avant 16 heures.

— Il est trop tard pour aller à Parramatta maintenant, dit-elle, comme ils émergeaient en plein soleil.

— Le problème de vos parents est urgent ? Ça ne peut pas attendre lundi ?

— Il le faudra bien, je suppose…

— Que leur arrive-t-il, exactement ? interrogea Mike comme ils se dirigeaient vers le parking.

Natalie se mordit la lèvre, hésitante. Elle savait qu'elle avait fait une erreur en parlant de ça. La dernière chose qu'elle souhaitait, c'était de lui avouer pourquoi elle avait accepté de l'épouser. Il penserait qu'elle essayait de l'apitoyer et elle ne voulait de cela pour rien au monde.

Non, mieux valait lui laisser croire qu'elle l'épousait par appât du gain. Elle ne voulait pas de sa pitié.

Mais il lui fallait trouver une explication plausible. Mike n'était pas idiot. Le mieux était encore de rester le plus proche possible de la vérité.

— Mon père est un peu en retard dans les paiements d'un emprunt. Comme les taux d'intérêt ont baissé, j'aimerais les renégocier. Cela devrait lui éviter de devoir demander un rééchelonnement.

— On dirait que vous savez de quoi vous parlez. Vous avez une formation en la matière ?

— J'ai fait une école de commerce.

— Je croyais que vous étiez secrétaire.

— J'étais assistante, pas secrétaire.

Mike la prit soudain par le bras et l'arrêta.

— Richard pourrait vous aider. Il le ferait si je lui demandais. Il me doit bien ça.

— Pourquoi ?

— Parce qu'il a des parts dans Stonesoft.

— Ah, je comprends.

— Vous voyez ? Je ne serai pas le seul à profiter d'une association avec Helsinger. J'ai d'autres raisons, moins égoïstes, pour vouloir signer à tout prix ce contrat.

— Nous avons tous des raisons complexes pour faire ce que nous faisons.

— Quelles sont les vôtres ? Pourquoi m'épousez-vous ?

— Oh, non ! Je ne retomberai pas dans le panneau.

— Quel panneau ?

— Vous révéler tous mes secrets, puis me heurter à un mur quand je vous poserai des questions. Nous connaissons tous les deux la raison principale de ce mariage : l'argent. Et c'est tout ce que vous avez besoin de savoir, Mike Stone.

Les yeux noirs de Mike brillèrent d'un éclat amusé, et son visage s'adoucit momentanément.

— Je comprends. Ecoutez, la banque de Richard est juste au coin. Allons le voir. C'est un bourreau de travail, il doit encore être au bureau.

Avant même de pouvoir répondre, Natalie se trouva entraînée le long du trottoir.

— Mais nous ne pouvons pas débarquer sans être annoncés, dit-elle, haletante, tandis qu'ils évitaient les piétons venant à contresens.

— Ne vous en faites pas pour ça.

— Et puis, c'est une banque d'affaires réputée. M. Crawford ne s'occupera pas d'une si petite chose.

— Il le fera pour moi.

— Mais…

— Ecoutez, laissez-moi vous aider, d'accord ? A moins que ça n'aille à l'encontre de vos principes féministes ?

Sous le coup de la surprise, Natalie ne répondit pas. Mais elle ne s'était jamais considérée comme une féministe, et cette étiquette lui déplaisait.

Quelques minutes plus tard ils pénétraient dans un immeuble de pierre grise.

Le décor, à l'intérieur, était luxueux et accueillant, discret et élégant à la fois. Le genre de décor que Natalie associait à l'univers des banques suisses.

Mike adressa un signe amical aux gardiens qui gardaient l'ascenseur. Ils en émergèrent bientôt, pour emprunter un couloir au sol recouvert d'une profonde moquette rouge. D'épaisses portes de bois massif se succédaient, à droite et à gauche. La dernière, au bout du couloir, arborait une plaque dorée au nom de Richard Crawford.

Natalie se sentait de plus en plus mal à l'aise. La situation était terriblement embarrassante. Comment allait-elle cacher la situation personnelle de ses parents à Mike, s'il l'accompagnait dans le bureau de son ami ?

Il ouvrit la porte sans frapper, et Natalie constata qu'elle ne donnait pas directement sur le bureau de Richard Crawford, mais sur une sorte d'antichambre occupée par une secrétaire.

— Bonjour Pattie, lança Mike à la jeune femme brune qui tapait sur son ordinateur. Le patron est là ?

— Où voulez-vous qu'il soit ? soupira l'intéressée. Rendez-moi service et sortez-le de ce fichu bureau, Mike. J'ai des invités qui viennent à la maison, ce soir, et je ne voudrais pas partir trop tard.

— Comptez sur moi, ma belle.

Natalie leva les yeux au ciel en l'entendant appeler la secrétaire « ma belle ». Enfin, au moins, il avait le mérite d'être fidèle à lui-même…

— Vous ne nous présentez pas ? demanda la dénommée Pattie.

— Désolé, j'oublie les bonnes manières. Natalie, voici Pattie Woodward. Pattie, voici Natalie Fairlane, ma fiancée.

Par miracle, Natalie parvint à retenir un hoquet de surprise. La secrétaire ne paraissait pas moins abasourdie.

— Je voulais annoncer la bonne nouvelle à Richard, reprit Mike.

Natalie se demanda si la surprise de Pattie venait de l'idée que Mike allait se marier, ou du type de femme qu'il avait choisie. Car elle ne ressemblait sans doute pas aux filles qu'il fréquentait habituellement.

— Eh bien… Toutes mes félicitations. Quand aura lieu le mariage ?

— Dès que possible. Nous avons hâte d'être enfin mari et femme.

Tout en parlant, il glissa un bras autour de la taille de Natalie et l'attira contre lui. Cette fois, elle tressaillit lorsqu'il fit glisser sa main, en une caresse affectueuse, le long de sa hanche.

A sa grande honte, elle sentit ses seins se dresser presque aussitôt, et une onde de plaisir l'électriser. Sans réfléchir, sans même en avoir conscience, elle leva les yeux vers lui et murmura :

— Oui…

Les yeux de Mike descendirent sur ses lèvres, et la jeune femme crut que son cœur allait s'arrêter.

Mon Dieu. Il allait l'embrasser. Là, juste sous les yeux de Pattie.

Et le pire, c'était qu'elle allait le laisser faire.

6

— Hum, hum…

Mike pivota et vit Richard qui, debout sur le seuil de son bureau, lui décochait un regard sévère.

Mike songea qu'il aurait dû être reconnaissant à son ami de l'avoir empêché d'embrasser Natalie. Mais il en éprouvait un étrange sentiment de frustration. Une seconde de plus, et il aurait découvert le goût de ses lèvres. Sa façon d'embrasser.

— Salut, Richard, dit-il avec un sourire destiné à dissimuler les sentiments qui l'agitaient. Natalie et moi venons de nous fiancer. Je voulais t'annoncer la nouvelle en personne.

Richard jeta un regard rapide à sa secrétaire, puis répondit avec son flegme habituel.

— Vraiment ? Quelle merveilleuse nouvelle. Il faut que nous fêtions ça. Vous pouvez y aller si vous voulez, Pattie. Ce sera tout pour aujourd'hui.

— Merci, monsieur Crawford ! s'exclama l'intéressée en agrippant aussitôt son sac à main.

— Je vous en prie. Venez dans mon bureau, vous deux. J'ai deux ou trois choses à finir avant de partir.

Natalie se laissa entraîner dans le bureau, priant pour que le sol s'ouvre sous ses pieds et l'engloutisse. Elle était encore rouge de honte. Seigneur, que se serait-il passé si Richard ne les avait pas interrompus ?

Elle préférait ne pas y penser…

Dieu merci, Mike la guida jusqu'à une chaise avant de

s'installer. Comme ça, elle ne sentirait plus sa main sur sa hanche…

Pendant que Richard refermait la porte, la jeune femme jeta un regard autour d'elle. Le bureau était impressionnant. De magnifiques baies vitrées offraient une vue imprenable sur Hyde Park et les jardins botaniques.

— Tu avais une raison particulière d'annoncer à Pattie que vous alliez vous marier ? demanda Richard tout de go. Je pensais que tu voulais que cette affaire reste discrète.

Natalie se tourna vers Mike, attendant elle aussi qu'il s'explique, mais celui-ci ne parut pas le moins du monde déstabilisé par la question.

— Si Helsinger décide de faire une enquête sur moi, je veux que tout le monde, à part mes amis les plus proches, s'imagine qu'il s'agit d'une véritable histoire d'amour.

— Je vois, dit Richard. Donc, Natalie et toi faisiez juste semblant devant Pattie ?

— Bien sûr.

Natalie retint de justesse un froncement de sourcils. Ce qu'elle avait ressenti lui avait pourtant paru très réel…

Richard, pendant ce temps, s'était tourné vers elle.

— Natalie ? Vous êtes d'accord avec les termes du contrat proposé par Mike ? Ça ne vous dérange pas de faire semblant d'être amoureuse de lui ?

— Pas du tout. Du moins quand c'est nécessaire, répondit-elle d'un ton posé.

— Ce sera nécessaire dès que nous serons sur le yacht des Helsinger, fit valoir Mike. Nous devons donc nous entraîner un peu avant. Oh, au fait, Natalie veut un contrat de mariage.

Richard acquiesça, les mains jointes sous le menton.

— C'est très sage de sa part.

— Est-ce que tu pourrais en faire rédiger un ?

— Absolument.

— Un premier million lui sera versé le jour de notre mariage. Le second quand le contrat avec Helsinger sera signé.

— C'est noté. Quand le mariage aura-t-il lieu ?

— Pas avant un mois. C'est une question légale. N'est-ce pas, Natalie ?

— Oui. Il faut un permis spécial pour aller plus vite. Mais ça pourrait éveiller les soupçons.

Richard se mit à feuilleter son agenda.

— Nous sommes le 28 octobre. Le 3 décembre est un samedi.

— Ce sera donc le 3 décembre, fit Mike avec un haussement d'épaules, comme s'il convenait d'un banal rendez-vous d'affaires.

Richard acquiesça.

— Ça tombe plutôt bien. Tu ne m'as pas dit que Helsinger arrivait le 4 ?

— Si.

— Quand êtes-vous censés le rejoindre sur son yacht ?

— Le 5.

— Bon. Puisque vous ne serez mariés que depuis deux jours, vous devrez vous comporter comme de jeunes époux.

Natalie réprima une grimace. Comment diable allait-elle pouvoir faire une chose pareille ?

— Pensez à l'argent, ironisa Mike en avisant son expression.

— Je vous ai trouvés très convaincants tout à l'heure, glissa Richard en levant un sourcil. Si vous faites la même chose devant Helsinger, il jurera ses grands dieux que vous êtes fous amoureux. Est-ce que vous prévoyez de vous marier à l'église ?

— Non ! intervint Natalie sans réfléchir. Je n'aimerais pas ça.

Accepter une parodie de mariage était une chose, y mêler Dieu en était une autre !

— Très bien. La cérémonie civile pourrait avoir lieu dans mon ancien appartement. Je ne l'ai pas encore vendu. Ce serait un cadre parfait pour votre mariage.

Natalie se rappelait que lorsque Richard Crawford s'était inscrit à l'agence, il lui avait donné une adresse dans le luxueux quartier d'East Balmain.

— Vous pourriez même y rester jusqu'à ce que vous embarquiez sur le yacht de Helsinger, poursuivit-il.

— Je ne dis pas non, répondit Mike. C'est mieux qu'un hôtel où n'importe qui pourrait nous voir, et où il faudrait jouer la comédie en permanence. Je te remercie, Richard.

— Oui, merci ! renchérit Natalie.

Elle lui était sincèrement reconnaissante. C'était une bien meilleure solution que de loger dans la suite « Lune de miel » d'un grand hôtel de Sydney. Au moins, dans l'appartement de Richard, il y aurait plusieurs chambres.

— J'appellerai Reece pour lui demander le numéro du célébrant qu'Alanna et lui ont employé, poursuivit Mike.

Natalie tressaillit et se tourna vers lui.

— Reece et Alanna ? demanda-t-elle. Les Diamond ?

— Eh oui. Ces mêmes Reece et Alanna qui se sont rencontrés grâce à vous. Ce sont des amis proches.

Elle ne put dissimuler sa surprise.

— Eh bien !

— Pourquoi êtes-vous si étonnée ?

— C'est-à-dire que… vous ne vous ressemblez pas. Je n'imaginais pas que vous puissiez être amis.

Reece Diamond était un magnat de l'immobilier, aussi séduisant que riche. Il était connu pour ses soirées où le caviar et le champagne coulaient à flots, et où les femmes paradaient en robes de grands couturiers. Natalie voyait fort mal Mike dans ce milieu. Il était bien trop… sauvage.

— J'ai rencontré Reece dans ce même bureau, expliqua-t-il. Richard nous a prêté de l'argent quand nous en avons eu besoin. Nous sommes devenus les meilleurs amis du monde, tous les trois.

Natalie connaissait Reece et Alanna mieux que la plupart de ses autres clients. Elle avait été sincèrement ravie lorsque leur mariage, au départ très pragmatique, s'était transformé en véritable relation amoureuse.

— Alanna s'est complètement remise de son amnésie, n'est-ce pas ? demanda-t-elle.

— Oui. Tout va bien. Ils vont avoir un bébé. Tout comme Holly et Richard.

— Oh, toutes mes félicitations. C'est merveilleux.

Mais elle sentit une vague de tristesse l'envahir. Toutes les femmes de son entourage semblaient avoir des bébés. Ses amies, ses voisines. Même sa coiffeuse était enceinte.

Bref, il y avait des bébés partout. Sauf chez elle.

« Et ça n'arrivera pas tant que tu perdras ton temps avec des types qui ne sont pas faits pour toi ! » lui susurra une petite voix.

Elle se rassura en songeant que son mariage avec Mike ne durerait pas longtemps. Elle aurait tout le temps de trouver l'homme idéal après cela.

— Il y a une autre raison à notre présence ici, Richard, reprit Mike. Les parents de Natalie ont un problème d'emprunt. Nous devions passer à leur banque cet après-midi, mais nous n'en avons pas eu le temps. J'ai dit à Natalie que tu pourrais peut-être l'aider, car elle voudrait renégocier leur taux d'intérêt.

— J'en serais ravi. Sont-ils en cessation de paiement ?

— En quelque sorte…

— Est-ce que la banque a menacé de saisir ?

— Oui, reconnut Natalie à contrecœur.

— Pourquoi ne m'avez-vous pas dit que la situation était si grave ? demanda Mike.

La jeune femme lui opposa un regard froid.

— Parce que ça ne vous regardait pas.

— Ça me regarde si c'est la raison pour laquelle vous avez accepté de m'épouser.

— En quoi mes raisons vous regardent-elles ? Le résultat final sera le même. Vous aurez votre partenariat et j'aurai mes deux millions de dollars. Ce que j'en fais n'est pas votre affaire. Tout comme ce que vous faites de votre argent ne me concerne pas.

Richard eut un sourire en coin, puis déclara :

— Je crois que je suis d'accord avec elle, Mike.

En effet, elle avait raison, et Mike était le premier à l'admettre. Mais cela ne l'arrangeait pas pour autant. Il préférait s'imaginer Natalie Fairlane en mercenaire impitoyable, en créature vénale, plutôt qu'en fille prête à se sacrifier pour ses parents.

Mais deux millions de dollars représentaient une jolie somme. La dette de ses parents devait être bien inférieure à ce montant, et Natalie allait garder pour elle un joli magot. Altruiste, mais pas complètement désintéressée…

— D'accord, dit-il. Ce ne sont pas mes affaires. Peux-tu aider les parents de Natalie, Richard ?

— Je ne peux rien faire aujourd'hui, il est trop tard. Mais si Natalie revient me voir lundi matin avec tous les papiers et une procuration signée de ses parents, je veillerai à ce qu'aucune procédure de saisie ne soit lancée jusqu'à ce qu'ils reprennent les remboursements. Cela vous conviendrait, Natalie ?

— Parfaitement. Merci beaucoup, Richard. C'est très généreux de votre part.

— Je suis ravi de pouvoir vous aider. Sur le principe, je déteste qu'une banque menace de saisir avant d'avoir épuisé tous les autres recours. A quelle heure voulez-vous passer lundi matin ? 10 heures, ça vous irait ?

— Ce sera parfait.

— Bien. Nous en profiterons pour signer le contrat de mariage. Et maintenant, si nous allions boire un verre pour fêter ça ? Je ne pourrai pas rester longtemps, car Holly m'attend à la maison.

— Je suis désolée, déclara aussitôt Natalie, mais je ne peux pas. Il faut que je rentre, moi aussi. J'ai des choses à faire.

— Qu'est-ce que vous pouvez bien avoir à faire ? interrogea Mike quelques instants plus tard, dans l'ascenseur qui les ramenait au rez-de-chaussée.

— Des choses de femme.

Comme quoi ? se demanda-t-il avec irritation. Se laver les cheveux ? S'épiler ? Se vernir les ongles ? L'image troublante de Natalie, se prélassant avec volupté dans un bain moussant, surgit soudain dans son esprit.

Heureusement, les portes de l'ascenseur s'ouvrirent, l'arrachant à ses rêveries. Cette femme lui inspirait décidément de bien étranges pensées…

Etait-ce parce qu'elle représentait une sorte de défi ? Probablement. Mais cette fois, ce serait différent. Premièrement parce qu'il n'avait pas envie de s'exposer à un refus de sa part. Et deuxièmement parce qu'il ne voulait pas rater l'affaire du siècle pour une histoire de sexe.

— Inutile de me reconduire, déclara-t-elle sitôt qu'ils émergèrent de l'ascenseur. Je peux prendre un taxi.

Mike s'immobilisa, la regarda droit dans les yeux, et secoua la tête. Bon sang, elle était vraiment irritante ! Il était en permanence tiraillé entre le désir de la séduire et de l'étrangler.

— Ne soyez pas ridicule, gronda-t-il en la prenant par le coude, et en l'entraînant à l'extérieur de l'immeuble. Je ne ressemble peut-être pas à Richard, mais je suis assez bien éduqué pour savoir que lorsque l'on emmène une femme quelque part, on la reconduit chez elle.

7

Natalie n'avait qu'une hâte : se retrouver seule. Ou plus exactement, le plus loin possible de Mike. Mais il insista pour l'accompagner jusqu'à sa porte.

— Qu'allez-vous dire à vos parents pour leur expliquer d'où vient l'argent ? demanda-t-il, pendant qu'elle cherchait fébrilement ses clés dans son sac.

— Je n'en ai aucune idée, marmonna-t-elle. Je leur dirai que j'ai gagné au loto.

Elle trouva enfin son trousseau mais, dans son impatience, le laissa tomber par terre. Mike se baissa en même temps qu'elle pour le ramasser, et Natalie se figea. Les yeux de son compagnon plongeaient dans les siens, semblant pénétrer jusqu'au plus profond de son âme.

— Pourquoi ne pas leur dire la vérité ?

— Vous plaisantez ? Ma mère en ferait une crise cardiaque.

Mais Natalie n'en était pas certaine. Sa mère se plaignait toujours du fait que sa fille trouvait des hommes riches à ses clientes et était incapable de faire la même chose pour son propre compte. En fait, elle serait probablement ravie de l'annonce d'un mariage, quels qu'en soient les motifs.

— Mon père n'aimerait pas ça non plus, ajouta-t-elle.

— Je suis sûr que vos parents vous soutiendront, une fois que vous leur aurez expliqué la situation. Ils vont en bénéficier, après tout.

— Il n'y a pas que l'argent dans la vie.

— Quand vous en avez, oui, répliqua-t-il un peu sèchement.

Elle se demanda s'il avait eu une jeunesse difficile, pour parler ainsi, mais il enchaîna :

— Si vos parents étaient impliqués dans ce mariage, ça ne rendrait les choses que plus crédibles. Nous pourrions montrer de vraies photos de famille à Helsinger.

Natalie grimaça, mal à l'aise.

— Des photos ? Mais cela voudrait dire porter une vraie robe de mariée…

— Vous en porterez une de toute façon.

— Vraiment ?

— Oui. Et je veillerai à ce que vous ayez une garde-robe convenable pour la lune de miel.

Tout en parlant, il jetait des regards réprobateurs sur son pantalon et ses chaussures plates. Non, pire que réprobateurs, nota Natalie. Presque méprisants.

— Vous avez un corps superbe, Natalie. Pourquoi le cachez-vous ?

La jeune femme se raidit, mortifiée.

— Je ne le cache pas.

— Bien sûr que si. Et je crois savoir pourquoi. Vous avez peur.

— Peur, moi ? Et peur de quoi, je vous prie ?

— Peur qu'un homme vous séduise et vous utilise de nouveau.

— Mon Dieu ! En plus d'être un génie de l'informatique et de la mode, vous êtes également psychologue ! dit-elle en riant avec amertume, tout en s'avouant qu'il avait raison.

Mike fixa sur elle un regard noir, impénétrable. Natalie aurait payé cher pour savoir à quoi il pensait. Probablement qu'elle était une idiote.

Mais cela lui convenait. Car c'était la garantie qu'il n'essaierait pas de la séduire. Elle avait peur de lui, peur de ce qu'il lui faisait ressentir, et peur de ce qui risquait d'arriver si elle abaissait sa garde et s'habillait de nouveau comme elle l'avait fait auparavant pour Brandon.

— Je peux avoir mes clés, s'il vous plaît ? demanda-t-elle avec une politesse glaciale.

Il la dévisagea encore un long moment avant de laisser tomber le trousseau dans sa paume ouverte. Puis, avant qu'elle puisse l'arrêter, il tendit la main et écarta une mèche de cheveux qui lui tombait devant les yeux.

Natalie se figea comme il jouait avec, l'enroulant autour de son doigt avant de la ramener derrière son oreille.

— Vous devriez détacher vos cheveux. Et vous détendre un peu par la même occasion…

Elle déglutit, profondément troublée. Elle ne pouvait détacher son regard du sien.

— Passez un bon week-end, fit Mike abruptement, avant de tourner les talons. A lundi matin, lança-t-il par-dessus son épaule, tout en franchissant le portail. Oh, et n'oubliez pas de porter la bague de fiançailles de votre grand-mère.

La jeune femme serra les dents et inspira profondément, tentant de contrôler ses émotions.

— Autre chose ?

Mike l'étudia des pieds à la tête, puis acquiesça.

— Oui. Une tenue un peu plus moderne vous irait mieux. Mais je suppose que ça peut attendre que nous allions faire des courses ensemble. Je préfère être là car je n'ai aucune confiance dans votre goût. A présent, allez faire vos choses de femme, comme vous dites. J'ai des… choses d'homme à faire de mon côté. Salut.

Natalie serra ses clés avec une telle force que ses phalanges en blanchirent. Quelles choses d'homme ?

Mais au fond d'elle-même, elle le savait parfaitement. Il allait sortir avec l'une des nombreuses filles qui, selon ses propres dires, ne rêvaient que d'une chose : l'épouser. Et il passerait sans doute le week-end à faire l'amour.

A peine avait-elle glissé la clé dans la serrure qu'une jalousie terrible s'empara d'elle, ainsi que la tentation irrésistible de gâcher le week-end de Mike. Et elle savait exactement comment faire cela : elle n'avait qu'à dire la vérité à ses parents.

Car elle savait comment ils réagiraient.

Sa mère serait rongée par la curiosité, son père par l'inquiétude. Et le résultat serait le même : tous deux demanderaient à rencontrer sur-le-champ l'homme qui voulait épouser leur fille pour en divorcer presque aussitôt. Certes, ils ne négligeraient pas l'aspect financier de l'affaire, mais ils voudraient faire la connaissance de Mike avant de laisser leur fille se vendre. Même pour deux millions de dollars.

C'était compréhensible. Ils craindraient que leur fille ne soit tombée sur un fou. Et si Natalie était certaine que Mike n'était pas fou — il était simplement terriblement sexy et ambitieux — elle s'amusait d'avance à l'idée de le présenter à ses parents.

Mais au bout de quelques minutes, elle fut contrainte d'abandonner cette idée qui lui apporterait davantage d'ennuis que de satisfaction. Sa mère n'aurait qu'à poser les yeux sur Mike pour penser que ce mariage n'était pas qu'une question d'argent. Elle connaissait assez les goûts de sa fille en matière d'hommes.

Mais Natalie devait tout de même appeler sa mère, dès ce soir, pour lui annoncer qu'elle allait régler leur problème avec la banque. Mais comment présenter les choses ?

Elle eut soudain une idée, qui lui permettrait de rester au plus près de la vérité. Oui, cela pouvait marcher si elle se montrait convaincante…

Après s'être préparé un sandwich, Natalie passa dans le salon et décrocha le téléphone.

8

Mike s'était confortablement installé sur son balcon, et sirotait un verre de Glenfiddich en regardant les lumières de la ville clignoter au loin. Soudain, son portable sonna.

Avec un soupir, il déposa son whisky sur une table basse, et se contorsionna pour extirper l'appareil de sa poche.

— Mike Stone, annonça-t-il, se demandant de qui il pouvait bien s'agir.

Etait-ce l'un des programmeurs ? Non, pas un vendredi soir. C'était sans doute Richard qui appelait pour reparler de leur entrevue de cet après-midi.

— Mike ? C'est Natalie.

— Natalie ? répéta-t-il en levant un sourcil surpris. Ça alors… Je pensais justement à vous.

— J'en suis sûre, fit la jeune femme d'un ton acerbe. Où êtes-vous ? On n'entend aucun bruit.

— Je suis chez moi.

— Oh… Je n'avais pas besoin d'appeler sur votre portable, alors. Enfin, aucune importance. Je voulais juste vous dire que j'ai fait ce que vous m'avez conseillé. J'ai dit la vérité à mes parents. Vous serez heureux de savoir qu'ils vous attendent demain pour déjeuner.

— Quoi ?

Mike n'en revenait pas.

— Oh, c'était à parier, reprit la jeune femme avec entrain. Mes parents m'aiment beaucoup. Il est tout naturel qu'ils veuillent s'assurer que vous n'êtes pas un psychopathe ou un pervers. D'ailleurs, à bien y penser, vous pourriez très bien en être un. Je ne sais presque rien de vous.

— Je suis beaucoup de choses, maugréa Mike, mais certainement pas un psychopathe ou un pervers.

— Peut-être, mais je n'ai que votre parole.

Mike se raidit avant de rétorquer :

— Ecoutez, je ne suis peut-être pas un saint, mais je ne mens jamais. Demandez autour de vous. Vous verrez que je suis un homme de parole.

— Et à qui suis-je censée demander ? A Richard Crawford ? Mais vous avez reconnu vous-même qu'il avait des parts dans votre société et qu'il bénéficiera lui aussi du partenariat avec Helsinger si je vous épouse. J'appelle ça un conflit d'intérêts.

— Si vous m'épousez ? Je croyais que l'affaire était entendue.

— C'était avant que vous suggériez que j'en parle à mes parents. Maintenant, vous allez devoir les convaincre, en quelque sorte. Et si vous réussissez, je serai toute à vous…

Cette promesse provocante avait jailli sans qu'elle puisse la retenir, et elle la regretta aussitôt. Jamais elle n'aurait dû passer ce coup de fil. Jamais elle n'aurait dû inventer cette histoire pour tourmenter Mike.

Dieu merci, il était à l'autre bout du téléphone, et ne pouvait donc pas voir la rougeur qui lui était montée aux joues. Ces mots, évidemment, reflétaient ses désirs secrets. Elle aurait adoré être à lui.

Ou qu'il soit à elle. Pour satisfaire avec lui tous les fantasmes qu'il éveillait en elle… Mais ce n'était qu'un rêve. La vie n'autorisait pas les femmes à prendre du plaisir de cette façon. Elles payaient toujours pour ça. En général, elles y laissaient leur âme.

Seuls les hommes pouvaient prendre ce qu'ils voulaient, puis tourner les talons et passer sans ciller à autre chose. Natalie était sûre que Brandon n'avait pas perdu le sommeil à cause d'elle. Il avait sans doute déniché une autre gourde crédule pour lui servir de maîtresse.

— Le problème avec toi, lui avait dit Brandon en partant, c'est que tu prends la vie trop au sérieux.

Si par « trop au sérieux », il avait voulu dire qu'elle liait sexe et sentiments, alors il avait raison. Pour elle, les deux étaient étroitement mêlés. Lorsqu'elle couchait avec un homme, elle finissait par en tomber amoureuse. Brandon n'était pas son premier échec. Juste le dernier en date…

Oui, le dernier ! se dit-elle farouchement.

— Avant que vous ne vous emballiez, reprit-elle d'un ton qu'elle espérait détaché, c'était juste une façon de parler.

— Je crois que je n'ai aucune raison de m'emballer avec vous.

Elle reçut sa remarque comme une gifle.

— Je suis ravie de l'entendre, Mike. Mais il faudra faire attention quand nous irons choisir ma garde-robe. Les hommes n'ont pas besoin de grand-chose pour perdre la tête. Parfois, apercevoir une cheville suffit à…

Au bout du fil, Mike se mit à rire.

— Il me faudra davantage qu'une cheville pour me faire perdre la tête ! Des femmes se sont tenues complètement nues devant moi sans éveiller la moindre réaction de ma part.

— Pauvre Mike. Vous avez des problèmes de ce côté-là ?

Il rit de nouveau.

— En ce moment, oui ! Mais je compte bien y remédier dès ce soir.

Natalie l'aurait parié. Il allait sortir et se trouver une fille pour la soirée.

— J'espère que vous vous protégez.

— Ma belle, je me protège toujours.

— Vous m'avez encore appelée « ma belle ». Je pensais que nous nous étions mis d'accord là-dessus.

— C'est le problème avec vous, Natalie. Vous pensez trop. Vous feriez bien de sortir ce soir et de vous amuser un peu.

— Comme vous, n'est-ce pas ?

— Je n'ai pas l'intention de sortir ce soir.

— Mais je pensais…

— Vous voyez ? Vous pensez trop. Et vous vous trompez, comme d'habitude.

— On vous a déjà dit que vous étiez très irritant ?

— Vous l'êtes aussi.

Natalie ne put retenir un soupir d'exaspération.

— Ecoutez, j'ai mieux à faire que de me lancer dans une bataille verbale avec vous. Et avant que tout ça n'aille plus loin, j'ai un aveu à vous faire.

— Oh, vous m'inquiétez. Quel aveu ?

— En fait, je n'ai pas dit *toute* la vérité à mes parents. Et ils ne vous attendent pas à déjeuner demain.

— Désolé, je ne suis pas sûr de comprendre…

— Je voulais juste vous faire comprendre à quel point les choses se compliqueraient si nous annoncions la nouvelle à tout le monde. J'aimerais pouvoir divorcer discrètement le moment venu, sans avoir à fournir d'explications à ma famille. Pas vous ?

— Je n'ai pas de famille à qui rendre des comptes, répondit Mike.

Sa réponse piqua la curiosité de Natalie.

— Vous voulez dire, pas du tout ?

— Pas la moindre.

Il parlait d'un ton qui laissait supposer qu'il valait mieux changer de sujet, et elle décida qu'il était plus sage de ne pas poursuivre plus avant.

— Et vos amis ? demanda-t-elle.

— J'en ai seulement deux. Richard est au courant de la situation et Reece le sera bientôt. Je vais les inviter au mariage, Alanna et lui.

— Mais pourquoi ça ?

— Pour les photos. Et la publicité. Reece est un homme d'affaires connu, presque une figure publique. Et Alanna attend un bébé. Helsinger sera impressionné de voir que mes amis sont des hommes intelligents, doublés de bons pères de famille.

— Peut-être, ça me met dans l'embarras. J'aime beaucoup Reece et Alanna, mais je vous rappelle que ce sont d'anciens clients à moi. Je ne suis pas ravie à l'idée qu'ils apprennent que je vous épouse pour de l'argent.

— Vous, embarrassée ? Allons, vous êtes dure comme de la pierre !

— Mais moins dure que vous, repartit-elle, cinglante.

— C'est vrai, concéda-t-il. Alors, qu'avez-vous dit à vos parents, au juste ?

— La vérité, autant que possible. Je leur ai parlé de votre association potentielle avec Helsinger et du fait que vous m'avez proposé deux millions de dollars si je vous trouvais une femme en un jour. Je leur ai dit que j'avais réussi. J'ai juste omis de leur dire que c'était moi.

— C'est rusé.

— Eh oui, c'est tout moi : dure et rusée. Des attributs que les hommes n'apprécient guère chez une femme.

Mike aurait voulu pouvoir confirmer cette théorie. Malheureusement, Natalie Fairlane avait sur lui un effet pour le moins troublant. Ses lèvres sensuelles le rendaient fou. Tout comme le corps qu'elle cachait sous ses affreux vêtements.

Mike eut un sourire en coin. Elle l'avait fait marcher… Qu'aurait-il dit aux parents de Natalie lorsqu'ils l'auraient interrogé sur son passé ? Tout attaché qu'il soit à la vérité, il aurait été forcé de mentir. Car il savait qu'ils se seraient opposés à ce mariage s'ils avaient appris d'où il venait.

D'ailleurs, Natalie aurait été la première à s'enfuir en courant. Il devait donc se montrer prudent s'il ne voulait pas faire capoter toute l'affaire. Peut-être valait-il mieux ne pas la revoir avant le mariage, pour limiter les risques ?

Oui, c'était ce qu'il devait faire.

— Au fait, j'ai un contretemps pour lundi matin, déclara-t-il aussitôt. Je ne pourrai pas venir avec vous à la banque. Mais je passerai plus tard signer le contrat.

— Parfait, répondit-elle avec sa mauvaise humeur habituelle.

— Nous irons acheter votre garde-robe samedi prochain. Je passerai vous prendre à 9 heures. Ça vous convient ?

— Vous voulez dire que je ne vous verrai pas d'ici là ? Mais je croyais que vous vouliez donner le change ? Vous ne pensez pas que nous devrions passer un peu de temps ensemble ?

Mike ne pouvait envisager situation plus délicate. Il était certain, s'ils faisaient cela, de finir par céder à l'attirance qu'il éprouvait pour elle.

— Je ne pense pas que Helsinger poussera la curiosité au point de nous faire espionner. Un homme doté d'un tel ego se fie à son propre jugement. C'est ce que nous ferons sur le yacht qui sera déterminant. Avant, ça n'a pas d'importance. Alors, à samedi.

Et il raccrocha.

Natalie fixa le combiné, quelque peu abasourdie. Elle ne le reverrait pas avant samedi… Pas avant sept longs jours. Et sept interminables nuits…

— Parfait ! maugréa-t-elle, avant de raccrocher à son tour.

9

Le temps passa si lentement jusqu'au samedi que Natalie crut devenir folle. Toute la semaine, elle fit de son mieux pour s'occuper. Elle prépara une campagne publicitaire pour son agence Une femme pour la vie, destinée à paraître dans la presse spécialisée, puis se lança dans un grand ménage de printemps.

Elle rendit visite à ses parents, et se sentit rassérénée par la joie qu'ils manifestèrent à l'idée que leurs problèmes financiers allaient prendre fin. A ses yeux, cela justifiait la décision qu'elle avait prise. Même si elle ne pouvait s'empêcher de maudire intérieurement Mike Stone et son argent.

Cet homme était une véritable menace. Non content d'avoir éveillé ses sens, il lui avait en plus prouvé à quel point sa vie était vide. Et à quel point elle était seule.

Du coup, elle n'aimait plus autant lire ou regarder des films à la télévision. Ces passe-temps lui apparaissaient soudain comme autant de supplétifs dans une vie médiocre. Même faire du sport lui paraissait futile. A quoi bon entretenir un corps qu'aucun homme ne voyait ?

Sans compter que son activité professionnelle avait maintenant tendance à l'ennuyer. Une fois qu'elle aurait touché l'argent, elle était résolue à faire quelque chose d'autre de sa vie.

Natalie pensa de nouveau au lendemain, samedi. 9 heures, avait dit Mike. C'était dans moins de quinze heures. Pourquoi cela lui semblait-il une éternité ?

Elle se mit à arpenter les pièces dans un intense état d'agitation, incapable de se concentrer sur quoi que ce soit. Vers 19 heures, ne tenant plus en place, elle décida de sortir manger un plat de pâtes. La simple perspective de devoir faire la cuisine l'épuisait.

Elle s'arrêta en passant devant le miroir de l'entrée et fronça les sourcils en avisant sa coiffure. Mike avait raison. Sa longue natte était démodée. Tout comme sa façon de s'habiller.

Secouant la tête d'un air dépité, elle se remit en marche, pour s'arrêter de nouveau sur le seuil de la porte. L'idée que la patronne de chez Bertollini allait l'interroger sur son petit ami la mettait mal à l'aise. Pire encore : elle pouvait ne rien lui demander du tout et se contenter de la dévisager avec pitié, pensant qu'il l'avait déjà laissée tomber.

Natalie poussa un profond soupir. La tentation d'appeler Mike était forte, mais elle y résista.

Seules quelques heures de sommeil, après tout, la séparaient du lendemain. Elle devait tenir.

Mais où aller ? Et qui appeler ? La perspective de passer la soirée seule la déprimait. Elle avait gardé des amis de son ancien travail, mais elle avait si souvent refusé leurs invitations à sortir boire un verre qu'ils avaient fini par cesser de lui téléphoner. Kathy, sa seule amie proche de l'époque, était quant à elle mariée et enceinte. Natalie préférait ne pas la voir pour le moment, de peur de se voir rappeler la tristesse et la vacuité de sa propre vie.

Et si elle allait louer quelques films au vidéo-club le plus proche ? Avec quelques barres chocolatées, c'était le meilleur moyen de passer une excellente soirée. Elle pouvait aussi se prendre une bouteille de vin et s'enivrer…

La sonnerie du téléphone interrompit ses réflexions et fit s'emballer son cœur. Elle savait que ce n'étaient pas ses parents, qui étaient invités chez des amis à eux ce soir-là.

Ce ne pouvait être que Mike !

Comme elle se précipitait pour répondre, elle songea soudain qu'il l'appelait peut-être pour annuler leur rendez-vous du lendemain. Et si c'était le cas, elle en mourrait !

— Natalie Fairlane, fit-elle d'un ton crispé, lorsqu'elle décrocha.

— Natalie ? C'est Alanna. Alanna Diamond.

— Alanna ! s'exclama-t-elle, s'efforçant de dissimuler sa déception. Quelle surprise ! Comment allez-vous ?

— Très bien, merci.

— Plus aucun problème de mémoire ?

— Tout va bien. D'ailleurs, je m'aperçois que je ne vous ai jamais remerciée d'être passée me voir, ce jour-là.

— Je vous en prie, c'était la moindre des choses.

— Tout le monde ne l'aurait pas fait. Mais ce n'est pas pour ça que je vous appelle, Natalie. Le fait est que j'ai reçu un coup de fil de Mike aujourd'hui.

— Vraiment ?

— Oui. Il m'a prévenue, pour votre mariage.

Natalie se mordit la lèvre. Mike lui avait dit qu'il le ferait, mais elle avait secrètement espéré qu'il changerait d'avis.

— Il nous a demandé de l'aider à tout préparer.

Natalie fit de son mieux pour ne pas se sentir vexée. Mariage arrangé ou pas, c'était tout de même elle la mariée, non ?

— J'espère qu'il vous a expliqué qu'il s'agissait d'un simple contrat entre nous ? dit-elle d'un ton un peu sec. Pas d'une ridicule histoire d'amour.

— Oui. Il a été clair sur ce point.

— J'imagine, ironisa Natalie. Il m'a tout de suite fait comprendre qu'il était allergique au mariage et à l'amour.

— Oui… Mais c'était votre cas, non ? Je veux dire… Pourquoi avoir fondé une agence matrimoniale si vous n'y croyez pas ?

— Je crois à l'amour, confessa Natalie. Mais les réalités de la vie ont quelque peu entamé ma foi dans le sexe opposé.

— Oui, je vois ce que vous voulez dire, soupira Alanna, qui songeait peut-être à son premier mariage. Cette affaire n'est donc qu'un arrangement entre vous ? Vous ne désirez pas Mike en secret, n'est-ce pas ?

Alanna s'attendait à entendre Natalie protester, de ce ton froid et professionnel qu'elle employait habituellement.

Mais seul le silence lui répondit, et Alanna se demanda s'il n'y avait pas davantage derrière cette union que les apparences le laissaient supposer.

— Natalie ? insista-t-elle d'une voix douce.

Un soupir éloquent lui répondit. Se pouvait-il que Holly, la femme de Richard, ait vu juste ? En apprenant que Mike avait décidé de se marier, celle-ci avait décrété qu'aucune femme honnête n'épouserait un homme uniquement pour de l'argent. Si cette Natalie était une fille bien, elle était forcément attirée par Mike.

— Je ne sais pas, répondit enfin Natalie. Je dois avouer qu'il ne me laisse pas indifférente. Mais j'ignore pourquoi. C'est le type le plus odieux que j'aie jamais rencontré.

— Il est aussi très séduisant…

— C'est vrai.

— Est-ce que je me trompe en disant que la clause « pas de sexe » de ce mariage ne vous enchante pas ?

De nouveau, Natalie soupira.

— Il est inutile de tirer des plans sur la comète, Alanna. Je ne plais pas à Mike.

— Qu'est-ce que vous en savez ?

— C'est très simple : il me l'a dit.

— Seigneur… Ce qu'il peut manquer de tact, parfois !

— Au moins, il est honnête. Mais dites-moi, juste par curiosité… Quel genre de femme aime Mike ?

— C'est difficile à dire. Il a l'air d'aimer différents types. Mais toutes sont belles et sculpturales.

— Je vois…

— Vous *êtes* sculpturale, fit valoir Alanna.

Natalie se mit à rire.

— Peut-être, mais il trouve que je me coiffe et que je

m'habille horriblement mal. Au point qu'il veut venir avec moi renouveler ma garde-robe.

— Justement, il ne pourra pas.

— Il ne pourra pas quoi ?

— Vous emmener faire du shopping. C'est également pour ça que je vous appelle. Mike n'a pas le temps. Il a du travail.

— Mais je croyais qu'il venait juste de boucler un important projet…

— En effet. Mais il a trouvé un bogue dans son nouveau programme et il doit le réparer. Je suis désolée.

— Il aurait au moins pu appeler personnellement pour me le dire ! s'indigna Natalie.

— Vous avez raison. Il aurait dû. Je suppose que vous étiez impatiente de le revoir.

Natalie se sentit tout à coup vidée de toute énergie.

— Je voulais lui montrer qu'il se trompait sur mon compte, reconnut-elle, abattue. Que je n'étais pas une vieille fille aigrie. Ma stupide fierté, je suppose…

— Votre fierté n'a rien de stupide. Et vous pouvez toujours prouver à Mike qu'il se trompe. Je parie que vous aimeriez le voir écarquiller les yeux de surprise quand il vous verra dans votre robe de mariée, non ?

Natalie ne savait que répondre. Depuis qu'elle avait rencontré Mike, elle passait son temps à lutter contre son désir pour lui, et où cela l'avait-il menée ? A se sentir frustrée et déprimée.

Oui, s'il y avait la moindre chance, fut-elle minuscule, que Mike puisse la désirer, même l'espace d'une seule nuit, elle était décidée à la saisir.

— Oui, avoua-t-elle en soupirant. Mais vous croyez vraiment que c'est possible ?

— Oh, oui ! Il va être sidéré, je vous le garantis. Il sera incapable de garder ses distances. Et puis, je sais de source sûre qu'il est célibataire depuis un certain temps…

Natalie ne put retenir une grimace. Pouvait-elle accepter

l'idée que Mike la désire uniquement parce qu'il n'avait pas eu de femme depuis longtemps ?

La réponse était aussi scandaleuse que leur mariage.

Oui.

— Je déduis de votre silence que cette idée ne vous déplaît pas, dit Alanna en riant. Bon, je passerai vous prendre demain à 8 h 30 précises. Oh, je sens que ça va être amusant !

Amusant…

En entendant ce mot, Natalie songea que cela faisait bien longtemps qu'elle ne s'était pas amusée, justement. Qu'elle n'avait pas laissé s'exprimer la femme qui se cachait en elle.

Ce fut comme si un barrage cédait au plus profond d'elle-même. Pour la première fois depuis quatre ans, elle se sentait excitée, vivante, prête à conquérir le monde.

Et Mike Stone.

10

Mike jeta un coup d'œil à sa montre. Il était 15 h 10 et la mariée n'était pas encore là.

— Holly, tu peux aller voir ce qui retient Natalie ? demanda-t-il avec impatience.

— D'accord, répondit gentiment Holly. Mais elle n'a que quelques minutes de retard, tu sais. Une mariée est souvent en retard.

— Sauf que ce n'est pas une vraie mariée, marmonna Mike une fois Holly partie.

— Légalement, elle le sera, fit valoir Richard, qui se tenait près de lui. Jusqu'à ce que tu divorces.

Mike lui jeta un regard irrité.

— Inutile de me le rappeler, je le sais.

— Qu'est-ce qui ne va pas ? demanda Reece en se penchant. Tu commences à avoir des doutes, comme un vrai marié ?

— *C'est* un vrai marié, intervint sentencieusement Richard.

— Pas exactement, reprit Reece avec un clin d'œil. Il n'aura pas droit à tous les privilèges… Ce qui pourrait s'avérer être un problème.

— Qu'est-ce que ça veut dire, au juste ? gronda l'intéressé.

— Je suppose que tu n'as pas vu Natalie récemment ?

— Non. Ça fait un mois que je ne l'ai pas vue.

Il l'avait bien appelée, à deux reprises, sous couvert de vouloir inspecter sa nouvelle garde-robe. Mais chaque fois, elle avait usé de prétextes fallacieux pour refuser de le voir.

— Eh bien moi, reprit Reece d'un air entendu, je l'ai vue. Elle a dormi chez nous hier. Et tout ce que je peux te dire, c'est… bonne chance !

Lorsque la porte de la chambre s'ouvrit, Alanna et Natalie pivotèrent de conserve, alarmées.

— Ce n'est que moi, les rassura Holly en entrant, les mains sur son ventre arrondi. Mon Dieu, Natalie, tu es magnifique ! Pas vrai, Alanna ?

Alanna recula d'un pas pour inspecter la mariée, et un sourire de satisfaction apparut sur ses lèvres. La robe était parfaite, et la femme qui la portait ne l'était pas moins. C'était étonnant, comme une bonne coupe et un peu de maquillage pouvaient transformer quelqu'un.

Bien sûr, elle avait eu un matériau de départ idéal sur lequel travailler. Natalie était une femme splendide, et n'avait eu besoin que d'un petit coup de pouce. Alanna n'était pas fâchée de son idée de coiffure. Elle avait en effet apporté une photo de Rita Hayworth au coiffeur, lui demandant de faire la même coupe. Le résultat avait dépassé ses espérances. Elle allait mieux encore à Natalie qu'à l'actrice !

— Absolument ! répondit-elle enfin.

Puis elle se pencha et murmura à l'oreille de la mariée :

— Si Mike ne tombe pas sous ton charme immédiatement, je saute par la fenêtre !

— Et moi avec toi, répondit Natalie avec un sourire nerveux.

— Je n'arrive pas à croire que cette robe ne vient pas d'un magasin spécialisé, s'exclama Holly. On jurerait une robe de mariage. Et j'adore l'idée du foulard pour remplacer le voile.

— Oui, c'est assez original, commenta Alanna, avant de s'adresser de nouveau à la future mariée. Tu es prête ?

Natalie se détourna du miroir dans lequel elle étudiait son reflet et acquiesça.

— Autant que je puisse l'être, oui.

Elle prit ensuite les petites orchidées qu'elle avait choisies en guise de bouquet de mariée et pivota vers la porte.

Seigneur, elle était nerveuse. Nerveuse et excitée à la fois.

Pour autant, elle ne se sentait pas comme une mariée, mais plutôt comme une actrice s'apprêtant à monter sur scène. Car c'était bien ce dont il s'agissait : un simple rôle. Une mascarade.

Elle n'avait pas revu Mike depuis ce vendredi, un mois plus tôt. Elle avait pris soin de l'éviter, refusant par deux fois de le voir. Alanna et elle s'étaient comportées en véritables conspiratrices.

Les deux jeunes femmes étaient devenues amies au fil des jours. Et elles s'étaient bien amusées. Natalie était enchantée des vêtements qu'elle avait achetés. Pas seulement de la robe de mariée, mais de sa garde-robe tout entière. Et plus particulièrement d'une tenue de soirée qu'elle brûlait d'envie de porter…

Elle en aurait l'occasion lors de la croisière. Mike lui avait fait transmettre par Alanna le programme des réjouissances sur le bateau, ainsi que l'itinéraire. Et elle avait vu qu'une grande fête inaugurale était prévue le lendemain de leur arrivée.

— Comment est Mike ? demanda-t-elle à Holly.

— Fabuleux. Aussi beau que Richard et Reece. C'est fou ce que les hommes peuvent être sexy en smoking. En revanche, il n'est pas de très bonne humeur. Il est plutôt nerveux. Dois-je lui dire que tu es prête ?

Alanna et Natalie échangèrent un regard complice.

— Je crois qu'il nous faudra encore cinq minutes, n'est-ce pas, Alanna ?

L'intéressée eut un large sourire.

— Peut-être même dix !

— Oh, non, gémit Holly. Je ne crois pas que je pourrai supporter Mike pendant dix minutes. Ça va me retomber dessus !

Natalie sourit à Holly. Cette dernière était une jeune femme adorable, bien qu'exagérément romantique. Elle était en effet persuadée qu'il pourrait sortir quelque chose de ce mariage !

D'ailleurs, Alanna n'était sans doute pas loin de partager cette idée…

Mais toutes les deux se trompaient. Car quand bien même elle réussirait à se faire désirer de Mike, il ne l'aimerait pas pour autant. Une aventure d'ordre strictement sexuel, c'était tout ce qu'elle pouvait espérer.

Natalie sentit sa confiance en elle retomber. Et si Mike la rejetait ? S'il ne la trouvait même pas séduisante, malgré les efforts qu'elle avait déployés ? Quelle humiliation ce serait !

— D'accord, dit-elle d'une voix légèrement tremblante. Je ne crois pas que je veuille attendre si longtemps, moi non plus. Dis à Mike que je serai là dans une minute.

Lorsque Holly revint, le futur marié lui adressa un regard impatient.

— Alors ?

— Elle arrive dans une minute. Tiens-toi prêt.

Les trois hommes et le célébrant prirent place sur la terrasse du loft. C'était un cadre idéal pour un mariage civil, surtout par une journée comme celle-là. Le soleil brillait, une douce brise en atténuait les ardeurs. La vue sur le port et le pont de Sydney ajoutait encore à la beauté du cadre.

Le photographe n'aurait pas d'excuse. Avec un tel décor, les photos ne pouvaient être que réussies. Et c'était tant mieux, car elles aideraient Mike à persuader Helsinger qu'il s'agissait d'un authentique mariage.

De fait, en cet instant, le mariage semblait bien trop authentique à Mike. L'idée qu'il avait eue lui paraissait soudain complètement ridicule.

Il ne voulait pas se marier. Il ne voulait pas d'une femme, fut-elle temporaire. Surtout d'une femme avec laquelle il brûlait de faire l'amour…

En entendant un bruit derrière lui, Mike se retourna. Son souffle se bloqua instantanément dans sa poitrine.

Mon Dieu…

Etait-ce Natalie Fairlane qui s'avançait, dans cette magnifique robe bustier ? Elle ne ressemblait pas à une mariée traditionnelle, malgré la couleur ivoire de la soie. Elle évoquait plutôt une déesse païenne, avec ce foulard noué dans ses cheveux auburn et son incroyable silhouette.

Tant que Natalie s'était habillée en vieille fille, Mike avait pu se contrôler. Mais à présent, il sentait les émotions s'emparer de lui. Le désir. La colère également.

Car il savait qu'elle avait fait cela à dessein. Qu'elle s'était transformée en secret, pour le surprendre. Peut-être pour le ridiculiser. Voilà pourquoi elle avait refusé de le voir pendant tout ce mois.

Elle voulait le piéger. Et c'était une grosse erreur. Car jamais aucune femme n'avait réussi à ce petit jeu-là.

Si Natalie Fairlane s'imaginait pouvoir le séduire, pour le seul plaisir de le repousser ensuite et de l'humilier, elle allait avoir une surprise.

Car si quelqu'un devait séduire l'autre, puis le repousser, ce serait lui !

Natalie hésita lorsqu'elle vit un sourire s'épanouir lentement sur les lèvres de Mike. Elle préférait largement l'expression stupéfaite qu'elle avait lue sur son visage quelques minutes plus tôt.

Car ce sourire avait quelque chose d'inquiétant. De cruel et d'infiniment séduisant à la fois.

Et tout en souriant, il l'étudiait de la tête aux pieds. Son regard brûlant glissa le long de son corps, remonta et s'attarda sur son bustier. Natalie sentit une chaleur révélatrice l'envahir, et sa tête se mit à tourner légèrement.

Elle déglutit, puis se remit en marche. Elle traversa la terrasse, s'efforçant de garder une expression calme et sereine, malgré la violence des émotions qui la traversaient.

Dieu merci, son bustier, rigidifié par des baleines, était

assez épais. Sans quoi elle était sûre que les pointes de ses seins l'auraient trahie…

Du coin de l'œil, elle vit le photographe la mitrailler, puis elle se tourna vers les trois hommes qui l'attendaient. Holly n'avait pas menti à leur sujet. Ils étaient splendides. Mais elle n'avait d'yeux que pour Mike, qui était magnifique. Et terriblement sexy.

Elle prit une profonde inspiration.

— Je vois que vous avez décidé de dévoiler votre vraie beauté, murmura Mike en lui tendant la main.

— Je vous avais dit que je pouvais être plus jolie, répliqua-t-elle avec un haussement d'épaules qu'elle espérait indifférent.

— « Jolie » n'est pas un terme assez fort pour décrire ce que j'ai sous les yeux, ma belle, susurra Mike, capturant sa main dans la sienne.

Elle l'aurait volontiers tancé pour l'avoir de nouveau appelée « ma belle », mais elle ne pouvait plus parler. Elle se contenta de fixer Mike, le cœur battant, tandis qu'une certitude se faisait jour en elle : elle avait réussi.

Oui, il la désirait. Il avait envie d'elle. Elle le lisait dans son regard.

Ses doigts se mêlèrent aux siens et il la fit pivoter vers le célébrant. Natalie sentait une force contenue, une puissance presque primitive et animale se dégager de lui. C'était excitant et effrayant à la fois.

Il était sûrement dominateur, au lit. Fort, passionné, sauvage, exigeant. Elle imaginait qu'il la déshabillait avec une sensualité sauvage, puis la couchait sur le lit, nue et offerte…

Le célébrant se lança enfin, lui offrant quelques instants de répit. Même s'il lui fut très difficile de se concentrer sur la cérémonie, elle avait dû fournir les bonnes réponses au bon moment, car elle entendit soudain l'officiant lui dire qu'elle pouvait embrasser le marié.

Cela la fit revenir instantanément à la réalité. Mike lui avait pris les deux mains, son bouquet était passé sans qu'elle s'en aperçoive dans celles d'Alanna. Il se tourna pour lui faire face et, lentement, du bout des lèvres, lui embrassa chaque doigt tour à tour, commençant par celui qui portait l'alliance.

Des frissons lui remontèrent le long du dos. Elle ne s'était pas attendue à une telle douceur de sa part. Mike était apparemment beaucoup plus tendre et raffiné qu'elle ne se l'était imaginé. Le contraste avec sa force physique n'en était que plus troublant.

Son esprit s'emballa brusquement, et elle se représenta soudain son compagnon lui suçotant le bout des doigts, puis portant son attention sur d'autres parties de son corps…

Mike posa les yeux sur ses lèvres, et elle sut qu'il allait l'embrasser. Son cœur se mit à cogner dans sa poitrine comme s'il voulait en sortir.

Elle se raidit lorsque leurs lèvres se rencontrèrent enfin, sans doute à cause d'un reste de méfiance et de crainte instinctive. Mais elle poussa bien vite un petit soupir et laissa sa langue s'enrouler autour de la sienne en un ballet sensuel, incroyablement érotique. Dans le même temps, son corps se colla au sien, et elle oublia complètement où elle se trouvait.

C'était ce à quoi elle avait si ardemment aspiré au cours du dernier mois. Etre dans les bras de Mike. Pouvoir l'embrasser, le toucher.

Et la réalité était plus troublante que tout ce qu'elle avait pu imaginer. Il embrassait encore mieux que dans ses rêves.

Elle se trouva donc déstabilisée lorsqu'il la relâcha quelques instants plus tard, en lui décochant un regard froid. Il se tourna ensuite vers ses amis pour recevoir leurs félicitations. Natalie fit de son mieux pour reprendre son souffle et maîtriser l'afflux de sang qui lui brûlait les joues. Perturbée, elle ne savait plus ni où regarder, ni quoi faire.

Heureusement, Alanna et Holly se matérialisèrent près d'elle pour lui donner une flûte de champagne. Elle en avala la moitié d'un coup dans l'espoir que l'alcool l'aiderait à reprendre ses esprits, et à affronter la triste réalité qui s'offrait désormais à elle.

Car il était évident que ce baiser avait été, de la part de Mike, une performance d'acteur. Elle se demandait même comment elle avait pu l'oublier, alors qu'il la payait pour l'épouser. Elle avait été stupide de se laisser emporter.

A l'évidence, Alanna et Holly s'étaient trompées, et c'est elle qui avait eu raison dès le départ. Elle n'était pas le genre de Mike. Et elle ne le serait jamais, malgré tous les efforts vestimentaires qu'elle pourrait faire.

— Un toast aux mariés ! proposa Richard.

Natalie étouffa une exclamation de dépit. Si seulement tout le monde pouvait partir… Et cette comédie prendre fin !

Mais il y eut d'autres photos, d'autres toasts. Pour tenir le coup, Natalie remplissait sa flûte chaque fois qu'elle était vide. Elle était heureuse, en tout cas, d'avoir refusé le gâteau de mariage. Le couper avec Mike en faisant mine d'être amoureuse aurait été au-dessus de ses forces.

— Sans vouloir vous presser, dit le célébrant quelques instants plus tard, j'ai un autre mariage cet après-midi, assez loin d'ici. Si vous voulez bien signer tous les papiers…

Le photographe prit lui aussi congé, et les invités se retrouvèrent entre eux. Mais l'atmosphère n'en fut pas allégée pour autant. Mike faisait une tête d'enterrement et Natalie aurait voulu pouvoir se réfugier dans une chambre pour y pleurer à son aise.

— Je ne voudrais pas paraître impoli, dit brusquement Mike à ses amis, mais vous avez joué votre rôle. Le mariage est terminé, à présent. Vous pouvez rentrer chez vous.

Natalie fut stupéfaite de constater que la petite troupe s'exécutait sans protester. Ils partaient comme des acteurs que l'on avait congédiés.

Ce fut tout juste si Alanna eut le temps de la serrer dans ses bras.

— Appelle-moi demain, lui chuchota-t-elle à l'oreille.

Une fois qu'elle eut refermé la porte, Natalie se retrouva seule avec Mike.

— Vous vous êtes montré très impoli, déclara-t-elle. Quelques mots de remerciement auraient sans doute été bienvenus.

Son compagnon lui jeta un regard glacial.

— Arrêtez votre cinéma. Mes amis savent très bien quel genre d'homme je suis. Et ce que je pense de toute cette mascarade. Croyez-moi, ils préfèrent se tenir à l'écart quand je suis d'humeur massacrante.

— Si ça peut vous rassurer, je ne suis pas de meilleure humeur.

— Tant pis pour vous. Parce que vous êtes coincée ici avec moi. Mais pensez plutôt à l'argent. Vous êtes assez payée pour pouvoir me supporter sans rien dire.

Mike prit une coupe de champagne pleine, en avala le contenu d'un trait et reprit :

— Je me rends bien compte que vous espériez un autre genre de conclusion à cette journée. Mais vous vous êtes fait des idées.

Natalie se raidit.

— Comment ça, « un autre genre de conclusion » ?

Il franchit lentement l'espace qui les séparait, les yeux rivés sur elle.

— Vous avez voulu jouer avec moi. Me donner une leçon.

— Je... je ne sais pas ce que vous voulez dire, prétendit-elle d'une voix mal assurée.

Mike s'immobilisa en face d'elle, les yeux brûlants de colère.

— Vous savez pertinemment ce que je veux dire. Vous êtes une fille intelligente, Natalie. Intelligente et tordue.

— Je ne jouais à aucun jeu ! protesta-t-elle, trouvant un regain de courage dans la légère ivresse que lui procurait le champagne. Je voulais juste vous prouver que je pouvais être attirante, et sexy. Appelez ça de la vanité féminine si vous voulez, mais je n'aime pas vous entendre critiquer mon apparence.

— Appelons un chat un chat, Natalie. Vous vouliez me séduire, point à la ligne.

— D'accord, je voulais vous séduire ! explosa-t-elle.

— Eh bien vous avez réussi.

La jeune femme sentit une boule se nouer dans sa gorge en entendant cet aveu.

— Mais ça ne vous mènera pas bien loin, ajouta-t-il.

Natalie se demanda après coup si c'était le champagne qui l'avait poussée à prononcer ces mots.

— Vous aussi vous vous trompez. Ce n'est pas à votre cœur que j'en veux, mais à votre corps.

Il y eut un silence stupéfait, puis un rictus cynique apparut sur les lèvres de son compagnon.

— C'est ce que disent beaucoup de femmes. Mais peu le pensent vraiment.

— Moi, si, insista-t-elle. Après le fiasco avec Brandon, je me suis repliée sur moi-même et j'ai tout fait pour fuir les hommes. J'ai bien failli devenir une vieille fille. Mais vous êtes entré dans ma vie, et mon corps s'est réveillé. Car je vais être honnête, Mike : vous êtes un homme très excitant. Mais certainement pas un homme dont je pourrais tomber amoureuse. Juste un homme avec lequel j'aimerais faire l'amour. Alors faites-moi confiance quand je vous dis que, le moment venu, je ne ferai aucune difficulté pour divorcer !

11

Mike n'aurait pu être plus surpris. Elle venait de prononcer les mêmes mots qu'il utilisait d'ordinaire pour expliquer à ses conquêtes qu'il ne tombait jamais amoureux, qu'elles ne devaient pas se faire d'illusions, etc.

Il aurait dû en être ravi. La femme qu'il désirait venait de lui avouer qu'elle avait envie de lui, tout en lui assurant qu'il n'y aurait aucune complication sentimentale. C'était une configuration idéale.

Alors pourquoi ne sautait-il pas sur l'occasion ? Pourquoi ne lui arrachait-il pas sa robe et ne la prenait-il pas là, tout de suite, sur l'épais tapis bleu ?

Peut-être parce qu'il ne savait pas ce qu'elle avait vraiment en tête. On ne pouvait jamais, selon lui, faire confiance à une femme.

Mais lui résister, à présent qu'elle s'était offerte à lui, était impossible. Il baissa les yeux sur ses lèvres, brûlant d'envie de la sentir fondre sous ses baisers comme elle l'avait fait quelques instants plus tôt. Il avait adoré la sentir s'affaisser contre lui, s'agripper à lui comme si sa vie en dépendait.

« Attention, lui souffla une petite voix, tu l'aimes un peu trop… Ça pourrait être dangereux. »

Mais c'était trop tard.

— D'accord, dit-il d'une voix rauque.

Et, levant les mains, il commença de dénouer le foulard

qui retenait les cheveux de Natalie. Elle respirait vite. Mike sentait son propre cœur battre plus fort dans sa poitrine…

Il devait prendre son temps. Ne pas se presser, ne pas la brusquer. Après tout, elle lui appartenait, pas seulement pour une nuit, ou une semaine, mais jusqu'à leur divorce. Elle était sienne, il pouvait faire d'elle tout ce qu'il voulait. Il pouvait satisfaire le moindre de ses fantasmes…

Mike prit une profonde inspiration et regarda autour de lui, les mains sur les douces épaules de Natalie. Le loft de Richard était un endroit splendide. Vaste, lumineux, admirablement décoré, il avait un petit air de vacances qui encourageait au plaisir et à l'insouciance.

Mais le salon n'était pas l'endroit idéal pour faire l'amour à Natalie, du moins pour la première fois.

Son regard tomba sur le tapis bleu sur lequel ils se tenaient. Mike songea à y allonger la jeune femme, mais il résista à cette pulsion malgré son désir. Beaucoup de femmes n'aimaient pas ce genre de choses. Non, il avait besoin d'un lit. Après, il verrait…

Il savait que la chambre principale abritait un lit immense et confortable. Il l'avait brièvement visitée en déposant ses affaires et avait également remarqué la présence d'un jacuzzi dans la salle de bains adjacente, promesse de délices à venir. C'était le cadre idéal pour la réalisation des scénarios qui lui emplissaient l'esprit depuis qu'il avait rencontré Natalie Fairlane.

Qui s'appelait désormais Mme Stone. Mme Mike Stone.

Elle était sienne. Légalement.

Un frisson parcourut Mike à cette idée, et ses mains se refermèrent sur ses épaules nues. Ses lèvres se posèrent à la base de son cou, et son souffle s'accéléra lorsqu'il inspira une bouffée de son parfum. A cet instant, il faillit oublier ses bonnes résolutions et l'entraîner à terre.

Mais il parvint à résister à la tentation et, au lieu de cela, la souleva dans ses bras.

Natalie eut un hoquet de stupeur.

— Où m'emmenez-vous ? demanda-t-elle, le souffle court.

Mike eut un sourire entendu.

— Dans un endroit un peu plus confortable.

— Oh…

— A moins que vous ne préfériez l'amour un peu plus… rustique ? C'est le cas ? demanda-t-il en s'arrêtant brusquement, au beau milieu du couloir. Soyez honnête avec moi. Autant que je sache dès le départ ce que vous aimez et ce que vous n'aimez pas.

Natalie se mordit la lèvre et le dévisagea. Divers scénarios lui vinrent à l'esprit, certains tendres, d'autres plus sensuels, d'autres franchement érotiques. *Tous* étaient excitants.

— Je crois que j'aimerai tout, confessa-t-elle.

Elle rougit aussitôt, choquée par ce qu'elle venait de dire. Mike parut tout aussi surpris, mais se reprit bien vite.

— Vous êtes mon genre de femme, alors, dit-il d'une voix rauque et sensuelle.

Il se remit en marche et ils pénétrèrent dans une vaste chambre, avec un immense lit trônant en son centre.

Natalie la balaya d'un regard nerveux. La lumière du jour y entrait à flots par une immense baie vitrée qui occupait presque tout un mur. Cela lui rappela que la journée était loin d'être terminée, et que le soleil n'était pas près de se coucher.

Ce qui signifiait qu'elle était sur le point de faire l'amour en plein jour à un homme qui était légalement son mari mais qu'elle connaissait à peine.

Etait-ce ce qui l'excitait à ce point ? Etait-ce le vieux fantasme de faire l'amour à un étranger ? Ou s'agissait-il d'autre chose, d'une partie d'elle-même qu'elle ne voulait pas réveiller de peur de souffrir de nouveau ?

« Concentre-toi sur le sexe, se dit-elle comme Mike la reposait sur ses pieds, sur un épais tapis blanc à côté du lit. Ne pense pas à l'avenir. Concentre-toi sur l'instant présent. Sur ses caresses. Sur son corps… »

Elle frémit lorsqu'il remonta ses mains le long de ses bras nus, et Mike demanda :

— Vous avez froid ?

— Non. Taisez-vous, Mike…

— Vous n'aimez pas parler pendant l'amour ?

— Non.

— Mmm. Vous êtes vraiment mon genre de femme.

Natalie le soupçonnait de mentir, mais était résolue à faire de son mieux pour le satisfaire. De toute façon, elle savait qu'il n'y aurait jamais rien d'autre entre eux que du plaisir physique. Alors autant en profiter.

— Vous voyez une objection à ce que je vous déshabille ? fit-il abruptement.

Natalie hésita. Qu'auraient répondu ses maîtresses habituelles ?

Elle se rappela qu'Alanna avait mentionné qu'il était sorti avec une strip-teaseuse. Une fille qui n'avait donc aucune gêne à exposer son corps !

Elle redressa le menton et se tourna. Mais lorsqu'il fit descendre la fermeture de sa robe, et qu'elle sentit le bustier glisser sur sa poitrine, elle ne put s'en empêcher : elle le retint aussitôt de ses deux mains.

Mais Mike ne paraissait pas disposé à tolérer cet accès de pudeur. Il tira sur la robe, qui glissa le long de son corps et tomba à terre. Natalie se retrouva seulement vêtue d'une culotte de dentelle et de ses chaussures à talons couleur ivoire.

Elle n'aurait su dire si elle était terriblement embarrassée, ou excitée. Une chose était sûre : ses joues brûlaient atrocement.

— Là, c'est mieux, murmura-t-il en couvrant ses seins de ses mains.

Natalie hoqueta de plaisir et sentit les pointes de ses seins se dresser instantanément contre ses paumes, comme il commençait de les caresser avec de petits mouvements circulaires. Il les pinçait et les faisait rouler entre ses doigts.

Lorsqu'il abandonna ses seins pour la soulever de nouveau

dans ses bras, Natalie tenait à peine debout, et était incapable d'articuler le moindre mot.

Il la déposa enfin sur le lit. Les draps de satin étaient frais et doux sur sa peau. Il se redressa.

— Vous êtes une femme superbe, madame Stone, murmura-t-il en commençant de se déshabiller.

Elle l'étudiait avec fascination, tandis que chaque vêtement qui tombait révélait un corps musclé, incroyablement sensuel, plus beau encore qu'elle ne l'avait imaginé. Il avait des épaules larges et une taille étroite, un ventre plat et sculptural, des jambes longues et puissantes.

— Et vous êtes un homme superbe, monsieur Stone, ne put-elle s'empêcher de répondre.

— Je croyais que vous n'aimiez pas parler ?

— J'ai changé d'avis, répondit-elle d'un ton de défi.

— Comme vous voudrez.

Ce qu'elle voulait, en cet instant, était qu'il la prenne dans ses bras. Mais il resta un moment immobile, à l'observer. Natalie se sentit rougir de nouveau comme son regard descendait lentement le long de son corps.

— Ces talons sont redoutables, dit-il en s'asseyant sur le bord du lit et en lui prenant le pied. Il faut les enlever. Et votre culotte aussi…

Natalie retint son souffle tandis qu'il glissait une main sous la fragile dentelle et la faisait glisser le long de ses jambes. Terriblement gênée, elle serra les cuisses pour dissimuler sa nudité.

Mais Mike se pencha vers elle et l'embrassa, avec une telle volupté qu'elle sentit sa pudeur et sa timidité fondre comme neige au soleil. Elle brûlait d'envie de l'accueillir en elle, de le sentir la pénétrer, la posséder.

— Mike, soupira-t-elle lorsqu'il détacha enfin ses lèvres des siennes.

Il fit courir sa bouche le long de sa gorge, puis s'arrêta sur ses seins.

— Allez-y ! Maintenant.

Il redressa la tête vers elle, le regard sombre et interrogateur.

— Vous êtes sûre ?

— Certaine.

— J'en ai pour une seconde alors…

Il lui en fallut plutôt une trentaine pour sortir un préservatif de son portefeuille et l'enfiler. Natalie en profita pour le dévorer du regard, captivée par sa beauté, terriblement excitée par l'idée que, dans quelques instants, il allait lui faire l'amour.

Ou plus exactement, il allait coucher avec elle. Car il ne serait jamais question d'amour. C'était du sexe à l'état pur.

Ce qui ne signifiait pas pour autant que ce n'était pas quelque chose de spécial. Déjà, elle se sentait plus femme que jamais. Une femme belle, désirable, une femme dont un homme pouvait tomber amoureux. Rien que pour ça, elle ne regrettait pas de l'avoir rencontré…

Mike fronça légèrement les sourcils. Elle lui souriait. Pas de façon aguichante. Non, c'était un sourire chaleureux, presque rayonnant. Pas le genre de sourire qu'il était habitué à voir sur le visage d'une femme. Du moins pas *avant* de lui avoir fait l'amour.

Il monta sur le lit et effaça ce sourire d'un long baiser. Tout ce qu'il avait à penser, c'était qu'elle voulait qu'il la prenne, tout de suite, sans plus de préliminaires.

Et cela lui convenait très bien, songea-t-il tout en glissant une cuisse entre les siennes. Il ne demandait pas mieux.

Les doigts mêlés à ses cheveux, les lèvres collées aux siennes, il guida son sexe vers le sien…

Etait-ce elle qui avait gémi ? Ou lui ? Il n'aurait su le dire. Mais une onde de sensations remonta en lui lorsqu'il glissa enfin en elle.

Seigneur, c'était incroyable. Il dut s'immobiliser, le souffle court, pour retenir son plaisir.

Natalie leva vers lui un regard bleu un peu vague, presque suppliant. Ses pupilles étaient dilatées par le désir. Qu'elle était belle, avec ses cheveux répandus sur l'oreiller et ses joues rosies…

— Mettez vos bras au-dessus de votre tête, ordonna-t-il.

Elle cligna des yeux de surprise, puis obéit. Ce geste fit remonter ses seins généreux, mais Mike ne les embrassa pas. Il savait qu'elle l'attendait mais il ne voulait pas se précipiter. Il avait bien l'intention de prendre son temps, de la savourer. C'était juste le début du festin. Aller trop vite aurait été un crime.

Malheureusement, elle se mit à onduler, et il fut forcé de bouger à son tour en elle, d'abord lentement, puis plus rapidement, tandis qu'un désir presque incontrôlable montait en lui.

Mais il voulait la satisfaire d'abord. Elle avait les yeux fermés. Soudain, ses doigts agrippèrent la tête de lit en rotin. Elle gémit, et se colla plus étroitement contre lui.

L'effet fut explosif. Mike sut qu'il n'allait plus tenir très longtemps. Au même moment, Natalie poussa un cri, et des convulsions la secouèrent.

Jamais il n'avait vu une femme avoir un orgasme si violent. Il colla ses lèvres contre son cou, en un baiser presque vampirique, tandis qu'il s'oubliait enfin en elle dans une explosion de plaisir inouïe.

Ils restèrent ensuite un long moment allongés, sans mot dire.

— Non, reste là, fit Natalie d'un ton suppliant lorsqu'il voulut se détacher d'elle.

En temps normal, après avoir fait l'amour à une femme — surtout pour la première fois — Mike mettait un point d'honneur à ne pas se montrer trop tendre, et à rouler sur le côté pour s'endormir ou à gagner la salle de bains. L'expérience lui avait en effet appris que les femmes étaient plus vulnérables à ce moment-là, promptes à se tromper sur les sentiments qu'il éprouvait. Elles voulaient parler et avaient besoin de gestes tendres. La seule fois où il avait cédé, la fille lui avait fait une déclaration d'amour.

Et il ne supportait pas d'entendre une femme lui dire qu'elle l'aimait.

Alors pourquoi ne se précipitait-il pas vers la salle de bains ? Pourquoi caressait-il les cheveux de Natalie, et l'embrassait-il tendrement sur les lèvres ?

Parce que la situation était différente. Parce qu'il savait qu'elle ne lui dirait jamais qu'elle l'aimait, et qu'il n'avait donc pas à marcher sur des œufs avec elle. Il pouvait se détendre et faire ce qu'il voulait.

— Tu veux venir dans la salle de bains avec moi ? demanda-t-il.

Elle parut un peu déroutée, comme si c'était la première fois qu'on lui faisait une telle proposition.

— Pour… Pour quoi faire ?

— Il y a un jacuzzi…

— Eh bien, je…

— Va chercher le champagne, je fais couler le bain, coupa Mike. Nous sommes mariés, tu te rappelles ? Prendre un bain ensemble est parfaitement normal pour des nouveaux époux.

Natalie se mit à rire.

— Mike, ce mariage n'a rien de normal.

Il haussa les épaules, un sourire amusé aux lèvres.

— Et alors ? Autant en profiter pendant que ça dure. C'est bien ce que tu voulais, non ? Je te savonnerai si tu me retournes la faveur.

Elle rougit, puis acquiesça en riant. Quelques instants plus tard, alors que Mike prenait place dans le bain qui montait en bouillonnant, elle franchit le seuil de la salle de bains, enveloppée d'un peignoir, une bouteille de champagne à la main.

— Je n'arrive pas à l'ouvrir, avoua-t-elle. Je ne suis pas douée pour ce genre de choses.

Mike remarqua qu'elle évitait de le regarder directement. Il supposa que son érection la dérangeait et cette manifestation de pudeur l'inquiéta. Peut-être n'était-elle pas aussi expérimentée qu'il l'avait cru, après tout.

Mais ce n'était pas logique. Natalie avait été la maîtresse

d'un homme marié. Elle devait avoir une certaine expérience des choses du sexe…

— Et si tu venais dans le bain ? suggéra-t-il d'un ton suave. Je me charge du champagne.

— Oh, merci. C'est gentil.

— C'est la moindre des choses. Je ferais n'importe quoi pour toi.

Puis il tendit la main et tira sur la ceinture de son peignoir. Les pans s'en écartèrent et elle rougit de nouveau, mais sans essayer de le cacher.

— Je te préfère nue, déclara-t-il, glissant un bras autour de sa taille et l'attirant à lui.

Elle ne prononça pas un mot. Peut-être ne pouvait-elle pas parler. Mike se sentait lui-même profondément troublé. La simple vision de son corps le rendait fou de désir.

Il l'attira à lui et, Dieu merci, elle ne protesta pas. Ils firent l'amour de nouveau, jusqu'au moment où les cris de plaisir de Natalie déchirèrent le silence de l'après-midi. Puis elle glissa dans l'eau, contre lui, lovée dans ses bras.

— C'était incroyable, dit-elle, le souffle court. *Tu* es incroyable.

Mike sentit une immense joie l'envahir et se laissa aller quelques instants à cette délicieuse sensation. Puis il reprit ses esprits. Les courbes affolantes de Natalie avaient décidément un effet des plus étranges sur lui. Et des plus dangereux !

— Merci du compliment, dit-il d'un air faussement détaché.

Puis il glissa une main entre les cuisses de Natalie. Après tout, le meilleur moyen de se sortir cette fille de la tête était encore de recommencer…

12

— Natalie, enfin ! s'exclama Alanna. J'ai guetté ton coup de fil toute la matinée. Mais c'est vrai qu'il n'est que 10 heures… Alors, que s'est-il passé après notre départ ? Vous l'avez fait ou pas ?

— Fait quoi ? la taquina Natalie.

— Par pitié, ne me torture pas ! De toute façon, je sais que quelque chose s'est passé. Ça s'entend dans ta voix. Je veux que tu me donnes tous les détails.

Natalie se mit à rire et rougit en même temps. Il n'était pas question qu'elle donne *tous* les détails à son amie. Certaines des choses qu'elle avait faites auraient été bien trop embarrassantes à raconter…

Mais il était inutile de prétendre que rien ne s'était passé.

— D'accord, d'accord, reconnut-elle. Oui, nos efforts ont marché. Mike et moi avons couché ensemble.

— Je le savais ! Reece était sûr que Mike ne pourrait pas te résister. Il n'est pas fait pour être célibataire. Alors, que penses-tu de lui maintenant que tu le connais un peu mieux ?

Natalie grimaça. Elle aurait dû se douter qu'Alanna, qui entretenait des illusions romantiques sur ce mariage, poserait ce genre de question.

Mais elle refusait d'encourager son amie dans cette voie.

— Mike et moi n'avons rien en commun, Alanna. Absolument rien.

— Les contraires s'attirent, tu sais.

— Ça ne suffit pas pour faire fonctionner un mariage.

— C'est déjà un début. Tu crois que tu pourrais tomber amoureuse de lui, avec le temps ?

— Je ne crois pas, non, répondit Natalie avec raideur.

En tout cas, c'est ce qu'elle espérait. Car souffrir de nouveau pour un homme, et cette fois en toute connaissance de cause, serait suicidaire de sa part !

— Mais tu ne dis pas que c'est impossible ?

— Rien n'est impossible.

— Où est-il en ce moment ?

— Il est parti faire des courses.

— Des courses ? Quelles courses ? Holly a dit qu'il y avait dans l'appartement tout ce dont vous pouviez avoir besoin !

Natalie rougit comme une pivoine. Elle s'imaginait mal avouer à son amie qu'il était allé acheter des préservatifs… Cela ne ferait qu'amener des questions plus gênantes encore.

— Juste le journal du dimanche. Et du lait. Nous aimons tous les deux en mettre dans notre café.

— Tu vois ? Ça vous fait au moins un point en commun.

— Tu es une éternelle optimiste Alanna. Tu vois toujours la vie en rose.

— Crois-moi, je sais ce que c'est que de vivre sans espoir. Et c'est affreux… Et puis, Holly et moi pensons que tu es la femme idéale pour Mike.

— Et pourquoi ça ?

— Parce que tu es intelligente, sexy, et très sensible. Et je parie que tu cuisines bien.

— Je me débrouille.

Brandon avait été un adepte de sa cuisine. Malheureusement, elle se rappelait d'un nombre incalculable de fois où elle avait fini par manger seule, parce qu'il lui avait fait faux bond à la dernière minute.

— Je te dis que tu es la femme parfaite pour lui, Natalie. Il faut juste que tu en convainques Mike, à présent.

— Et si moi je n'ai pas envie de lui pour mari ?

Au bout du fil, Alanna se mit à rire.

— J'ai passé les dernières semaines avec toi, Natalie. Tu sais combien de fois par jour tu parles de lui ?

— Dis-le-moi.

— J'ai préféré arrêter de compter. Mike par-ci, Mike par-là. Chaque fois que tu essayais un vêtement, c'était : « Tu crois que ça plaira à Mike ? »

— Il n'y a qu'une attirance physique entre nous, martela Natalie. Du sexe.

— Jusqu'à ce que ça devienne autre chose. Mike est un type bien. Et il est seul. Il a besoin que quelqu'un l'aime.

— Pourtant, il a été clair sur le fait que ni l'amour ni le mariage ne l'intéressaient.

— Ce n'est qu'une façade. Il crâne. Il faut que tu voies au-delà. Il n'est pas si dur qu'il le prétend, tu sais. Il t'a parlé de ces gamins défavorisés qu'il aide ?

— Non, fit Natalie avec un froncement de sourcils. Jamais.

— Evidemment. Pourtant, il dépense beaucoup d'argent pour eux. Il les aide à partir en vacances, leur achète des ordinateurs, donne des cours d'informatique gratuitement, fait construire des terrains de sport et des foyers. Reece et Richard participent, mais c'est lui qui met l'essentiel de l'argent. Si tu crois qu'il veut conclure cette affaire avec Helsinger pour s'enrichir, tu te trompes.

Natalie était stupéfaite par ces révélations.

— Mais… pourquoi tu ne m'as pas dit ça plus tôt ?

— Parce que je n'y ai pas pensé. J'étais trop occupée à te transformer en femme fatale. Mais maintenant que tu le sais, ça change tes sentiments à son égard, non ?

— Eh bien, ça me donne envie de mieux le connaître… Je veux dire, qu'est-ce qui le pousse à faire tout ça ?

— Je ne sais pas. Il n'en parle jamais. Pas même à Reece ou à Richard.

— Ce doit être quelque chose de difficile à expliquer ou à avouer…

— Pourquoi ne lui poses-tu pas la question ? Après tout, il faudra bien que tu connaisses son passé avant de monter sur le yacht. Si Chuck Helsinger t'interroge à ce sujet, tu dois pouvoir répondre.

— C'est vrai. Je n'y avais pas pensé.

Natalie était ébranlée par ce qu'Alanna lui avait appris. Malheureusement, cela rendait Mike encore plus fascinant. Or, elle devait veiller à garder le contrôle de ses sentiments.

— Qu'as-tu dit à ta mère pour expliquer le fait que tu allais disparaître une semaine ? reprit Alanna.

— Que je prenais des vacances sur la côte. Et que je couperais mon téléphone. Bon, je dois te laisser, maintenant. Mike ne va pas tarder à rentrer. Nous ne nous reparlerons pas avant le week-end prochain. Je préfère ne pas prendre mon portable pendant la croisière.

— D'accord. Amuse-toi bien. Oh, je peux tout raconter à Holly, pour Mike et toi ?

— Tant que tu n'en rajoutes pas dans le romantisme de la situation.

— Mais elle *est* romantique ! C'est juste que tu ne le vois pas.

— Non. C'est toi qui vois mal, Alanna. Je ne suis *pas* amoureuse de Mike. C'est simplement physique, d'accord ?

— Si tu le dis ! répondit son amie d'un ton qui indiquait qu'elle n'en croyait pas un mot.

Natalie secoua la tête, exaspérée. Certaines personnes étaient incorrigibles.

— Au revoir, Alanna.

— Au revoir ma chérie !

Elle raccrocha en soupirant.

— Alanna essaie de faire comme toi ?

Elle pivota, surprise. Mike se tenait debout sur le seuil de la cuisine.

— Oh ! Je ne t'avais pas entendu rentrer.

Cela n'avait rien d'étonnant, puisqu'il était pieds nus. Elle l'étudia un moment, le cœur battant, puis fronça les sourcils.

— Comment ça, elle essaie de faire comme moi ?

— Elle joue les entremetteuses ?

Natalie se renfrogna. Inutile de nier ce qu'il avait apparemment entendu.

— Elle s'imagine que je suis amoureuse de toi, et que tu as besoin d'une femme. J'ai essayé de lui expliquer qu'elle s'était trompée.

— Oui, je t'ai entendue lui dire que ce n'était qu'une affaire de sexe.

C'était exactement ce qu'il attendait d'elle, non ? Alors, pourquoi n'avait-il pas l'air si réjoui ?

— Mais qu'est-ce qui ne va pas, chez vous les femmes ? grommela-t-il en déposant le lait et le journal sur le plan de travail. Vous avez vraiment besoin de tout vous raconter ?

Natalie redressa le menton, piquée au vif.

— Les femmes ont la fâcheuse tendance d'avoir besoin d'autrui. Pour autre chose que le sexe, je veux dire. Nous avons besoin de tendresse, d'attention, et occasionnellement d'amour. C'est vraiment stupide, je sais. Mais ne t'inquiète pas, Mike. Ce n'est pas à toi que je demanderai de l'amour. Tu ne serais pas capable d'aimer même si ta vie en dépendait.

Il la fusilla du regard, visiblement furieux. Ses poings s'étaient crispés.

— Tu ne sais pas de quoi tu parles.

— Dis-le-moi alors. Je serais ravie de savoir. Qu'est-ce qui te fait aller de l'avant, Mike ? Pourquoi es-tu si généreux avec l'argent et si peu avec les sentiments ? Que t'est-il arrivé ?

Mike parut encore plus en colère, l'espace de quelques instants, puis il se mit soudain à rire.

— Je vois qu'Alanna a parlé.

— Et moi, je ne vois pas pourquoi tu m'as caché tes activités caritatives.

— Ce que je fais de mon argent ne regarde que moi, et moi seul.

— C'est comme ça que tu finiras, Mike. *Seul.*

— Peut-être, mais c'est mon choix.

— J'en suis sûre. Je suis désolée, mais je ne crois pas que je veuille continuer à coucher avec toi.

Natalie regretta ces mots sitôt qu'ils eurent franchi ses lèvres.

— Pourquoi ça ? demanda-t-il.

— Je... je ne suis pas sûre d'en être capable.

— Tu m'as semblée très capable la nuit dernière...

— Ne sois pas vulgaire !

— Je ne suis pas vulgaire. Je dis la vérité, rétorqua-t-il en lui prenant les deux mains et en les posant sur son torse. Tu ne pouvais pas te passer de moi hier soir. Je suis toujours le même homme, et tu es toujours la même femme.

« Ce n'est pas vrai, aurait-elle voulu répondre. Tu ne comprends pas que quelque chose a changé ? Tu ne le sens pas ? »

— Moi, en tout cas, reprit Mike, je n'ai pas eu assez de toi.

Elle lut alors dans son regard un désir qui n'avait rien de sexuel, et comprit qu'Alanna avait raison. Il était seul. Il avait besoin de quelqu'un.

Mais elle savait également que jamais il ne le reconnaîtrait. Les blessures de son passé, quelles qu'elles fussent, n'avaient pas cicatrisé. Tout ce qu'elle pouvait offrir à Mike, c'était du réconfort sous sa forme la plus primitive.

Si elle ne pouvait lui dire qu'elle l'aimait, elle pouvait en revanche le lui montrer.

Alors elle se remémora ce qu'Alanna avait dit sur une vie sans espoir.

Et elle se mit à espérer.

13

Natalie arrangeait sa coiffure dans le miroir de la salle de bains, lorsqu'elle aperçut Mike dans son dos. Il se tenait sur le seuil de la pièce et l'observait.

Il était incroyablement séduisant dans un costume de lin clair qui semblait avoir été coupé spécialement pour lui. Ce qui était certainement le cas, songea-t-elle. Il avait roulé ses manches jusqu'aux coudes, révélant des avant-bras musclés et bronzés.

— Tu es prête ? demanda-t-il.

— Autant que je puisse l'être, répondit Natalie en se détournant du miroir. Je ne pensais pas que je serais aussi nerveuse.

— Inutile d'être nerveuse. Tu es superbe.

— Vraiment ? Tu ne trouves pas que je suis trop habillée ?

— Non. Et le bleu te va à ravir.

Natalie rosit de plaisir.

— Dommage pour le soutien-gorge, murmura-t-il en baissant les yeux sur sa poitrine.

— Mais je n'ai pas de soutien-gorge !

— Je sais. Justement.

Elle rougit franchement, et sentit ses seins se tendre sous le tissu. Il la regardait avec une avidité qui la fit frissonner.

— Arrête de me regarder comme ça, protesta-t-elle, le souffle court.

Mike avait l'étrange pouvoir d'éveiller son désir par son seul regard. Il suffisait qu'il le pose sur elle pour qu'elle perde la tête.

— Il… Il faut que nous y allions, ajouta-t-elle faiblement.

— Il ne *faut* rien du tout, grommela son compagnon. Je peux tout annuler. Après tout, plein d'autres sociétés seront intéressées par mon programme. Je n'ai pas besoin de Comproware.

— Mais toutes ne te proposeront pas un partenariat ! protesta-t-elle, surprise par son changement d'attitude. Mike, tu m'as *épousée* pour ce contrat. Pense à ce que tu pourras faire avec cet argent.

Son compagnon plissa les yeux, puis demanda :

— C'est à mes bonnes œuvres que tu penses ou à ton second million ?

Natalie se raidit sous l'affront.

— Ce n'est pas juste.

Mike eut le bon goût de paraître contrit.

— Non, c'est vrai. Je suis désolé. Je ne suis pas moi-même aujourd'hui. C'est juste que je déteste devoir me plier aux fantaisies d'un vieil excentrique. Helsinger a voulu que je me marie, et je me suis marié. Une chose que je m'étais promis de ne jamais faire. C'est comme si je n'étais plus mon propre patron mais un chien qui saute dans un cerceau pour faire plaisir à son maître.

— Ça n'a rien à voir, Mike. Et tu le sais.

— Si ça se trouve, j'ai fait tout ça pour rien, marmonna-t-il avec un haussement d'épaules.

— Comment ça, pour rien ?

— Si Helsinger a fait une enquête sur mon compte, nous sommes fichus. N'importe quel privé se rendra vite compte que ma femme dirige une agence matrimoniale. Jamais il ne gobera qu'il s'agit d'un mariage d'amour.

— Dans ce cas, c'est qu'il n'a pas fait d'enquête, raisonna Natalie. Sinon, il aurait annulé son invitation et son offre de partenariat. J'en mettrais ma main à couper.

— J'espère que tu as raison. Mais j'ai un mauvais pressentiment. Peut-être que Helsinger aime jouer avec les gens. Peut-être qu'il s'ennuie depuis qu'il est milliardaire.

— La vie est pleine de « peut-être », Mike. Nous sommes déjà allés assez loin. Autant jouer le jeu jusqu'au bout.

Mike la fixa. Elle avait raison, bien sûr.

Pourtant, il avait presque envie de tout annuler. Mais pas à cause de Helsinger. A cause d'elle. Cette femme magnifique qui l'avait troublé dès l'instant où il l'avait vue, et qui était en passe de devenir une vraie obsession. Une dangereuse obsession.

Avec elle, il se comportait différemment d'avec toutes les autres femmes. Plus il lui faisait l'amour, plus il la désirait. Il commençait même à avoir besoin d'elle, un besoin compulsif. Or Mike s'était juré, il y avait bien longtemps, de ne jamais dépendre d'une femme.

Natalie agita une main devant ses yeux.

— Tu m'entends, Mike ?

Il cligna des paupières, puis répondit sèchement :

— Tu as raison. Nous devons aller jusqu'au bout. Même si ça me rend fou. Je ne veux pas échouer si près du but.

— Au moins, nous n'avons pas à faire semblant d'être amants, souffla-t-elle avec un sourire séducteur.

Ce sourire eut un effet incroyable sur lui. C'était comme de s'envelopper dans une couverture chaude par un jour glacial. Son sang se mit à bouillonner dans ses veines.

Heureusement, il leur fallait partir. Sans quoi il lui aurait fait l'amour ici même.

— Allons-y, ordonna-t-il un peu brutalement.

— Je dois prendre mon sac. Et les photos de mariage.

— Non, pas les photos.

— Mais tu as payé spécialement pour que l'album soit prêt ce matin !

— J'ai changé d'avis. Les Helsinger ne sont pas des amis intimes, et je pense qu'ils trouveraient étrange que nous leur montrions les photos.

Mais la vérité, c'était qu'il détestait l'expression que le photographe avait capturée sur son visage pendant la cérémonie.

Il regardait Natalie comme un idiot éperdument amoureux. C'était ridicule.

— Je t'attends devant, marmonna-t-il avant de tourner les talons.

Leurs valises les attendaient déjà en bas, gardées par le concierge. Une limousine prêtée par leur hôte devait venir les prendre à 10 h 30 et les escorter jusqu'au yacht amarré à Darling Harbour.

Il jeta un coup d'œil à sa montre. Il était 10 h 29.

— Mike ? fit Natalie au moment où il allait sortir. Qu'est-ce que je dois répondre si les Helsinger me posent des questions sur ton passé ?

— Dis-leur la vérité.

— Mais je ne sais rien de toi !

— C'est exact. Et c'est ce que tu leur répondras.

— Mais je ne peux pas faire ça ! Ils penseront que je suis folle d'avoir épousé un homme dont je ne sais rien.

— Tu as raison… Tu n'auras qu'à dire que j'ai eu une enfance très difficile dont je n'aime pas parler.

Mike sentit le regard de la jeune femme posé sur lui, mais refusa de tourner la tête. Il ressentait trop de choses étranges quand il la regardait.

— C'est le cas ? demanda-t-elle. Tu as eu une enfance difficile ?

Cette fois, il plongea les yeux dans les siens.

— Tu es une fille intelligente, Natalie. Tu sais pertinemment que oui. A présent, si tu veux bien, changeons de sujet.

Il était impossible de ne pas se sentir excitée par un tel luxe, songea Natalie en étudiant l'habitacle de la limousine. Caviar, champagne, rien ne manquait. Leur hôte avait même enregistré un message de bienvenue sur la télévision de bord. Il posait en compagnie de son épouse, une jolie blonde, et les félicitait pour leur mariage avant de leur dire qu'il avait hâte de faire leur connaissance.

Le message terminé, l'écran s'éteignit.

— Alors, qu'est-ce que tu en penses ? souffla Natalie.

Avant de répondre, Mike appuya sur le bouton qui activait la cloison opaque les séparant du chauffeur.

— Je crois qu'un homme qui porte un blazer à boutons dorés n'a pas pu faire appel à un détective.

Natalie se mit à rire.

— C'est vrai qu'il a l'air tout droit sorti des années cinquante. Mais il m'a fait bonne impression.

D'accord, il était gros et chauve. Mais il avait un visage aimable. Et des yeux rieurs.

— Et sa femme ? Tu en penses quoi ?

— Difficile de se faire une opinion. Elle n'a pas dit un mot.

— Je suppose que son rôle n'est pas de faire la conversation, ironisa Mike.

— Tu te trompes peut-être sur leur compte. Ils sont peut-être très amoureux.

— Allons, tu as vu la tête de Helsinger ? Elle l'a épousé pour son argent.

Natalie s'agita inconfortablement sur la banquette de cuir beige. Après tout, c'était en apparence ce qu'elle avait fait elle aussi.

— Qu'est-ce qu'il y a ? s'enquit Mike. Qu'est-ce que j'ai dit ?

— Rien. Je… Rien.

— Mais si. Tu as l'air soucieuse.

— Non. C'est juste que… Je ne voulais pas tu croies que je t'ai moi aussi épousé seulement pour de l'argent. Je… je t'apprécie beaucoup, Mike. J'aime être avec toi.

Natalie ne savait pas comment formuler la chose autrement. L'étape suivante était de lui avouer franchement qu'elle l'aimait.

— C'est vrai, murmura-t-il en détournant la tête pour regarder par la fenêtre. C'était bien.

C'était. Natalie déglutit, soudain attristée. Il parlait au passé.

Etait-ce déjà fini ? Commençait-il à s'ennuyer avec elle ? Ce n'était pourtant pas l'impression qu'elle avait eue.

Pourtant, elle avait senti un changement en lui, récemment. Une mise à distance.

— Tu essaies de me dire quelque chose ? fit-elle avec un sourire contraint.

Lentement, il se tourna pour lui faire face.

— Que crois-tu que j'essaie de te dire ?

— Je ne sais pas. Peut-être que nous allons devoir faire semblant d'être amants, à partir de maintenant ?

— Je ne crois pas que ce soit possible. Pas tant que tu seras près de moi.

— Oh ! Je suis si irrésistible ? railla-t-elle.

— Oui, tu l'es.

Elle prit une inspiration soudaine, ébranlée par cet aveu.

— Mais jeudi, nous en aurons fini avec cette mascarade.

— Pourquoi ? demanda Natalie, presque désespérément.

— Parce que je préfère tout arrêter avant que tu en souffres. Je ne t'apporterai rien de bon. Je ne suis qu'un salaud sans cœur. Je ne connais pas l'amour. Seul le sexe m'intéresse.

— Et alors ? Tu m'as entendue me plaindre ?

Mike la fixa un instant avant de lui agripper le bras et de l'attirer à lui.

— Va au diable, Natalie. Ou mieux encore, allons-y ensemble.

Il la fit asseoir sur lui et il la prit sur la banquette, sans la déshabiller ni se déshabiller. Leur plaisir fut intense, presque animal.

Puis Mike se laissa aller en arrière, les yeux mi-clos.

— Pourquoi ne dis-tu jamais non ? Pourquoi ne m'arrêtes-tu pas ? Tu aurais dû ! Je n'ai même pas utilisé de préservatif !

Elle se mordit la lèvre, l'esprit en ébullition, et calcula mentalement les dates de son cycle. Si elle avait voulu tomber enceinte, elle n'aurait pu choisir meilleur moment…

Mais aucune panique ne succéda à cette prise de conscience. Au lieu de cela, un calme olympien l'envahit.

— Tout va bien, Mike, dit-elle en ouvrant son sac pour se repoudrer. Il n'y aura pas de problème.

— Tu es sûre ?

— Oui.

Oh, oui, elle en était sûre. Si elle tombait enceinte, elle élèverait leur enfant sans l'imposer à Mike, sans lui demander quoi que ce soit, et elle l'aimerait comme elle aimait son père.

— Ne fais pas cette tête, reprit-elle, enhardie par l'excitation que lui procurait cette idée. Je n'essaie pas de te piéger et de faire durer notre relation. Tout ce qui m'intéresse, c'est le sexe. Et tu es très doué pour ça. Alors profitons-en tant que ça dure, d'accord ?

Il secoua la tête, visiblement médusé, et elle enchaîna avec enthousiasme :

— Je vois que tu es d'accord. A présent, sers-moi un peu de champagne. Nous n'allons pas le laisser se perdre, quand même !

14

Le yacht des Helsinger, le *Rosalie*, était un monstre de soixante-cinq mètres de long, doté d'une coque en aluminium, d'un double moteur et d'un système de navigation informatisé. Il pouvait atteindre une vitesse de pointe de dix-sept nœuds, accueillir douze invités et quatorze membres d'équipage. Piscine, spa et héliport se partageaient une partie du pont de teck. La chaloupe de secours de douze mètres pouvait aussi servir d'embarcation pour la pêche au gros.

Chuck s'avéra plus imposant encore qu'à la télévision. Malgré cela, il faisait plutôt plus jeune que son âge. Sa femme, quant à elle, avait l'air d'avoir trente ans tout au plus. Elle avait apparemment un excellent chirurgien esthétique…

Très vite, Helsinger entraîna Mike dans une visite guidée de son jouet géant, tandis que son épouse emmenait Natalie jusqu'à leur cabine.

Quelques minutes loin de Natalie était exactement ce dont Mike avait besoin. Il n'avait pas entièrement recouvré ses esprits, en effet, après ce qui s'était passé dans la limousine. Jamais auparavant il ne s'était laissé entraîner au point d'oublier de mettre un préservatif.

Mais jamais une femme ne lui avait paru si belle, si désirable…

— Il faut que vous voyiez la passerelle ! jubila Chuck après lui avoir montré la piscine et son bar flottant.

La passerelle était un endroit étonnant, qui ressemblait davantage au poste de pilotage d'un vaisseau spatial que d'un bateau. Mike se trouva bientôt absorbé, avec une curiosité de gamin, par l'étude des différents instruments de navigation et autres gadgets électroniques.

— Alors, qu'en pensez-vous ? demanda Chuck lorsqu'ils sortirent enfin. C'est un beau bateau, pas vrai ? demanda-t-il avec un geste circulaire pour désigner sa dernière folie.

— Vous êtes un homme chanceux.

Helsinger partit d'un rire tonitruant.

— C'est vous le chanceux, d'après ce que j'ai pu voir. Votre femme est une sacrée beauté !

— Natalie est une femme merveilleuse, c'est vrai.

— Où l'avez-vous rencontrée ?

Mike plongea les yeux dans le regard brillant d'intelligence de Chuck Helsinger et décida de ne pas lui mentir. Même s'il désirait ardemment ce partenariat, il ne supportait pas la malhonnêteté.

— Eh bien, il se trouve que Natalie dirige une agence matrimoniale, Une femme pour la vie. Quand j'ai appris que vous ne vouliez pas d'un associé célibataire, j'ai fait appel à ses services.

Chuck paraissait totalement pris de court.

— Vous voulez dire que vous étiez prêt à vous marier, juste pour décrocher ce contrat ?

— J'admets que ça me paraissait une bonne idée, sur le moment.

— Et que s'est-il passé ?

— Natalie a refusé de me trouver une femme pour de si basses raisons.

Chuck avait l'air un peu troublé, ce qui confirmait la théorie de Natalie selon laquelle il n'avait pas enquêté sur son compte.

— Je vois, fit son hôte. Enfin, je crois. Et ensuite ?

Puis il leva les deux mains et, avant que Mike puisse répondre, il enchaîna :

— Non, ne dites rien. Je le devine. Vous êtes tombés éperdument amoureux l'un de l'autre.

Mike ouvrit la bouche pour nier, mais s'arrêta net. Il était parfaitement clair que Chuck ne voulait pas entendre la vérité. C'était un incorrigible romantique.

— Comment avez-vous deviné ? soupira Mike.

— Il m'est arrivé la même chose avec Rosalie. Un seul regard et voilà ! Elle conduisait un petit coupé rouge décapotable, nous nous sommes arrêtés au même feu, nos regards se sont croisés… Le coup de foudre ! Elle était dans mon lit avant la fin de l'après-midi. Trois jours après, nous avons refait surface et nous sommes allés nous marier à Las Vegas.

— Vous n'avez pas eu peur que ça ne dure pas ?

— Non. Je savais que c'était la bonne, comme vous l'avez su vous aussi en voyant Natalie. J'avais déjà été marié deux fois, avec des filles qui n'en voulaient qu'à mon argent. Rosalie était différente. Je me sentais un autre homme quand j'étais avec elle. Et ce n'était pas seulement le sexe. J'avais l'impression d'avoir trouvé mon âme sœur. Non, aucun de nous deux n'avait de doute, malgré la différence d'âge. Et nous voilà, seize ans plus tard, toujours aussi heureux, avec deux enfants et une vie de rêve.

— On dirait que vous avez tout ce que vous pouvez souhaiter, observa Mike.

— Vous n'avez pas à m'envier, mon garçon. Jouez vos cartes habilement et vous aurez tout, vous aussi.

— Si par jouer mes cartes habilement, vous sous-entendez savoir vous flatter, Chuck, vous vous êtes trompé d'homme.

L'intéressé renversa la tête en arrière et partit d'un rire de gorge qui secoua sa généreuse silhouette.

— Il faudra que je répète ça à Rosalie. Ça va la faire rire. Elle m'a toujours dit que, un jour, je rencontrerais mon alter ego en affaires. Je crois que ce jour est arrivé. Mais ne vous inquiétez pas, Mike. C'est plutôt moi qui devrais vous flatter. On m'a dit que votre nouvel anti-virus allait révolutionner le marché. Vous allez gagner un sacré paquet d'argent. Mes avocats travaillent déjà sur une proposition pour vous.

— J'ai hâte que *mes* avocats la voient, répondit Mike, feignant le détachement.

Mais il brûlait d'envie de courir annoncer la nouvelle à Natalie !

— Je suppose que vous voulez aller le dire à votre femme ? demanda Chuck, comme s'il pouvait lire dans son esprit.

— Elle sera ravie de l'apprendre, en effet.

Parce que cela signifiait qu'elle recevrait son second million. Et cela sonnerait aussi le glas de leur relation. Natalie, belle et riche désormais, n'aurait aucun mal à trouver un homme désireux de l'épouser et de lui faire des enfants.

Et lui, pendant ce temps-là ? Il serait seul. Comme elle l'avait prédit.

Mais n'était-ce pas mieux ainsi ? Au moins ne risquait-il pas de faire souffrir quelqu'un.

— Je crois qu'il est temps de rejoindre nos femmes pour déjeuner, fit Chuck. Le repas sera servi sur le pont supérieur, d'où on a une vue magnifique. Après quoi nous lèverons l'ancre et nous remonterons la côte jusqu'à Pittwater. Il paraît que c'est très beau, là-bas. Vous connaissez sans doute déjà mais Rosalie et moi sommes de vrais touristes ! Et Natalie et vous pourrez profiter de la croisière pour faire une petite sieste, ajouta Chuck avec un clin d'œil. Allez, je vous retrouve là-haut.

Et il s'éloigna, tandis que Mike secouait la tête d'un air perplexe. Décidément, tout le monde conspirait contre lui ! Mais il n'avait rien contre l'idée d'une petite sieste avec Natalie, surtout après un déjeuner qui s'annonçait long, à en juger par le tour de taille du maître des lieux.

Il emboîta donc le pas à son hôte, déterminé à cesser de lutter contre les circonstances. Il serait sur ce bateau pendant deux jours. Comme l'avait dit Natalie, autant en profiter !

— Alors, que penses-tu des Helsinger ? demanda Mike en roulant sur le ventre, et en prenant la télécommande qui actionnait l'écran plasma fixé en face du lit.

C'était leur première conversation depuis qu'ils avaient regagné leur cabine. Parler, jusque-là, n'avait pas été leur priorité.

Natalie se blottit contre lui et glissa une main dans la fine toison qui recouvrait son torse.

— Je les aime beaucoup, répondit-elle. Il est impossible de ne pas les aimer, d'ailleurs. Tout comme il est impossible de ne pas aimer ce bateau. Regarde cette cabine.

Mike acquiesça. La pièce avait en effet des dimensions princières, et le mobilier n'aurait pas détoné dans la suite d'un palace. Tout comme la salle de bains de marbre, ou l'immense dressing.

— Je les aime bien, moi aussi, déclara-t-il en passant distraitement de chaîne en chaîne, avant d'éteindre la télévision. Tu as fait forte impression sur Chuck.

— J'en suis ravie.

— Il m'a dit que l'affaire était pratiquement faite.

Surprise, Natalie se redressa sur un coude.

— Vraiment ?

— Oui.

— Pourquoi ne me l'as-tu pas dit plus tôt ?

— Je ne pouvais pas. Ma bouche était occupée.

La jeune femme se mit à rire, puis roula sur lui.

— Je dois dire que tu es très doué pour t'en servir. Ce n'est pas le cas de tous les hommes.

— Merci de me rappeler que je ne suis pas le premier.

— Ne me dis pas que tu es jaloux ?

— Ça te surprendrait ?

— Absolument.

— Alors prépare-toi à être surprise. Parce que je suis très jaloux. De tous les hommes que tu as eus avant moi.

— A t'entendre, on croirait qu'il y en a eu des légions. Mais ce n'est pas le cas. Tu as eu bien plus de maîtresses.

— Peut-être, mais jamais je n'ai connu une femme telle que toi.

— C'est un compliment ?

— C'est surtout une complication.

— Pourquoi ?

— Parce que je ne veux pas que tu partes.

Voilà, c'était dit. Elle pouvait maintenant en faire ce qu'elle voulait.

Natalie posa sur lui de grands yeux stupéfaits.

— Tu es sincère ?

— Malheureusement.

— Pourquoi, malheureusement ?

— Parce que je ne suis pas celui qu'il te faut. Tu veux un vrai mariage. Des enfants. Et je ne suis pas fait pour ça. Je serais un père épouvantable !

— Qu'est-ce que tu racontes ? Tu aides des enfants défavorisés ! Tu as énormément d'amour à offrir.

— D'amour ? Je ne leur offre pas d'amour. Je leur offre de l'aide. De l'argent. Des opportunités. Mais il ne s'agit pas d'amour.

— Oh, de quoi s'agit-il, alors ? De ta fameuse enfance difficile ? Tu veux leur éviter d'avoir à subir la même chose, c'est ça ?

— Quelque chose dans le genre, concéda Mike d'un ton bourru.

— Que t'est-il arrivé, au juste ?

— Je te l'ai dit : je n'aime pas en parler.

— Pourquoi pas ? Ça te ferait peut-être du bien.

Pour la première fois de sa vie, Mike fut tenté de se confier. Il prit une profonde inspiration, mais secoua finalement la tête. Non, il ne pouvait pas le lui dire. Il ne voulait pas de sa pitié.

— De quoi as-tu peur ? insista-t-elle. Je te promets que je ne le dirai à personne. Ce sera entre toi et moi.

Mais il imaginait parfaitement comment elle réagirait. Elle avait eu une enfance normale, et n'avait aucune idée de ce qu'il avait enduré.

— Mike, il est important que tu parles de ce qui t'est arrivé. Si tu as peur de me choquer, tu te trompes. Je ne suis pas une petite fleur fragile. J'ai vu pas mal de choses, dans ma vie, et certaines n'étaient pas très belles.

Il grimaça, puis roula sur le côté, lui tournant le dos. Peut-être lui serait-il plus facile de parler sans la regarder.

— Je ne sais pas par où commencer, marmonna-t-il.

— Commence par le début. Parle-moi de ta mère et de ton père. Qui étaient-ils ? Comment se sont-ils rencontrés ? Où sont-ils, maintenant ?

Mike soupira, près de capituler.

— Tu n'abandonneras pas tant que je n'aurai rien dit, je suppose ?

— Non. N'y compte pas.

En temps normal, ces questions l'auraient rendu fou furieux. De la part de Natalie, pourtant, elles ne le dérangeaient pas. Au contraire, il avait envie de lui raconter, envie qu'elle le comprenne.

— Ne viens pas me dire que je ne t'avais pas prévenue, déclara-t-il. D'accord, mes parents, pour commencer… Je ne sais rien de mon père. Pas même son nom. Je crois que c'était un soldat américain en escale à Sydney.

— Bon, ta mère a eu une aventure avec un soldat et tu es né. Ce n'est pas si terrible.

— Ma mère se droguait depuis l'âge de quinze ans. Ses parents l'avaient mise à la porte. Ma mère était peu regardante sur les hommes quand elle avait besoin d'argent pour acheter sa drogue. C'est comme ça que je suis né.

— Je vois…

— Je t'avais dit que c'était une histoire sordide.

— Ce n'est pas la première fois que je l'entends. Mais c'est triste pour ta mère. La pauvre.

— La pauvre ?

Mike se retourna brusquement et fixa cette femme qui osait avoir de la compassion pour sa mère.

— C'est moi qui étais à plaindre ! Moi et mon frère !

— Ton frère ? Mais tu as dit durant notre premier entretien que tu n'avais ni frère, ni sœur…

— Tony était mon demi-frère. Dieu seul sait qui était son père à lui. Je crois que ma mère ne nous a gardés que pour toucher les allocations familiales. Et tout l'argent passait dans sa drogue. Il n'y avait presque rien pour manger ou s'habiller. Et pire encore, rien pour soigner Tony, qui était de santé fragile.

Les souvenirs de son enfance lui revenaient avec violence. Ils hantaient ses rêves depuis des années, et il n'avait jamais pu les éloigner que dans le travail ou dans les bras des femmes.

Il avait commis une erreur en cédant au désir de s'épancher. Une grossière erreur.

Mike se redressa et posa les pieds à terre, luttant contre le tumulte qui enflait en lui. Des larmes lui piquaient les yeux, mais il se refusait à pleurer. C'était bon pour les femmes et les enfants.

— Tu ne sais pas ce que c'est, reprit-il. Tu es déjà allée te coucher en ayant faim ? Tu es déjà allée à l'école sans avoir déjeuner, avec des vêtements trop petits ? Tu as déjà vu un petit frère dépérir sous tes yeux ?

— Non, murmura-t-elle. Je ne connais rien de tout cela. Mais j'imagine comme vous avez été très malheureux, toi, ton frère *et* ta mère. Essaie de la comprendre. Essaie de lui pardonner.

— Je ne pourrai jamais lui pardonner, gronda-t-il en secouant la tête. Elle n'arrêtait pas de nous dire qu'elle nous aimait, mais elle n'a jamais rien fait pour nous. Ses actions sont plus éloquentes que ses paroles !

— Elle était malade, insista Natalie. Et elle n'avait personne pour la soutenir. Tout le monde n'est pas aussi fort que toi, Mike.

— N'essaie pas de lui trouver des excuses. Elle a fait ses choix, et Tony et moi en avons payé le prix.

— Qu'est-elle devenue ? demanda-t-elle doucement.

Il partit d'un rire froid.

— Elle est morte d'une overdose, bien sûr. J'avais neuf ans. Tony en avait six.

— Et que vous est-il arrivé après ça ? Vos grands-parents vous ont recueillis ?

— Tu plaisantes ? Les services sociaux les ont contactés, mais ils ont répondu que, pour eux, leur fille était morte depuis longtemps. Nous avons donc été placés dans des familles d'accueil. J'ai fini dans une institution d'Etat.

— Tu veux dire un orphelinat ?

— C'est ça.

— Oh, Mike…

— Ce n'était pas si terrible, mentit-il. Il y avait un type bien, là-bas. Le concierge. Il adorait les ordinateurs et il m'en a donné un vieux pour Noël. Il s'appelait Fred. Je ne l'ai jamais oublié.

Mike serra les poings. Il était retourné à l'orphelinat des années plus tard pour voir Fred, mais il avait appris que ce dernier était mort quelques mois plus tôt.

— C'est comme ça que tu as commencé ce métier…

— Oui. Je me suis mis à programmer comme un fou pour échapper à la réalité et je n'ai plus cessé. Je n'ai même pas passé mon bac. Je refusais de me présenter à un quelconque examen. Mais au final, ça n'a pas eu d'importance. J'ai réussi.

— Oui, tu peux le dire… Et ton frère ?

Mike grimaça.

— Il est mort. Il avait huit ans. Une méningite que sa famille d'accueil a prise pour une grippe.

— C'est vraiment triste, Mike. Je suis désolée.

— En tout cas, tu comprends maintenant pourquoi je ne veux pas être responsable de la vie d'un enfant. Je ne supporterais pas d'être un mauvais père.

— C'est justement ce qui fera de toi un bon père ! Tu es différent des autres hommes.

— Tu crois ?

— Bien sûr !

— Est-ce que tu voudrais un bébé d'un homme tel que moi ?

Natalie se figea. Il n'imaginait que trop bien ce qui se passait dans sa tête.

— C'est possible, répondit-elle avec prudence.

Il se retourna et la regarda dans les yeux.

— Inutile d'essayer de me dire ce que je veux entendre.

— Je t'ai répondu la vérité. Mais toi, voudrais-tu *vraiment* avoir un enfant avec moi ? demanda-t-elle.

Cette seule idée lui noua l'estomac d'angoisse.

— Non. Tout ce que je veux, c'est rester avec toi après que nous aurons quitté ce bateau.

— Pour combien de temps ?

— Autant de temps que tu le voudras.

— Je ne peux pas te promettre de rester éternellement, chuchota-t-elle.

Il hocha la tête. Il comprenait ce qu'elle voulait dire. Un jour, elle voudrait ce qu'il ne pouvait lui offrir et elle s'envolerait. Mais ce jour n'était pas encore arrivé, songea-t-il en la repoussant doucement sur le lit.

— Combien de temps avons-nous avant de devoir remonter sur le pont ? demanda-t-il en l'embrassant tendrement dans le cou.

— Environ une heure, répondit Natalie dans un souffle.

Une heure. Un jour. Une vie.

Ce ne serait jamais assez long, réalisa Mike.

15

— Comment me trouves-tu, mon chéri ? demanda Natalie en paradant devant Mike, moulée dans sa robe d'un bleu intense.

Son mari posa sur elle un regard de feu.

— Trop belle, grommela-t-il. Tu te rends compte du nombre de milliardaires qu'il y aura ce soir ? Chuck fait venir ses amis du monde entier. Je suis sûr qu'il y aura plein de play-boys qui ne penseront qu'à séduire les femmes des autres.

— Ah, mais cette femme-là n'est pas sur le marché, mon chéri, minauda Natalie en s'approchant d'un pas chaloupé. Elle est bien trop satisfaite de son mari.

— La séduction n'est pas qu'une affaire de sexe, Natalie, rétorqua-t-il. Et qu'est-ce que c'est que ces « mon chéri » ?

— Tu n'aimes pas ? demanda-t-elle, se hissant sur la pointe des pieds pour l'embrasser.

— Je n'ai pas dit ça. Mais ça ne te ressemble pas. Ça sonne… superficiel, dans ta bouche.

Parce qu'il était persuadé qu'elle jouait la comédie, songea Natalie en se détournant. Pourtant, elle était sincère. Elle le chérissait plus que tout au monde. D'autant plus que, avec un peu de chance, il était le père de son enfant…

« Et que feras-tu si tu es tombée enceinte ? se demanda-t-elle en mettant ses boucles d'oreilles. Tu lui diras, ou tu partiras sans rien lui dire ? »

Elle supposait que cela dépendrait de l'état de leur relation à ce moment-là. Pour le moment, ils vivaient une vraie lune de miel, et elle en adorait chaque instant. Mike était insatiable, lui faisant l'amour avec tendresse, avec passion. Et elle adorait ça.

— J'espère que tu portes une culotte là-dessous, fit soudain son mari, posant un regard ombrageux sur ses hanches.

Natalie eut un sourire provocant.

— A toi de le découvrir…

Mike plissa les yeux, et elle se sentit jubiler. Elle adorait éveiller son désir. Peut-être parce qu'elle savait qu'il n'éprouvait pas d'amour pour elle, et que le désir était le sommet de ce qu'elle pouvait espérer. Mais lorsqu'il était en elle, qu'il frémissait de plaisir, elle se laissait aller à imaginer qu'il l'aimait. Ce n'était qu'une illusion, elle le savait, mais cela lui faisait du bien.

— Que penses-tu de mes boucles d'oreilles ? interrogea-t-elle en pivotant et en rejetant la tête en arrière avec sensualité. Trop sexy, elles aussi ?

Mike eut un sourire en coin.

— Tu essaies de me faire perdre la tête, je le sais.

— Bien sûr, répondit-elle en battant des cils.

Le sourire se transforma en éclat de rire.

— Si j'avais su, j'aurais couché avec toi dès le premier jour, comme j'en avais envie !

— Vraiment ? Tu voulais coucher avec moi malgré mes allures de vieille fille ?

— Oh oui…

Pour une raison qu'elle ignorait, cela la toucha davantage que tout ce qu'il avait pu dire jusqu'alors.

— Je n'aurais pas dit non, moi non plus, confessa-t-elle.

— Ce n'est pas l'impression que j'ai eue…

— Je ne t'aimais pas beaucoup, c'est vrai, mais je te trouvais sexy.

— J'adore ta façon de faire des compliments.

Natalie se mit à rire à son tour, puis leva la main pour lui caresser la joue.

— Je te préfère maintenant. A tous points de vue.

Mais son compagnon fit un pas en arrière, et la main de Natalie retomba.

— Je crois que nous ferions bien de rejoindre tout le monde. Même si je n'aime pas l'idée que la moitié des types présents vont te sauter dessus, je ne veux pas courir le risque de ruiner cette jolie robe. Et c'est ce qui va se passer si nous restons ici plus longtemps…

— Mon Dieu, murmura Natalie alors qu'ils progressaient le long du pont vers le salon principal, mais combien y a-t-il de personnes là-dedans ?

Le brouhaha laissait en effet supposer la présence d'une généreuse assemblée. Mike referma la main sur celle de sa femme. Il ne plaisantait pas en affirmant être inquiet. Avec sa robe bleue sans bretelles, elle était incroyablement désirable. Ses épaules fines, son port de tête altier ne manqueraient pas d'attirer la convoitise d'autres hommes, encore plus riches et puissants que lui.

— Chuck a dit qu'il avait invité plusieurs personnes à la dernière minute, chuchota Natalie. Tiens, regarde, la navette revient.

Ils s'arrêtèrent et se penchèrent par-dessus la balustrade pour voir l'élégant esquif se ranger le long de la coque. Plusieurs membres d'équipage se précipitèrent pour aider les nouveaux venus à débarquer.

— Mais… c'est Richard et Reece ! s'exclama Mike, reconnaissant avec stupeur ses deux meilleurs amis.

— Et Alanna et Holly. Elles sont superbes, tu ne trouves pas ?

— Ravissantes, répondit Mike.

Alanna portait une robe pourpre assez ample, Holly était en noir, un châle argenté jeté sur les épaules. Mais aucune n'égalait, selon lui, sa splendide épouse.

Mike leur fit signe, et les six amis se retrouvèrent bientôt sur le pont.

— C'est une merveilleuse surprise, fit-il. Et mystérieuse. Comment se fait-il que vous soyez là ?

— J'ai reçu une invitation cet après-midi, répondit Reece. Helsinger a décidé d'acheter une maison à Palm Beach. Il a appelé l'un de ses associés ici et il lui a demandé le nom du meilleur spécialiste de l'immobilier à Sydney. C'est-à-dire moi, bien sûr.

— Ne sois pas si modeste, mon chéri, fit Alanna avec un sourire gentiment moqueur.

— La modestie ne mène à rien, répondit Reece avec un haussement d'épaules. Quoi qu'il en soit, Mike, quand j'ai dit à Chuck que nous étions d'excellents amis, il a insisté pour que je vienne ce soir avec ma moitié. J'ai répondu que s'il voulait vraiment te faire plaisir, il fallait qu'il invite également Richard et Holly.

— Après tout, renchérit Richard, s'il achète une maison dans le coin, il aura besoin d'un banquier.

— Vous faites une belle paire d'opportunistes ! s'exclama Mike en riant. A propos, l'affaire est dans le sac pour moi.

— Formidable ! s'exclama Richard. Ça valait la peine de te marier alors !

La peine ?

Mike songea à tout ce qui s'était passé au cours des derniers jours. Puis il pensa à l'avenir, au moment où Natalie sortirait de sa vie.

— Tu ne t'attends tout de même pas à ce que Mike te dise qu'il a bien fait de se marier ? intervint cette dernière en riant. Mais je ne crois pas qu'il soit trop misérable. N'est-ce pas mon chéri ?

— *Mon chéri* ? répéta Reece en levant un sourcil. Eh bien, on pourrait croire que vous êtes vraiment en lune de miel…

— Je crois que nous ferions bien de changer de sujet, dit doucement Richard. Helsinger se dirige vers nous…

L'arrivée de Chuck fut un soulagement pour Mike, qui ne souhaitait pas continuer à parler de sa relation avec Natalie.

Et il ne voulait pas davantage s'interroger sur ses sentiments pour elle.

Pourtant, ce fut exactement ce qu'il fit dans l'heure qui suivit. Surtout lorsque l'un des amis de Chuck se mit à flirter avec Natalie. La cinquantaine, plutôt élégant, et riche comme Crésus… Marié, évidemment. Mais cela ne l'arrêtait pas.

Au moment où Mike tournait le dos pour dire quelque chose à Alanna, l'homme en profita pour inviter Natalie à danser sur le pont, où d'autres couples évoluaient sur une musique romantique.

Une jalousie noire s'empara de Mike lorsqu'il le vit poser ses sales pattes sur son épouse. Quand l'autre se rapprocha encore d'elle, il ne put le supporter.

— Tiens-moi ça, gronda-t-il en abandonnant sa coupe vide dans les mains d'une Alanna stupéfaite. Ma femme a besoin d'aide.

Natalie se demandait comment elle allait échapper à ce type répugnant lorsque Mike se matérialisa par magie derrière lui. Il lui tapota l'épaule sans douceur.

— Vous permettez ? A mon tour.

Puis il s'immisça entre eux et entraîna Natalie, laissant l'autre, médusé, les suivre du regard.

— Tu as tardé, remarqua la jeune femme, le regard brillant.

— Désolé. Je suis un peu lent, parfois.

— Je vois que tu es également un bon danseur.

— Remercie Alanna. C'est elle qui m'a tout appris.

Natalie ne put s'empêcher d'être surprise.

— Tu l'aimes beaucoup, n'est-ce pas ?

— C'est une chic fille.

— Tu n'es pas secrètement amoureux d'elle ?

— Quoi ? Ne sois pas ridicule.

— C'est une très belle femme, insista-t-elle, en proie à une inexplicable jalousie.

— Mais c'est la femme de Reece !

— Et alors ?

— Ecoute, je ne suis pas amoureux d'Alanna, d'accord ? Je te l'ai dit : je ne tombe jamais amoureux.

Mais au moment même où il prononçait ces mots, Mike sut qu'il venait de proférer un mensonge. Il était bel et bien amoureux de Natalie.

Une tempête d'émotions déferla aussitôt sur lui à la suite de cette prise de conscience. D'abord, il éprouva une intense excitation : cela voulait dire qu'il pouvait aimer !

Mais un sentiment proche du désespoir y succéda. Car *elle* ne l'aimait pas. Et comment l'aurait-elle pu ? Qu'y avait-il à aimer en lui ?

Si Natalie avait accepté de rester mariée un peu plus longtemps que prévu, c'était uniquement pour le sexe. Mais une fois qu'elle toucherait son second million, elle partirait faire sa vie avec un type normal. Un type qui n'avait pas son passé, ses peurs, ses inhibitions.

Et il ne voulait pas l'empêcher d'avoir une vie heureuse. Non, il ne la retiendrait pas. Tout ce qu'il voulait, c'était son bonheur.

Mais il n'était pas masochiste. Il savait qu'il ne pouvait pas continuer ainsi en sachant qu'elle ne l'aimait pas. Demain matin, il lui annoncerait que tout était fini. En attendant, ils auraient encore une nuit ensemble.

Une nuit dont il comptait bien profiter, car il savait qu'il n'en connaîtrait jamais plus de pareille.

16

Lorsque Natalie se réveilla, elle trouva Mike habillé, en train de préparer ses valises.

— Que… Qu'est-ce que tu fais ? demanda-t-elle en chassant une mèche de ses yeux.

— Je fais mes bagages. Ça ne se voit pas ?

Le ton sec qu'il avait employé pour répondre la prit de court. Qu'était devenu l'amant tendre et attentionné de la nuit passée ?

— Mais il n'est que 8 h 15. Nous ne serons de retour au port que vers midi.

— Je n'aime pas faire mes bagages au dernier moment.

Il s'immobilisa soudain.

— Je dois te dire quelque chose…

Natalie comprit aussitôt qu'elle n'allait pas aimer ce « quelque chose ».

— Quoi ? fit-elle d'une voix que l'appréhension faisait trembler.

— J'ai changé d'avis, Natalie. Je ne crois pas que nous puissions vivre ensemble, après tout. Désolé.

Désolé.

Un seul mot, et tout était fini.

Un mot qui lui transperçait le cœur avec la violence d'un coup de poignard.

Bien sûr, elle avait été stupide d'espérer. Mais il lui aurait été difficile de ne pas le faire alors que Mike lui avait fait l'amour toute la nuit comme si elle était la femme la plus importante du monde, et qu'il était incapable de vivre sans elle…

— Et par pitié, couvre-toi ! lâcha-t-il froidement.

Natalie le fixa, puis baissa les yeux sur sa poitrine nue. Se couvrir ? L'homme qui avait passé les derniers jours à la déshabiller voulait qu'elle se couvre ? Il était soudain *choqué* par la vue de ses seins ? C'était ridicule.

A moins que… Oserait-elle espérer une chose aussi incroyable que…

Non, c'était impossible.

— Pourquoi ? demanda-t-elle sans faire mine de remonter le drap.

— Comment ça, pourquoi ? repartit son mari avec mauvaise humeur.

— Pourquoi veux-tu que je me couvre, tout à coup ? De quoi as-tu peur ?

— Je n'ai peur de rien.

— Dans ce cas, explique-toi. Tout semblait parfait la nuit dernière. Que s'est-il passé pour que tu changes d'avis ? Tu me mens. Je le sais. Je le *sens*.

— Oh, vraiment ?

— Vraiment, oui, répondit-elle doucement, cherchant à croiser son regard.

Mais il détourna la tête et rabattit brutalement le couvercle de sa valise.

— Ne sois pas comme les autres, Natalie. Ne fais pas de scène. Accepte la chose, c'est tout.

— Ce n'est pas *moi* qui fais une scène. C'est toi. Et je serais curieuse de savoir pourquoi.

Mais Mike secoua la tête.

— Je monte prendre le petit déjeuner, déclara-t-il au lieu de lui répondre. Je meurs de faim.

Mike savait qu'il devait sortir au plus vite. Il tourna donc les talons et se précipita vers la porte, leva la main vers la poignée…

— Tu m'aimes, n'est-ce pas ?

Il se pétrifia.

— C'est ça qui te fait peur, insista Natalie. Tu m'aimes.

Mike ferma les yeux pendant quelques secondes, puis se retourna, le cœur battant. Elle voulait la vérité ? D'accord, elle allait l'avoir.

— Non. Je n'ai pas peur de t'aimer. J'ai peur de te faire souffrir. De te faire perdre ton temps. Oui, tu as raison, je t'aime. Plus que je ne le croyais possible. Mais tu ne m'aimes pas. Je le sais. Et je comprends pourquoi. Je ne suis pas un personnage très aimable. Tu mérites mieux. Tu mérites quelqu'un qui te rendra heureuse. Qui te donnera des enfants. Je sais que tu feras une mère merveilleuse.

— Oh, mon Dieu, murmura Natalie en fondant en larmes.

— Tu vois ? Je te fais pleurer. Et c'est bien la dernière chose que je veux. J'essayais juste de faciliter la séparation en me montrant dur avec toi.

— Non, tu ne comprends pas…, sanglota-t-elle.

— Qu'est-ce que je ne comprends pas ? Et s'il te plaît, couvre-toi !

A la hâte, Natalie tira le drap à elle et se tamponna les yeux avec, tout en cherchant les mots justes. Son cœur débordait de joie. Et de peur.

— Mais je t'aime, moi aussi, avoua-t-elle enfin.

Mike écarquilla les yeux et pâlit légèrement.

— Ne dis pas ça si tu ne le penses pas.

— Je le pense. Tu n'imagines pas à quel point.

Son compagnon fronça les sourcils, visiblement perdu.

— Mais je ne comprends pas. Je t'ai entendue dire à Alanna que seul le sexe t'intéressait.

— Parce que je voulais m'en convaincre moi-même ! Parce que j'étais persuadée que tu ne m'aimerais jamais ! Je ne faisais que me protéger.

— Tu m'aimes vraiment ? répéta-t-il, une expression perplexe sur le visage.

— Est-ce que je risquerais de tomber enceinte si je ne t'aimais pas ?

— Qu'est-ce que tu dis ?

— Dans la limousine… Je t'ai menti. C'était un jour à risque. Mais ne m'en veux pas, s'il te plaît. J'étais si heureuse à l'idée de porter ton enfant…

— Mais tu ne savais pas que je t'aimais, à ce moment-là ?

— Non. Mais j'étais prête à avoir ton enfant toute seule. Je n'ai pas essayé de te piéger, je te le jure. Je savais juste que je ne pourrais plus jamais être amoureuse d'un autre homme. Et je voulais un enfant de toi.

La nouvelle le touchait visiblement, car il restait muet et immobile. Enfin, il revint vers le lit et s'y assit, la mine songeuse. Il tendit la main et, du bout des doigts, essuya les traces de larmes sur ses joues.

— Quelles sont tes chances d'être enceinte ? demanda-t-il doucement.

— Ce n'est qu'une possibilité.

— Pas une certitude ?

— Non.

— Dans ce cas, il va falloir réessayer, n'est-ce pas ?

— Oh, Mike !

Ivre de joie, Natalie lâcha le drap et noua ses mains autour de son cou. Ils s'embrassèrent passionnément, longuement.

— Et nous allons enfin être un vrai couple, renchérit Mike lorsqu'ils se séparèrent enfin. Je veux que mon enfant soit élevé par ses deux parents.

— Nous *sommes* un vrai couple.

Les yeux de Mike se mirent soudain à briller.

— Oui, tu as raison. Nous sommes un vrai couple.

Épilogue

— Tu es heureux que ce soit une fille ? demanda Natalie.

Ils avaient refusé de connaître le sexe de leur enfant, préférant avoir la surprise à la naissance. Mike se pencha sur le berceau et sourit au nouveau-né endormi.

— Bien sûr. Je suis l'homme le plus heureux du monde. Le plus important, c'est qu'elle soit en parfaite santé et que tout se soit bien passé pour toi. Tu as été très courageuse de refuser la péridurale.

— Pas si courageuse que ça. Je crois me rappeler avoir hurlé.

— Oui, fit Mike. Je t'entends encore. On peut dire que tu as du coffre.

Natalie se mit à rire et posa un regard rempli d'amour sur son mari. Son expression, lorsqu'il avait vu paraître sa fille, avait été la plus belle des récompenses et lui avait fait oublier ses souffrances.

C'était un homme merveilleux. Très tendre derrière ses allures de macho. Alanna ne s'y était pas trompée.

— Tu sais ce qui me ferait plaisir, maintenant ? reprit-elle d'un ton malicieux.

— Tout ce que tu voudras.

— Je voudrais que tu loues le bateau de Chuck entre Noël et le nouvel an. Tess aura trois mois à ce moment-là. Je serai prête pour une deuxième lune de miel.

— Tu te rends compte du prix que Chuck en demande, même avec le rabais consenti à ses associés ? L'année prochaine, je pourrai me l'offrir. Mais nous avons déjà dépensé une petite fortune pour acheter la maison que Reece nous a dénichée. Ça ne fait que six mois que mon programme est sur le marché. L'argent commence tout juste à rentrer.

— Je sais tout ça. Mais il y a six cabines sur le *Rosalie*. Nous pouvons louer le bateau à plusieurs. J'en ai parlé avec Alanna et Holly. Richard et Reece sont d'accord. Holly dit que Richard veut emmener sa mère et son beau-père, mais qu'eux aussi paieront leur part. Quant à Alanna, elle veut inviter sa mère et son nouveau mari.

— Mais quand as-tu organisé tout ça ? s'enquit Mike en riant.

— Oh, la semaine dernière. Alors, c'est d'accord ?

— Comment pourrais-je te le refuser ? Ce bateau semble avoir un effet aphrodisiaque sur toi. Mais tes parents, dans tout ça ? On ne peut pas les laisser seuls pour Noël.

— Bien sûr que non. Ils viendront avec nous. Et papa pourra payer sa part. Surtout depuis que l'une de s es entreprises s'est soudain mise à lui rapporter de l'argent. Qui l'aurait cru ? Après tout, ce n'est peut-être pas un si mauvais homme d'affaires.

— Au contraire. Je me demande même si je ne vais pas l'aider à développer son activité.

Ils furent interrompus par leur fille, qui choisit cet instant pour ouvrir les yeux et se mettre à pleurer.

— Je crois qu'elle essaie de nous dire qu'elle a faim, fit Mike.

Natalie leva les yeux au ciel.

— Elle a à peine quatre heures et tu commences déjà à anticiper ses besoins. J'ai l'impression que ton père va te gâter, Tess.

Le nourrisson se tut lorsque Natalie glissa son petit doigt dans sa bouche, et se mit à téter goulûment.

— C'est pour ça qu'il faut que nous ayons un autre enfant rapidement. Pour que je ne devienne pas gâteux.

— Les enfants, c'est beaucoup de travail. Regarde Holly. Andrew commence à peine à marcher et c'est le chaos total.

— Parce que c'est un garçon. La fille de Reece et Alanna est beaucoup plus calme.

— Mais nous aurons peut-être un garçon, la prochaine fois.

— Tant mieux. Nous l'appellerons Tony. Comme mon frère.

— C'est un joli nom, murmura Natalie, soudain émue aux larmes.

— Tout comme Tess. Le nom de ma mère. Merci d'avoir accepté de le donner à notre fille.

Natalie referma la main sur la sienne, puis demanda :

— Tu l'aimais beaucoup, n'est-ce pas ?

Des larmes apparurent dans les yeux de son mari.

— Oui, maugréa-t-il, bourru.

— Elle vous aimait aussi, toi et ton frère. Sois-en sûr.

— Je le sais…

Des bruits de pas dans le couloir interrompirent leur conversation. Deux coups furent frappés à la porte.

C'étaient les parents de Natalie. Souriants, ils avaient les bras chargés de fleurs et de cadeaux.

— Oh, qu'elle est belle ! s'émerveilla sa mère lorsque Natalie lui mit Tess dans les bras. Regarde, John.

— Une vraie reine de beauté, répondit l'intéressé. Comment l'avez-vous appelée ?

— Tess, répondit Mike, les yeux brillants d'une soudaine fierté. C'était le nom de ma mère.

MIRANDA LEE

L'héritière de Pearl Beach

INTÉGRALE

3 MILLIARDAIRES À MARIER

Traduction française de
MARIE CHABIN

SAGAS

HARLEQUIN

Titre original :
BOUGHT: ONE BRIDE

Ce roman a déjà été publié en 2012

Prologue

L'ascenseur s'éleva en douceur vers le dernier étage. Parvenu à destination, il rebondit imperceptiblement et la porte s'ouvrit sans bruit sur un vaste hall dallé de marbre, révélant une vue époustouflante sur le port de Sydney. En plein été, ce quartier pittoresque bordé d'étincelantes eaux bleutées, offrait toujours un tableau d'une rare beauté, encore plus saisissant lorsqu'on le contemplait de ce point de vue imprenable.

Richard se dirigea vers la grande baie vitrée en secouant la tête. Par-dessus son épaule, il lança un regard entendu à Reece, resté près de l'ascenseur.

— Je comprends mieux pourquoi ces appartements se vendent comme des petits pains, dit-il à l'attention de son ami. Le panorama est exceptionnel.

D'un air satisfait, Reece rejoignit Richard en quelques enjambées.

— Je pense toujours au bon vieux dicton des agences immobilières, tu sais : « Rien n'est plus important que la situation géographique. » En plus d'offrir cette vue incroyable sur le port, le quartier d'East Balmain n'est qu'à quelques minutes en ferry du quartier des affaires de Sydney, et Darling Harbour est encore plus proche.

— C'est une situation idéale, j'en conviens. Et tu as raison, la proximité du quartier des affaires est un atout considérable. Pour être franc, me voici soulagé, ajouta Richard. Depuis un an, des rumeurs circulent dans les couloirs de la banque selon lesquelles j'aurais investi trop d'argent dans tes innombrables projets. J'aurais pu dire adieu à ma place de P.-D.G. si celui-là n'avait pas tenu la route. Les membres du conseil d'administration ont quelque peu paniqué quand tu as refusé de vendre le tout aux investisseurs.

Un sourire se peignit sur les lèvres de Reece.

— Ah, mais ces appartements n'ont pas été conçus pour de simples investisseurs ! Non, ils ont été imaginés tout spécialement pour susciter des coups de cœur. J'ai pris le pari que chaque visiteur aurait aussitôt envie d'y habiter. En plus de sacrifier deux étages pour installer un club de gym, une piscine, un sauna et des courts de squash, j'ai veillé personnellement à ce que chaque appartement soit entièrement décoré et meublé dans un style unique, et ce dans les moindres détails, jusqu'au linge de maison. Evidemment, le coût d'une telle opération a été répercuté sur le prix de vente, mais cette idée s'avère extrêmement efficace, crois-moi.

Richard fit la grimace. Doux Jésus, chaque appartement devait coûter une petite fortune !

— Heureusement que tu ne m'as rien dit de tout ça avant… Les vieux ronchons de la banque en auraient eu une crise cardiaque ! Moi aussi, d'ailleurs, ajouta-t-il avec un petit rire ironique.

Richard n'était pas sans ignorer que sa nomination au poste de P.-D.G., l'an dernier, avait provoqué certains remous au sein de la banque, quelques-uns des cadres le jugeant trop jeune, à trente-huit ans, pour prendre la tête d'un établissement financier brassant des milliards.

— C'est bien pour ça que je n'ai rien dit, répliqua Reece, riant à son tour. Tu vois, je sais garder un secret ! Mais tu as pris la bonne décision, cher ami, enchaîna-t-il en gratifiant Richard d'une tape dans le dos. L'immeuble n'est ouvert que depuis le mois d'octobre et nous affichons déjà un taux d'occupation record de 95 %. En trois petits mois, tout est parti ou presque.

Il ne reste plus qu'un des deux appartements au dernier étage et quelques autres aux niveaux inférieurs.

— Qu'est-ce qui cloche avec l'appartement du dernier étage qui te reste sur les bras ? demanda Richard. Est-il trop cher ? La décoration ne plaît pas ?

— Rien de tout ça. En fait, il n'est pas à vendre.

— Je vois... Le promoteur préfère le garder pour lui, c'est ça ?

Les yeux bleus de Reece pétillèrent.

— Allez, suis-moi, je te fais visiter.

— Je comprends mieux pourquoi tu ne l'as pas mis en vente, déclara Richard dix minutes plus tard.

C'était la première fois qu'il visitait, au sommet d'un immeuble, un appartement ainsi conçu, comme suspendu dans le ciel. C'était une maison de vacances, ourlée de massifs de fleurs, avec une piscine et de grandes terrasses dallées de carreaux blanc cassé où l'on pouvait lézarder au soleil tout en admirant la vue.

A l'intérieur, la décoration prolongeait l'ambiance de détente et de vacances. Les mêmes dalles blanc cassé recouvraient le sol. Les murs revêtaient des nuances crème et ocre. Les fauteuils et les tables en osier côtoyaient de jolis meubles de bois peints dans un camaïeu de bleus. Des tapis aux tons bleus et jaunes ensoleillaient élégamment le sol carrelé. Sans rideaux ni stores, la baie vitrée était très légèrement teintée afin de prévenir tout risque d'éblouissement. L'air conditionné maintenait une température agréable et Reece expliqua non sans fierté qu'un système de chauffage installé sous le carrelage réchauffait l'appartement en hiver. Chaque pièce offrait une vue splendide grâce à d'immenses fenêtres. A l'extérieur, un grand mur séparait les deux appartements, préservant l'intimité de chacun tout en recréant l'ambiance d'un patio autour de la piscine.

Lorsque Richard pénétra dans la chambre à coucher principale équipée d'un vaste lit et d'un écran de télévision géant incrusté dans le mur, une vague d'envie le submergea.

Depuis toujours, il respectait Reece pour sa ténacité et sa détermination, il admirait la manière dont ce dernier s'était tiré seul de l'ornière, dans sa vie privée comme dans sa vie professionnelle, pour devenir en quelques années le « golden boy » du secteur immobilier de Sydney.

Mais jamais encore il ne l'avait envié.

Jusqu'à ce jour, en tout cas.

Tout à coup, Richard voulait cet appartement. Il voulait s'y installer, y vivre, y rentrer tous les soirs au lieu de regagner l'appartement froid et sans âme qu'il occupait depuis le décès de sa femme, dix-huit mois plus tôt. Et il avait même envie — ô surprise ! — de le partager avec quelqu'un. Jusqu'à cet instant précis, la simple idée de partager sa vie — et son lit — avec une autre femme que Joanna lui paraissait tout simplement inconcevable. Depuis sa mort, il lui semblait impossible d'éprouver une quelconque émotion. Plus de sentiments, plus de désir.

C'était d'ailleurs pour cela qu'il travaillait quasiment vingt-quatre heures sur vingt-quatre. Il fallait bien penser à autre chose ! Et voilà que soudainement, en posant les yeux sur le grand lit, ses sens assoupis s'étaient réveillés.

Des picotements coururent sur sa peau brûlante tandis que se bousculaient dans son esprit des images érotiques. En un éclair, il se vit en train de faire l'amour à une inconnue lovée dans les draps de satin bleu nuit. Une belle brune aux yeux de biche. Dotée d'une plantureuse poitrine. Sensuelle en diable.

Une langue de feu courut dans ses veines.

— Tu es tombé sous le charme, hein ? lança Reece d'un ton léger.

Richard émit un petit rire.

— Ça se voit tant que ça ? Oui, je l'avoue, l'endroit me plaît énormément. Crois-tu que tu pourrais me le vendre ?

— Non.

Le sentiment d'une immense frustration s'empara de Richard.

— Allez, Reece, tu es déjà l'heureux propriétaire d'une superbe maison tout près d'ici ! Pourquoi diable aurais-tu besoin de cet appartement ?

— Pour te l'offrir.

— Pardon ?

Incrédule, il fronça les sourcils. Face à lui, Reece esquissa le sourire à la fois charmeur et désarmant que son ami lui connaissait bien.

— Voici les clés, mon cher. Il est à toi.

— Voyons, Reece, ne sois pas ridicule ! s'écria Richard en s'efforçant d'ignorer les battements précipités de son cœur. Il est hors de question que j'accepte un tel cadeau. Cet appartement coûte sûrement une fortune !

— J'ai vendu celui d'à côté plus de cinq millions de dollars australiens, si tu veux tout savoir. Mais celui-ci est plus grand et mieux agencé. Tiens, conclut-il en glissant le trousseau de clés dans la main droite de Richard.

— Non, je tiens à l'acheter et tu dois accepter !

— Pas du tout. Cet appartement t'appartient. Si mes souvenirs sont bons, Richard, tu étais là pour moi quand il n'y avait plus personne. Et je ne parle pas seulement de ton soutien financier. Tu m'as tendu une main amicale. Tu as eu confiance en mon jugement. Et ça, ça vaut plus que tout l'or du monde.

Richard ne sut que répondre. Il était impossible de dire non à Reece, impossible de résister à son charisme et à sa générosité.

Dans son métier de banquier, il était plutôt déconseillé de se lier d'amitié avec des partenaires financiers à qui on prêtait de l'argent. Il s'était pourtant fait deux amis parmi ceux-ci, dont Reece, et il n'avait jamais eu à le regretter.

Avec Mike, ç'avait été une tout autre affaire. Aussi brun et ténébreux que Reece était blond et exubérant, le jeune génie de l'informatique s'était présenté à la banque quelques années plus tôt pour demander un prêt afin de monter sa propre boîte de logiciels. Délinquant repenti sans cesse sur le qui-vive,

Mike était parfaitement incapable de vendre son talent et ses compétences.

Pourtant, il était extraordinairement créatif, profondément honnête et ouvertement ambitieux. Richard avait été si impressionné par le personnage qu'il avait sans hésiter investi son argent, en plus de celui de la banque, dans l'entreprise de Mike.

Avec le temps, Richard s'était pris d'amitié pour ce dernier, malgré son caractère bourru. Un jour, il avait même réussi l'exploit de l'entraîner dans une des nombreuses et brillantes soirées qu'organisait Reece, et les trois compères étaient vite devenus inséparables.

A la vérité, Mike et Reece étaient les seuls vrais amis de Richard. Dans son entourage professionnel, nombreux étaient ceux qui lui faisaient les yeux doux mais il n'était pas dupe : ceux-là le poignarderaient volontiers dans le dos si l'occasion se présentait.

— Ton geste me touche profondément, Reece, déclara Richard en serrant les clés dans sa main. Malheureusement, il m'est impossible d'accepter un cadeau aussi coûteux. A la banque, mes adversaires se frotteraient les mains… j'entends déjà les rumeurs dans les couloirs… Il serait forcément question de pot-de-vin et de corruption. Désolé, Reece, tu vas être obligé de me laisser payer.

— Oh, oublie un peu cette maudite banque et tous les ringards prétentieux qui y bossent !

Richard rit de bon cœur.

— Je sais, je sais… mais c'est ma banque et j'entends bien qu'elle le reste encore quelque temps ! Je tiens donc à acheter cet appartement au prix du marché. Combien coûte-t-il ? Six millions ?

— Quelque chose comme ça, répondit Reece en soupirant. Parfait. Disons six millions.

— Ecoute, Reece, ce n'est pas comme si je ne pouvais pas me le permettre, fit observer Richard. La maison de Palm Beach m'a rapporté un bon petit paquet, tu sais.

En faisant cet aveu, il visualisa la splendide demeure qu'il avait vendue une semaine après le décès de Joanna. Richard se garda d'ajouter qu'il avait aussi triplé le montant de sa fortune personnelle en jouant à la bourse. C'était fou ce qu'on pouvait gagner comme argent quand on prenait des risques inconsidérés !

Avec tous ces gains, Richard aurait pu vivre de ses rentes jusqu'à la fin de ses jours. Evidemment, ce n'était pas ce qu'il souhaitait. Il aimait trop le monde excitant de la haute finance pour l'abandonner aussi tôt.

Comment aurait réagi Joanna si elle avait été encore en vie pour assister à l'ascension fulgurante de son époux ? Nul doute qu'elle aurait apprécié le train de vie luxueux et les mondanités… mais cela aurait-il suffi à la garder auprès de lui ?

Richard en doutait fortement. Une femme qui prenait un amant deux ans à peine après son mariage devait être infidèle par nature.

Sans le rapport d'autopsie, il n'aurait jamais découvert la cruelle vérité sur la femme qu'il aimait. Il avait longuement interrogé le médecin légiste pour connaître l'âge exact de l'enfant que portait Joanna au moment de l'accident qui lui avait coûté la vie. Ce dernier s'était montré catégorique : la grossesse de Joanna remontait à six semaines, à quelques jours près.

Richard était en voyage d'affaires à l'étranger depuis plus d'un mois au moment de la conception.

Il n'était donc pas le père de l'enfant.

Les doigts de Richard se crispèrent autour du trousseau de clés. Il avait tant rêvé d'avoir un enfant ! Mais Joanna l'en avait toujours dissuadé, arguant qu'elle ne se sentait pas prête à passer des nuits blanches et à changer des couches.

Un détail le chagrinait encore plus, à présent qu'il osait y repenser, et c'était l'accueil que lui avait réservé Joanna à son retour. Elle lui avait sauté au cou comme une femme follement éprise de son mari. Comme s'il lui avait horriblement manqué.

Ils avaient fait l'amour avec passion, cette nuit-là, alors même qu'elle portait l'enfant d'un autre.

A l'évidence, elle s'apprêtait à lui faire croire qu'il était bel et bien le père du bébé.

Quel genre de femme pouvait se comporter ainsi ?

Le cœur brisé, Richard avait enterré son épouse et l'enfant qu'elle portait puis il s'était jeté corps et âme dans le travail.

Le temps, disait-on, atténue toutes les blessures. Peut-être. Malgré tout, Richard savait que sa vie avait basculé à jamais à cause de Joanna. Jamais plus il ne tomberait amoureux. Il n'était plus capable de nourrir ce genre de sentiment.

Mais d'un autre côté, il n'avait aucune envie de passer le restant de sa vie tout seul.

Et surtout, il désirait un enfant.

Il était donc grand temps de tourner la page. Grand temps de trouver une nouvelle épouse, à l'instar de Reece qui avait rencontré Alanna après avoir été éconduit par sa précédente fiancée.

— Tiens, tiens, je connais cet air-là, murmura Reece, brisant le silence qui s'était installé entre eux.

— Ah oui ? Et de quel air s'agit-il, je te prie ?

— De celui que tu prends quand tu t'apprêtes à me bombarder de questions juste après que je t'ai exposé un nouveau projet.

Richard sourit.

— Quelle perspicacité redoutable ! Tu as raison, j'aimerais te poser quelques questions… sur un de tes projets, certes, mais un projet que tu as déjà mené à bien l'an dernier. Si nous sortions sur la terrasse pour en discuter ?

— Tu es bien mystérieux, tout à coup, railla Reece en suivant son ami sur la terrasse baignée de soleil.

Chaque terrasse était décorée dans un style différent. Celle-ci était équipée d'un mobilier en fer forgé ivoire, le plateau de la table était de verre et des coussins en toile bleu pâle recouvraient les chaises. Richard tira une chaise et attendit que Reece soit installé en face de lui pour prendre la parole.

— J'ai décidé de me remarier, déclara-t-il sans ambages.

— C'est génial ! s'écria son ami. J'ignorais que tu voyais quelqu'un.

— Je ne vois personne. Mais j'espère bien rencontrer une femme dans les plus brefs délais dès que tu m'auras mis en relation avec la directrice d'Une femme pour la vie.

Les yeux de Reece s'arrondirent d'étonnement.

— Tu étais contre ce genre de démarche quand je t'en ai parlé.

— Disons plutôt que j'étais surpris, c'est tout.

Ce qui lui semblait tout à fait naturel. Jamais il n'aurait imaginé qu'un homme comme Reece ait un jour recours aux services d'une agence matrimoniale. Aussi était-il tombé des nues lorsque ce dernier, juste avant son mariage et alors qu'il avait choisi Richard comme témoin, leur avait confié, à Mike et lui, qu'il avait rencontré sa charmante et ravissante épouse par le biais d'un site Internet.

L'agence s'appelait Une femme pour la vie et sa mission consistait à mettre en relation des cadres et des chefs d'entreprise avec le genre de femmes qu'ils appréciaient. Manifestement, le fichier de l'agence regorgeait de séduisantes créatures désireuses de se marier. L'amour romantique n'était pas leur priorité ; ce qu'elles souhaitaient avant tout, c'était un engagement durable, sans prise de risque.

Parmi elles, nombreuses étaient celles qui avaient divorcé ou qui avaient connu une relation à long terme sans avoir pour autant trouvé le bonheur. Certaines occupaient des postes à responsabilités mais se disaient prêtes à mettre leur carrière entre parenthèses si elles trouvaient l'homme « idéal ».

— C'est Mike qui a critiqué ton initiative, reprit Richard. Mais à l'époque, il ne connaissait pas encore Alanna.

Grâce au ciel, Richard avait réussi à dissuader Mike d'exposer à Reece sa piètre opinion des femmes qui s'inscrivaient dans ce genre d'agences. A ses yeux, elles étaient des créatures cyniques et cupides, cherchant à mettre le grappin sur de richissimes hommes d'affaires dans le seul but de s'assurer un avenir doré. Combien de fois par la suite avait-il ressassé son point de vue auprès de Richard ?

Pourtant, quiconque avait la chance de faire la connaissance de la femme de Reece ne pouvait la ranger dans cette catégorie. D'où sa surprise quand Reece leur avait avoué qu'il l'avait rencontrée grâce à cette agence. Richard avait toujours cru que les deux tourtereaux s'étaient rencontrés lors d'une soirée mondaine. Après tout, Reece sortait beaucoup. Un homme aussi séduisant, aussi brillant que lui avait sans nul doute les plus belles femmes du pays à ses pieds.

Et quand Richard lui avait demandé, le jour même du mariage, ce qui l'avait motivé à s'adresser à une agence matrimoniale, Reece avait répondu de façon claire et pragmatique.

— C'était uniquement une question de temps. Je voulais une femme pour fonder une famille mais je n'avais aucune envie de me lancer dans le traditionnel jeu de la séduction, bien trop long et incertain à mon goût. Quand je désire acquérir une propriété dotée de critères précis, je demande à mon assistante de sélectionner quelques offres avant de m'y pencher à mon tour. J'ai trouvé ma femme en procédant de la même manière. J'ai fourni à l'agence une liste de critères et ils ont choisi plusieurs candidates potentielles que j'ai pu voir sur leur site Internet. Trois d'entre elles ont retenu mon attention. Il ne m'a fallu qu'un seul rendez-vous avec chacune pour savoir laquelle je voulais épouser.

Naïvement, Richard avait demandé à Reece s'il avait été victime du fameux coup de foudre. En entendant cela, Mike avait éclaté de rire.

— Reece se moque bien des grands sentiments, avait-il rétorqué avec une pointe de cynisme dans la voix. L'amour ne l'intéresse plus depuis que cette garce s'est jouée de lui. C'est la vérité, n'est-ce pas, Reece ?

Reece avait acquiescé sans hésiter. Il n'était pas question d'amour dans la relation qu'il entretenait avec Alanna, les choses avaient été claires dès le départ. Toutefois, il ne l'aurait pas épousée s'ils n'avaient pas éprouvé une forte attirance physique l'un pour l'autre.

Une forte attirance physique ?

C'était le moins que l'on puisse dire ! A plusieurs reprises, Richard avait eu l'occasion d'observer Reece et Alanna ensemble, avant et après leur mariage, et c'était comme si un courant électrique passait en permanence entre eux, une espèce d'onde sensuelle qui le laissait interdit.

Et lors d'un récent dîner chez les Diamond, Richard n'avait pu s'empêcher de remarquer le regard possessif de Reece posé sur son épouse, en pleine conversation avec son voisin de table... Il fallait bien l'admettre, Alanna était particulièrement en beauté ce soir-là, moulée dans une longue robe en satin blanc qui mettait en valeur chaque courbe de sa sculpturale silhouette. Inévitablement, tous les hommes assis autour de la table la dévoraient des yeux... y compris Richard.

Dieu merci, il n'était pas vraiment attiré par les grandes blondes au teint diaphane et aux yeux clairs. Non, il préférait les femmes plus voluptueuses, brunes et mates de peau.

Joanna était brune. Avec des yeux d'un noir profond et des courbes sensuelles à souhait.

Non pas qu'il recherchât un clone de Joanna. Grand Dieu, non ! En réalité, il espérait de tout cœur que la seconde Mme Richard Crawford n'aurait absolument rien en commun avec la première. Tout du moins en ce qui concernait sa personnalité et ses traits de caractère. Physiquement parlant, il avait toujours eu un faible pour les brunes plantureuses. Quand il se plongerait dans le fichier d'Une femme pour la vie, il écarterait d'office les grandes blondes squelettiques. La voix de Reece l'arracha à ses réflexions.

— Es-tu sûr de vouloir t'adresser à l'agence ?

— Sûr et certain.

— Dois-je en conclure que tu ne cours pas après l'amour ?

— Tes conclusions sont exactes.

— Tu veux donc faire un mariage de raison. Comme le mien.

— C'est ça.

Reece fronça les sourcils.

— Je ne suis pas sûr que tu apprécies ce genre de relation, Richard. Tu es un romantique dans l'âme.

— Plus maintenant, tu peux me croire.

L'amertume qui perçait dans sa voix parut surprendre Reece. Quoi de plus normal, au fond ? Celui-ci ignorait tout de la trahison de Joanna. Les hommes, fussent-ils les meilleurs amis du monde, se confiaient rarement ce genre de déboires.

— Je ne reviendrai pas sur ma décision, ajouta Richard d'un ton ferme.

— Puis-je te demander pourquoi tu as décidé de te marier ? insista Reece.

— Oh, il n'y a rien de secret là-dedans, mon vieux. J'ai juste besoin de compagnie. Dans mon quotidien comme dans mon lit.

— Tu pourrais te contenter d'une petite amie.

— Non, justement. C'est une femme qu'il me faut.

— Je commence à comprendre… C'est pour la banque, n'est-ce pas ? Ce serait bon pour ta carrière, c'est ça ?

Richard secoua la tête, sincèrement surpris par la remarque de son ami.

— Non, ça n'a absolument rien à voir avec la banque, je t'assure. J'ai envie de me marier, c'est tout. Je veux avoir ce que tu as, Reece : une jolie femme qui se réjouit d'être mon épouse et de porter mes enfants.

— J'ignorais que tu avais l'intention de fonder une famille.

— Pourquoi dis-tu ça ?

Reece haussa les épaules.

— Vous avez été mariés deux ans, Joanna et toi. Vous auriez eu tout le temps d'avoir un enfant.

— C'était ce que je souhaitais, en effet, répondit Richard en s'efforçant de ne pas paraître trop froid.

Reece fronça de nouveau les sourcils.

— Je te croyais heureux avec Joanna…

— Je l'étais, répondit sincèrement Richard — car ce n'était qu'après la mort de son épouse que la douloureuse vérité l'avait plongé dans le désespoir. J'étais fou amoureux d'elle. Mais elle n'est plus là, et je me sens terriblement seul, tu comprends ? J'ai envie de partager ma vie avec une femme. Ce que je ne veux pas, en revanche, c'est retomber dans le panneau des grands sentiments. J'ai déjà donné.

Reece hocha pensivement la tête.

— Je comprends. Je sais ce que tu as enduré.

— Tu es bien placé pour comprendre, non ? Je sais ce que tu ressentais pour Kristine. Et c'est précisément pour cela que tu t'es adressé à cette agence, n'est-ce pas ? Parce que tu l'aimais encore.

— Comme toi Joanna.

Richard s'abstint de le détromper. Il n'avait pas envie de se lancer dans de longues et pénibles explications.

— Bien, maintenant que tout est clair, je vais jeter un dernier coup d'œil à mon nouvel appartement de rêve, déclara-t-il en se levant. A propos, pourrais-je emménager avant la signature du contrat ?

— Installe-toi aujourd'hui, si le cœur t'en dit.

Richard n'était pas de nature impulsive mais tout allait tellement vite, aujourd'hui ! Il lança à son ami un regard espiègle.

— Tu sais quoi ? J'ai bien envie de te prendre au mot.

1

Pour la centième fois en une demi-heure, Holly jeta un regard noir en direction de la pancarte « A vendre » placardée sur la vitrine du magasin. Un mélange de fureur et d'indignation bouillonnait en elle, chavirant son estomac et semant la confusion dans son esprit.

Comment sa belle-mère avait-elle osé faire ça ? Comment ?

Juridiquement pourtant, Un jour, une fleur aurait dû lui revenir de moitié. On aurait dû la consulter. Oui, on aurait dû lui demander son avis sur la question !

Mais à l'évidence, ses sentiments comptaient pour rien depuis la mort de son père. Le rêve qu'elle nourrissait de reprendre un jour la boutique qu'il aimait tant s'était volatilisé en même temps que lui.

Elle avait été idiote de rester. Doublement idiote de continuer à tenir la boutique pour un salaire de misère et à s'occuper de surcroît de la comptabilité le dimanche. Oui, le dimanche, son prétendu jour de repos !

Sara gagnait presque autant d'argent qu'elle alors qu'elle ne travaillait que du mercredi au samedi ! Certes, Sara était une fleuriste douée et expérimentée mais Holly pouvait se targuer de posséder les mêmes compétences. A vingt-six ans, elle vivait parmi les fleurs depuis sa plus tendre enfance. Son père avait commencé à l'initier au métier de fleuriste alors qu'elle était haute comme trois pommes et elle l'avait rejoint au magasin peu après son quinzième anniversaire.

Le cœur de la jeune femme se serra douloureusement au souvenir de ces jours heureux, lorsqu'ils n'étaient encore que tous les deux, son père et elle.

Avant que Connie ne fasse irruption dans leur vie…

A vrai dire, ce n'est qu'au décès de son père, deux ans plus tôt, que Holly avait percé à jour sa belle-mère. Car la seconde Mme Greenaway s'était montrée très habile à dissimuler sa vraie personnalité, au cours des huit années qu'avait duré leur mariage.

Il n'avait fallu en revanche que quelques semaines à Holly pour découvrir la nature perfide, jalouse et calculatrice de la fille de sa belle-mère, Katie. Mais celle-ci s'était toujours montrée aussi prudente que sa mère en présence de son beau-père. Elle connaissait parfaitement les limites à ne pas dépasser lorsqu'il était dans les parages.

Sentant monter en elle une nouvelle bouffée d'amertume, Holly songea aux sommes d'argent considérables que la mère et la fille avaient extorquées à son père. Inconscient de ce qui se tramait dans son dos, ce dernier semblait savourer son nouveau bonheur et Holly n'avait pas eu le cœur de lui répéter toutes les méchancetés que lui débitait Katie en privé.

Naturellement, les masques étaient tombés dès que son père était mort. Connie avait commencé à dévoiler ses véritables intentions ; quant à Katie… Katie était devenue encore plus odieuse… au point de lui voler son fiancé !

Holly aurait dû partir à ce moment-là, elle ne le savait que trop bien. Hélas, elle n'avait pu se résoudre à quitter la boutique de son père. C'était dans cet univers qu'elle se sentait particulièrement proche de lui. Aussi avait-elle emménagé dans l'appartement situé au-dessus du magasin, bien décidée à reprendre les rênes d'Un Jour, une fleur.

Le chiffre d'affaires avait chuté après la crise cardiaque de son père. Profondément bouleversée, Holly avait été obligée de fermer la boutique quelque temps et il lui avait fallu un an pour récupérer leurs anciens clients et commencer à renouer avec les bénéfices. Oh, elle ne ferait jamais fortune avec Un Jour, une fleur, elle ne se faisait pas d'illusions. Face à l'explosion des centres commerciaux, les petites boutiques avaient bien du mal à survivre.

Pourtant, malgré leur grand âge, le magasin et l'appartement valaient encore une jolie somme. Plus d'un million, sans doute. Peut-être davantage si quelqu'un reprenait le bâtiment en même temps que le fonds de commerce.

Une fois de plus, Holly foudroya la pancarte du regard. Mais pourquoi diable s'était-elle tuée à la tâche pour un salaire ridicule alors qu'elle savait pertinemment, tout au fond d'elle, que Connie et l'horrible Katie seraient les premières à récolter les fruits de ses efforts acharnés ?

Et pour couronner le tout, son père avait légué toute sa fortune à son épouse dans un testament rédigé peu de temps après leur mariage, alors que Holly n'avait que seize ans. Il faisait confiance à Connie ; sa nouvelle épouse prendrait soin de sa fille chérie, naturellement… Hélas, la veuve joyeuse nourrissait d'autres projets. Sa mégère de fille aussi, d'ailleurs…

Holly s'efforça de chasser ces tristes pensées. Elle les avait suffisamment ressassées pendant la période de Noël…

Si Dave l'avait aimée sincèrement, Katie n'aurait pas réussi à le séduire. Malheureusement, elle était parvenue à ses fins et s'apprêtait à l'épouser. Mais le coup le plus terrible venait de lui être porté par cette pancarte « A vendre » accrochée au beau milieu de la vitrine.

Cette fois, elle devait réagir. Holly en avait assez de jouer à Cendrillon. Il était grand temps de prendre des décisions importantes, de tourner la page une fois pour toutes. L'idée de devoir abandonner la boutique, source de joie et de fierté pour son père, l'emplissait de tristesse, mais elle n'avait plus d'autre choix. Bientôt, le magasin allait changer de propriétaire, et elle serait de toute façon obligée de s'en détacher.

— Je file à la gare, Sara, déclara-t-elle d'un ton décidé. Je vais acheter le Herald.

Sara leva les yeux du ravissant centre de table composé d'œillets roses qu'elle venait de terminer. C'était la commande d'une de leurs fidèles clientes qui adorait le rose.

— Chercherais-tu un nouveau job ?

— Gagné !

— Il serait temps, marmonna Sara.

Jolie rousse âgée d'une trentaine d'années, Sara avait déjà une solide expérience de la vie, et les gens qui courbaient docilement l'échine l'agaçaient. Cela faisait déjà un bout de temps qu'elle pressait Holly de chercher un autre emploi.

— Tu as entièrement raison, admit cette dernière. Par la même occasion, j'en profiterai pour trouver un appartement.

A Sydney, le Herald du samedi matin regorgeait toujours d'offres d'emploi et de locations d'appartement, voire de propositions de colocation. A la vérité, Holly y avait déjà jeté un coup d'œil quelques semaines plus tôt, au moment où David l'avait quittée pour s'installer avec Katie. Mais elle n'avait pas eu le courage de tout plaquer, de faire une croix sur cet univers qui lui était si familier.

A présent, elle se sentait animée d'un courage immense, extraordinaire.

Un sourire approbateur éclaira le visage de Sara.

— Bravo, Holly ! Et surtout, ne t'en fais pas pour moi : dès que tu auras quitté cette boutique, je t'imiterai. Je refuse de travailler pour cette rosse de Connie en attendant que le magasin soit vendu !

— C'est une vraie mégère, n'est-ce pas ?

— De tout premier ordre. Et sa fille est de la même trempe. Si tu veux mon avis, Katie et Dave se sont bien trouvés, tous les deux. J'étais aux anges quand tu m'as annoncé que tu t'étais enfin débarrassée de lui !

— Euh… c'est lui qui m'a plaquée, Sara.

— Peu importe, c'est une très bonne chose. Maintenant que tu es libre, tu vas pouvoir te dégoter un brave type qui t'aimera pour tes qualités de cœur.

— Merci du compliment, Sara, mais les « braves types », comme tu dis, ne courent pas les rues ces temps-ci. Pas les mêmes rues que moi, en tout cas… Pour être franche, Dave est loin d'être le premier goujat que je rencontre. J'ai parfois l'impression d'être un aimant à machos volages et égoïstes.

— Tu devrais chercher un boulot dans le quartier des affaires, ma chérie. C'est là-bas que se trouvent tous les « costumes-cravates ».

— Les « costumes-cravates » ?

— Oui, tu sais bien : les golden boys en costumes coupés sur mesure. J'ai travaillé quelque temps dans une boutique située sur la place de la Bourse. C'était un défilé permanent de beaux gosses… Un vrai régal pour les yeux !

— D'accord, mais ça ne veut pas dire que ce soit tous des types bien.

— Certes. En revanche, ils ont tous de l'argent. A choisir, mieux vaut s'amouracher d'un type plein aux as que d'un fauché…

— Ce n'est pourtant pas ce que tu as fait, toi, fit observer Holly en songeant au mari de Sara, cheminot de son état.

— Oh moi, c'est différent… Je ne suis qu'une pauvre idiote romantique.

— Je suis comme toi, figure-toi.

Sara esquissa une grimace.

— Eh oui, c'est le problème de la plupart des femmes. Allez, cours vite acheter le Herald avant qu'il n'y en ait plus.

Holly prit le dernier journal du kiosque et regagna aussitôt la boutique où elle parcourut les annonces entre deux ventes. Hélas, les offres de ce samedi étaient bien décevantes. Il n'y avait que très peu de postes de fleuriste à pourvoir. Et seulement deux dans le quartier des affaires. Quant aux propositions de colocation…

Après avoir vécu deux ans toute seule, la perspective de devoir partager un appartement ne l'enchantait guère. Malheureusement, elle n'aurait pas les moyens de louer quoi que ce soit dans un quartier correct et ses quelques économies ne lui permettaient pas encore de devenir propriétaire. En plus du reste, son aventure avec Dave s'était avérée onéreuse. C'était elle qui avait payé la plupart de leurs dépenses communes tandis que son ex-petit ami prétendait vouloir économiser pour leur avenir…

Comment avait-elle pu être aussi naïve ?

Reconnaître ses propres erreurs n'était jamais une expérience agréable. Pourtant, lorsque Sara prit congé à 18 heures, laissant à Holly le soin de fermer le magasin, cette dernière avait réussi à dresser le bilan peu réjouissant de sa vie d'adulte. Tout bien réfléchi, elle était seule responsable de ses malheurs. En se laissant faire, en évitant soigneusement les conflits, elle avait laissé son entourage la mener par le bout du nez.

Mais cette époque était bel et bien révolue. Dès lundi matin, elle prendrait contact avec l'une des nombreuses agences qui proposaient de l'aide dans la rédaction des curriculum vitæ. Elle n'avait encore jamais eu à se présenter pour un emploi mais elle devinait aisément les règles du jeu. CV en poche, il ne lui resterait plus qu'à postuler pour les deux emplois de fleuriste dans le quartier des affaires. Une fois de plus, Sara avait raison : c'était à cette porte-là qu'il fallait frapper.

Ceci dit, elle était bien décidée à défendre ses prétentions salariales. C'était indispensable si elle souhaitait continuer à vivre seule.

Après tout, elle n'avait aucune raison d'agir dans la précipitation. Une boutique comme Un Jour, une fleur ne risquait pas d'être vendue du jour au lendemain. Elle avait sans doute à peu près deux mois devant elle pour mettre ses projets à exécution. En attendant, elle se garderait bien d'exposer ses intentions à Connie. Et elle lui soutirerait jusqu'au dernier centime.

Son regard glissa distraitement sur un énorme bouquet de roses rouges dans un seau en zinc et elle fronça les sourcils, brusquement arrachée à sa songerie. C'était une commande de la veille au soir, passée par téléphone par un homme qui ne faisait pas partie de leurs clients habituels. Ce dernier avait promis de venir chercher le bouquet aujourd'hui même, aux alentours de midi.

Réprimant un soupir, Holly tourna les pages du carnet de commandes, trouva le nom du client et composa sans attendre son numéro de téléphone.

Au bout de trois sonneries, un répondeur s'enclencha. Zut, zut et zut ! Elle détestait les répondeurs téléphoniques.

Elle laissa néanmoins un message pour avertir le client qu'elle avait annulé sa commande, puis raccrocha dans un nouveau soupir.

Quel gâchis ! Ces roses rouges étaient tout simplement somptueuses. Et coûteuses, bien entendu. Au bout du fil, l'homme avait précisé qu'il ne désirait aucun bouton mais uniquement des fleurs déjà ouvertes. Dans quelques jours, toutes les roses seraient fanées. Autant se faire une raison : le bouquet était invendable.

Tout à coup, une idée lui traversa l'esprit.

Mme Crawford… Elle adorait les roses et elle ne partait en voyage qu'à la fin de la semaine suivante. Holly lui offrirait le bouquet pour lui souhaiter bon voyage… et aussi pour la remercier de venir aussi souvent bavarder avec elle autour d'une tasse de thé.

Quelle femme adorable, cette Mme Crawford.

L'espace de quelques instants, Holly s'autorisa à songer à Richard Crawford. Fut un temps où le fils chéri de Mme Crawford occupait le plus clair de ses pensées. Combien de fois avait-elle imaginé leur rencontre ? Et dans ses rêveries, bien sûr, Richard Crawford tombait inévitablement sous le charme de la jeune fleuriste…

Sara avait raison, comme d'habitude : derrière la plupart des femmes se cachaient d'incorrigibles romantiques !

Après avoir vérifié le numéro de Mme Crawford dans son agenda, Holly décrocha le téléphone pour s'assurer que cette dernière était bien chez elle.

La ligne était occupée. Elle était donc là.

Avec des gestes prestes, la jeune femme s'empara du bouquet de roses qu'elle enveloppa dans du papier de soie avant de nouer les tiges d'un ruban rouge. Elle irait les livrer elle-même. Mme Crawford n'habitait pas loin, il n'était que 18 h 15 et une agréable douceur baignait la ville.

Holly se mit donc en route d'un pas léger. Lors de sa dernière visite, Mme Crawford lui avait confié qu'elle ne voyait presque plus son fils. Récemment promu à la tête de sa banque — c'était le plus jeune P.-D.G. depuis la création de cette vénérable institution —, il travaillait encore plus qu'avant, au grand regret de sa mère.

Holly marcha sans se presser, savourant le souffle de la brise sur son visage et dressant mentalement une liste des choses à faire au cours des semaines à venir.

Primo : trouver un emploi, de préférence dans le quartier des affaires de Sydney.

Secundo : trouver un appartement, de préférence pas trop loin du quartier des affaires.

Tertio : trouver un gentil garçon. De préférence parmi ceux qui portent un costume sur mesure et travaillent dans le quartier des affaires !

Holly fit la moue avant de rayer de son esprit le dernier point de sa liste. Il n'y avait aucune urgence à rencontrer quelqu'un.

Si Dave ne s'était pas montré sous son vrai jour — un traître doublé d'un goujat ! —, il serait son petit ami depuis plus d'un an et elle serait toujours amoureuse de lui. Dire qu'elle le croyait sans l'ombre d'un doute quand il prétendait l'aimer à la folie… Combien de fois lui avait-il fait ce genre de déclaration passionnée… Le sale menteur !

Holly avait beaucoup souffert quand il avait rompu pour aller vivre avec Katie. Son amour-propre était encore sérieusement meurtri et elle ne se sentait pas prête à se lancer dans une nouvelle aventure sentimentale.

Pour le moment, elle se concentrerait sur les deux seuls

projets qui lui semblaient raisonnables : un nouvel emploi et un nouvel appartement.

Trouver un petit ami n'était pas encore à l'ordre du jour. Il lui faudrait encore du temps pour panser ses blessures. Beaucoup de temps.

2

— J'y vais, mon chéri.

Richard leva les yeux de son ordinateur portable et examina sa mère qui se tenait dans l'embrasure de la porte.

— Tu es très élégante, dis-moi.

— Merci, répondit-elle en effleurant du bout des doigts ses cheveux blonds impeccablement coiffés. C'est gentil à toi de le remarquer.

Ce n'était pas seulement sa nouvelle coiffure. Sa mère semblait métamorphosée depuis sa rencontre avec Melvin.

— Je suis désolée de ne pas pouvoir te tenir compagnie, Richard, mais tu aurais dû me prévenir que tu avais l'intention de passer. Cela fait des semaines que tu n'as pas montré le bout de ton nez.

— J'étais très occupé, maman, expliqua Richard d'un ton évasif.

Inévitablement, sa mère allait penser qu'il avait été submergé de travail. La réalité était tout autre : il avait consacré beaucoup de temps à sélectionner cinq candidates dans le fichier d'Une femme pour la vie, puis à organiser un rendez-vous avec chacune d'entre elles. Il en avait déjà invité quatre à dîner — une par semaine. Il venait tout juste de rencontrer la quatrième, la veille au soir.

Et la soirée s'était avérée aussi décevante que les trois autres.

Richard avait eu l'intention d'aller travailler aujourd'hui — il lui arrivait souvent de se rendre au bureau le samedi — mais au dernier moment, mû par une bouffée de profond agacement, il avait décidé de rendre visite à sa mère pour lui avouer son désir de trouver une nouvelle épouse par l'intermédiaire d'Une femme pour la vie. Il n'avait pas voulu partager ses déceptions avec Reece et encore moins avec Mike qui ignorait tout de sa démarche. Richard avait même pris son ordinateur portable pour montrer à sa mère le fichier de l'agence.

Hélas, celle-ci se réjouissait tant de son rendez-vous avec Melvin qu'il avait vite renoncé à son idée. Et il s'en félicitait. Sa mère n'aurait jamais compris qu'il puisse désirer un mariage sans amour. D'autant plus qu'il était hors de question qu'il se mette à nu en lui dévoilant la vérité au sujet de Joanna.

— Je risque de rentrer tard, reprit sa mère avec un petit sourire gêné. Nous allons au cinéma après dîner. Tu trouveras une pizza au congélateur... et une bonne bouteille de vin dans la porte du frigo.

— Méfie-toi, maman, à ce rythme-là, tu vas devenir une vraie fêtarde.

Sa mère se rembrunit.

— Et alors ? répliqua-t-elle d'un ton sec. Il serait temps, tu ne crois pas ?

Pris de court, Richard s'abstint de tout commentaire. Avait-elle pris sa boutade pour une critique ? C'était bien possible. Son père ne cessait de critiquer le moindre de ses gestes, se souvint Richard. Comment diable sa mère avait-elle pu supporter pendant tout ce temps un tel goujat ? En tant que fils, sa position n'était guère plus enviable. Afin d'éviter toute attaque, Richard avait trouvé une défense imparable : exceller dans tous les domaines. C'était le seul moyen d'avoir la paix.

Après le décès de son père quelques années plus tôt, Richard s'était plus ou moins attendu à ce que sa mère se remarie. Elle n'avait pas soixante ans, à l'époque, et c'était encore une femme très séduisante. De toute façon, Reginald Crawford n'aurait pas toléré que son épouse se laisse aller.

A la grande surprise de Richard, sa mère avait préféré mener une vie tranquille, sans histoire. Une fois par semaine, elle retrouvait quelques amies au bowling et elle jouait au bridge tous les mardis soir. Le reste du temps, elle s'occupait de son jardin, lisait et regardait la télévision. Et soudain, alors qu'elle venait de fêter son soixante-cinquième anniversaire, l'envie irrépressible de découvrir le monde s'était emparée d'elle.

Réticente à l'idée de voyager seule, elle avait laissé une petite annonce à la bibliothèque du quartier. Elle recherchait un compagnon de voyage, ni plus ni moins. Melvin l'avait contactée deux semaines plus tôt et sa mère l'avait trouvé extrêmement sympathique. Chirurgien à la retraite, il était veuf comme elle. Dynamique, enjoué et doté d'un incroyable esprit d'initiative, il avait décidé que leur tour du monde à deux débuterait le vendredi suivant.

— Ce n'était pas une critique, maman, fit observer Richard d'un ton circonspect. Au contraire, je trouve formidable cette idée de tour du monde.

— Tu es sincère, Richard ? demanda sa mère, radoucie. Tu ne crois pas que c'est un peu ridicule, à mon âge ?

— Absolument pas. Simplement, j'aimerais beaucoup faire la connaissance de Melvin avant ton départ.

— Tu veux t'assurer que je ne risque rien avec lui, c'est ça ?

— Maman, tu es une femme fortunée… et je suis ton fils unique. Il faut bien que je garde un œil sur mon futur héritage, expliqua Richard d'un ton espiègle.

La mère et le fils savaient pertinemment que c'était un faux prétexte. En quelques années, Richard avait gagné plus d'argent que son père au cours de sa longue carrière d'expert-comptable. Quand il s'agissait d'investir ses propres fonds, Reginald Crawford s'était toujours montré trop frileux. Il donnait pourtant d'excellents conseils à ses clients mais semblait tout bonnement incapable de les appliquer à son propre portefeuille d'actions.

Malgré tout, en quittant ce monde à l'âge de soixante-dix ans, foudroyé par une crise cardiaque, il avait légué à son épouse leur maison de Strathfield, intégralement payée, ainsi qu'une assurance-vie qui la mettrait à l'abri du besoin jusqu'à la fin de ses jours. En espérant que cette fin arrive le plus tardivement possible…

— Tu n'as aucun souci à te faire de ce côté-là, Richard, assura sa mère en balayant l'air d'un geste gracieux. Melvin est bien plus riche que moi. Tu devrais voir sa maison. Elle est absolument somptueuse.

— Ce sera avec grand plaisir. Au fait, maman, quel âge a-t-il, au juste ?

— Soixante-six ans.

Ainsi, Melvin n'avait qu'un an de plus que sa mère. Ils devaient former un beau couple, tous les deux. Probablement mieux assorti qu'avec son propre père qui avait douze ans de plus que son épouse.

— Je suis heureux pour toi, en tout cas. Allez, ne le fais pas attendre. Je te verrai demain matin. Amuse-toi bien, maman ! conclut-il tandis qu'elle se dirigeait déjà vers la porte.

Un instant, il crut l'entendre murmurer :

— J'en ai bien l'intention.

La porte se referma dans un claquement sourd et Richard se retrouva seul, la tête pleine de pensées déroutantes.

Il ne savait pas si un homme de soixante-six ans avait encore une libido, mais une chose était sûre, en tout cas, c'était qu'un homme de trente-huit en avait une en pleine forme, qu'il s'avérait bien difficile d'ignorer. Ses sens le mettaient à rude épreuve, depuis quelque temps. Mais, hélas, sans qu'il ait pu trouver la femme qui saurait les satisfaire.

Six semaines s'étaient écoulées depuis qu'il avait pris contact avec Natalie Fairlane, la directrice d'Une Femme pour la vie — ravissante créature à la poigne de fer. Six semaines, et il n'avait toujours pas trouvé la femme qu'il souhaitait courtiser, et plus si affinités.

Il retourna à son ordinateur et chercha la photo de la cinquième candidate. Encore une brune. A l'écran, elle était aussi belle que les quatre qui l'avaient précédée. Hélas, aucune d'entre elles n'était parvenue à « allumer l'étincelle », selon l'expression de Reece.

Et puis, toutes s'étaient montrées bien trop empressées, trop désireuses de lui plaire. Il avait décelé dans leur regard un manque évident de sincérité. Pire : chez deux d'entre elles, il avait deviné de la cupidité. Et toutes avaient choisi les mets les plus coûteux, les bouteilles millésimées.

En fait, le choix du vin faisait partie des petits tests qu'il avait imaginés. Lui-même s'accordait un verre, jamais plus, afin de garder sa lucidité tout au long du repas. Et toutes, sans exception, lui avaient clairement signifié qu'elles étaient prêtes à aller « boire un dernier verre » chez lui à la fin du dîner.

Richard ne s'estimait pourtant pas doté d'un physique irrésistible. Il avait un certain charme, d'accord. Grand et puissamment musclé, il possédait des traits volontaires, comme taillés à coups de serpe. Ses yeux gris avaient la froideur du métal, lui avait-on dit un jour, et sa prestance intimidait souvent.

« Austère », c'est ainsi que l'avait qualifié une de ses employées.

Cette sévérité était renforcée par une garde-robe ultra-classique. A sa décharge, on attendait d'un P.-D.G. d'une banque qu'il apparaisse digne et respectable plutôt que sexy. Les costumes sombres à fines rayures qu'il arborait généralement étaient luxueux sans être à la pointe de la mode. Ses cheveux bruns, coupés court, étaient toujours impeccablement coiffés. Il se rasait deux fois par jour s'il le jugeait nécessaire et son eau de toilette exhalait un parfum subtil. Comme seul bijou, il portait une Rolex en or au poignet droit.

Les femmes ne se jetaient pas à ses pieds comme elles le faisaient avec Reece ou même avec Mike qui, avec ses cheveux longs et ses allures de mauvais garçon, rencontrait un franc succès auprès d'une certaine catégorie de femmes — celles qui aimaient vivre dangereusement, sans doute.

Non, en toute objectivité, ce n'était certainement pas son

sex-appeal naturel qui avait conquis les quatre superbes jeunes femmes qu'il avait tour à tour invitées à dîner. C'était plutôt la couleur dorée de sa carte de crédit…

Aussi les avait-il toutes renvoyées chez elles en taxi avant de rentrer chez lui seul. Après chaque rendez-vous, il avait consciencieusement rempli le questionnaire prévu à cet effet puis coché la case qui précisait qu'il ne souhaitait pas revoir la jeune femme sélectionnée. Sans tarder, il avait renvoyé la fiche à Nathalie Fairlane par Internet.

C'était une des règles strictes et incontournables de l'agence. Si l'un des deux partenaires ne souhaitait plus revoir l'autre, la question était définitivement réglée. Si l'un ou l'autre tentait malgré tout de reprendre contact avec la personne qu'il avait rencontrée, il était rayé du fichier de l'agence, et ce de manière irrémédiable.

C'était une organisation bien rodée, mille fois plus efficace qu'une agence matrimoniale ou qu'un site de rencontres ordinaires. Pour commencer, les gens mal intentionnés étaient vite repérés et écartés. Richard savait qu'il avait fait l'objet d'une enquête de moralité avant d'être accepté dans le fichier. Mlle Fairlane lui avait expliqué la nécessité de procéder ainsi au cours d'un entretien personnel. Toutes les femmes inscrites à l'agence devaient se soumettre aux mêmes vérifications afin d'éviter tout malentendu.

Sur le plan physique, le système fonctionnait à merveille. Les femmes que Richard avait rencontrées jusque-là s'étaient avérées aussi séduisantes qu'en photo.

Malgré tout, il commençait à se ranger à l'opinion de Mike qui pensait que la plupart des femmes inscrites à l'agence ne s'intéressaient qu'au confort matériel que pourrait leur procurer un beau mariage. Et si Reece avait trouvé la perle rare en la personne d'Alanna ?

D'un autre côté, ayant payé cher son inscription, Richard était fermement décidé à rencontrer toutes les femmes qui figuraient sur sa liste avant de renoncer à l'idée. Au moment précis où il s'apprêtait à composer le numéro de la cinquième candidate, le carillon de l'entrée tinta.

— Oh non, marmonna-t-il en se levant pour aller ouvrir.

Il traversa son bureau et pénétra dans le hall d'entrée. La maison de famille des Crawford était une belle demeure massive et spacieuse, sans ostentation mais très représentative des villas cossues qui avaient fleuri à la périphérie de Sydney dans les années trente. Les plafonds étaient hauts, les moulures abondantes, les vérandas impressionnantes et de superbes vitraux colorés ornaient la porte d'entrée.

Le soleil qui filtrait à travers les carreaux projetait des formes géométriques sur le parquet ciré que Richard traversa à grandes enjambées.

Tirant la porte d'un geste sec, il aperçut d'abord un énorme bouquet de roses rouges. Puis un visage apparut sur le côté. Un visage féminin.

— Oh…, murmura sa propriétaire en écarquillant ses grands yeux noisette. Je ne pensais pas… enfin, je croyais…

Elle esquissa une moue penaude, se redressa puis abaissa le bouquet devant elle, un peu comme une jeune mariée paniquée.

— Désolée, je ne bégaie pas, d'habitude. Puis-je voir Mme Crawford ?

— Je crains que cela ne soit pas possible, hélas, répondit poliment Richard.

De prime abord, cette fille lui plaisait mille fois plus que celles qu'il avait rencontrées par l'intermédiaire de ce fichu site. Pourtant, elle n'avait rien de leur beauté sophistiquée.

Ses longs cheveux châtains retombaient librement sur ses épaules et son visage ne portait aucune trace de maquillage. Elle portait une jupe portefeuille parsemée de petites fleurs assortie à un simple T-shirt bleu comme on en voyait par centaines dans les grands magasins.

Malgré tout, Richard était sous le charme.

— Ma mère s'est absentée pour la journée, reprit-il tandis que son regard, déjà, cherchait la main gauche de la jeune inconnue — à son grand soulagement, elle ne portait pas d'alliance…

Mais peut-être vivait-elle en concubinage avec un idiot tétanisé par l'idée de s'engager à long terme. Les quatre jeunes personnes qu'il avait rencontrées s'étaient toutes lamentées à ce sujet : les hommes d'aujourd'hui ne voulaient plus se marier et encore moins fonder une famille…

— Elle rentrera tard ce soir, ajouta-t-il. Je peux peut-être vous aider… ? Je suis son fils, Richard.

— Oui, j'avais deviné, dit la jeune femme avant de se mordre les lèvres, visiblement gênée.

— Dans ce cas, vous avez l'avantage, murmura Richard. Nous sommes-nous déjà rencontrés ?

Impossible. Il ne l'aurait pas oubliée.

— Non. Pas vraiment. Je veux dire, je vous ai vu à l'enterrement de votre femme. Je… euh… c'est moi qui me suis occupée des fleurs, expliqua-t-elle d'un ton embarrassé.

De son côté, Richard fut à la fois surpris et soulagé de pouvoir évoquer ce souvenir sans que la douleur lui vrille le cœur. Décidément, il était temps de tourner la page.

— Je vois, dit-il en continuant à observer la jeune femme.

Quel âge avait-elle ? Vingt-six, vingt-sept ans peut-être ?

— Pardonnez-moi, je vous avoue que je n'ai pas vraiment prêté attention aux fleurs ce jour-là, reprit-il avec une moue confuse. Mais je suis sûr qu'elles étaient magnifiques. Je suppose que ce bouquet est pour ma mère ? demanda-t-il en désignant les roses d'un hochement de tête.

Sans doute un cadeau de ce cher Melvin…

— Oui. C'est une commande que personne n'est venu chercher aujourd'hui. Mme Crawford aime tellement les fleurs, les roses surtout, que j'ai tout de suite pensé à elle. Je sais qu'elle part en voyage vendredi prochain mais comme les roses seront fanées avant…

— Vous êtes au courant des projets de ma mère ?

— Oui… enfin, c'est-à-dire que… elle m'en a parlé la

semaine dernière. Elle m'a raconté qu'elle avait rencontré un médecin… un certain Melvin, c'est ça ? Quel dommage… j'aurais volontiers postulé pour l'accompagner dans son périple.

Richard fronça un sourcil surpris.

— Pourquoi diable auriez-vous envie de tenir compagnie à une vieille dame qui pourrait être votre grand-mère ?

Elle haussa les épaules.

— Pour fuir, j'imagine.

Sa réponse le prit au dépourvu. Il aurait compris qu'elle ait eu envie de voyager à peu de frais mais ces quelques mots laconiques, prononcés du bout des lèvres, trahissaient une vive émotion, à l'instar de ses grands yeux noisette, délicieusement pailletés d'or, soudain voilés d'une étrange mélancolie.

— Que cherchez-vous à fuir ? Auriez-vous des problèmes ? Une peine de cœur, peut-être ?

Ce n'était certes pas une beauté classique mais elle dégageait un charme à la fois discret et sensuel, absolument irrésistible aux yeux de Richard qui ne se lassait pas de la contempler. Ses yeux reflétaient une grande douceur, elle avait une bouche pleine et une silhouette irréprochable.

Bref, cette jeune femme lui plaisait énormément. Et il ne devait sans doute pas être le seul à tomber sous le charme.

Elle secoua la tête en signe de dénégation.

— Oh non… non, ce n'est pas ça du tout. Tenez, remettez le bouquet à votre mère quand elle rentrera, d'accord ? Dites-lui que c'est de la part de Holly. C'est juste un petit cadeau pour la remercier de passer à la boutique de temps en temps. Votre maman est une femme adorable, vous savez.

Richard refusa de prendre le bouquet.

— Je préférerais que vous les mettiez vous-même dans un vase, si cela ne vous dérange pas, lui demanda-il précipitamment, redoutant qu'elle lui échappe.

Si cette fille avait un petit ami, ce dernier ne la rendait manifestement pas très heureuse. Comme si elle devinait ses pensées, elle cligna des yeux et le dévisagea d'un air confus.

A quoi songeait-elle, à cet instant précis ? Richard aurait tout donné pour le savoir. En même temps, son petit air mystérieux le ravissait. Rien n'était plus ennuyeux qu'une femme dont on devinait les pensées sans effort… et c'était exactement ce qui s'était passé avec ses quatre rendez-vous.

— Si vous voulez la vérité, commença-t-il en s'efforçant de prendre un ton désinvolte, je ne suis pas doué du tout avec les fleurs. En plus, je suis sûr que vous faites ça à merveille. Je vous propose un marché, Holly : vous vous occupez du bouquet pendant que je prépare un café. Je suis plutôt bon pour ça. Alors, qu'en dites-vous ?

Elle hésitait encore et Richard s'efforça de contenir son impatience. Etait-il à ce point prévisible ? Lisait-elle ses véritables intentions dans son regard ? Oh, il ne demandait pas grand-chose, juste un petit moment pour faire plus ample connaissance. Il n'avait pas l'intention de lui faire la cour. Pas maintenant, en tout cas.

— Qui sait ? reprit-il avec une pointe d'amusement dans la voix. Melvin s'avérera peut-être ennuyeux comme la pluie et maman rentrera plus tôt que prévu, toujours en quête d'un compagnon de voyage.

Holly partit d'un rire cristallin.

— Il y a peu de chances que cela arrive, vous le savez aussi bien que moi. Vous essayez seulement d'être gentil, comme votre maman.

Gentil. Elle le trouvait gentil.

Richard chassa rapidement les scrupules qui commençaient à germer dans sa conscience.

Un cœur faible ne réussissait jamais à conquérir une honnête jeune femme !

— Suivez-moi dans la cuisine, dit-il avant qu'elle trouve un prétexte pour s'éclipser. Venez, c'est par ici.

Sans attendre de réponse, il la prit par le bras et l'entraîna à l'intérieur.

3

— Je vais chercher une paire de ciseaux dans le bureau de mon père, annonça Richard en refermant la porte derrière eux.

Quand il lâcha le coude de Holly pour pénétrer dans une pièce à droite du couloir, un frisson de soulagement parcourut la jeune femme.

Quel choc de découvrir Richard Crawford sur le pas de la porte !

Mais il était bel et bien là, athlétique et imposant, plus séduisant que jamais, encore plus beau que lorsqu'elle l'avait vu pour la première fois, dix-huit mois plus tôt. Les cernes sombres qui soulignaient ses yeux avaient disparu ainsi que son expression tourmentée.

L'attirance qu'elle avait éprouvée pour lui en ce triste jour l'avait emplie de honte. Richard Crawford vivait un drame affreux, bon sang… Il pleurait la femme qu'il avait épousée deux ans plus tôt. Combien de fois Mme Crawford lui avait-elle répété à quel point son fils était amoureux de sa belle Joanna ?

Hélas, elle n'y pouvait rien : ce jour-là, chaque fois qu'elle avait posé les yeux sur Richard Crawford, elle avait été sous le charme de sa beauté digne, de son élégance pleine de sobriété. Comme attiré par un aimant, son regard avait glissé sur lui à plusieurs reprises durant la messe. Elle s'était même surprise à envier l'épouse défunte qui avait reçu l'amour de cet homme. Ce jour-là, Holly s'était sentie terriblement seule et vulnérable. Son père avait disparu quelques mois plus tôt, un chagrin indicible lui étreignait encore le cœur.

Pendant les semaines qui avaient suivi l'enterrement de Joanna Crawford, Holly avait imaginé de nombreux scénarios romantiques qui la mettaient en présence du séduisant veuf. Mais aucun ne ressemblait à ce qui venait de se produire. Elle n'avait pas non plus anticipé la timidité qui la paralysait littéralement en sa compagnie.

Car il était très intimidant. Et aussi terriblement sexy.

Le contact de ses doigts sur son bras l'avait électrisée. Mais Richard Crawford était un homme très imposant. Grand, avec de larges épaules et des mains puissantes, il dégageait une autorité naturelle qui inspirait le respect.

Profitant de l'absence momentanée de son compagnon, Holly inspira profondément. Il fallait à tout prix qu'elle se ressaisisse avant son retour.

Comme les minutes se prolongeaient, Holly avança sur la pointe des pieds jusqu'au seuil de la pièce où il avait disparu.

Le bureau de son père, avait-il dit.

La pièce ressemblait davantage à un club de gentlemen anglais avec ses lambris, ses lourds rideaux en velours bordeaux et ses gros fauteuils en cuir tanné. Richard Crawford était penché au-dessus d'un vaste bureau en acajou dont le style tranchait avec l'ordinateur portable dernier cri qui en occupait une des extrémités.

Un voyant lumineux clignotait, indiquant que l'appareil était en veille. De toute évidence, il était en train de travailler lorsqu'elle avait essayé d'appeler un peu plus tôt. C'était un bourreau de travail, sa mère le lui avait bien dit.

Mais que faisait-il ici si Mme Crawford était sortie ? Et pourquoi portait-il un pantalon en flanelle grise et une élégante chemise bleue ? Il ne lui manquait plus qu'une cravate et une veste pour donner à penser qu'il se rendait au bureau.

En ce samedi après-midi d'été, la plupart des gens arboraient une tenue décontractée, short et T-shirt, par exemple. C'est ce que Dave aurait fait, en tout cas.

— J'en ai pour une minute, dit-il en jetant un bref coup d'œil dans sa direction. Je sais qu'ils sont quelque part par là.

— Prenez votre temps, je vous en prie.

Il lui sourit. Mais c'était un sourire fugace, presque contrit qui n'avait rien à voir avec ceux de Dave, espiègles et chaleureux.

Pourquoi s'obstiner à vouloir les comparer ? Richard Crawford n'avait aucun point commun avec Dave, c'était évident. D'abord, il était issu d'un milieu plus cultivé, plus ouvert. Et puis, il était plus âgé. Sans doute frôlait-il la quarantaine.

A cette pensée, Holly fronça les sourcils. D'habitude, les hommes de cet âge ne l'intéressaient pas. Elle n'avait que vingt-six ans et ses petits amis avaient toujours eu le même âge qu'elle, à un ou deux ans près.

Dave avait vingt-six ans, comme elle.

Une bouffée d'amertume l'envahit, comme chaque fois qu'elle pensait à lui. Toutefois, elle se sentait un peu réconfortée depuis qu'elle avait récemment compris qu'elle n'avait jamais été vraiment amoureuse de lui. Non, en réalité, elle était juste tombée sous son charme, séduite par ses flatteries et ses vils compliments.

Commercial dans une entreprise qui réalisait des cartes de visite bon marché, il avait réussi en cinq minutes chrono à la persuader de réimprimer tout son stock. Ses belles paroles lui avaient tourné la tête, il était entré dans sa vie puis dans son lit une semaine plus tard.

Dave n'était pas un très bon amant mais Holly, de nature réservée, s'en moquait. Pourtant, même à ce sujet-là, il n'avait cessé de la complimenter. Depuis leur rupture, Holly en était arrivée à la triste conclusion que Dave lui avait menti sur toute la ligne. Y compris à ce sujet.

Ce type n'était qu'un minable menteur. Hélas, beaucoup d'hommes lui ressemblaient.

Pas lui, songea-t-elle avec une drôle de certitude lorsque

Richard Crawford leva la tête du dernier tiroir, l'air triomphant, brandissant une paire de ciseaux dans sa main gauche. Non, c'était un homme d'honneur, cela ne faisait aucun doute. Un homme honnête et sérieux. D'après sa mère, il n'avait pas posé les yeux sur une femme depuis le décès de son épouse. Holly étouffa un soupir. Elle aurait tout donné pour être aimée de la sorte !

— J'ai bien cru que je n'allais jamais les trouver, ces maudits ciseaux, marmonna-t-il en la rejoignant dans le couloir. Venez, la cuisine est par ici, ajouta-t-il en lui reprenant le bras.

Holly frissonna à son contact.

— Il fait frais dans ces vieilles maisons, n'est-ce pas ? dit-il d'un ton léger en se méprenant sur sa réaction — au grand soulagement de la jeune femme qui s'empressa de hocher la tête.

— C'est vrai, murmura-t-elle alors qu'une onde de chaleur la traversait. Votre mère ne m'avait pas dit que vous habitiez avec elle, enchaîna-t-elle pour se donner une contenance. J'avoue que j'ai été très surprise de vous voir.

— Je passais juste pour le week-end, expliqua-t-il en l'entraînant à sa suite dans une grande cuisine chaleureuse.

Des carreaux de terre cuite recouvraient le sol. En bois blond, les placards se mariaient avec les nombreux plans de travail et les bancs qui flanquaient une table massive.

— J'ignorais que ma mère avait prévu de sortir. Mmm, où peut-elle bien ranger les vases ? demanda-t-il en se plantant devant la rangée de placards. Vous ne savez pas, par hasard ?

Holly s'efforça d'ignorer les battements précipités de son cœur.

— Désolée, répondit-elle avec un petit sourire crispé. J'ai déjà livré des fleurs à votre mère mais je ne suis jamais rentrée chez elle… Je dépose le bouquet dans l'évier et je vous aide à chercher.

— Excellente idée.

Holly était en train de remplir d'eau le petit évier lorsqu'il s'écria :

— Gagné ! Réserve à vases en vue !

Holly ferma le robinet et, pivotant sur elle-même, le vit accroupi devant l'un des placards bas. Le fin lainage de son pantalon moulait ses fesses et ses cuisses musclées. Quant à sa chemise, elle semblait rencontrer la même difficulté à couvrir ses larges épaules.

Holly déglutit avec peine. C'était complètement fou. Elle n'était pourtant pas du genre à s'extasier devant un corps d'homme. Pour être franche, elle n'avait jamais prêté attention à la musculature de ses ex-petits amis. Un jour, elle s'était amusée à faire un test dans un journal féminin et à la question : « Par quoi êtes-vous attirée en premier chez un homme ? », elle avait répondu sans hésiter : « Son regard ». Dave avait des yeux bleus pétillant de malice qui rehaussaient encore l'éclat de ses sourires ravageurs.

Au même instant, Richard Crawford se retourna et deux yeux d'un gris glacial se posèrent sur elle.

Contre toute attente, un frisson délicieusement sensuel la parcourut.

— Il y en a de toutes les tailles. De quoi avez-vous besoin ?

Mortifiée par le cours gênant que prenaient ses pensées, elle balbutia :

— Je vais prendre celui en verre, à votre droite.

Il lui tendit le vase et elle le prit en baissant les yeux, soulagée de ne pas rougir. Les fleurs lui apportèrent un moment de répit. Elle put enfin se concentrer sur ce qu'elle aimait faire par-dessus tout sans jeter un seul coup d'œil à son compagnon, occupé à préparer un café dont l'arôme ne tarda pas à se répandre dans la pièce.

Malheureusement pour elle, il s'acquitta de sa tâche le premier et, tirant un tabouret près du plan de travail, s'installa pour la regarder travailler. Etait-ce un effet de son imagination débridée ou bien son regard se portait-il plus sur elle que sur les fleurs ?

— Vous êtes vraiment douée, fit-il observer au bout d'un moment.

— C'est mon travail.

— Vous avez toujours fait ça ?

— Je vis parmi les fleurs depuis ma plus tendre enfance. Mon père était fleuriste. C'est lui qui m'a formée.

— Il était fleuriste ?

— Il est mort il y a deux ans. Crise cardiaque.

— Je suis désolé. Ça a dû être très dur pour vous et votre famille.

— Ma mère est morte quand j'étais toute petite, répondit Holly en évitant de croiser son regard. J'avais seize ans lorsque mon père s'est remarié. J'ai une belle-mère et une demi-sœur, Katie, qui a deux ans de moins que moi.

Au prix d'un effort, elle se retint d'ajouter que la mère et la fille étaient de vraies mégères — avec une mention spéciale pour Katie. Elle ne voulait surtout pas passer pour une geignarde aux yeux de Richard Crawford. Elle avait déjà confié sa triste histoire à la mère de ce dernier, le jour où elle était passée la voir à la boutique juste après que Dave l'eut quittée.

— Quel âge avez-vous ?

— Vingt-six ans.

— Vous êtes très jeune, souligna-t-il d'un ton qui donnait à penser qu'il la croyait plus âgée.

Blessée dans son amour-propre déjà mal en point, Holly sentit des larmes lui monter aux yeux. Dieu merci, elle lui tournait le dos et elle eut le temps de se ressaisir en terminant d'arranger les fleurs.

Sa remarque eut au moins le mérite de couper court aux fantasmes qu'elle nourrissait plus ou moins consciemment au sujet de Richard Crawford. Comme si un homme de son étoffe allait perdre son temps à s'intéresser à une pauvre petite fleuriste…

C'était pathétique ! Lorsqu'il se sentirait prêt, il chercherait sans nul doute à rencontrer une femme qui lui rappellerait son épouse. Une créature de rêve, tout simplement éblouissante. Holly avait vu une photo de Joanna Crawford le jour de son enterrement. C'était une femme de toute beauté. Brillante, pour couronner le tout. Agent littéraire, elle travaillait pour une maison d'édition internationale dont le siège social se trouvait à New York. La mère de Richard lui avait tout raconté sur sa future belle-fille lorsqu'elle était venue choisir une boutonnière à la boutique, la veille du mariage.

Pour quelle raison Richard Crawford s'intéresserait-il à une jeune femme toute simple qui gagnait sa vie en composant des bouquets, une fille qu'on pouvait au mieux trouver jolie et qui n'avait jamais quitté les environs de Sydney ?

4

Richard n'arrivait pas à croire qu'il puisse prendre un si grand plaisir à regarder simplement cette ravissante créature disposer des fleurs dans un vase.

Mais elle était jolie à croquer.

Il avait l'occasion de l'étudier à loisir, d'admirer son profil parfait, le dessin de ses lèvres pleines, l'arc délicat de son cou et la courbe de ses bras. Fasciné, il avait suivi chacun de ses gestes gracieux comme elle coupait chaque tige avant de disposer les roses dans le grand vase.

Sa silhouette lui plaisait aussi beaucoup. De taille moyenne, elle possédait les formes sensuelles d'une femme épanouie. Sa poitrine naturellement généreuse se dispensait de tout artifice ; sans doute portait-elle un soutien-gorge très fin car ses tétons pointaient à travers l'étoffe de son T-shirt.

Etait-ce parce qu'elle avait froid ou réagissait-elle à sa présence comme il réagissait à la sienne ? Si tel était le cas, elle se gardait bien de le montrer et cette attitude réservée, un brin indifférente, ne faisait qu'accentuer son charme. Richard n'aimait pas ce qu'on appelait familièrement les « allumeuses ». Pourtant, Joanna avait fait partie de cette catégorie de séductrices impénitentes.

Alors, était-elle oui ou non sensible à l'onde électrique qui passait entre eux ?

— Vous avez encore froid ? demanda-t-il d'un ton faussement détaché.

Elle se tourna brièvement vers lui. Hélas, son expression demeurait impénétrable.

— Froid ? Non. Non, pas vraiment.

A la pensée de ses tétons dardant sous ses vêtements, une vague de chaleur le submergea.

— Je crois qu'il y en a assez comme ça, déclara-t-elle en inclinant sa jolie tête sur le côté pour examiner le résultat. Le bouquet est parfaitement équilibré, une rose de plus et tout serait fichu.

— Vous avez raison, convint Richard. C'est parfait.

« Comme vous », ajouta-t-il in petto. Combien de temps devrait-il patienter avant de l'inviter à dîner ? Avant toute chose, il lui fallait d'abord savoir si elle était libre ou non.

La sonnerie du téléphone l'arracha à ses pensées et il se leva à contrecœur.

— Excusez-moi… Vous n'avez qu'à chercher un autre vase pour le reste des fleurs, si vous voulez, enchaîna-t-il, redoutant qu'elle profite de son absence pour prendre congé.

C'était sa mère qui appelait. Dieu merci, elle fut inhabituellement brève et il rejoignit Holly avant qu'elle ait eu le temps de finir le deuxième bouquet.

— C'était ma mère. Melvin voulait m'inviter à déjeuner chez lui demain midi. Je ne voudrais surtout pas vous faire de peine mais je crois que la place de compagnon de voyage est définitivement prise, conclut-il d'un ton amusé en songeant à sa mère, tellement impatiente de rejoindre le nouvel homme de sa vie.

Holly esquissa un sourire.

— Oh, je ne me berçais d'aucune illusion. Voilà, il ne me reste plus qu'à vous dire au revoir, monsieur Crawford. Merci pour le café mais je préfère partir tout de suite.

Pris au dépourvu — avait-il imaginé l'espèce d'attraction quasi magnétique qui circulait entre eux ? —, Richard chercha son regard. Et cette fois, il vit ce qu'il espérait y voir depuis le début. Cette étincelle. Cette drôle de petite lueur, tellement significative.

— Vous avez des choses à faire ? osa-t-il demander sans la quitter des yeux.

— On trouve toujours de quoi s'occuper quand on tient un magasin, répondit-elle du tac au tac.

— Je vous en prie, restez encore un peu, insista-t-il avec un sourire charmeur qui valait largement ceux de Reece. J'apprécie beaucoup votre compagnie.

Elle cligna des yeux.

— Vraiment ?

— Vraiment. Et pendant que nous buvons notre café, j'aimerais que vous me racontiez un peu pourquoi vous avez tant envie de fuir Sydney.

Il lui fallut une demi-heure pour connaître tous les détails de l'histoire — et pour la convaincre de bien vouloir l'appeler par son prénom. A la fin de son récit, il se sentit habité par une colère noire. Pauvre Holly ! Lâchement trahie par son petit ami qui lui avait préféré sa demi-sœur. Ignoblement manipulée par sa belle-mère qui avait décidé de la chasser de son magasin. Et elle n'avait personne pour prendre sa défense !

Pas étonnant qu'elle ait eu envie de partir loin d'ici. Pourquoi rester auprès d'une famille qui ne l'aimait pas ? Pourquoi continuer à travailler dur pour un salaire de misère ? C'était une situation injuste, inadmissible !

— Vous auriez pu contester le testament de votre père, vous savez, fit-il observer d'un ton empreint de gravité.

La surprise se lut dans ses beaux yeux noisette.

— C'est vrai ?

— C'est tout ce qu'il y a de plus vrai. Et il n'est pas trop tard. Je peux vous mettre en rapport avec un très bon avocat, si vous le désirez.

— Non, murmura-t-elle en secouant la tête d'un air résigné.

Non, c'est trop tard à mes yeux. En plus, mon père m'a toujours répété qu'il fallait éviter les tribunaux comme la peste. Selon lui, les avocats étaient les seuls à s'enrichir avec les procès.

Richard ne put s'empêcher de sourire. Communément répandue, cette opinion s'inversait dans les cercles qu'il fréquentait.

— Ça dépend de l'avocat, argua-t-il simplement. Mais si telle est votre décision…

Holly exhala un soupir.

— Si seulement papa avait pensé à modifier son testament… Il avait l'intention de me laisser la majorité des parts du magasin mais, bien sûr, il ne pensait pas mourir d'une crise cardiaque à l'âge de cinquante-cinq ans… tout comme ma mère n'avait probablement jamais imaginé qu'elle mourrait sous les roues d'un bus à vingt-cinq ans.

— Vous n'avez pas eu une vie facile, Holly.

— Disons que les coups durs s'enchaînent depuis quelque temps, admit-elle.

— Pourquoi ne les envoyez-vous pas paître, ces deux marâtres ?

— Je n'ai pas dit mon dernier mot, faites-moi confiance. Pour le moment, je me tais jusqu'à ce que je trouve un autre emploi et un appartement. En attendant, je vis au-dessus du magasin, ce qui me permet de faire quelques économies. Je crois que je ferais mieux de contenir ma rancœur jusqu'à ce que je sois prête à tourner la page. Qu'en pensez-vous ?

— Je ne partage pas votre avis. Au contraire, je crois que vous devriez leur dire leurs quatre vérités sans plus attendre, s'emporta Richard. A elles et à ce type ignoble qui vous servait de petit ami !

Comme il regrettait, lui, de ne pas avoir eu l'occasion de dire à Joanna ce qu'il pensait d'elle ! Au lieu de quoi, il avait été contraint de faire son deuil en étant habité par toute l'amertume que la vérité avait déversée en lui. De l'amertume teintée de stupeur. La trahison de sa femme le stupéfiait encore, chaque fois qu'il osait y penser. Pourquoi avait-elle éprouvé le besoin de le tromper ? Il n'avait jamais douté de son amour, elle aimait tant le lui rappeler, autant par des paroles que par des gestes.

Hélas, la vérité ne correspondait pas à ce qu'il croyait avoir vécu auprès d'elle. Le constat était cruel : Joanna avait dû l'épouser par pur intérêt. Pour le prestige, pour leur train de vie, leur luxueuse demeure de Palm Beach et pour la garde-robe signée des plus grands couturiers qu'elle ne cessait d'enrichir, sous prétexte qu'il était inconcevable de porter deux fois la même tenue quand on fréquentait la jet-set de Sydney. Les mondanités rythmaient tous leurs week-ends. Cocktails, vernissages, courses hippiques, tout s'enchaînait à un rythme effréné.

Ce style de vie n'enchantait pas Richard mais il aurait fait n'importe quoi pour le bonheur de son épouse. « L'amour rend aveugle » : il avait appris à ses dépens la justesse de ce dicton. Holly aussi, semblait-il. Holly qui n'avait su percer à jour la nature calculatrice de son ex-petit ami. En l'écoutant raconter sa mésaventure, Richard avait vite tiré ses propres conclusions : au début, Dave avait dû croire que Holly était propriétaire du magasin. Réalisant sa méprise, il s'était dépêché de séduire la demi-sœur, véritable héritière de l'affaire.

— C'est facile à dire, Richard, rétorqua Holly tandis qu'un flot de sang envahissait son visage. D'après ce que m'a dit votre mère, vous avez une place en or et vous vivez sans doute dans un très bel endroit. Vous n'avez jamais logé dans un studio minable… C'est ce qui m'attendrait sans nul doute si je me rebiffais trop tôt. Connie n'aurait aucun scrupule à me jeter dehors, croyez-moi !

Sur le point de lui proposer une chambre en pension complète chez lui, Richard se mordit la lèvre. Sa chambre, de préférence…

L'espace de quelques instants délicieusement interdits, il

s'imagina en train de ramener Holly chez lui le soir même... Il la débarrasserait lentement de tous ses vêtements et la garderait dans son lit tout le week-end.

Un doux fantasme, c'était tout.

Car à l'évidence, Holly n'était pas le genre de femme à se laisser séduire facilement. Les femmes que l'on disait faciles battaient leurs cils interminables en flattant l'ego masculin avec de mielleux compliments. Joanna excellait dans ce domaine, vantant à discrétion ses « incroyables qualités d'amant ».

Combien d'autres que lui avaient entendu les mêmes flatteries ? se demanda soudain Richard, assailli par une bouffée de ressentiment.

Une autre question germa dans son esprit, déroutante. Holly était-elle encore amoureuse du goujat qui s'était éclipsé au bras de sa demi-sœur ? Aussi bizarre que cela puisse paraître, l'amour ne s'effaçait pas facilement, même quand l'élu se révélait être le pire des individus. Ça aussi, Richard l'avait appris à ses dépens.

C'était précisément pour cette raison qu'une certitude s'imposait désormais à lui : l'amour romantique n'était pas le meilleur terreau d'une union solide. En plus de se nourrir d'une émotion aussi incontrôlable qu'insaisissable, il troublait les facultés de jugement de ses victimes.

Si la véritable personnalité de Joanna continuait à lui échapper, il devinait en Holly un être doux et tendre, dépourvu de toute cupidité.

En cet instant précis, il la sentait aussi délicieusement vulnérable. Une citation de Shakespeare lui vint soudain à l'esprit :

Un courant marin dirige les affaires des hommes
Pris à temps, il conduit à la fortune
Dédaigné, leur vie sera pareille à une expédition semée de tempêtes et d'infortunes.
C'est sur cette mer pleine que nous naviguons
Et nous devons prendre la marée quand elle se présente
Ou bien nous résigner à abandonner nos projets.

Richard prit alors une décision : il saisirait la balle au bond en ce qui concernait Holly. A l'évidence, il ne trouverait pas chaussure à son pied par le biais d'*Une Femme pour la vie*. Il lui faudrait donc renouer avec des méthodes plus traditionnelles.

— Vous avez raison, déclara-t-il enfin. Vous ne gagnerez rien en donnant libre cours à votre rancœur. Au contraire, soyez plus intelligente que vos ennemis, le coup que vous leur porterez n'en sera que plus douloureux. C'est la méthode que j'utilise à la banque. Dites-moi, chère Holly, avez-vous des projets pour ce soir ? Si vous êtes libre, que diriez-vous de dîner avec moi ?

5

Holly dévisagea Richard d'un air abasourdi.

— Je vous prends au dépourvu, on dirait, continua-t-il comme le silence se prolongeait.

Etait-ce à ce point évident ? La tête emplie de pensées confuses, elle soutint son regard.

— Y a-t-il une raison particulière qui vous empêche d'accepter ? Un petit ami, peut-être ?

— Grand Dieu, non !

— Alors quel est le problème ? Vous n'appréciez pas ma compagnie ?

— Non… enfin si… je veux dire, ce n'est pas ça du tout ! bredouilla-t-elle. C'est juste que… je suis surprise, voilà tout.

« Stupéfaite » aurait davantage correspondu à la réalité. Pourquoi diable un homme comme Richard Crawford aurait-il envie de dîner avec une fille comme elle ? Elle n'était pas totalement ignare en ce qui concernait les hommes, malgré ce que prétendait Katie.

Et si Mme Crawford se trompait lorsqu'elle affirmait que son fils n'était pas du tout sorti depuis la mort de son épouse ? Dix-huit mois s'étaient écoulés, après tout. C'était une longue période de célibat pour quelqu'un comme Richard… pour tous les hommes de cette terre, d'ailleurs.

Etait-ce parce qu'il avait envie de passer la nuit avec elle qu'il l'invitait à dîner ? Après tout, cela se faisait fréquemment, de nos jours. Un bon dîner, une nuit d'amour et chacun repartait de son côté au petit matin…

Richard n'insisterait pas si elle se dérobait, elle en était intimement persuadée. En même temps, c'était un homme dans la force de l'âge, un homme diablement viril, doté d'un regard brûlant de sensualité… un amant fougueux et attentionné, Holly le pressentait. Un amant passionné comme elle n'en avait encore jamais connu.

Dans ce cas, pourquoi ne saisirait-elle pas sa chance ? N'avait-elle pas cent fois imaginé ce genre de scénario ?

Non, pas vraiment. Dans ses rêves les plus fous, Richard Crawford tombait amoureux d'elle au premier regard et lui demandait sur-le-champ de devenir sa femme pour la vie. Holly faisait rimer amour avec toujours, c'était l'amour avec un grand A, celui qui ne se nourrissait pas seulement d'étreintes enflammées mais de sentiments sincères et intenses.

— Qu'est-ce qui vous chagrine ? demanda Richard, conscient de son trouble. Ce n'est qu'une simple invitation à dîner.

— Vraiment ?

Les mots s'étaient échappés de sa bouche et elle détourna le regard, mal à l'aise. L'étonnement se lut dans les yeux de Richard. Il finit par hocher la tête.

— Oui. Absolument.

Holly laissa échapper un petit soupir. Mais était-ce du soulagement ou de la déception qu'elle éprouvait tout au fond d'elle ?

Tiraillée par des sentiments contradictoires, elle hésitait encore. Même si cette soirée ne débouchait pas sur une relation durable, elle aurait au moins vécu une parenthèse privilégiée, probablement dans un des meilleurs restaurants de la ville.

Dave, lui, était le roi du plat à emporter et Holly réglait sans mot dire toutes les additions. Ce soir, en revanche, elle n'aurait rien à payer… sauf peut-être sur le plan émotionnel. Malgré tout, la tentation était forte.

— D'accord, murmura-t-elle tandis que son cœur s'emballait.

— Formidable, dit Richard en jetant un coup d'œil à sa

montre. Il est 19 heures. Je passe vous chercher à… disons, 20 h 30 ?

— C'est parfait, déclara Holly avec une désinvolture qu'elle était loin d'éprouver.

— Comment rentrez-vous ? Je n'ai pas vu de voiture en ouvrant la porte.

Et pour cause : Holly n'avait pas de voiture. Elle conduisait une camionnette qui appartenait à la boutique.

— Je suis venue à pied, c'est juste à côté.

— Alors je vous raccompagne.

— Ce n'est pas la peine, merci.

En réalité, elle aurait voulu prendre les jambes à son cou et courir jusqu'à chez elle. Chaque minute était précieuse, il fallait qu'elle se lave les cheveux, qu'elle vernisse ses ongles et Dieu sait quoi encore.

— Si, je vous raccompagne, insista-t-il d'un ton qui n'admettait pas de réplique.

Quelle autorité… Etait-il aussi directif avec ses maîtresses ? Embarrassée par le cours de ses pensées, Holly capitula sans mot dire.

Perchée au sommet d'une colline, la demeure des Crawford était située à cinq cents mètres de la gare de Strathfield. A quelques pas de là, la boutique de Holly occupait le rez-de-chaussée d'un vieil immeuble en brique, à côté d'un café et d'un salon de coiffure. De jolies marquises rayées prolongeaient les bâtiments d'époque.

— Où habite votre belle-mère ? demanda Richard comme ils descendaient ensemble la colline.

— Elle vit à un kilomètre d'ici, de l'autre côté de la voie ferrée.

— Depuis combien de temps vivez-vous au-dessus du magasin ?

— Je m'y suis installée peu après la mort de mon père.

— Pourquoi ? Vous ne supportiez plus les deux sorcières ?

Holly esquissa un sourire. C'était ainsi que Sara les appelait, elle aussi.

— Il y a un peu de ça. En même temps, je me sentais plus proche de papa en vivant là.

— Ça se comprend, dit Richard d'un ton compatissant.

— Je suppose que Connie vendra aussi la maison de mon père dès qu'elle se sera débarrassée de la boutique. Elle a toujours voulu vivre dans le Nord.

— A votre avis, combien peut valoir le magasin ?

— Je ne sais pas vraiment. J'étais trop furieuse pour demander à Connie combien elle en voulait. Ça dépasse sans doute le million.

— Et vous renoncez à cette somme sans même chercher à défendre vos droits ?

— Oh, le magasin a plutôt une valeur sentimentale pour moi. Papa l'adorait. Et moi aussi. J'aime travailler avec les fleurs, vous comprenez. Je me sens bien parmi elles. Elles ont le don de rendre les gens heureux.

— Je continue de penser que vous devriez intenter un procès à votre belle-mère. Le magasin devrait vous revenir. C'est profondément injuste.

— La vie est souvent injuste, Richard, vous le savez déjà, il me semble.

A peine eut-elle prononcé ces paroles qu'elle les regretta. Glissant un regard furtif en direction de son compagnon, elle vit son visage se durcir.

— Vous avez raison, admit-il d'un ton sec. La vie est souvent injuste mais il ne faut pas se laisser faire, il faut se battre bec et ongles pour défendre ses intérêts.

— C'est ce que je fais, rétorqua Holly, piquée au vif. A ma façon.

Il lui adressa un sourire en coin.

— Une combattante à la fois tenace et discrète, voilà ce

que vous êtes, Holly. Excusez-moi, je n'avais aucun droit de vous juger. Quel est votre nom de famille, au fait ?

— Greenaway.

— Comme le green d'un golf… c'est un joli nom, pour une fleuriste.

— Vous n'êtes pas le premier à me le faire remarquer. Dave n'arrêtait pas de me taquiner à ce sujet.

— Dave… Dieu me garde de lui ressembler.

— Ne vous inquiétez pas, vous êtes en tout point différents.

Ils continuèrent à marcher côte à côte et Holly pressa légèrement le pas.

— Cela fait des années que je n'ai pas arpenté cette rue, déclara Richard comme ils arrivaient devant la vitrine d'Un jour, une fleur.

Vue de l'extérieur, la pancarte « A vendre » sautait aux yeux.

— Je prenais le train ici pour aller au lycée, je passais tous les jours devant ces boutiques, reprit Richard, perdu dans ses souvenirs. Je me rappelle même avoir acheté des fleurs pour ma mère quand j'avais dix-sept ans. Votre père était-il déjà propriétaire du magasin à l'époque ?

— Je ne sais pas, répondit Holly en sortant les clés de leur cachette. Cela fait combien de temps ?

— Vingt et un ans.

— Je crois, oui. Il avait à peu près trente ans quand il a racheté la boutique. Ecoutez, je ferais mieux d'aller me préparer si je veux être prête à temps. Je suis une femme, vous savez, ajouta-t-elle avec une petite moue espiègle.

— J'avais remarqué, figurez-vous, murmura-t-il en laissant glisser sur elle son regard gris, soudain réchauffé par la flamme du désir.

Le message était limpide, dépourvu de toute ambiguïté : elle lui plaisait, c'était évident. Il la trouvait même extrêmement séduisante.

Mais son regard redevint glacial tout aussi rapidement et

Holly se demanda une fois encore si elle n'était pas victime de son imagination galopante.

— Donnez-moi votre numéro de téléphone, au cas où j'aurais un contretemps. Il faut que je retourne chez moi pour me changer.

Holly réprima de justesse une exclamation de surprise. Que porterait-il ce soir s'il ne se trouvait pas assez élégant pour aller dîner au restaurant ? Un smoking, peut-être ? Un vent de panique souffla sur la jeune femme. Sa garde-robe ne comprenait aucune tenue vraiment sophistiquée…

— Où habitez-vous ? demanda-t-elle en poussant la porte de la boutique tandis qu'elle continuait à passer mentalement en revue le contenu de sa penderie.

Si seulement elle avait eu la bonne idée de s'acheter une de ces fameuses petites robes noires, de celles qui s'adaptent facilement à toutes les occasions, pourvu qu'on les accessoirise convenablement. Ceci dit, le noir ne lui allait pas si bien que ça…

— A East Balmain, répondit-il en lui emboîtant le pas. J'ai acheté un appartement il y a quelques semaines.

— Je vois, dit-elle d'un ton distrait, toujours préoccupée par sa tenue.

— En principe, je serai à l'heure mais donnez-moi tout de même votre numéro de téléphone, on ne sait jamais.

— Pardon ? Oh oui… oui, mon numéro, balbutia Holly en se dirigeant vers le comptoir sur lequel trônait une pile de cartes de visite.

— J'aimerais aussi votre numéro de portable, ajouta-t-il. Pouvez-vous le noter au dos ?

Holly s'exécuta, même si sa requête la laissait perplexe. Pourquoi avait-il besoin de son numéro de portable alors qu'ils ne se reverraient sans doute jamais ?

— Merci, dit-il lorsqu'elle lui donna la carte. Je passe vous prendre à 20 h 30.

— Je préférerais 21 heures, si cela ne vous dérange pas…

Il acquiesça d'un signe de tête.

— D'accord pour 21 heures.

Et il disparut. Holly le suivit des yeux comme il remontait d'un pas vif la rue qui gravissait la colline. Dans deux petites heures, Richard Crawford viendrait la chercher pour l'emmener dîner. Richard Crawford. Le fils de Mme Crawford. Un directeur de banque. Un homme riche, brillant et cultivé. Un homme d'une extrême élégance.

— Oh, non..., gémit-elle avant de se ruer vers l'escalier.

6

A 20 h 55, Holly n'était plus qu'une boule de nerfs.

Elle s'était préparée avec le plus grand soin mais, naturellement, c'était toujours ainsi quand on était pressé, les petites catastrophes s'étaient enchaînées. Elle avait passé beaucoup trop de temps à choisir sa tenue. Rien ne lui semblait assez élégant pour une soirée en compagnie de Richard Crawford... Au moment où elle commençait à désespérer, elle avait retrouvé, coincé entre deux cintres, un ensemble bleu pâle qu'elle avait acheté pour un mariage, quatre ans plus tôt.

La jupe droite, mi-longue et fendue dans le dos se mariait avec un caraco délicatement brodé et une tunique en mousseline ornée de longues manches évasées. C'était une tenue élégante, rehaussée d'un brin de fantaisie. Holly aurait volontiers raccourci la jupe si elle avait eu davantage de temps mais l'heure s'était écoulée sans qu'elle ait le temps de souffler.

Il était déjà 20 heures lorsqu'elle prit une douche. Elle renonça vite à rassembler ses cheveux en chignon, cela lui prenait toujours un temps fou. Elle s'appliqua plutôt à les sécher, les lissant soigneusement, puis les releva sur le côté à l'aide de deux barrettes dorées.

Les minutes continuaient à défiler, il était 20 h 35 et il fallait encore qu'elle se maquille et qu'elle se vernisse les ongles. Par la force des choses, elle opta pour un maquillage léger et naturel : un nuage de poudre rehaussa l'éclat naturel de son visage doré, un léger trait d'eye-liner et une couche de mascara agrandirent encore ses yeux noisette. Un peu de brillant corail sur ses lèvres et voilà, le tour était joué !

Les ongles lui causèrent davantage de soucis. Agitées par un tremblement nerveux, ses mains ne lui facilitèrent pas la tâche. Au bout de deux tentatives infructueuses, elle remisa le vernis corail pour lui préférer l'incolore. Naturellement ourlés de blanc, ses ongles étaient toujours parfaitement entretenus... Une chance, en l'occurrence !

Un rapide coup d'œil en direction du réveil lui indiqua qu'il ne restait plus que deux minutes avant l'heure fatidique. Si seulement Richard pouvait être en retard ! Elle devait encore se parfumer et mettre des boucles d'oreilles. Oui, mais lesquelles ? Les pendentifs en perle ou les créoles en or ? Elle en porta une de chaque à ses oreilles et contempla son reflet dans le miroir. Le carillon de la boutique mit un terme brutal à ses hésitations. Elle ne porterait pas de boucles d'oreilles, la question était réglée !

— Oh, mon Dieu, murmura-t-elle en enfilant à la hâte les escarpins en cuir crème qu'elle avait achetés en même temps que la tenue, pour le fameux mariage — et qu'elle n'avait pas portés depuis.

D'un geste fébrile, elle ramassa le petit sac de soirée assorti et se dirigea vers l'escalier, oubliant complètement de se parfumer. Elle y songea en posant le pied sur la dernière marche. Trop tard. Tant pis. Elle aperçut Richard à travers la vitrine du magasin. Superbe dans un costume noir impeccablement coupé, assorti à une chemise de soie gris perle qui rappelait la couleur de ses yeux.

Le cœur battant la chamade, elle se força à sourire et alla ouvrir la porte.

Avec Holly, Richard avançait en terre inconnue. Pour avoir, à maintes reprises, croisé le samedi soir des hordes de jeunes femmes de son âge vêtues de minijupes et de tops microscopiques, il avait choisi une des chemises « tendance » que Joanna lui avait offertes et qu'il n'avait encore jamais portées. Elle apporterait un petit côté mode à son nouveau costume noir, griffé d'un grand couturier. Il ne voulait surtout pas passer pour un vieux schnock à côté de cette jeune beauté de vingt-six ans…

Aussi, lorsque Holly fit son apparition sur le seuil de la boutique, vêtue d'une tenue à la fois sobre et élégante, Richard étouffa un soupir de soulagement. Joliment dissimulé, son corps de déesse ne le soumettrait pas à une torture trop insupportable ce soir.

En se douchant un moment plus tôt, son corps dévoré par le désir lui avait fait regretter sa promesse d'être sage. Après tout, beaucoup de couples devenaient amants dès le premier soir, ce n'était plus réprouvé par la morale…

En même temps, le côté prude et réservé de Holly lui plaisait infiniment. En la regardant fermer la porte à clé derrière eux, il revint à des intentions plus raisonnables.

— Vous êtes ravissante, Holly. Le bleu vous va à merveille.

— Merci. Vous aussi, vous êtes… très séduisant, bredouilla-t-elle en rougissant.

Richard savourait chaque instant passé en sa compagnie. Et ses joues qui s'empourpraient… C'était tout simplement délicieux ! Déjà, des images très sensuelles se bousculaient dans son esprit échauffé… Holly n'était peut-être pas complètement innocente mais elle ne dégageait pas cette espèce de sex-appeal agressif qui irradiait de Joanna. C'était précisément pour cette raison que Holly ne cherchait pas à séduire, ni par son attitude, ni par ses tenues vestimentaires.

Chaque minute qui passait le confortait dans sa certitude : elle ferait une épouse idéale. Il ne lui restait plus qu'à faire en sorte qu'elle accepte sa proposition quand il se jetterait à l'eau. Et pour cela, il fallait qu'elle tombe amoureuse de lui. Ou qu'elle en ait l'impression, en tout cas.

Le restaurant qu'il avait choisi pour leur premier rendez-vous œuvrerait sans nul doute dans ce sens, songea Richard en ouvrant la portière côté passager de sa BMW bleu marine. Rien n'impressionnait plus les femmes qu'un dîner aux chandelles dans un établissement étoilé. En tout cas, le charme de l'endroit avait opéré sur la première candidate d'Une femme pour la vie.

Perché au sommet d'un immeuble surplombant Circular Quay, le restaurant Hal's Hideaway proposait tous les ingrédients d'une soirée idyllique. Une vue à couper le souffle. Une ambiance relaxante. Un service à la fois discret et efficace. Une carte exquise. Et une cave divine.

— Où m'emmenez-vous ? demanda Holly lorsqu'ils furent en route.

— J'ai réservé une table dans un restaurant du port.

— Est-ce de la cuisine italienne… chinoise, peut-être ?

— La carte est… disons, internationale.

— Oh, ça doit être très select.

Richard sourit.

— Ça l'est. Mais ne vous inquiétez pas, vous êtes absolument éblouissante.

— J'ai l'impression d'aller à un mariage.

— Arrêtez vos bêtises. Vous êtes superbe, vraiment.

Elle partit d'un rire amusé.

— On peut dire que vous savez mettre une femme à l'aise, Richard.

Et elle n'avait encore rien vu… Ils parlèrent de choses et d'autres pendant le trajet qui les conduisait au centre-ville. Arrivé au restaurant, il gara la voiture dans le parking réservé à la clientèle et entraîna Holly vers l'ascenseur. Elle s'était tue et paraissait nerveuse, tout à coup.

— C'est la première fois que je mets les pieds dans un endroit pareil, confia-t-elle à mi-voix après que le maître d'hôtel les eut conduits à l'une des meilleures tables de l'établissement, tout à côté d'une immense baie vitrée qui offrait une vue imprenable sur le pont et l'Opéra.

— Je ne sais absolument pas quoi commander, reprit-elle

d'un ton où perçait l'inquiétude après avoir jeté un coup d'œil à la carte pour le moins surprenante par sa diversité.

— Voulez-vous que je commande à votre place ? proposa Richard. Pour avoir dîné ici plusieurs fois, je connais bien les spécialités du chef.

Le soulagement se peignit sur le visage de Holly.

— Excellente idée. Je ne suis pas difficile, de toute manière. J'apprécierai certainement tout ce que vous aimez, vous.

« Espérons-le », songea Richard comme ses pensées, presque malgré lui, prenaient un tour plus troublant.

— Et pour le vin, reprit-il avec empressement, avez-vous une préférence ?

En lui tendant la carte, il remarqua ses ongles courts et nacrés, dépourvus de tout artifice. Elle ne portait ni bijoux ni parfum capiteux, ce qui l'emplit d'une joie inexplicable. Comme il avait hâte de vivre dans ses bras des nuits langoureuses où elle ne porterait rien d'autre que le parfum qu'il lui aurait offert… A n'en pas douter, elle était sublime une fois débarrassée de ses vêtements. Il l'imagina nue, lovée dans ses draps de satin, ses cheveux soyeux éparpillés sur les oreillers, ses yeux voilés par le plaisir qu'elle avait goûté dans ses bras.

— C'est hors de prix, chuchota-t-elle en parcourant la carte des vins, sourcils froncés. Je sais bien que les restaurants de ce genre réalisent une marge énorme sur le vin mais tout de même… la moindre bouteille coûte vingt fois plus cher que celles que j'achète au supermarché !

Richard réprima un sourire. Si elle savait que l'une des femmes qu'il avait rencontrées sur Internet n'avait pas hésité un instant à commander le plus coûteux des millésimes !

— A leur décharge, ils possèdent une cave exceptionnelle, expliqua-t-il en se penchant vers elle. Leurs vins viennent des quatre coins du monde, on ne les trouve pas dans n'importe quelle boutique et encore moins en grande surface, croyez-moi, Holly.

Elle lui rendit la carte en faisant la grimace.

— Je suis désolée, Richard, commander une bouteille à ce prix-là me met horriblement mal à l'aise. Je commence à comprendre pourquoi les prix ne figurent pas sur le menu. Les plats doivent eux aussi coûter une petite fortune.

Empreintes d'indignation, ses paroles réjouirent Richard. Décidément, il tenait là une perle rare.

— Détendez-vous, Holly, ne vous souciez de rien, je m'occupe de tout, ordonna-t-il en la gratifiant d'un sourire rassurant. Essayez juste de passer un bon moment.

Elle ouvrit la bouche pour protester mais la referma aussitôt avec un haussement d'épaules résigné.

— D'accord, je vais m'efforcer d'oublier ma mentalité de petite banlieusarde le temps d'une soirée. Ça me fera au moins quelque chose à raconter à mes petits-enfants plus tard !

Un sourire apparut sur les lèvres de Richard. Voilà qui était bien parlé... du moment qu'il s'agissait aussi de ses petits-enfants !

A partir de ce moment-là, la soirée se déroula comme dans un rêve. Holly parut plus détendue et Richard, malgré le désir qui le tenaillait sans répit, apprécia pleinement sa compagnie. Au cours du dîner, il découvrit quantité de choses qui lui plurent énormément. Holly était une jeune femme intelligente et vive qui s'intéressait à tous les sujets. Elle jouait même au bridge, ce qui ne manquerait pas de plaire à sa mère. Elle aimait aussi l'exercice physique et fréquentait un club de gym trois ou quatre fois par semaine.

Richard songea aux nombreuses heures qu'il avait passées dans la salle de gym privée de la banque depuis la disparition de Joanna. C'était pour lui une soupape de sécurité, une manière efficace d'évacuer l'amertume qui le rongeait au quotidien.

A l'avenir, il s'entraînerait pour plaire à cette délicieuse jeune femme qui partageait sa table. Il avait envie que son corps soit à la hauteur de son esprit. Et en cet instant précis, son esprit lui soufflait de faire l'amour à Holly pendant des heures et des heures.

Minuit sonna sans qu'il prît conscience du temps qui passait. Après le café, le serveur voulut leur offrir un verre de cognac mais tous deux refusèrent de concert, préférant commander un autre café. Ils discutèrent encore une demi-heure puis Richard se résigna à demander l'addition.

— Je crois que j'ai un peu trop bu, confessa Holly en se levant.

Elle vacilla légèrement sur ses hauts talons.

— Ne vous inquiétez pas, dit Richard en glissant une main sous son coude. Je suis là.

— Oui… vous êtes là, répéta-t-elle d'un ton hésitant qui l'emplit de perplexité.

Sur la route du retour, Richard s'interrogea. Holly était-elle encore amoureuse de Dave ? Aurait-elle préféré passer la soirée en sa compagnie ?

Certes, Holly lui plaisait ; il éprouvait de l'admiration et du désir pour elle. Toutefois, il n'avait pas l'intention d'insister si elle se languissait secrètement d'un autre. S'il se remariait, ce serait avec une femme qui lui accorderait toute son attention et sa loyauté. Une femme qui l'aimerait sincèrement, comme il avait aimé Joanna.

— Merci infiniment pour cette merveilleuse soirée, Richard, déclara Holly lorsqu'il gara sa voiture devant le magasin. C'est une expérience que je ne suis pas près d'oublier.

Richard coupa le moteur et se tourna vers elle.

— Aimeriez-vous la renouveler ?

La lumière du réverbère éclairait l'ovale délicat de son visage et il vit une lueur de surprise traverser son regard.

— Dois-je comprendre que vous aimeriez de nouveau m'inviter à dîner ?

— A dîner. A déjeuner. Au cinéma, au théâtre, aux courses hippiques. Dites-moi ce qui vous fait envie, je m'efforcerai d'exaucer vos désirs.

— Oh…

Cette fois, ce n'était plus de la surprise mais plutôt de

l'incrédulité qu'il lut sur son visage. Il se pencha vers elle et posa une main sur sa joue. Dieu qu'elle était douce… oui, c'était bien ça, Holly incarnait la douceur et il brûlait d'envie de plonger dans cette douceur, de se perdre en elle.

— Mais c'est vous seule que je désire inviter, Holly, reprit-il d'une voix suave. Je ne veux pas traîner avec nous les fantômes du passé. Je ne veux pas que Dave s'immisce dans notre relation.

— Dave ! répéta Holly en haussant les sourcils. Je n'ai pas pensé à lui une seule fois ce soir !

— Tant mieux.

Et sans lui laisser le temps de réagir, il captura ses lèvres.

Elle retint sa respiration mais ne chercha pas à se libérer, permettant à ses lèvres d'effleurer les siennes d'une caresse aérienne.

Comme elle se laissait faire sans réagir, il s'écarta légèrement et rencontra son regard désarmé.

— Vous êtes adorable, Holly, susurra-t-il dans la pénombre. J'ai très envie de vous, vous savez…

Elle cligna des yeux mais demeura silencieuse, comme pétrifiée. Alors, tout doucement, il promena ses doigts sur sa joue veloutée, son menton et les fit descendre dans son cou. Là, il trouva son pouls qui battait à petits coups affolés, trahissant son trouble et son excitation.

Comme électrisé, Richard reprit ses lèvres. Cette fois, son baiser se fit plus audacieux et il ne tarda pas à glisser sa langue entre les lèvres entrouvertes de la jeune femme.

Elle s'anima dans un gémissement et lui rendit son baiser. Une vague de pure satisfaction submergea Richard lorsque, rejetant la tête en arrière, elle l'implora silencieusement de l'embrasser encore et encore. Dave n'existait plus, c'était une affaire classée…

Il eut un mal fou à quitter ses lèvres. Holly s'abandonnait à lui sans retenue et son propre corps, tenaillé par le feu d'un désir trop longtemps contenu, refusait de lui obéir.

Il l'aurait volontiers entraînée à l'intérieur de la boutique pour lui faire l'amour là, tout de suite. D'un autre côté, il ne voulait pas prendre le risque de mettre en péril ses projets à long terme pour quelques moments de plaisir. Car une fois retombé le souffle de la passion, Holly se souviendrait de la promesse qu'il lui avait faite avant de l'emmener dîner.

Ses pensées parvinrent à se frayer un chemin jusqu'à son cerveau enfiévré. Il pouvait parfaitement attendre une semaine avant de satisfaire ses envies charnelles. Et puis, il rêvait d'une longue nuit d'amour où le temps ne compterait plus, où ils seraient seuls au monde dans le confort luxueux de sa chambre à coucher.

— Excusez-moi, Holly, murmura-t-il d'une voix étrangement rauque. J'avais pourtant promis de me tenir tranquille… je… j'ai perdu pied pendant quelques minutes.

— Ce n'est pas grave. Je… cela ne m'a pas dérangée. Pas du tout, pour être franche.

Il la dévisagea avec attention.

— Vous en êtes sûre ?

Elle hocha la tête. Ses pupilles étaient encore dilatées et ses pommettes joliment empourprées.

— Vous voudrez bien sortir de nouveau avec moi ?

— Oui… bien sûr.

Il caressa sa joue tandis que son regard glissait de nouveau sur sa bouche. Elle avait des lèvres divines, douces et pulpeuses. Des lèvres qu'il rêvait de sentir partout sur son corps.

— J'aurais voulu vous emmener quelque part demain mais j'ai promis de passer la journée chez Melvin. Et puis je vais devoir m'absenter toute la semaine pour le travail.

C'était un demi-mensonge. Il partait en effet lundi à Melbourne mais il aurait pu l'inviter le jeudi soir.

— Et vendredi, j'accompagne ma mère et Melvin à l'aéroport.

Tout au fond de lui, Richard désirait prolonger le plaisir de l'attente. Pour Holly comme pour lui, les retrouvailles n'en seraient que plus brûlantes. A la façon dont elle avait répondu à son baiser, il savait déjà qu'elle s'abandonnerait avec délice à ses étreintes fougueuses.

— Un de mes amis organise une soirée samedi prochain, poursuivit-il en laissant tomber sa main à regret. Vous avez peut-être entendu parler de lui. Reece Diamond, le promoteur immobilier… ?

— Non… non, ça ne me dit rien, répondit Holly avec sincérité.

— Peu importe. Il vous plaira. Il plaît à tout le monde. Surtout à sa femme, Alanna. Elle est très sympathique, vous verrez. Ils font une pendaison de crémaillère samedi prochain. Bon, ce sera une crémaillère assez sophistiquée, tenue de soirée exigée. Reece est incapable de faire simple. Il adore sortir son smoking parce qu'il sait que ça lui va comme un gant. Préparez-vous au grand jeu… Alanna dévalise toujours les boutiques pour ce genre d'occasion.

En voyant l'inquiétude voiler le regard de Holly, il s'empressa de proposer :

— Si vous n'avez rien à vous mettre, je vous offrirai une robe.

— C'est hors de question ! protesta Holly. J'ai tout de même de quoi m'acheter une robe, vous savez…

— D'accord, d'accord, n'en parlons plus.

Son indignation plut à Richard. Contrairement aux quatre femmes qu'il avait rencontrées via Internet, Holly n'était aucunement intéressée par son argent et c'était un réel soulagement.

— Laissez-moi vous raccompagner jusqu'à la porte du magasin, reprit-il en l'entraînant par la main.

Au prix d'un immense effort, il résista à l'envie de l'embrasser une dernière fois. Mieux valait ne pas jouer avec le feu.

— Je vous appellerai, promit-il. Demain.

Sans un mot de plus, il regagna sa voiture et s'installa au volant. Pendant tout ce temps, il sentit le regard de Holly vrillé sur lui. Au moment de mettre le contact, il se tourna vers elle.

Elle se tenait toujours sur le seuil. Une expression mélancolique voilait son beau visage.

« Parfait, songea-t-il en tournant la clé. Voilà qui promet une nuit agitée… »

Lui non plus ne dormirait pas beaucoup. C'était de bonne guerre.

7

Occupée à composer deux bouquets pour des malades hospitalisés, Holly songeait, en ce lundi matin, à l'appel de Richard la veille au soir. Et voilà qu'une nouvelle semaine débutait ! Elle se demandait ce que celle-ci lui réserverait comme surprises.

Le carillon de la boutique l'arracha à sa rêverie. Elle leva les yeux et retint de justesse un petit cri de surprise.

La mère de Richard venait de faire son apparition. Au cours de leur longue conversation téléphonique de la veille, Richard lui avait confié qu'il avait parlé d'elle à sa mère. En apprenant qu'ils avaient dîné ensemble, Mme Crawford avait paru agréablement surprise.

En cet instant précis toutefois, son visage reflétait davantage la perplexité que l'enchantement.

— Je suis venue vous remercier pour le magnifique bouquet de roses, commença-t-elle d'un air soucieux. J'étais également ravie d'apprendre que Richard vous avait invitée à dîner samedi soir. Dites-moi, Holly, je viens tout juste de remarquer la pancarte sur la vitrine. Richard ne m'en a pas parlé. Pourquoi désirez-vous vendre ? Les affaires ne marchent pas bien ?

Un immense soulagement envahit Holly. Ainsi, c'était ça qui tracassait la mère de Richard ! Elle avait craint un instant que Mme Crawford ne la juge pas digne de l'intérêt que lui portait son fils chéri.

— Ce n'est pas moi qui ai décidé de vendre, madame

Crawford, répondit-elle en balayant l'air d'un geste gracieux. Les affaires marchent plutôt bien, en ce moment.

— Ne dites rien, je vois déjà le tableau : c'est encore un coup de votre belle-mère.

— J'en ai peur, en effet.

— Mais c'est affreux. Elle n'a pas le droit de faire ça ! Je connaissais bien votre père. C'était à vous qu'il voulait léguer la boutique. Défendez-vous, Holly, traînez-la en justice ! Ce magasin vous revient de droit.

Holly fit la grimace. Telle mère, tel fils…

— Je préférerais éviter ce genre de complications, madame Crawford. Il faut du temps et de l'argent et je n'ai rien de tout cela en ce moment.

— Richard s'est entouré d'une excellente équipe d'avocats à la banque ; je suis sûre qu'il vous aiderait volontiers. Je lui en toucherai deux mots, si vous êtes d'accord.

— Il m'a déjà proposé son aide, confia Holly avec un petit sourire contrit. Et j'ai refusé.

Mme Crawford leva les yeux au ciel.

— Vous me faites penser à moi, plus jeune ! Vous êtes trop gentille, Holly. Et la vie se montre souvent cruelle avec les gens trop gentils. Il faut savoir se battre si l'on ne veut pas se faire écraser ! Toute ma vie, je me suis reposée sur mon époux ou mon entourage proche mais cette époque est révolue. J'avais toujours rêvé de voyager mais j'étais tellement froussarde que j'osais à peine sortir de chez moi seule… Dieu merci, j'ai rencontré Melvin. C'est quelqu'un d'adorable, vous savez. Il est attentionné, doux… et très cultivé, aussi.

Holly réprima un sourire. La veille, au téléphone, Richard lui avait déjà dressé la liste des nombreuses qualités du fameux Melvin. Selon lui, il y avait du mariage dans l'air…

— Melvin sera peut-être plus qu'un compagnon de voyage, qu'en pensez-vous ? risqua Holly d'un ton léger.

A ces mots, les yeux bleus de Mme Crawford pétillèrent d'excitation.

— C'est possible. Mais je ne voudrais surtout pas brusquer les choses. Vous savez, Holly, les voyages en couple sont extrêmement instructifs. On apprend plein de choses sur l'autre quand on se côtoie vingt-quatre heures sur vingt-quatre. Je me souviens encore parfaitement de ma lune de miel…

Elle s'interrompit quelques instants avant de hausser les épaules.

— Si Melvin et moi sommes encore heureux après deux mois passés ensemble, nous officialiserons peut-être notre relation. Jusqu'à présent, en tout cas, cet homme me plaît énormément. Il est avenant et très séduisant. Sa maison est un vrai bijou, vous devriez voir ça… elle se trouve dans l'une des plus jolies rues de Strathfield.

— C'est bien beau, tout ça, mais sait-il au moins jouer au bridge ? demanda Holly d'un ton espiègle.

Mme Crawford rit de bon cœur.

— Vous me connaissez bien, chère Holly ! Oui, évidemment, Melvin joue au bridge. C'est la première chose que je lui ai demandée !

— Dans ce cas, je vous donne ma bénédiction. Je…

La sonnerie du téléphone l'empêcha de terminer sa phrase.

— Excusez-moi un instant, dit-elle à l'attention de Mme Crawford avant de décrocher le combiné. Un jour, une fleur, j'écoute…

— Un jour, une fleur, je suis prêt à relever le défi, dit une voix chaude à l'autre bout du fil.

Une onde de chaleur courut aussitôt dans les veines de Holly. Même au téléphone, Richard avait le don de la chavirer. Elle avait eu un mal fou à trouver le sommeil après leur conversation de deux heures. Ses paroles, tantôt drôles, tantôt plus graves, parfois lourdes de sous-entendus, l'avaient tourmentée toute la nuit, jusque dans ses rêves.

— Je suis désolée, commença-t-elle tandis qu'un frisson lui parcourait l'échine, je suis avec une cliente. Pourriez-vous rappeler tout à l'heure ?

— Hélas, non. Je dois me rendre à une réunion du conseil d'administration et je filerai ensuite directement à l'aéroport. Je voulais juste vous donner un tuyau avant que vous n'alliez acheter votre robe pour samedi soir ; Reece a prévu de faire danser tout le monde.

— Qu'est-ce qui vous fait croire que j'ai l'intention d'acheter une robe spécialement pour l'occasion ? murmura Holly d'un ton provocant qui la surprit elle-même.

— J'ai trente-huit ans, Holly, figurez-vous que je connais un peu les femmes. Je mettrais ma main à couper que vous aviez prévu de vous offrir une nouvelle tenue pour la soirée de samedi. Je vous conseille simplement d'éviter le long. Pour ma part, je vous verrais assez bien dans une petite robe courte et sexy, avec une jupe un peu… froufroutante.

— Froufroutante ? répéta Holly alors que l'adjectif « sexy » résonnait dans son esprit.

— Oui, vous avez bien entendu. Bon, je ne vous retiens pas plus longtemps et je ne vous dérangerai plus avec mes appels nocturnes. J'ai besoin de me reposer si je veux vous faire danser toute la nuit dans quelques jours. A samedi, alors, Holly. Je passerai vous prendre à 20 heures.

— Je compte sur vous pour être à l'heure, dit Holly d'un ton faussement menaçant.

A l'autre bout du fil, Richard partit d'un rire amusé.

— Vous pouvez compter sur moi.

Il raccrocha et Holly l'imita en étouffant un soupir. Lorsqu'elle pivota sur ses talons, elle croisa le regard songeur de Mme Crawford.

— C'était Richard, n'est-ce pas ?

— Oui, admit Holly. Pourquoi ? Y a-t-il un problème ? Oh, je vois… Vous n'appréciez pas que nous sortions ensemble, c'est ça ? Vous ne me trouvez pas assez bien pour votre fils, peut-être ?

Mme Crawford secoua la tête. En quelques instants, son

visage s'était assombri et il trahissait à présent une inquiétude sincère.

— Ce n'est pas ça du tout, chérie. Ne vous méprenez pas, vous êtes une jeune femme adorable. C'est juste que… Eh bien, vous êtes encore sous le coup de votre rupture avec Dave et je… je ne voudrais surtout pas que vous souffriez de nouveau.

— A cause de Richard ? Vous craignez qu'il me fasse souffrir ?

— A vrai dire, je ne sais pas trop quoi penser. Richard ne s'est pas encore remis du décès de sa femme. Ce drame l'a anéanti. Vous êtes la première jeune femme qui semble retenir son attention. Oh, je sais ce que vous allez dire, enchaîna-t-elle comme Holly faisait mine de prendre la parole. Comment puis-je affirmer une telle chose ? Après tout, je ne vis pas sous le même toit que lui… Mais je connais mon fils, Holly. Richard n'est sorti avec aucune femme depuis la mort de Joanna et je vais vous dire pourquoi : il est toujours amoureux d'elle. Il l'aimait passionnément. Vous étiez à l'enterrement, n'est-ce pas ? Vous avez vu son chagrin. Restez sur vos gardes, je vous en prie, Holly. Joanna lui a pris tout ce qu'il pouvait donner.

— Je ne crois pas, objecta Holly en se remémorant le baiser de Richard.

Il y avait eu de la passion dans son étreinte. Et l'amour se profilait souvent derrière la passion.

— Votre fils apprécie ma compagnie, reprit-elle avec un regain d'espoir, et c'est réciproque. J'ai bien l'intention de sortir avec lui samedi soir et vos mises en garde ne me feront pas changer d'avis.

Le regard bleu de Mme Crawford s'adoucit.

— Mais je n'essaie pas de vous dissuader de sortir avec lui, Holly, bien au contraire ! Vous êtes la plus adorable des jeunes femmes qu'il m'ait été donné de rencontrer. Pour être franche, je vous apprécie drôlement plus que Joanna. Et je serais la plus heureuse des mères si, par miracle, Richard et vous décidiez de vous unir. Simplement, je ne voudrais pas vous voir souffrir. Soyez prudente, d'accord ? Promettez-moi de ne pas vous emballer.

Un sourire étira les lèvres de la jeune femme.

— C'est vous qui vous emballez, madame Crawford. Nous nous connaissons à peine, Richard et moi. Le mariage n'est certainement pas à l'ordre du jour. Nous nous plaisons, c'est un fait, mais ça s'arrête là, conclut-elle avec une fermeté feinte.

Mme Crawford lui rendit son sourire.

— Vous avez raison, il faut toujours que j'exagère. En tout cas, je vous suis reconnaissante : grâce à vous, Richard semble avoir retrouvé le goût de vivre. Promettez-moi de ne pas lui parler de notre conversation, d'accord ?

— C'est promis.

— Oubliez ce que je vous ai dit au sujet de son épouse. Richard est extrêmement susceptible ; il se ferme comme une huître dès que je lui parle de Joanna.

— Ne vous inquiétez pas, je ne mentionnerai pas le sujet, déclara Holly, incapable d'ignorer l'aiguillon de la jalousie qui lui transperçait le cœur chaque fois qu'on évoquait la défunte épouse de Richard. Je… il faut que je termine ce bouquet, madame Crawford, ajouta-t-elle, soudain pressée de mettre un terme à cette conversation troublante. Je vous souhaite un excellent voyage.

— Merci, ma chérie. Prenez bien soin de vous.

— Promis.

A l'instant où elle prononça ce petit mot, l'image de Richard surgit dans son esprit et une bouffée de désir l'envahit, incontrôlable.

« Une jupe froufroutante. »

Pour froufrouter, elle froufroutait…

Debout devant le miroir en pied de sa chambre, Holly recula d'un pas et tournoya de nouveau sur elle-même. La jupe se souleva dans un bruissement soyeux, manquant révéler son string en satin blanc.

Taillée dans un mélange de stretch et de mousseline rose pâle, la robe dévoilait habilement les courbes harmonieuses de son corps. C'était une robe dos nu, agrémentée d'un décolleté plongeant et d'une large ceinture en métal argenté qui mettait en valeur sa taille fine et sa poitrine sensuelle.

Impossible de porter un soutien-gorge avec ce genre de robe. Heureusement, le haut était doublé et les plis souples de la mousseline masquaient ses tétons libres de tout carcan.

Elle avait déniché ce petit bijou la veille, chez un créateur de luxe, poussée par l'envie irrésistible d'éblouir Richard quand il viendrait la chercher.

La vendeuse l'avait confortée dans son choix, arguant que peu de femmes pouvaient se permettre de porter ce genre de robe. Mais elle avait les courbes et le teint idéals…

Holly contempla de nouveau son reflet. Le ton pâle de la robe faisait ressortir à merveille sa peau couleur de miel. Pourtant, à cinq minutes de l'heure dite, un doute effroyable l'assaillit. N'en avait-elle pas trop fait avec cette robe et ses accessoires, la coiffure et le maquillage ? Et si Richard, au bout du compte, la préférait au naturel ?

La sonnerie du téléphone la fit sursauter. D'une main tremblante, elle décrocha le combiné.

— Oui ?

— Je suis en bas de chez vous, déclara Richard. Il y a de la lumière à l'étage mais le rez-de-chaussée est plongé dans l'obscurité. Etes-vous prête ?

— Je crois, oui.

— Détendez-vous, Holly. Reece et Alanna sont des gens très sympathiques.

— Ce ne sont pas eux qui me rendent nerveuse.

Il laissa échapper un rire.

— Vous n'avez aucune raison d'avoir peur de moi. Descendez, Holly, je vous attends. Je brûle d'envie de vous voir.

Lorsqu'elle fit son apparition quelques minutes plus tard, Richard regretta ses paroles. Elle avait toutes les raisons d'avoir peur de lui. Très peur.

S'il avait deviné qu'elle allait apporter un soin tout particulier à sa tenue, il ne s'attendait toutefois pas à quelque chose d'aussi… époustouflant. Il ne fallut qu'un seul regard pour qu'une vague de désir brûlant submerge son corps frustré, tendu comme une arbalète.

Comme elle fermait la porte du magasin à clé, il espéra la garder auprès de lui toute la nuit et aussi toute la journée du dimanche. Elle ne repartirait que le lundi matin, s'il ne tenait qu'à lui.

Enfin, elle pivota sur ses talons et marcha vers lui.

— Vous êtes superbe, déclara-t-il en saisissant sa main droite.

De l'autre, elle tenait un ravissant petit sac de soirée assorti à sa robe. Ses lèvres aussi étaient roses, mais d'un rose légèrement plus vif. Une couche de brillant les rendait encore plus appétissantes.

Troublé par les pensées érotiques qui bouillonnaient dans son esprit, Richard baissa précipitamment les yeux. Holly portait de fines sandales argentées, comme la ceinture fantaisie qui enserrait sa taille.

Il inspira profondément puis releva les yeux. Son regard glissa sur sa poitrine visiblement libre de toute entrave puis revint se poser sur cette bouche qui invitait au baiser.

Ses cheveux étaient rassemblés en un chignon flou d'où s'échappaient quelques mèches folles qui caressaient ses tempes et dansaient sur sa nuque quand elle marchait.

Lorsqu'il porta doucement la main de Holly à ses lèvres, elle frissonna.

— Tous les hommes seront jaloux de moi, ce soir, murmura-t-il en l'enveloppant d'un regard ardent. Allons-y, voulez-vous ?

Dans la voiture, Holly s'efforça tant bien que mal de se ressaisir. L'expression de Richard, son regard quand il l'avait aperçue, l'emplissaient d'un trouble indicible. Il l'avait dévorée des yeux, ni plus ni moins.

Si seulement elle ne l'avait pas regardé avec tant d'insistance !

Mais Dieu que le noir lui allait bien !

Elle l'avait trouvé très séduisant l'autre soir dans son costume mais là, vêtu d'un smoking coupé sur mesure, il était tout simplement irrésistible. A la fois sobre et élégant, terriblement sexy, un peu à la manière de James Bond…

Elle essaya de se concentrer sur la soirée à venir. Richard lui avait longuement parlé de Reece Diamond au téléphone, l'autre dimanche. Sa curiosité piquée, Holly avait hâte de rencontrer ce personnage apparemment haut en couleurs. A sa grande surprise, Reece avait fait la connaissance de son épouse par l'intermédiaire d'une agence matrimoniale en ligne baptisée Une femme pour la vie, qui mettait en relation des hommes fortunés en quête de femmes séduisantes et vice versa.

L'amour n'était pas exclu mais il ne figurait pas sur la liste des priorités établies par les clients de l'agence.

Si Holly s'était abstenue de tout commentaire, elle ne trouvait pas moins cette pratique moralement critiquable. En outre, le fait qu'un homme comme Reece Diamond ait besoin de recourir à ce genre d'intermédiaire pour trouver une femme l'intriguait au plus haut point.

D'ailleurs, Holly était impatiente de rencontrer son épouse, Alanna. Qu'est-ce qui l'avait poussée à se vendre ainsi sur Internet ? Car c'était bien de ça qu'il s'agissait, aux yeux de Holly : se vendre. Si elle était aussi douce et chaleureuse que le prétendait Richard, n'avait-elle pas envie qu'on l'aime pour ce qu'elle était ?

Pour sa part, Holly serait bien incapable d'envisager un mariage sans amour. A ce sujet, ses pensées se tournèrent vers Mme Crawford et Melvin, son compagnon de voyage.

— L'avion de votre mère était à l'heure, hier soir ? demanda-t-elle comme ils attendaient à un croisement que le feu passe au vert.

— Oui, Dieu merci ! Elle était excitée comme une puce. Melvin, aussi, d'ailleurs. On aurait dit deux ados en route pour un camp de vacances !

— Melvin vous plaît, n'est-ce pas ?

— Beaucoup, oui. Il est exactement ce qu'il fallait à maman.

Holly sourit.

— Et comment s'est passée votre semaine ?

— Elle aurait été mille fois plus productive si j'avais été capable de me concentrer davantage.

Il se tourna vers elle et leurs regards se nouèrent. L'espace d'un instant, Holly eut l'impression que son cœur cessait de battre.

— Je… je vois très bien ce que vous voulez dire, murmura-t-elle dans un souffle.

— Je n'en suis pas si sûr…

— Je ne suis plus une enfant, Richard.

Le regard de Richard glissa sur sa poitrine. Parcourue d'un frisson, Holly sentit ses tétons se durcir presque douloureusement.

— C'est évident, dit-il d'un ton lourd de sous-entendus.

— Le… le feu est vert.

Sans mot dire, Richard reporta son attention sur la route comme s'il ne s'était rien passé. Encore toute frissonnante, Holly inspira profondément pour tenter de calmer les battements précipités de son cœur. L'horloge du tableau de bord indiquait 20 h 10. Ils arriveraient à East Balmain dans quelques minutes. A l'instar de Strathfield, le très chic et très branché quartier de Balmain était situé à l'ouest de la ville.

Holly était impatiente de se fondre dans la foule des invités pour oublier enfin le tourbillon d'émotions qui l'agitait. Des émotions d'une force inouïe, parfaitement incontrôlables.

Le week-end dernier encore, elle nourrissait des projets très terre à terre pour assurer son avenir et voilà que Richard Crawford avait fait irruption dans sa vie, balayant toutes ses résolutions. Comment aurait-elle pu se lancer activement à la recherche d'un emploi et d'un appartement alors qu'il occupait toutes ses pensées ? Au lieu de rédiger consciencieusement son curriculum vitæ, elle avait dépensé une bonne partie de ses économies dans l'éblouissante tenue qu'elle arborait ce soir !

Son parfum aussi avait coûté une petite fortune. C'était une fragrance aux accents exotiques qui se vantait d'agir sur les hommes à la manière d'un aphrodisiaque. Irrésistible, tel était son nom chargé de promesses…

Sur le point de perdre le contrôle de ses pensées, Holly s'empressa de relancer la conversation.

— Tout le monde sait que Reece et sa femme se sont rencontrés sur Internet ?

— Non. Seuls Mike et moi sommes au courant. Surtout, Holly, soyez gentille de ne pas vendre la mèche. Reece ne tient pas à ce que cela s'ébruite.

Presque malgré elle, Holly se sentit flattée de la confiance qu'il lui témoignait en la mettant dans la confidence.

— Je serai muette comme une tombe, ne vous inquiétez pas. Qui est Mike ?

— Un ami, répondit Richard. C'est un génie de l'informatique et un très vilain garçon. Evitez-le autant que possible, chère Holly, c'est un conseil que je vous donne.

— Il n'y a aucun risque que je m'en aille au bras d'un autre, rétorqua Holly.

— Vous dites ça parce que vous ne connaissez pas encore Mike.

— Votre ami doit avoir un charme fou pour vous inquiéter à ce point.

Richard éclata de rire.

— En fait, il n'a absolument rien du séducteur classique… et pour une raison aussi étrange qu'inexplicable, c'est précisément ce qui fait tout son charme. J'ignore ce qui attire les femmes, chez lui. Il n'est pas vraiment beau… il ressemblerait plutôt à un gros bonnet de la mafia russe. Vous voyez un peu le genre : cheveux en bataille, barbe de trois jours, œil noir. Toujours est-il que les femmes sont folles de lui. Peut-être sont-elles attirées par le défi qu'il représente ; elles s'imaginent sans doute qu'elles arriveront à dompter la bête qui sommeille en lui. Les pauvres ! Mike ne changera jamais. Les femmes ne sont qu'un loisir purement récréatif pour lui. Il consacre toute son énergie à son travail et ne pense qu'à gagner de l'argent.

— Qu'est-ce qui vous plaît chez lui ?

— Son honnêteté, je suppose. Et sa ténacité. On sait toujours où on en est avec Mike.

— L'honnêteté est une grande qualité chez un homme, fit observer Holly. Tellement rare, qui plus est. Enfin, d'après ce que vous m'en dites, je ne crois pas que votre ami Mike soit mon genre d'homme. Vous n'avez aucune raison de vous inquiéter.

— Comment ne pas être inquiet quand on a à son bras une femme aussi éblouissante que vous ? répliqua-t-il en l'enveloppant d'un regard pénétrant qui la fit frémir. Votre robe a dû coûter une petite fortune, ajouta-t-il, soudain sérieux. J'aimerais vraiment vous l'offrir, Holly.

— Il me semble vous avoir déjà dit que je me débrouillais très bien toute seule.

— Je suis sûr que Dave vous faisait des cadeaux.

Holly laissa échapper un rire ironique.

— Vous plaisantez ? Dave ne m'a jamais rien offert. Oh si… pour être franche, il m'a fait un cadeau pour mon anniversaire, l'an dernier. C'était un minuscule pendentif plaqué or qui n'a pas dû lui coûter grand-chose.

— Plus j'entends parler de ce Dave, plus je le déteste. Que diable avez-vous bien pu lui trouver ?

Holly haussa les épaules.

— Dave est un excellent commercial. Il pourrait vendre de la glace aux Esquimaux, comme on dit. Il s'est pour ainsi dire vendu à moi à une époque où je me sentais désespérément seule. Mon père venait de mourir et je commençais à m'apercevoir que ma belle-mère était loin d'être aussi sympathique que ce que je croyais. J'ai toujours su que Katie ne m'appréciait pas mais je pensais sincèrement que Connie s'était prise d'affection pour moi. Je suis d'une naïveté consternante ! Le dindon de la farce, vraiment…

— Ça arrive à tout le monde, à un moment ou à un autre.

— J'avoue que je vous vois assez mal dans ce rôle.

— Ah bon ? C'est que vous ne me connaissez pas assez bien, Holly.

Richard regretta ses paroles sibyllines à l'instant même où elles franchirent ses lèvres. Quel idiot ! En invitant Holly ce soir-là, il avait eu l'intention de la séduire, certainement pas de semer le doute et l'inquiétude dans son esprit.

Car si tout allait comme il le souhaitait, il ne tarderait pas à la demander en mariage. C'était précisément pour cette raison qu'il avait choisi de la convier à cette soirée en particulier, pour lui donner un avant-goût de la vie qu'elle mènerait auprès de lui si elle acceptait de l'épouser. Ce serait une vie privilégiée, faite de confort et de luxe, dénuée de tout souci matériel. Elle ne manquerait de rien, tous ses souhaits seraient réalisés et leurs enfants seraient comblés. Leurs enfants… Cette pensée l'emplit d'une douce euphorie.

Comme ils approchaient de la demeure de Reece, les voitures garées le long du trottoir se multiplièrent. Un sourire joua sur les lèvres de Richard. Reece avait toujours eu la folie des grandeurs…

— Nous allons devoir marcher un peu, j'en ai peur, déclara-t-il en dépassant la grande maison illuminée, scrutant les trottoirs pour trouver une place de parking.

Ils parcoururent plusieurs dizaines de mètres avant de pouvoir se garer.

— Désolé, dit Richard en coupant le moteur. Ça ne vous dérange pas, j'espère…

Il se pencha légèrement vers sa compagne pour détacher sa ceinture de sécurité. Avant qu'il puisse se contrôler, sa main se posa à la base de son cou gracile et remonta lentement vers son menton. Malgré la pénombre, il vit les yeux de Holly s'arrondir tandis que ses lèvres exquises s'entrouvraient légèrement. Une bouffée de parfum s'échappa de son incroyable décolleté. C'était une fragrance exotique et sucrée, terriblement sensuelle.

Un baiser, songea-t-il confusément. Un seul petit baiser ne nuirait sûrement pas à ses intérêts…

Les lèvres de Holly, chaudes et douces, l'accueillirent avec avidité. Elle laissa échapper un petit gémissement lorsque sa langue se mêla à la sienne dans un ballet lascif.

A partir de cet instant, son sang-froid fondit comme neige au soleil. Adieu ses bonnes résolutions… Capturant sa bouche avec plus d'exigence, il fit glisser sa main le long de sa gorge et plongea sous l'étoffe aérienne. Brûlant de désir, ses doigts effleurèrent avec délice un sein rond et nu.

Dans un soupir, Holly s'arqua contre lui. Richard abandonna ses lèvres et s'écarta légèrement pour mieux l'observer. Il vit ses pupilles se dilater tandis que son pouce titillait sans relâche son téton durci par le désir.

Il sentit son souffle saccadé sur ses lèvres et plongea avec bonheur dans son regard implorant.

— Oh… encore…, balbutia-t-elle lorsque son pouce s'immobilisa.

Son ton suppliant fit naître en lui un sentiment de triomphe jubilatoire. « Plus tard, mon ange », songea-t-il en retirant sa main. Mais la prochaine fois qu'il la caresserait, elle serait entièrement nue. Et rien ne pourrait l'arrêter. Il voulait l'entendre crier son plaisir lorsque l'extase les surprendrait tous les deux.

Il voulait la faire sienne. Corps et âme.

8

Holly referma derrière elle la porte des toilettes.

C'était la première fois qu'elle voyait ça dans une demeure particulière : des toilettes séparées pour les femmes et les hommes…

Mais bien sûr, ce n'était pas une demeure ordinaire. Et les convives n'avaient, eux non plus, rien d'ordinaire. Les stars du show-business côtoyaient les hommes politiques et les riches industriels.

Aussi étrange que cela puisse paraître, Holly se sentait plutôt à l'aise dans cette foule riche et célèbre. Peut-être était-elle encore sous le choc du baiser enflammé que lui avait donné Richard un quart d'heure plus tôt… Saisissant la première occasion, elle s'était éclipsée pour tenter de reprendre ses esprits.

Seule dans le calme luxueux de la petite pièce, Holly s'efforça de démêler l'écheveau de ses pensées. Etait-ce vrai, ce que lui soufflait cette petite voix enjouée ? Etait-elle tombée amoureuse de Richard Crawford ? Passionnément amoureuse ?

Elle esquissa une moue penaude en se remémorant son gémissement de protestation lorsqu'il avait cessé de la caresser. A ce souvenir, elle sentit les pointes de ses seins se durcir à lui faire mal sous la fine mousseline de sa robe.

Le calme inébranlable de Richard la stupéfiait. En quelques fractions de seconde, il avait recouvré son sang-froid alors qu'elle tremblait encore au souvenir de leur étreinte brûlante.

La porte des toilettes s'ouvrit soudain et Alanna Diamond,

la maîtresse des lieux, fit son apparition. Richard n'avait pas menti, Alanna était une jeune femme très séduisante. Ses longs cheveux blonds encadraient souplement un visage aux traits délicats, un visage d'ange, rehaussé par de grands yeux verts et une bouche qui ressemblait à des pétales de fleur, lisse et veloutée. Elle avait un teint diaphane, une peau douce et satinée.

Sa robe, en revanche, n'avait rien d'angélique. Coupée dans du satin mordoré, elle était longue et moulante, délicatement retenue par deux fines bretelles. Son décolleté aurait frôlé l'indécence si elle n'avait pas eu une petite poitrine ferme et haut perchée. Ses tétons dardaient sous l'étoffe soyeuse comme deux minuscules cailloux polis.

Elle devait avoir une trentaine d'années, songea Holly en l'observant à la dérobée. Malgré une silhouette de rêve, on devinait la marque du temps et de l'expérience autour de ses yeux.

— Bonsoir, lança-t-elle d'une voix enjouée. Je suis heureuse de vous trouver ici, il faut absolument que je vous parle de quelque chose en privé. Reece me tuerait s'il savait… Richard aussi, je suppose.

Holly posa sur elle un regard interrogateur.

— Ah bon ?

— Il y a quelques semaines de cela, Reece m'a confié qu'il avait donné à Richard les coordonnées de l'agence Une femme pour la vie et… eh bien… enfin, vous n'êtes peut-être pas au courant mais je faisais également partie du fichier de Natalie et… Oh, mon Dieu… à en juger par votre mine, je vous ai mise mal à l'aise. Vous avez raison, je n'aurais pas dû. Excusez-moi, c'était idiot de ma part.

Holly n'était pas mal à l'aise, elle tombait des nues, oui ! Richard, son Richard avait eu recours aux services de ce genre d'agence ? Richard qui venait de l'embrasser avec fougue à l'avant d'une voiture ? Richard dont la mère jurait ses grands dieux qu'il n'avait pas posé les yeux sur une femme depuis le décès de son épouse ?

Les pensées de Holly s'emmêlèrent. Si Richard cherchait réellement à faire un mariage de convenance, qu'était-elle à ses yeux ? Une élue potentielle ou une compagne de passage qui lui permettrait de satisfaire ses besoins sexuels en attendant de dénicher la perle rare ?

Elle ouvrit la bouche pour rétablir la vérité. Non, elle ne faisait pas partie du fichier de cette Natalie ! Mais au dernier moment, elle se ravisa. Après tout, c'était à elle et à elle seule de percer à jour les véritables intentions de Richard à son égard.

— Ne vous excusez pas, c'est inutile, commença-t-elle dans un sourire. A la vérité, je ne fais pas partie de… du fichier de Natalie mais je connais l'existence de l'agence, continua-t-elle avec un aplomb qu'elle ne se connaissait pas. Richard m'en a parlé l'autre jour. Il m'a confié que vous vous étiez rencontrés ainsi, votre mari et vous.

— Oh, mon Dieu, je me sens encore plus bête à présent. Si seulement Richard avait expliqué la situation à Reece… Mais vous connaissez les hommes, ils ont un mal fou à se confier, contrairement à nous, dit-elle en haussant ses épaules délicates. Alors racontez-moi, comment vous êtes-vous rencontrés, Richard et vous ?

— Oh, j'étais allée donner des fleurs à sa mère le week-end dernier mais Mme Crawford s'était absentée et c'est Richard qui m'a reçue. Il était de passage chez sa mère. Je suis fleuriste dans le quartier.

— C'est incroyablement romantique ! s'écria Alanna avec un enthousiasme sincère. Reece m'a toujours dit que Richard était un romantique dans l'âme. Il lui avait déconseillé de passer par une agence pour trouver une épouse mais Richard s'était montré tellement insistant qu'il avait fini par céder. Evidemment, après ce qui s'est passé avec Joanna, on peut comprendre qu'il ne soit pas pressé de tomber amoureux une seconde fois. Oh, Seigneur, j'espère que je n'ai pas encore mis les pieds dans le plat ! Vous êtes au courant que sa première épouse est décédée dans un accident de voiture, n'est-ce pas ?

— Oui. C'est moi qui ai préparé les couronnes le jour de l'enterrement. En fait, je connais sa mère depuis des années mais je n'avais jamais rencontré Richard en chair et en os.

Le soulagement se peignit sur le visage de sa compagne.

— Ouf… je ne vous apprends rien, tant mieux. Dites-moi tout : que pensez-vous de Richard ? Vous lui plaisez énormément, c'est évident.

— Oh, vous savez, ce n'est que la deuxième fois que nous sortons ensemble, répondit Holly d'un ton faussement détaché. Il m'a invitée à dîner samedi dernier. J'apprécie beaucoup sa compagnie, pour autant que je le connaisse. Ceci dit, je ne pourrais jamais envisager d'épouser un homme dont je ne suis pas amoureuse et qui ne m'aime pas en retour.

Alanna hocha la tête d'un air songeur.

— Oui, nous pensons toutes ainsi, à un moment ou à un autre de notre vie. Mais il est parfois préférable d'opter pour quelque chose de moins… intense. De moins dangereux.

Holly fronça les sourcils.

— Dangereux ? Qu'entendez-vous par là ?

— Un homme follement amoureux d'une femme peut se montrer d'une jalousie maladive, totalement irrationnelle. Certains peuvent même s'avérer violents. Pour ma part, je préfère mille fois vivre une relation plus modérée, surtout quand il s'agit d'un mariage. Reece et moi sommes sur la même longueur d'onde. Il me donne tout ce dont j'ai besoin et je le contente de la même manière. Nous formons une belle équipe, tous les deux… si j'ose m'exprimer ainsi.

Elle contempla Holly de la tête aux pieds, l'air pensif.

— Vous êtes très séduisante, Holly, mais vous êtes plus jeune que la plupart des femmes inscrites à l'agence Une femme pour la vie. Vous raisonnerez peut-être différemment avec l'âge. Toutefois, si vous voulez mon avis, vous ne commettriez pas d'erreur en épousant Richard. C'est un homme formidable.

— Il ne m'a pas demandée en mariage et je ne crois pas que ce soit à l'ordre du jour.

— Eh bien moi, je pense que vous vous trompez. Vous verrez.

Un flot d'émotions contradictoires submergea Holly. Elle se sentait à la fois flattée et furieuse, euphorique et profondément contrariée.

— Même si Richard me demandait en mariage, je dirais non, déclara-t-elle avec fermeté. Sa mère m'a déjà mise en garde : selon elle, Richard ne s'est pas remis de la disparition de sa femme. Il est encore très amoureux d'elle.

Alanna la scruta avec attention.

— Et ça vous dérange ?

— Oui.

— Dans ce cas, vous avez raison, ne l'épousez pas, déclara Alanna avec une pointe de froideur dans la voix. La jalousie est une redoutable calamité. Si vous voulez bien m'excuser, il faut que je retourne auprès de mes invités.

Sur ce, elle pivota sur ses talons et jeta un coup d'œil à son reflet, dans la psyché ourlée d'un cadre doré. Holly retint son souffle. Elle n'avait pas encore vu Alanna de dos et le spectacle était pour le moins stupéfiant : les fines bretelles qui retenaient pudiquement sa robe se croisaient derrière juste au-dessus de ses fesses moulées par le satin, dévoilant presque entièrement son dos nacré.

Surprenant le regard ébahi de Holly, elle émit un petit rire gêné.

— Reece aime que je sois sexy mais je crois qu'il a légèrement dépassé les bornes, cette fois, expliqua-t-elle en tentant de remonter légèrement l'incroyable robe sur sa chute de reins. Vous êtes prête, Holly ? Retournons à la fête ensemble, d'accord ? Mais surtout, pas un mot de notre conversation à nos hommes.

— Promis, murmura Holly, encore sous le choc des révélations d'Alanna.

Et si c'était vrai ? Si Richard avait réellement l'intention de la demander en mariage ? Un frisson lui parcourut le dos.

Etait-ce bien elle qui venait de clamer haut et fort qu'elle n'épouserait jamais un homme qui ne l'aimerait pas ?

A bien y réfléchir, Reece et Alanna semblaient former un couple heureux. Après tout, un mariage sans amour pouvait très bien être viable, pour autant qu'il régnât une certaine harmonie entre les deux conjoints. Et c'était visiblement le cas pour eux.

Troublée par ses pensées, Holly se réjouit de rejoindre le reste des convives au côté de leur hôtesse. Elle avait besoin de se changer les idées. Il était hors de question qu'elle gâche tout avec Richard en le forçant à lui dire la vérité au sujet de l'agence. Chaque chose en son temps… même si elle était furieuse qu'il n'ait pas jugé bon de jouer la carte de la franchise avec elle !

Une autre question la taraudait : pourquoi diable deux hommes aussi brillants, aussi séduisants éprouvaient-ils le besoin de faire appel aux services d'une agence de rencontres ? Ils avaient tout pour eux, nul doute qu'ils avaient chacun une cour d'admiratrices qui ne demandaient qu'à satisfaire leurs moindres désirs…

Une seule réponse paraissait plausible — et consternante : Richard et Reece fuyaient les relations fondées sur l'amour et les grands sentiments. Ils souhaitaient seulement partager leur quotidien — et leur lit — avec une jolie femme qui ne leur demanderait rien d'autre que ce qu'ils avaient à offrir.

Holly frissonna de nouveau.

Elles rejoignirent Richard et Reece sur la vaste terrasse, à l'arrière de la maison. En contrebas scintillait une grande piscine turquoise. Les deux amis étaient en pleine conversation et Holly en profita pour les observer à loisir.

La mèche blonde sur l'œil d'un bleu presque transparent, le teint hâlé, le corps musclé et le sourire étincelant, Reece Diamond ressemblait à une star hollywoodienne.

Beaucoup trop « lisse » pour Holly qui préférait de loin le charme méditerranéen de Richard, son épaisse chevelure noir de jais, ses yeux gris, perçants, et ses traits virils, comme taillés dans du granit. On devinait une personnalité plus complexe, à facettes multiples, tandis que Reece exhibait avec assurance tout ce qu'il était, tout ce qu'il possédait.

Y compris sa ravissante épouse, tel un trophée de chasse. Le courant électrique qui passait entre eux était presque palpable.

— Mike a appelé, annonça-t-il à l'attention d'Alanna. Il ne viendra pas ce soir, il te présente ses excuses.

— Quel dommage, susurra Alanna en glissant le bras sous celui de son mari. Moi qui brûlais d'envie de faire la connaissance de sa dernière conquête ! C'est une strip-teaseuse, c'est ça, chéri ?

— Eh oui… le pauvre garçon n'a vraiment pas de goût en ce qui concerne la gent féminine, plaisanta Reece en effleurant l'épaule de sa femme d'un léger baiser. Contrairement à nous, Richard… Enfin, il passera sans doute un bon moment en sa compagnie, même s'il y a peu de chances pour que ça dure.

— Je n'aime pas les hommes qui considèrent les femmes comme de simples objets sexuels, intervint Holly.

— Certaines femmes n'y voient aucun inconvénient, répliqua Reece en entourant la taille d'Alanna d'un bras possessif.

Il la plaqua contre lui et posa sa main juste sous sa poitrine. Gênée, Holly se tourna vers Richard. Leurs regards se nouèrent et elle avala sa salive. Il la contemplait de la même manière que Reece Diamond dévorait sa femme des yeux. Il n'y avait ni tendresse ni affection dans leurs regards. Seulement du désir. Un désir brut, presque primitif.

Son cœur s'emballa malgré tout.

— J'aimerais faire visiter la propriété à Holly, déclara soudain Richard sans la quitter des yeux. La vue est magnifique depuis le ponton.

— Attends une minute, je vais vous chercher une bouteille de champagne et deux flûtes, proposa Reece avant de disparaître à la vitesse de l'éclair.

Il fut de retour en un clin d'œil et tendit la bouteille et les verres à Richard en lui murmurant quelques mots à l'oreille.

— Qu'est-ce qu'il vous a dit ? demanda Holly comme ils descendaient les marches en pierre en direction du ponton.

— Il m'a indiqué l'endroit où il cache les clés de l'abri à bateaux.

Un vent de panique souffla sur Holly. Elle n'aurait pas la force de lui résister s'ils se retrouvaient seuls dans une petite cabane.

— Je ne veux pas y aller, objecta-t-elle d'un ton abrupt.

— C'est comme vous voulez. Que désirez-vous faire ?

— Simplement marcher en bavardant... Qu'en pensez-vous ?

— Ça me va parfaitement, répondit-il tandis qu'ils continuaient leur chemin.

— Pour être franche, je ne serais vraiment pas à l'aise dans le genre de relation qu'entretiennent Reece et Alanna, déclara Holly sans ambages.

— Qu'est-ce qui vous déplaît à ce point ? Ils sont très heureux, vous savez.

— Peut-être, mais combien de temps durera leur mariage, surtout s'ils n'ont pas d'enfants ?

— Qu'est-ce qui vous fait croire qu'ils n'en auront pas ?

— Reece ne prendra pas le risque d'abîmer la silhouette de sa femme en lui faisant un bébé, répondit-elle d'un ton empreint d'ironie. Il ne la regarde pas, il la dévore des yeux en permanence !

Richard laissa échapper un petit rire.

— C'est vrai et pourtant, vous vous trompez. Reece me disait encore l'autre jour qu'ils envisageaient de faire un bébé bientôt.

Il se tut puis haussa les épaules.

— La manière dont ils vivent leur couple ne nous regarde pas. L'essentiel, c'est qu'ils soient heureux ensemble.

Holly hocha la tête. Il avait raison. Si elle s'était emportée, c'était parce qu'elle craignait que Richard lui propose un mariage semblable. Pire encore, elle craignait de se fondre avec bonheur dans ce rôle de « maîtresse officielle », disposée vingt-quatre heures sur vingt-quatre à satisfaire les désirs d'un époux exigeant.

Tandis qu'un flot d'images affolantes se bousculaient dans son esprit, elle inspira profondément et se força à admirer la vue qui s'offrait à eux. Le pont et, au-delà, les lumières de la ville scintillaient dans la nuit comme une myriade de lucioles.

— C'est magnifique, murmura-t-elle, émerveillée.

— Heureusement, dit Richard en riant. Cette vue imprenable a coûté une fortune à son propriétaire.

— J'imagine… Reece doit être riche à millions.

— C'est exact. En ce moment, en tout cas. Son portefeuille connaît des hauts et des bas. Il a même frôlé la faillite il y a quelques années.

— Comment s'est-il sorti de ce mauvais pas ?

— Eh bien d'abord, il a eu la chance de rencontrer un banquier au flair infaillible qui n'a pas hésité un seul instant à lui prêter de l'argent pour lui permettre d'acheter un parc immobilier. Et ensuite, il y a eu la flambée des prix dans ce secteur.

— Ah, ah… C'est donc comme ça que vous êtes devenus amis, tous les deux ?

— Oui. En plus d'un emprunt bancaire, je lui ai également prêté un peu de mon argent personnel. J'en ai fait autant pour Mike afin qu'il puisse créer sa propre boîte d'informatique. Les deux placements se sont avérés extrêmement lucratifs.

— Alors vous êtes aussi riche que Reece ?

— En fait, non, répondit-il avant d'ajouter d'un ton désinvolte : je suis beaucoup plus riche que lui.

9

Pour la deuxième fois de la soirée, Richard regretta ses paroles, prononcées dans un élan de vanité imbécile.

Loin d'être intéressé ou même envieux, le regard que lui lança Holly trahit une pointe d'exaspération. A l'évidence, elle n'appréciait pas qu'on fasse étalage de ses richesses. Ce qui était tout à son honneur… Désireux de réparer au plus vite les dégâts, Richard reprit la parole :

— Evidemment, il n'y a pas que l'argent dans la vie. Disons qu'il facilite un peu les choses.

A son grand soulagement, Holly laissa échapper un rire amusé.

— Je veux bien le croire ! Mais je sais aussi qu'il peut tourner la tête et conduire aux pires dérapages.

L'amertume qu'il perçut dans ses paroles lui fit l'effet d'une douche froide. Il avait eu tort de l'emmener ici ce soir. Au lieu de l'impressionner favorablement, ce grand déballage de luxe et de paillettes risquait au contraire de l'éloigner de lui.

A la pensée que la soirée ne se terminerait peut-être pas comme il l'avait imaginé, Richard resserra ses doigts autour de la bouteille de champagne qu'il tenait à la main.

— Voulez-vous que nous partions ? demanda-t-il sans transition.

Les yeux de Holly s'arrondirent de surprise.

— Tout de suite ? Pourquoi aurais-je envie de partir ?

— Parce que vous n'avez pas l'air de vous amuser beaucoup

ici. Manifestement, vous n'appréciez ni Reece, ni Alanna et encore moins leur soirée.

— Non, c'est faux ! Je veux dire… D'accord, Reece est un peu trop… caricatural à mon goût mais je trouve Alanna très sympathique, sincèrement. Leur maison est somptueuse et leur soirée très réussie, je vous assure.

— Dans ce cas, où est le problème ? Qu'ai-je fait pour vous contrarier ? Est-ce à cause de ce qui s'est passé dans la voiture ?

C'était l'occasion rêvée de lui dire la vérité, de lui expliquer ce qui la tracassait. D'un autre côté, en lui disant tout de go qu'elle était au courant de son inscription à l'agence *Une Femme pour la vie*, elle briserait la promesse qu'elle avait faite à Alanna.

Et Holly n'était pas du genre à rompre une promesse.

— Non… non, il ne s'agit pas de ça. Je… C'est juste que je me sens un peu déplacée au milieu de tous ces gens, Richard. Ils sont tous riches, ultra sophistiqués et je…

Elle s'interrompit et haussa les épaules avec une moue dépitée.

— Vous êtes tout à fait à votre place ici, assura Richard. Vous êtes aussi belle et aussi intelligente que n'importe quel convive.

Holly se raidit.

— Taisez-vous, Richard. Dave était un maître dans l'art de la flagornerie.

— Ne me comparez pas à lui, je vous en prie. Je pense chacun des compliments que je vous fais, Holly. Vous êtes une jeune femme exceptionnelle, vraiment.

Elle chercha son regard pour tenter de deviner le fond de ses pensées. Que voyait-il, en elle ? Une épouse potentielle ou une maîtresse de passage ?

Aussitôt, le souvenir de leurs étreintes, aussi brèves que brûlantes, lui arracha un délicieux frisson. Consciente du regard de Richard posé sur elle, elle bredouilla :

— Il fait un peu frais dehors. Si nous retournions à l'intérieur ? J'entends de la musique.

— Vous aimez danser ? demanda Richard comme ils rebroussaient chemin.

— J'adore ça ! Et vous ?

— Je ne suis pas Fred Astaire mais je me débrouille plutôt bien.

— Je n'en doute pas un instant. En fait, je suis sûre que vous êtes doué pour des tas de choses.

Richard partit d'un éclat de rire.

— Serait-ce votre tour de me flatter un peu ?

— Vous êtes doué pour tout, Richard, je me trompe ? insista Holly.

Leurs regards se rencontrèrent. Celui de Richard était plein d'assurance.

— Disons que je fais toujours de mon mieux.

Lorsqu'ils quittèrent la soirée, Richard gagna directement son appartement situé non loin de là. A l'entrée du parking privé, il glissa sa carte magnétique dans l'appareil et gara la BMW sur l'un des trois emplacements qui lui étaient réservés. Il coupa le moteur et retira les clés avant de se tourner vers Holly qui n'avait pas prononcé un seul mot depuis qu'ils avaient pris congé de leurs hôtes.

Son mutisme ne l'étonnait pas. L'heure n'était plus aux discussions futiles.

Les doutes qui l'avaient assailli un peu plus tôt quant à la suite de la soirée s'étaient dissipés depuis longtemps. Holly n'avait pas cherché à dissimuler son désir lorsqu'ils avaient dansé ensemble, langoureusement collés l'un à l'autre.

— Nous aurons plus de place ici que chez vous, annonça-t-il d'une voix étrangement enrouée, en proie à une nervosité inaccoutumée.

Elle se tourna lentement vers lui. Ce qu'il lut dans son

regard voilé attisa encore son désir. Elle avait envie de lui, le message était clair.

— Ne bougez pas, je vais vous ouvrir, ordonna-t-il en s'efforçant de recouvrer un peu de lucidité.

— D'accord, répondit Holly à mi-voix.

Richard contourna la voiture et lui ouvrit la portière. Lorsqu'il se pencha pour détacher sa ceinture, leurs regards se soudèrent de nouveau et une étincelle jaillit entre eux.

— Ne… ne m'embrassez pas ici, je vous en prie, pria-t-elle dans un souffle.

Electrisé, Richard lui prit la main et l'aida à sortir. Puis il ferma la voiture d'un geste sec.

— Mon… mon sac…, murmura Holly tandis qu'il l'entraînait vers l'ascenseur. Je l'ai laissé sur la banquette arrière.

— Il est très bien là où il est.

— Mais…

— Il ne craint rien, Holly.

Holly n'insista pas. Elle avait du mal à avaler sa salive. La porte de l'ascenseur coulissa rapidement lorsque Richard appuya sur l'unique bouton. Elle sentit ses doigts se resserrer autour de son bras.

— Pas ici non plus, murmura-t-elle, en proie à un accès de panique.

— Aucun risque, répondit Richard en indiquant la caméra de sécurité.

Sous son regard perplexe, il inséra une autre carte magnétique dans un boîtier de contrôle et appuya sur le bouton du dernier étage.

— Vous habitez tout en haut ?

— Dans l'un des deux appartements, oui.

Holly hocha la tête en silence. Les appartements du dernier étage étaient toujours les plus prisés, les plus luxueux aussi.

Parfois même, ils faisaient office de garçonnière pour les riches célibataires.

L'ascenseur entama sa montée tout en douceur. Au cours de la soirée, Richard lui avait confié qu'il avait récemment fait l'acquisition d'un appartement dans le quartier huppé d'East Balmain mais il s'était bien gardé de préciser qu'il s'agissait de l'appartement du dernier étage…

L'ascenseur s'immobilisa dans un chuintement à peine audible et la porte glissa. Holly retint son souffle en découvrant le vaste hall dallé de marbre, éclairé d'une immense baie vitrée qui offrait une vue spectaculaire sur la ville plongée dans la nuit, piquetée de mille lumières. Elle aperçut le pont à droite et les gratte-ciel du nord de Sydney droit devant. En avançant de quelques pas, elle découvrit le port et ses eaux sombres qui miroitaient dans la nuit.

— Par ici, Holly.

Elle fit volte-face. Richard avait ouvert une porte qu'elle n'avait pas remarquée en sortant de l'ascenseur. Une autre porte lui faisait face, probablement celle de l'appartement voisin.

Elle rejoignit Richard qui s'effaça pour la laisser entrer.

— Oh ! s'écria-t-elle d'un ton surpris en promenant un regard circulaire.

— A quoi vous attendiez-vous ? A du cuir noir et des peaux d'ours au sol ?

— Quelque chose dans ce goût-là, admit-elle.

— Vous êtes déçue ?

— Grand Dieu, non ! C'est magnifique. On dirait une maison de vacances, ajouta-t-elle en déambulant dans l'immense pièce à vivre décorée dans un style simple et naturel.

— Je vous ferai visiter demain matin, déclara Richard en traversant le tapis bleu et jaune pour la rejoindre. La seule pièce que j'ai envie de vous montrer pour le moment, c'est la chambre à coucher.

Il l'enlaça et Holly retint son souffle.

— Puis-je vous embrasser, maintenant ? murmura-t-il en dardant sur elle un regard intense.

— Si je vous disais non ? dit Holly par esprit de provocation.

Le regard dont il la gratifia la fit frissonner.

— Ne jouez pas avec moi, Holly. Je ne suis pas d'humeur.

Comme pour prouver ses dires, il resserra son étreinte et la plaqua contre son corps tendu par le désir. L'instant d'après, sa bouche couvrit la sienne dans un baiser à la fois fougueux et exigeant. Hors d'haleine, Holly fut assaillie par un doux vertige.

Sans mot dire, Richard la souleva dans ses bras. Ils quittèrent le salon pour s'engager dans un long couloir. S'efforçant de faire le vide dans son esprit troublé, Holly enfouit son visage dans le creux de son épaule.

Lorsqu'il franchit le seuil de la chambre à coucher, une nouvelle vague de nervosité submergea la jeune femme. Elle découvrit le grand lit encadré de rotin blanc et paré de satin bleu nuit. Heureusement, l'appartement et les meubles étaient neufs ; Richard n'avait jamais dormi ici avec Joanna. Cette pensée l'emplit d'un étrange soulagement. Alanna avait raison : la jalousie était un sentiment pervers, capable de tout détruire sur son passage. Mais c'était plus fort qu'elle, elle était jalouse de l'amour que portait Richard à sa défunte épouse. Et elle était terrifiée à l'idée de ne pas être à la hauteur.

Il la déposa sur le lit tout en effleurant sa bouche de baisers aériens. A présent qu'ils se trouvaient là, il semblait vouloir prendre tout son temps. Savourer chaque instant, blotti contre elle.

Il libéra soudain ses lèvres et roula sur le côté puis, prenant appui sur un coude, entama une lente exploration de son corps avec sa main libre.

Un flot de sensations exquises déferla aussitôt en elle et lorsqu'il promena ses doigts experts sur sa poitrine, elle laissa échapper un long gémissement. Elle désirait plus. Encore plus.

— Cette robe est peut-être magnifique, murmura-t-il en

retirant sa main, mais elle me gêne. Commençons par cette ceinture incroyablement sexy.

Cette dernière ressemblait à un grand bracelet en métal élastique qui s'étirait et se resserrait selon les courbes de la silhouette. La boucle était imposante mais facile à détacher.

— Intéressant, fit Richard en posant l'accessoire sur le lit avant de reporter son attention sur Holly.

En quelques gestes adroits, il défit le bouton de nacre qui retenait sa robe et roula le corsage sur sa poitrine.

— Superbe, chuchota-t-il en inclinant la tête vers elle.

Avec une délicatesse infinie, il captura entre ses lèvres un téton durci qu'il aspira goulûment. Holly gémit tandis qu'une onde de chaleur se diffusait dans son ventre. C'était tellement bon…

Richard emprisonna l'autre téton avec la même avidité tandis que sa main droite prenait possession du sein abandonné, glissant sensuellement sur sa peau frémissante. Holly ferma les yeux, grisée par le plaisir. Au bout d'un moment qui lui parut trop court, Richard releva la tête. Les joues en feu, Holly souleva les paupières et rencontra son regard de braise.

Il ne lui fallut que quelques secondes pour la débarrasser complètement de sa robe et de son string. Il lui laissa ses sandales et la surprit en nouant de nouveau la ceinture métallique autour de sa taille.

— C'est la chaîne de l'amour, dit-il d'une voix rauque tandis que sa main voletait sur son ventre, toujours plus bas.

Avant qu'elle ait le temps de réagir, il glissa ses doigts dans le cœur de sa féminité, l'entraînant dans un endroit magique qu'elle n'avait encore jamais exploré.

Une longue plainte s'échappa de ses lèvres lorsqu'elle goûta une jouissance fulgurante. Elle ferma les yeux pour mieux sombrer dans les vagues de plaisir qui déferlaient sur son corps tremblant, encore et encore.

Alors c'était ça, l'extase… quelques secondes de pur délice. Un moment de grâce.

Les tremblements s'apaisèrent, cédant la place à une douce torpeur. Mais les caresses audacieuses de Richard continuèrent à attiser son désir et elle n'eut bientôt plus qu'une idée en tête : qu'il la fasse sienne, complètement.

Au moment où elle soulevait ses hanches pour s'offrir à lui, il l'abandonna.

— Où… où allez-vous ? demanda-t-elle d'une voix entrecoupée.

— Pas bien loin, ne vous inquiétez pas, répondit-il en se levant.

Sans la quitter des yeux, il entreprit de se débarrasser de ses vêtements. Ils se contemplaient mutuellement, unis par le même désir. Holly déglutit avec peine. Richard possédait un corps magnifique, tout en muscles à la fois déliés et puissants. Un corps de sportif, à n'en pas douter.

Lorsqu'il ouvrit le tiroir de sa table de chevet pour prendre une boîte de préservatifs, elle se redressa légèrement.

— Ce n'est pas la peine…, bredouilla-t-elle. A moins que vous ne le jugiez nécessaire. Je… je prends la pilule.

— Je vous fais confiance et vous pouvez faire de même, répondit Richard en refermant le tiroir d'un geste sec.

— Ne pensez-vous pas que je devrais retirer mes sandales ? Les talons sont très pointus.

— Comme vous voulez. A condition que vous gardiez cette ceinture si sexy. Non, laissez-moi faire.

Avant qu'elle ait le temps de réagir, il la saisit par les chevilles et la fit glisser jusqu'au bord du lit. Là, avec une lenteur délibérée, il lui ôta ses chaussures et reposa ses jambes sur le lit, à demi pliées, suffisamment écartées pour qu'il puisse admirer ses replis les plus intimes.

Sous son regard pénétrant, Holly sentit son cœur tressauter. Au bout d'un moment qui parut durer une éternité, il s'agenouilla entre ses jambes et fit courir ses doigts brûlants le long de ses cuisses fuselées.

— Vous êtes superbe, Holly, dit-il d'une voix sourde. Vous avez envie de moi, n'est-ce pas… ?

— Oh oui… oui, vous le savez bien, cria-t-elle, torturée par l'intensité de son désir. Je vous en prie, Richard, cessez de me taquiner.

— Dites-moi ce qui vous ferait plaisir.

— Vous. Rien que vous.

— Vos désirs sont des ordres, murmura-t-il en la pénétrant dans un élan puissant et passionné.

Elle cria de surprise et de plaisir mêlés tandis que ses fesses se contractaient sous ses assauts répétés. Il les souleva à pleines mains pour mieux s'enfoncer en elle, les entraînant ensemble dans une danse infiniment sensuelle.

— Oh, mon Dieu, gémit-elle, au bord du vertige.

Elle ferma les yeux mais la voix pressante de Richard l'empêcha de sombrer dans l'abîme de volupté qui l'appelait, inexorablement.

— Ouvrez les yeux, Holly. Regardez-moi !

Electrisée par son ton directif, Holly s'exécuta. Le regard assombri de Richard la transperça.

— Détendez-vous, ne pensez plus à rien, reprit-il plus doucement.

Avant qu'elle ait le temps de réagir, il roula sur le dos en l'entraînant avec lui, comme un bateau qui chavire dans la tempête. Tout à coup, elle se retrouvait sur lui, frémissante, ondulante. Bien que dominant la situation, elle se sentit incroyablement vulnérable.

Ses joues s'empourprèrent quand il prit ses seins en coupe et captura ses tétons entre le pouce et l'index pour l'attirer lentement vers lui.

— Ne soyez pas timide, susurra-t-il comme pour l'encourager à s'abandonner totalement, vous avez une poitrine splendide.

Bientôt, les seins de Holly furent à portée de sa bouche avide. Gonflés de désir, ses tétons devinrent presque douloureux.

— J'en veux un dans ma bouche.

Infiniment érotique, sa requête attisa encore le désir qui grondait en elle. Le regard de Richard reflétait une admiration sincère ainsi qu'une excitation qui n'était plus domptable. Profondément ancré en elle, il la possédait de tout son être.

Ivre de plaisir, elle dirigea son téton droit entre ses lèvres. Il le happa avec gourmandise tandis que ses mains plaquées sur ses hanches l'aidaient à maintenir la sensuelle cadence de leur danse endiablée.

Une nouvelle vague de sensations déferla en elle et, s'arrachant brusquement au baiser enfiévré de Richard, elle se redressa pour le chevaucher sans retenue, la tête rejetée en arrière, les paupières closes. De longs gémissements s'échappaient de ses lèvres. Electrisé par ce soudain revirement, Richard s'accrocha à ses hanches pour mieux la pénétrer, l'encourageant à continuer avec des mots crus, teintés d'une passion brute.

Des encouragements bien superflus pour Holly qui, consumée par un désir brûlant, se sentait à présent totalement maîtresse de la situation. Ou plutôt, totalement libérée de ses tabous… Emportée par une nouvelle onde de plaisir, elle s'arc-bouta et gémit longuement.

Richard atteignit l'extase quelques secondes avant elle et son plaisir décupla l'orgasme de Holly, balayant sa lucidité pendant quelques minutes vertigineuses. Et lorsque la tempête s'apaisa, lorsque son cœur recouvra peu à peu un rythme normal, une certitude s'imposa à elle : elle serait prête à tout pour rester auprès de Richard. Sans l'ombre d'une hésitation, elle accepterait de devenir sa petite amie, sa maîtresse… sa femme… son esclave, si tel était son souhait.

— Oh, mon Dieu, gémit-elle en se laissant retomber sur le torse de Richard, vidée de toutes ses forces.

Un soupir s'échappa de ses lèvres.

— C'est un soupir mécontent ou satisfait ?

Holly se força à relever la tête. D'un geste las, elle repoussa les mèches de cheveux collées à son visage.

— Arrêtez, Richard. Vous le savez très bien. C'était incroyable.

— C'est vous qui avez été incroyable, affirma-t-il en effleurant ses cheveux.

— Je… je ne suis pas comme ça d'habitude, balbultia-t-elle en reposant la tête sur son torse.

— C'est peut-être la ceinture, murmura Richard en laissant courir ses doigts le long de son dos jusqu'à ce qu'il atteigne le fameux accessoire.

Ses doigts s'enfoncèrent entre les maillons, effleurant chaque fois la peau de Holly.

— Peut-être, dit-elle en frissonnant.

— Dans ce cas, interdiction de l'enlever cette nuit. Mieux : je vous ordonne de la garder tout le week-end, ajouta-t-il d'un ton très sérieux.

Holly releva la tête.

— Comment ça, tout le week-end ?

— Vous ne croyez tout de même pas que je vais vous laisser partir demain matin ? Pas après ce que nous venons de vivre, chère Holly. Vous allez passer le week-end avec moi. Je vous ramènerai chez vous lundi matin.

— Mais…

— Il n'y a pas de mais. Pas de vêtements non plus. Rien que cette ceinture et des étreintes enflammées.

Elle rougit violemment, à la fois choquée et excitée par sa proposition.

— Mais pour le moment, je suggère que nous allions prendre une douche. A moins que vous ne préfériez un bain ? A vous de décider.

Elle le dévisagea longuement, en proie à une grande confusion. A vous de décider… Si seulement c'était aussi simple que ça. Mais Holly était consciente du risque qu'elle prenait en acceptant de rester auprès de lui. Elle ne faisait pas partie de cette catégorie de femmes qui dissociaient aisément l'amour sentiment de l'amour physique.

En réalité, elle était déjà tombée amoureuse de Richard… Hélas, c'était précisément ce sentiment que fuyait ce dernier.

Comme s'il avait deviné ses hésitations, il se leva d'un bond et la souleva dans ses bras.

— Il semblerait que je sois obligé de prendre les décisions à votre place.

Piquée au vif, Holly se rebiffa.

— J'aimerais prendre une douche, déclara-t-elle comme ils pénétraient dans une salle de bains carrelée de mosaïque bleue. Et j'ai l'intention d'enlever cette ceinture.

Il s'immobilisa.

— Pourquoi ? Elle vous sied à merveille. Je la trouve terriblement excitante sur vous, ajouta-t-il en l'enveloppant d'un regard ardent.

Troublée, Holly chercha désespérément une excuse.

— J'ai peur qu'elle noircisse sous l'eau.

— Je vous en achèterai une autre.

Et ils entrèrent dans la cabine de douche.

10

Quand Holly se réveilla, la ceinture enserrait encore sa taille et la main de Richard reposait sur sa poitrine. Dieu merci, il dormait profondément.

Ce qui, somme toute, n'avait rien d'étonnant, songea-t-elle en ôtant délicatement sa main avant de se glisser hors du lit. Ils avaient fait l'amour toute la nuit, multipliant les étreintes et les expériences follement érotiques. Libérée comme par enchantement de toutes ses inhibitions, Holly avait pleinement savouré ces moments de pure sensualité.

Elle se dirigea vers la salle de bains et frissonna au souvenir de leurs ébats enflammés sous le jet de la douche. Jamais encore elle n'avait éprouvé de sensations aussi intenses. Vertigineuses.

Avant de prendre une douche, elle regagna la chambre sans bruit et jeta un coup d'œil en direction de Richard, nu entre les draps.

Sa proposition lui revint à l'esprit : « Pas de mais. Pas de vêtements. Rien que cette ceinture et des étreintes enflammées. »

C'était tentant, certes. Pourtant, son amour-propre lui commandait de ne pas se plier ainsi aux désirs d'un homme, quel qu'il fût.

Par esprit de rébellion, elle détacha la fameuse ceinture et se dirigea vers la seule porte qu'elle n'avait pas encore ouverte. Il fallait absolument qu'elle trouve de quoi s'habiller, quelque chose de moins provocant que sa robe rose qui gisait sur le sol, à côté de son string et de ses sandales.

La porte ouvrait sur la garde-robe de Richard, aménagée dans une pièce de belles dimensions. Tout était parfaitement rangé : les costumes, les chemises, les pantalons plus décontractés et des vestes de tous les styles, même en cuir.

Après quelques instants d'hésitation, Holly choisit une chemise taillée dans une belle cotonnade bleu azur. Elle flottait dedans, les pans couvraient presque entièrement ses cuisses et c'était parfait ainsi.

Elle quitta le dressing à pas de loup et retourna prendre une douche dans la salle de bains.

Richard fut réveillé par le bruit de l'eau qui coulait dans la salle de bains.

Un sourire aux lèvres, il s'étira longuement. Il se sentait en pleine forme : serein et épanoui. C'était exactement ce qu'il lui fallait : une bonne nuit d'amour torride.

Non, en réalité, c'était Holly qu'il lui fallait et pas simplement pour une nuit, ni même pour un week-end. C'était un peu tôt pour la demander en mariage mais il pourrait peut-être lui proposer de venir habiter chez lui. Quand le magasin serait vendu, elle serait bien obligée de chercher un toit. Alors pourquoi pas ici ?

Ce serait merveilleux de rentrer tous les soirs et de retrouver Holly. Oui, absolument merveilleux… Hélas, il était probable qu'il faille attendre longtemps avant que le magasin soit vendu. La situation de l'immobilier était très fluctuante à Sydney. Peut-être pourrait-il donner un petit coup de pouce pour que la vente se conclue rapidement…

L'idée était en train de prendre forme dans son esprit lorsque le téléphone sonna. Qui pouvait bien appeler si tôt, un dimanche matin ? Etouffant un soupir, il tendit la main vers la table de chevet et décrocha le combiné.

— Richard Crawford à l'appareil.

— Richard, c'est Reece.

— Reece ! Tu as vu l'heure ? Il n'est que 9 h 30… Tu es tombé du lit, ou quoi ? Je ne…

— Holly est avec toi ? coupa Reece d'un ton abrupt.

— Euh… elle est sous la douche.

— Il se pourrait qu'il y ait un léger problème.

Richard sentit son estomac se contracter.

— Quel genre de problème ?

— Tu te rappelles m'avoir dit hier que tu n'avais pas rencontré Holly par l'intermédiaire d'Une femme pour la vie ?

— Oui…

— Quel dommage que tu ne m'en aies pas parlé avant.

— Pourquoi ?

— Parce qu'Alanna était persuadée que tu avais trouvé Holly dans le fichier de Natalie.

Richard retint sa respiration.

— Alanna savait que j'avais pris contact avec l'agence ?

— Désolé, mon vieux ; je n'avais aucune raison de le lui cacher, étant donné que nous nous sommes rencontrés par ce biais-là, tous les deux.

— Evidemment. Donc, si je comprends bien, Alanna a vendu la mèche, c'est ça ? Elle a raconté à Holly que je m'étais inscrit dans une agence matrimoniale pour trouver une épouse ?

— J'en ai peur, oui. D'après Alanna, Holly a paru légèrement surprise, sans plus. Mais surtout, elle lui a confié qu'elle serait incapable d'épouser un homme qui ne l'aimait pas, surtout si ce dernier était encore amoureux de sa défunte épouse.

La mâchoire de Richard se contracta. Il n'était plus amoureux de Joanna, bien au contraire. Il la détestait. C'était précisément pour cette raison qu'il recherchait une relation simple, dépourvue de grands sentiments. « Chat échaudé craint l'eau froide », disait le dicton.

— Je vois, marmonna-t-il.

— Tu peux toujours lui mentir, suggéra Reece. Prétendre que tu l'aimes, que Joanna fait définitivement partie du passé.

Tu sais, la plupart des femmes sont prêtes à croire ce qui les arrange.

— Je ne peux pas faire ça, Reece. As-tu dit à Alanna que tu l'aimais, toi ?

— Non, mais Alanna n'est pas comme les autres. Elle n'a aucune envie d'être aimée. Elle est encore plus pragmatique que moi, si tu veux tout savoir. Holly est plus jeune, elle doit être pleine d'illusions en ce qui concerne les hommes. Je ne suis pas sûr qu'elle soit la femme qu'il te faut, conclut Reece d'un ton sincèrement désolé.

— Tu te trompes. C'est elle que je veux… et je l'aurai, d'une manière ou d'une autre. J'ai la ferme intention de la demander en mariage, autant que tu le saches.

Un bref silence accueillit ses paroles.

— Et que comptes-tu faire au sujet de l'agence ?

— Je n'ai pas le choix : je vais dire la vérité à Holly.

Dans une certaine mesure, en tout cas. Oui, il désirait refaire sa vie, se marier et fonder une famille. Et oui, elle lui plaisait énormément et il la voyait très bien tenir ce rôle auprès de lui. En revanche, il était hors de question qu'il lui parle de Joanna et du mal qu'elle lui avait fait.

— Merci de m'avoir prévenu, Reece, déclara-t-il pour couper court aux noires pensées qui menaçaient de le submerger. C'est sympa de ta part. Dis à Alanna de ne pas s'inquiéter. Tout va s'arranger.

— J'espère pour toi.

— Je te laisse, Reece. Holly ne va pas tarder à sortir de la salle de bains.

Il raccrocha juste à temps. L'instant d'après, Holly poussait la porte. Encore humides, ses cheveux flottaient sur ses épaules. Elle n'était pas maquillée et son visage rayonnait. La grande chemise bleue qu'elle avait enfilée dissimulait presque entièrement son corps de déesse. Bizarrement, elle était très sexy ainsi vêtue.

Lorsqu'elle l'aperçut, elle se figea et ses joues s'empourprèrent joliment.

— Bonjour, murmura Richard. Je vois que vous avez déniché ma penderie…

Elle releva le menton en signe de défi. Richard retint un sourire. Décidément, elle avait du tempérament, cette jeune femme qu'il avait choisi d'épouser…

— Vous ne pensiez tout de même pas que j'allais rester nue tout le week-end avec cette ceinture ridicule autour de la taille ?

Richard haussa les sourcils. Il avait presque oublié sa propre boutade !

— On peut toujours rêver, répondit-il, laconique. Alors dites-moi, quel est le programme de la journée ? Je me tiens à votre entière disposition.

Holly leva les yeux au ciel.

— Vous n'avez peut-être rien à faire mais moi si : je m'occupe toujours de la comptabilité du magasin le dimanche.

— Eh bien, vous ne vous en occuperez pas aujourd'hui, répliqua Richard le plus sérieusement du monde. Ni la semaine prochaine, ni la semaine suivante. Votre belle-mère n'a qu'à s'en charger. A moins qu'elle ne préfère engager un comptable.

Holly le dévisagea longuement avant de hausser les épaules.

— Vous avez raison. Je ne suis qu'une idiote. Au diable les livres de comptabilité ! Dans ce cas, je prendrais volontiers un brunch quelque part. J'ai une faim de loup. Mais vous devrez d'abord me conduire chez moi pour que je puisse m'habiller.

Richard l'enveloppa d'un regard insolent.

— Je ne suis pas sûr d'en avoir envie. Vous êtes très… appétissante dans cette chemise. On pourrait peut-être rester tranquillement ici. J'irais chercher une pizza que nous mangerions devant un bon film.

— Ah non, quelle horreur ! s'écria Holly d'un air indigné. Cela fait un an que je mange des pizzas tous les week-ends devant la télé. Tout à fait franchement, j'accepterais volontiers une invitation à déjeuner dans un endroit sympa.

Richard s'inclina. Mais avant de sortir, il devait absolument éclaircir cette histoire d'agence matrimoniale. C'était préférable pour la suite de la journée.

— Très bien, je vais vous emmener prendre un brunch dans un endroit sympa. Mais avant que nous nous mettions en route, j'aimerais vous parler de quelque chose. Venez vous asseoir, Holly, ajouta-t-il en tapotant les draps froissés.

Holly s'exécuta, en proie à une soudaine nervosité.

— Je viens d'avoir Reece au téléphone, commença-t-il, luttant de toutes ses forces contre l'envie de la prendre dans ses bras.

— Ah oui ?

— Alanna lui a rapporté la petite conversation que vous avez eue toutes les deux, hier soir.

— Oh…

Les yeux rivés sur son visage, Richard guetta sa réaction. A son grand désarroi, il fut incapable de deviner ses pensées. Aussi reprit-il d'un ton qui se voulait léger :

— Pourquoi ne m'en avez-vous pas parlé hier soir ?

Cette fois, il lut un soupçon de culpabilité dans son regard.

— Je… je ne voulais pas tout gâcher.

— Pourtant, vous étiez fâchée contre moi.

— Pas vraiment, non. J'étais plutôt… étonnée. Je… je ne comprends pas ce qui a bien pu vous pousser à faire appel à ce genre d'agence. En fait, je n'arrive pas à croire que vous ayez eu envie de vous acheter une femme, comme votre ami Reece.

— Reece n'a pas acheté Alanna.

— Oh, je vous en prie, Richard, pensez-vous vraiment qu'elle l'aurait épousé s'il n'avait pas eu un sou ?

— Non, bien sûr. Mais il y a bien plus que ça entre eux. Ils se sont tout de suite reconnus. L'étincelle s'est allumée aussitôt. Comme pour nous.

Cette fois, un mélange de stupeur et d'incrédulité se lut sur le beau visage de Holly.

— Qu'essayez-vous de me dire, Richard ? Vous… vous n'êtes tout de même pas en train de me demander en mariage ?

— Pourquoi, ça vous surprendrait tant que ça ?

— Oui ! Je veux dire… je pensais que… enfin, Richard, nous nous connaissons à peine ! Et je vous en prie, n'essayez pas de me faire croire que vous êtes tombé follement amoureux de moi.

— Ce n'est pas mon intention.

Les yeux de Holly s'arrondirent de surprise.

— Eh bien… on ne peut pas vous reprocher de ne pas être franc, au moins.

— Vous préféreriez peut-être que je vous mène en bateau, comme Dave ?

— Grand Dieu, non, murmura-t-elle, parcourue d'un petit frisson.

— Dans ce cas, suivez-moi, commanda-t-il en rabattant les draps d'un geste sec.

Sous le regard effaré de Holly, il se leva, enfila à la hâte un peignoir et la prit par la main.

— Venez avec moi.

— Où allons-nous ? demanda-t-elle comme il l'entraînait dans le couloir d'un pas décidé.

— Dans mon bureau.

Quelques instants plus tard, il poussait la porte d'une grande pièce lumineuse. Une baie vitrée occupait tout un pan de mur et donnait sur une vaste terrasse. Le mur d'en face disparaissait sous les étagères pleines de livres. Un tapis recouvrait le carrelage crème, juste devant le bureau de style contemporain sur lequel reposaient un téléphone et un ordinateur portable.

— Asseyez-vous, ordonna Richard en indiquant le fauteuil en cuir derrière le bureau.

Holly obéit, intriguée. Il vint se placer à côté d'elle et, en quelques gestes précis, alluma l'ordinateur et actionna la souris. Quelques instants plus tard, la photo d'une jolie brune apparut sur l'écran.

— Voici la première femme de l'agence que j'ai invitée à dîner, déclara-t-il sans préambule. Elle est productrice d'émissions télévisées. Trente-quatre ans, divorcée.

Il cliqua de nouveau sur la souris et une deuxième créature de rêve apparut à l'écran.

— Voici la suivante, continua Richard. Elle est psychothérapeute. Trente-cinq ans. Célibataire.

Il y eut encore deux photos, succinctement commentées par Richard. Ce dernier éteignit enfin l'ordinateur puis, s'asseyant au bord du bureau, il chercha son regard.

— Vous vouliez savoir pourquoi j'avais éprouvé le besoin de m'adresser à ce genre d'agence, n'est-ce pas ? J'ai trente-huit ans, Holly. J'ai été amoureux, je me suis marié et j'ai terriblement souffert. Je ne suis presque pas sorti de chez moi pendant dix-huit mois. Mais la vie continue, c'est ainsi, et j'ai soudain éprouvé l'envie de rencontrer une autre femme afin de tourner définitivement la page. J'ai aussi très envie de fonder une famille et je n'ai pas l'intention d'attendre la retraite pour devenir père.

Holly se redressa. Une famille… des enfants ! Evidemment, pourquoi n'y avait-elle pas songé plus tôt ? Prenant probablement son silence pour de la perplexité, Richard enchaîna :

— La plupart des femmes que je rencontre dans le cadre du travail sont mariées ou divorcées ; ces dernières traînent derrière elle un lourd bagage émotionnel, un peu comme moi, et cela ne m'intéresse pas. Quand Reece a rencontré Alanna, je me suis dit que ce n'était peut-être pas une si mauvaise idée de passer par une agence.

Holly hocha la tête d'un air songeur.

— Et alors, que s'est-il passé ?

— Ça n'a pas marché.

— Elles étaient pourtant belles et brillantes.

— Des coureuses de dot, toutes les quatre, affirma Richard d'un ton ironique.

— Peut-être, mais le confort matériel ne fait-il pas partie de la donne ?

— Si, je suppose. Reece, lui, a eu la chance de dénicher une vraie perle.

Holly hésita un instant avant de poser la question qui lui brûlait les lèvres :

— Vous avez couché avec ces femmes ?

— Non. Aucune d'elles n'a réussi à allumer l'étincelle. Aussi bizarre que cela puisse paraître, je suis resté totalement insensible à leur charme. Alors que vous, Holly... vous m'avez ensorcelé dès le premier regard...

Captivée par ses paroles suaves, Holly se sentit fondre lorsqu'il se pencha vers elle pour l'embrasser. Cette fois, ce fut un baiser doux et tendre, un baiser langoureux qui la chavira corps et âme.

Ainsi, c'était vrai, à quoi bon le nier, elle était tombée amoureuse de Richard... Quelle idiote...

Elle lui rendit son baiser avec toute la passion et le désespoir qui l'animaient. Ils s'embrassèrent à perdre haleine et, quand enfin ils se séparèrent, ce fut pour se contempler longuement, étourdis de plaisir, abasourdis par les sensations que leur avait procuré ce simple baiser.

— Vous avez toujours envie d'aller au restaurant ?

Holly acquiesça d'un signe de tête. Un sourire éclaira le visage de Richard. L'aventure continuait.

11

— Richard !… Quelle bonne surprise !

Richard sut à qui appartenait cette voix avant même de lever les yeux de son assiette.

Ç'avait été une erreur d'emmener Holly manger dans un des restaurants à la mode que Joanna et lui avaient coutume de fréquenter. Le Cockle Bay Wharf de Darling Harbour était l'un des rendez-vous préférés de la jet-set locale, surtout le dimanche midi.

— Salut, Kim, dit-il d'un ton neutre.

Parmi les nombreuses amies que comptait Joanna, Kim avait sans doute été la plus proche. Belle et sexy, divorcée depuis peu, Kim était une séductrice habile et cupide, Richard avait eu l'occasion de s'en apercevoir.

— Comme c'est bon de te revoir parmi nous ! Tu es toujours aussi séduisant… et cette chemise te va à ravir. J'étais avec Joanna quand elle te l'a achetée. Mais je parle, je parle… Pourquoi ne te joindrais-tu pas à nous avec ta copine ? suggéra-t-elle en indiquant d'un geste gracieux une grande tablée animée.

— Holly est ma petite amie, rectifia Richard avec froideur. Merci, Kim, mais nous préférons être seuls.

— Comme c'est romantique… C'est tout toi, vraiment, Richard ! susurra-t-elle sans se démonter. On aura bien l'occasion de parler plus longuement une autre fois, n'est-ce pas ?

Sans attendre la réponse de Richard, elle se pencha vers

lui et planta un baiser sur sa joue avant de rejoindre ses amis d'une démarche chaloupée.

Le visage de Richard s'était figé. Cinq minutes plus tôt, il se sentait heureux d'être là, assis en face de Holly qui rayonnait dans sa jolie petite robe jaune. Ses longs cheveux bruns brillaient comme de la soie sous le soleil radieux.

— Je suis désolé. Kim était une amie de ma femme. Sa meilleure amie, en fait.

En prononçant ces mots, une idée lui vint à l'esprit. Kim savait sûrement la vérité au sujet de Joanna. Les femmes n'hésitaient pas à se confier leurs secrets les plus intimes, non ?

Dès que l'occasion se présenterait, il l'appellerait pour lui poser toutes les questions qui le taraudaient depuis la disparition de Joanna. Il n'aimerait sans doute pas les réponses mais tant pis, il devait connaître la vérité s'il voulait réussir à tourner la page une fois pour toutes.

D'ici là, il n'allait certainement pas laisser son épouse disparue et encore moins ses prétendues amies gâcher son après-midi avec Holly.

En voyant le pli contrarié qui barrait son front lisse, il s'empressa de la rassurer :

— Tout va bien, ne vous inquiétez pas.

Holly le fixa d'un air dubitatif. Qui croyait-il duper ?

N'importe quel imbécile aurait noté le changement qui s'était opéré en lui à l'instant même où cette blonde sublime l'avait interpellé.

Ses yeux clairs, pétillant de malice, avaient désormais la couleur d'un lac agité sous un ciel nuageux. Ses mâchoires s'étaient crispées et ses lèvres avaient pris un pli dur.

Quoi qu'il puisse prétendre, Richard ne s'était toujours pas remis du décès de son épouse. Sa mère avait raison. Et avec ce triste constat, l'infime espoir que Richard puisse, un jour, tomber amoureux d'elle, s'envola brusquement.

Richard ne l'aimait pas, il ne l'aimerait jamais. Une vive douleur lui tordit le cœur.

— Merci de m'avoir présentée comme votre « petite amie », murmura-t-elle en s'efforçant de prendre un ton léger.

— J'aurais préféré lui dire que vous étiez ma fiancée, répliqua-t-il du tac au tac.

Holly le considéra avec stupeur. Au bout de quelques instants, elle secoua la tête.

— Je vous en prie, Richard, ne jouez pas avec moi. Je suis heureuse d'être votre petite amie mais je ne vous épouserai pas.

Un sourire vaguement amusé joua sur les lèvres de Richard.

— Vous savez, Holly, il n'y a que dans la culture occidentale que les gens se marient par amour. C'est bien joli, les grands sentiments, mais ce n'est en aucun cas un gage de réussite. Vous n'avez qu'à regarder le nombre sans cesse croissant de divorces. Le respect et la volonté de s'engager, en revanche, sont les deux ingrédients d'un mariage durable. En plus des projets en commun. Et des enfants, bien sûr. Vous en voulez, n'est-ce pas ?

— Bien sûr ! répondit Holly avec entrain avant d'ajouter d'un ton plus grave : votre conception du mariage est extrêmement sensée, Richard, mais je ne la partage pas. Vous ne m'aimez pas, je n'ai plus de famille pour me donner de l'amour. J'ai besoin d'un mari qui m'aime, lui.

Richard secoua la tête avec véhémence.

— Une femme, et a fortiori une mère, a besoin d'un homme qui la protège et qui assure le bien-être de la famille. Un homme fidèle et droit qui ne l'abandonnera pas à la première occasion. Je vous offre tout cela, Holly. Je vous donne ma parole d'honneur.

Leurs regards se nouèrent et, l'espace d'un instant, Holly sentit sa volonté vaciller. Puis le spectre de Joanna se profila et le charme se rompit. Elle se glisserait toujours entre eux, cette première femme si belle, si parfaite. Le seul amour de Richard.

— Réfléchissez-y, insista Richard. C'est tout ce que je vous demande.

— D'accord, dit Holly, sérieusement ébranlée.

Il y eut un petit silence chargé d'électricité. Finalement, un sourire insolent étira les lèvres de Richard.

— En attendant, je brûle d'envie de vous faire l'amour, susurra-t-il en l'enveloppant d'un regard plein de promesses.

Holly exhala un soupir.

— Serait-ce du harcèlement, monsieur Crawford ?

Le sourire de Richard s'épanouit.

— Je veux juste vous donner du plaisir.

— Vous voulez juste que j'accepte de vous épouser, oui ! corrigea-t-elle en riant.

— Ça aussi, c'est vrai.

— Vous êtes incroyable…

— Pas vraiment, objecta-t-il d'un ton désinvolte. Je suis très têtu.

12

Assis à son bureau le lendemain matin, Richard pensait à Holly.

S'il était résolu à l'épouser, elle n'en était pas moins résolue à se marier uniquement par amour.

L'amour, songea Richard avec dédain. Si seulement elle savait quels dégâts l'amour causait parfois ! Lui-même avait sombré dans un gouffre de désespoir le jour où on lui avait remis le rapport du médecin légiste.

A ce souvenir, la brève rencontre avec Kim, la veille, lui revint à l'esprit en même temps que son envie d'éclaircir certaines choses auprès d'elle.

Sans plus attendre, il appela le service des renseignements et obtint son numéro de téléphone.

— Bonjour, Kim, dit-il lorsqu'elle répondit enfin, à la septième sonnerie. Richard Crawford à l'appareil.

Kim s'éclaircit la gorge. De toute évidence, il l'avait réveillée.

— Richard ! Oh, je suis ravie de t'entendre ! Je ne sais pas pourquoi, mais j'ai eu l'impression que tu n'étais pas très heureux de me voir, hier.

Richard esquissa un sourire sans joie.

— Tu avais raison, Kim, je n'étais pas heureux de te voir. Je ne t'ai jamais beaucoup appréciée et je te déteste cordialement depuis ce fameux soir où tu as essayé de me séduire.

— Oh, Richard, ce que tu peux être guindé, parfois ! N'importe quel homme se serait senti flatté, au contraire, mais toi, non ! Toi, tu voulais te garder pour ton seul amour… la belle Joanna. Si seulement tu savais la vérité sur ta chère et tendre épouse, conclut-elle d'un ton persifleur.

— Figure-toi que j'appelle pour ça, justement. Je veux savoir la vérité. Joanna et toi étiez très complices, n'est-ce pas ? Peut-être pourrais-tu me dire qui était son amant, tu sais, le père de l'enfant qu'elle portait au moment de l'accident…

— Tiens donc… J'ai tenu ma langue pour rien, on dirait. Tu savais tout depuis le départ.

— C'est le rapport d'autopsie qui me l'a appris.

— Oh… je vois.

— Cet homme était-il son premier amant ?

— Tu veux toute la vérité ?

Les doigts de Richard se crispèrent sur le combiné.

— Oui. C'est la raison de mon appel.

— Alors, non. Ce n'était pas sa première aventure.

Richard ferma les yeux, submergé par un flot d'émotions mêlées.

— Pourtant, elle t'aimait, Richard, à sa façon en tout cas. Elle disait tout le temps que tu étais la meilleure chose qui lui soit arrivée. Le problème, c'est que tu n'étais pas assez présent pour elle, enchaîna Kim d'un ton accusateur. Ton travail t'accaparait trop, tu partais sans cesse en voyage d'affaires. Joanna se sentait seule, elle s'ennuyait. Elle aimait me raconter les interminables déjeuners qu'elle prenait la plupart du temps dans une chambre d'hôtel. Elle a couché avec la plupart des jeunes auteurs dont elle s'occupait.

Une sensation de nausée s'empara de Richard.

— Ceci dit, reprit Kim, intarissable, tu n'as pas le droit de te plaindre. Elle était toujours là quand tu avais besoin d'elle, non ? Et puis, comme je te le disais tout à l'heure, elle t'aimait vraiment, à sa manière. Avec les autres, c'était purement sexuel. Tu peux me croire, il n'y avait rien de sérieux avec le type dont elle était enceinte. Tu étais à l'étranger quand elle a organisé cette soirée qui a rapidement viré à l'orgie… D'habitude, elle veillait à prendre ses précautions mais ce soir-là, les choses se sont un peu emballées. Elle était folle de rage quand elle a appris qu'elle était enceinte. Il était hors de question qu'elle garde le bébé. En fait, elle se rendait à l'hôpital pour se faire avorter le jour de l'accident.

— Je dois raccrocher, Kim, murmura Richard, sous le choc.

— Je suis désolée, Richard, mais c'est toi qui as voulu savoir la vérité… je…

— C'est vrai. Au revoir, Kim.

Il raccrocha et resta immobile un long moment, essayant d'émerger de cet océan d'amertume qui noyait son âme depuis trop longtemps.

En vain. C'était comme si le Richard d'avant n'existait plus.

Il se leva et marcha jusqu'à la baie vitrée. Son regard absent balaya la ville. A quoi bon continuer quand le mal régnait partout ?

Et soudain, il pensa à Holly.

Holly qui ne portait aucune méchanceté en elle.

S'il arrivait à vivre auprès d'elle, il parviendrait sans doute à se retrouver. Une bouffée de joie, aussi intense qu'inattendue, le transporta comme il l'imaginait chez lui, en train de l'attendre, alors qu'il rentrait du bureau.

Il fallait absolument qu'il trouve un moyen de la retenir. Et le plus tôt serait le mieux.

Pivotant sur ses talons, il regagna son bureau et décrocha le téléphone. Dès la première sonnerie, la voix de son ami retentit à l'autre bout du fil.

— Reece Diamond à l'appareil.

— Reece, c'est moi, Richard. Ecoute, j'ai besoin que tu me rendes un service.

— Je suis à ta disposition, Richard, tu le sais.

— J'aimerais que tu achètes une boutique de fleuriste pour moi.

— Une boutique de fleuriste ? Ce n'est pas banal. Oh… je commence à comprendre. C'est pour Holly, c'est ça ?

— D'une certaine manière, oui.

— Où se trouve la boutique ?

— A Strathfield. Elle s'appelle Un Jour, une fleur et elle est mise en vente chez L.J. Hooker. Tu leur proposes le prix fort sans négociation à condition que l'affaire soit conclue au plus tard vendredi.

— Impossible, Richard. Il faut d'abord vérifier les livres de comptes et s'assurer de la bonne marche du magasin.

— Je me fiche de tout ça. Verse un acompte dès aujourd'hui. Je veux que le magasin soit libre dès vendredi, le jour de la signature du contrat. Et si la propriétaire rechigne, augmente le prix. Assure-toi simplement de ne pas dévoiler nos identités. Tu n'as qu'à utiliser le nom de ma compagnie d'investissement pour conclure la vente.

— Mais... je croyais que le magasin appartenait à Holly ?

— Non, il appartient à sa belle-mère. Holly vit au-dessus de la boutique et c'est elle qui s'en occupe.

— Ça y est, j'y suis, dit Reece d'un ton entendu. Seigneur, Richard, ça ne te ressemble pas. Cette fille est devenue une véritable obsession !

— Fais ce que je t'ai demandé, Reece, éluda Richard. Et appelle-moi dès que les parties auront donné leur accord.

A l'autre bout du fil, Reece exhala un soupir.

— D'accord. Mais attends-toi à te retrouver propriétaire d'un magasin de fleurs et toujours célibataire.

— Permets-moi d'en douter, Reece.

Les lundis étaient traditionnellement des jours tranquilles pour les fleuristes. Holly n'avait pas vu un seul client de la journée. Il était 15 heures et, assise à sa table de travail, elle était en train de rédiger une ébauche de CV lorsque le carillon de la porte d'entrée retentit.

Elle se leva d'un bond en apercevant sa belle-mère. Maquillée avec soin, impeccablement coiffée et vêtue avec élégance, comme d'habitude… Un sourire forcé aux lèvres, Connie se dirigea vers Holly.

— Bonjour, Holly ! J'ai une excellente nouvelle à t'annoncer, déclara-t-elle d'un ton sirupeux.

— Ah bon ? dit la jeune femme, en proie à une sourde appréhension.

— Le magasin a trouvé un acheteur aujourd'hui et je n'ai même pas eu besoin de baisser le prix.

Holly sentit sa gorge se nouer.

— Mais… mais personne n'est venu voir la boutique ni inspecter les registres de comptabilité !

— Je ne pense pas que l'acheteur soit intéressé par l'activité de fleuriste, c'est l'immeuble qu'il désire. Il tenait aussi à ce que la vente soit conclue rapidement. Les contrats seront signés vendredi. Ce qui veut dire que tu dois déménager d'ici là.

Holly eut l'impression de recevoir un coup de poing dans l'estomac. Elle n'avait pas prévu ça…

— Rassure-toi, chérie, reprit Connie d'un ton mielleux, je t'ai fait un chèque de dix mille dollars. Tiens, le voici.

Elle posa le bout de papier sur la table à laquelle Holly s'accrochait comme à une bouée de sauvetage.

— Ceci devrait te permettre d'envisager l'avenir plus sereinement en attendant de trouver un appartement et un autre travail. Si tu veux mon avis, tu ne resteras pas longtemps désœuvrée, tu es une excellente fleuriste.

Holly ramassa le chèque et le fixa d'un air interdit avant de lever les yeux sur sa belle-mère.

— Tu t'imagines vraiment que ce chèque est à la hauteur de tout ce que j'ai investi en temps et en énergie dans cette boutique ? lança-t-elle, gagnée par la colère. Je travaille six jours sur sept depuis la mort de papa. Je touche un salaire de misère et comme si cela ne suffisait pas, je m'occupe moi-même de la comptabilité. J'ai droit à la moitié du magasin, Connie, tu le sais aussi bien que moi. Et si tu refuses de m'accorder ce qui me revient de droit, je n'hésiterai pas à porter l'affaire devant les tribunaux.

A son grand désarroi, Connie partit d'un rire cinglant.

— Vas-y, ne te gêne pas pour moi ! Tu vas te ruiner pour te payer un avocat et au bout du compte, tu ne recevras rien. J'ai été mariée à ton père pendant huit longues années, au cas où tu l'aurais oublié, et ce ne fut pas toujours une partie de plaisir. Les juges se montrent très compatissants avec les veuves. En revanche, les jeunes pimbêches de ton espèce les agacent profondément. Je t'en prie, Holly, ne sois pas ridicule... Prends ce chèque et fais tes valises, c'est ce que tu as de mieux à faire ! conclut-elle avec cynisme.

Piquée dans son amour-propre, Holly trouva la force de toiser sa belle-mère d'un regard lourd de mépris pendant qu'elle déchirait le chèque en petits morceaux.

— Tu crois ça, vraiment ? Eh bien, tu te trompes. La boutique de papa me reviendra entièrement, déclara-t-elle avec une assurance teintée d'amertume. Entièrement, tu entends ? Et je n'aurai même pas besoin de te traîner devant les tribunaux. Attends un peu, tu risques d'être surprise.

— Katie m'avait pourtant prévenue que tu vivais dans tes rêves, railla Connie. Si tu n'es pas partie d'ici vendredi, je viendrai moi-même te mettre à la porte !

Pivotant sur ses talons, elle sortit de la boutique sans un regard en arrière.

Au prix d'un effort surhumain, Holly ravala les larmes qui lui brûlaient la gorge. Non, elle ne craquerait pas. Pas cette fois. Cette fois, elle suivrait les conseils de Mme Crawford et ferait ce qu'une femme devait faire de temps en temps.

Se comporter comme un homme !

D'une main tremblante, elle feuilleta son agenda, décrocha le téléphone et composa le numéro que Richard lui avait donné la veille.

— Richard, c'est Holly. Je... j'ai besoin de vous voir,

déclara-t-elle dès qu'il décrocha. Maintenant… j'ai besoin de vous voir maintenant, ajouta-t-elle avec plus d'assurance.

Voilà qui était mieux…

— Mon Dieu, Holly, que se passe-t-il ? Quel est le problème, chérie ?

Ce tout petit mot suffit à balayer les belles résolutions de Holly.

— Je… je…

— Oui ?

Elle avala sa salive.

— Richard, il faut que…

— Oui ?… Holly ?

Peine perdue. Au bout du fil, elle fondit en larmes.

Au volant de sa BMW, Richard se frayait tant bien que mal un chemin dans la circulation dense du centre-ville, en direction de Strathfield.

— Ce n'est pas possible, bougonna-t-il comme le feu passait au rouge juste devant lui.

Mais les aléas de la circulation n'étaient pas la seule cause de sa nervosité. Non, c'était lui, l'unique fautif… il se maudissait d'avoir joué de la sorte avec le destin de Holly.

Il ne trouvait aucune excuse à son comportement de sale macho égoïste. Lorsque Holly avait éclaté en sanglots au téléphone un peu plus tôt, il s'en était voulu à mort.

Fallait-il avoir un cœur de pierre pour agir ainsi ? Le chagrin de Holly était la pire des récompenses. Malgré tout, il se sentait presque rassuré qu'elle se soit adressée à lui aussitôt, sans hésiter.

Il ferait tout son possible pour réparer les dégâts qu'il avait provoqués, se promit-il en poursuivant sa route. Il l'aiderait à venir s'installer chez lui et à trouver du travail. Il pourrait même lui acheter un autre magasin de fleurs, si elle le lui permettait. Il la rendrait heureuse, il en avait la ferme intention.

Holly s'était ressaisie entre-temps ; elle affichait même un calme étonnant pour quelqu'un qui avait frôlé la crise de nerfs moins d'une demi-heure plus tôt.

— Je suis heureuse que vous ayez pu vous libérer, déclara-t-elle d'un ton grave dès qu'il eut franchi le seuil du magasin. J'ai une proposition à vous faire.

Richard s'immobilisa, désarçonné.

— Une proposition ?

— Oui. Avez-vous encore envie de m'épouser ?

La stupéfaction s'inscrivit sur son visage.

— Bien sûr, s'empressa-t-il de répondre de peur qu'elle ne change d'avis.

— Offrez-moi ce magasin et je vous épouserai.

Cette fois, Richard manqua s'étrangler. Si elle savait qu'il en était déjà propriétaire… Comme il ne disait rien, Holly reprit la parole :

— La vente doit être conclue ce vendredi. Il vous suffit de contacter l'agence immobilière et de proposer une somme plus importante. Ma belle-mère n'aura aucun scrupule à laisser tomber l'autre acheteur. Aucun papier n'a été signé pour le moment.

Richard n'en croyait pas ses oreilles. Tout avait si bien fonctionné… Et pourtant…

— Vous clamiez haut et fort que vous ne vous marieriez jamais sans amour.

L'espace d'un instant, son regard s'adoucit mais elle se reprit rapidement.

— Ne discutez pas, Richard. Acceptez-vous de me rendre ce service, oui ou non ?

— Ce sera fait aujourd'hui.

Elle inspira profondément.

— Parfait. Oh, il y a encore une petite chose.

— Oui ?

— Emmenez-moi quelque part. Je… j'ai besoin de partir d'ici un petit moment.

Prononcées d'une voix tremblante, ces paroles lui rappelèrent la véritable nature de Holly, douce et fragile. Bouleversé, il l'enlaça et la serra dans ses bras.

— Laissez-vous aller, chérie. Oubliez votre belle-mère et les horreurs qu'elle vous a dites, c'est fini. Je vous emmènerai où vous voudrez. Et cette boutique sera la vôtre avant la fin de la journée, je vous le promets.

— Et je serai à vous, murmura Holly en enfouissant son visage contre son torse.

Ils restèrent un long moment immobiles, blottis l'un contre l'autre. S'efforçant de chasser les scrupules qui le taraudaient, Richard libéra son étreinte.

— Je suis désolé, Holly, mais je ne peux pas m'attarder. Il faut absolument que je me mette en rapport avec l'agence avant la fin de la journée. Et vous n'aurez pas le temps de vous ennuyer non plus. Vous m'aviez bien parlé d'une employée qui vient vous donner un coup de main de temps en temps ?

— Oui, c'est Sara. Elle travaille ici du mercredi au samedi.

— Pensez-vous qu'elle pourrait tenir la boutique si vous partiez demain ?

— Oui, j'en suis presque sûre. Vous avez bien dit demain ?

— Oui. Je vais essayer d'avoir deux billets sur le Spirit of Tasmania. Je sais qu'il quitte Sydney tous les mardis.

Les beaux yeux de Holly pétillèrent enfin.

— La Tasmanie ! s'écria-t-elle avec enthousiasme. Oh, j'ai toujours rêvé d'aller là-bas ! J'ai vu un reportage à la télé sur cette croisière, ça a l'air merveilleux !

— Je suis heureux que l'idée vous plaise, dit Richard avant d'ajouter d'un ton empreint de gravité : êtes-vous vraiment sûre de vouloir faire ça, Holly ? Je veux dire, la boutique, le mariage et tout ce qui va avec… ?

Son visage s'éclaira. Elle releva son petit menton avec fierté.

— Sûre et certaine.

— Alors, c'est entendu.

13

— Regardez, Richard ! s'exclama Holly. Nous allons passer sous le Harbour Bridge ! N'est-il pas magnifique vu d'ici ?

Un sourire se peignit sur le visage de Richard. Ils se tenaient sur le pont arrière du Spirit of Tasmania en compagnie de quelques autres passagers. Baignée de soleil, Sydney leur offrait un spectacle extraordinaire au fil de l'eau.

— Je n'arrive pas à croire que tout soit allé aussi vite, reprit Holly en levant les yeux vers son séduisant compagnon. La boutique, ce voyage. Ma bague de fiançailles…

Son regard se posa sur le somptueux diamant qui brillait à son annulaire gauche.

— Ma mère me reproche souvent d'en faire trop, plaisanta Richard en suivant son regard.

Le sourire de Holly s'élargit.

— Moi, j'aime bien les hommes qui en font trop.

Elle aurait préféré lui avouer son amour, tout simplement, mais la nuit portant conseil, Holly s'était presque résignée à vivre son amour à sens unique. Richard appréciait sa compagnie, c'était évident. Et il s'investirait totalement dans leur mariage, n'était-ce pas l'essentiel ? Et puis, qui sait… avec le temps, le souvenir de sa première épouse finirait bien par s'estomper. Joanna n'était plus de ce monde alors qu'elle, Holly, était bel et bien là, en chair et en os, pour le chérir et veiller sur lui. Pour l'aimer.

Après tout, les miracles existaient. Qui aurait cru qu'elle

deviendrait un jour l'heureuse propriétaire d'Un Jour, une fleur ? Et qu'elle vivrait dans un luxueux appartement en compagnie d'un homme merveilleux — son mari et le père de ses futurs enfants ?

Le souvenir de la nuit passée lui arracha un frisson. Richard lui avait fait l'amour avec passion jusqu'aux premières lueurs de l'aube. Dans ses bras, elle découvrait sans cesse de nouveaux plaisirs, toujours plus enivrants.

Comme s'il devinait ses pensées, Richard l'attira contre lui.

— Si nous allions visiter notre cabine ? Nous avons tout juste pris le temps de poser nos valises avant de remonter…, lui chuchota-t-il dans le creux de l'oreille.

Holly poussa un soupir béat.

— D'accord… j'ai très envie de défaire mes valises.

Richard laissa échapper un rire fiévreux.

— Allons-y vite !

Ils quittèrent le pont main dans la main, souriant avec l'insouciance de deux adolescents en vacances. Ils avaient dix jours devant eux pour mieux se connaître. Dix jours qu'ils avaient l'intention de vivre intensément.

Le dimanche, Richard et Holly prirent la voiture et quittèrent le bateau pour visiter Hobart, la capitale de la Tasmanie. Située sur l'estuaire du fleuve Derwent, au sud-est de l'île, Hobart était considérée comme l'une des plus anciennes et des plus belles villes d'Australie.

— Ça me rappelle un peu les villes portuaires du sud de l'Angleterre, fit observer Richard comme ils longeaient lentement les quais.

— Je n'ai jamais quitté le pays, avoua Holly avec une grimace contrite. Il m'est donc impossible de comparer. C'est très pittoresque, en tout cas, et presque aussi grand que le port de Sydney, dit-elle en promenant son regard sur la multitude de bateaux amarrés aux nombreux pontons.

Richard acquiesça d'un signe de tête.

— Saviez-vous que Hobart est le deuxième port le plus profond du monde ?

— Quel est le premier ?

— Rio de Janeiro.

— Comment savez-vous tout ça ?

Il haussa les épaules.

— Je lis énormément et je possède aussi une excellente mémoire photographique. Ça m'a beaucoup aidé dans mes études.

— Je n'ai pas fait d'études, confessa Holly. Je n'ai même pas passé mon bac. En fait, j'ai quitté l'école à quinze ans pour travailler au magasin avec papa.

Elle se tut, submergée par un horrible sentiment d'infériorité.

— Vous devez me trouver bien inculte.

— Absolument pas, au contraire. Vous êtes une fille très intelligente, Holly. Jamais vous n'auriez réussi à tenir les livres de comptes du magasin si vous ne possédiez pas une vivacité d'esprit extraordinaire. Les diplômes ne sont pas forcément un signe d'intelligence, vous savez. Ils prouvent simplement une certaine capacité à retenir des faits et des données.

— C'est facile pour vous de dire ça, vous êtes bardé de diplômes, rétorqua Holly, emportée dans son élan. C'est comme les gens qui prétendent que l'argent ne fait pas le bonheur alors qu'ils en ont à ne plus savoir qu'en faire !

Holly regretta aussitôt son emportement. Jusque-là, leur séjour s'était déroulé comme dans un rêve, émaillé de visites, de longues promenades romantiques, de nuits d'amour à la fois tendres et enflammées, de conversations passionnantes. Ils ne s'étaient pas disputés une seule fois au cours du voyage.

Pourquoi diable fallait-il qu'elle gâche tout avec ses propos lourds de provocation ?

— Je suis désolée, Richard, reprit-elle précipitamment. Je regrette ce que je viens de dire. C'était déplacé de ma part. Je ne voudrais surtout pas paraître aigrie mais j'avoue que je suis un peu susceptible en ce qui concerne les études. Ma belle-mère n'arrêtait pas de se vanter auprès de mon père, elle était très fière de son diplôme d'arts plastiques ou de je ne sais trop quoi. Katie est allée à l'université, elle aussi, et bien sûr, c'est mon père qui a payé ses études.

— Je comprends parfaitement votre ressentiment, Holly, vous n'avez pas à vous excuser. Ceci dit, c'est un fait établi que les diplômes ne veulent parfois pas dire grand-chose. En ce qui concerne l'argent, tout le monde souhaiterait en avoir et je ne fais pas exception à la règle. Je travaille dur pour gagner le mien et j'avoue que j'apprécie le train de vie qu'il me permet de mener.

Il se tut un instant avant de la regarder de côté.

— Et puis, vous ne seriez pas là, à côté de moi, si je n'avais pas d'argent.

— Vous ne pouvez pas dire ça ! protesta Holly avec virulence. D'autres considérations sont entrées en ligne de compte, si vous voulez tout savoir. Je ne vous aurais pas fait cette folle proposition si vous ne m'aviez pas plu.

— Et si nous ne nous étions pas aussi bien entendus au lit, renchérit Richard avec un rire teinté d'ironie.

Au même instant, un pincement lui serra le cœur. C'était sa faute, pourtant. C'était lui qui l'avait entraînée dans cette relation placée sous le signe de la passion et de la sensualité. Il se faisait parfois l'effet du fameux arroseur arrosé…

Ils arrivèrent bientôt au Wrest Point Casino, l'un des plus beaux hôtels de Hobart. Perché sur un promontoire au bord de l'eau, la grande bâtisse circulaire proposait à ses clients des chambres de grand luxe, toutes dotées de vues imprenables sur le fleuve majestueux.

Holly avait raison, songea Richard en poussant la porte de leur suite, quelques minutes plus tard. L'argent facilitait sacrément la vie, il eût été hypocrite de le nicr.

Richard se dirigea vers l'immense baie vitrée pour admirer

la vue. Comme toujours lorsqu'ils se retrouvaient en tête à tête, une vague de désir le submergea. Mais cette fois, il résisterait.

Alerté par le silence qui régnait dans la pièce, il fit volte-face. Debout au milieu de la pièce, Holly semblait désemparée… et plus sexy que jamais.

Son short blanc et son T-shirt rose n'avaient pourtant rien d'indécent. Mais il y avait ses longues jambes fuselées, uniformément dorées, et ses cheveux qui cascadaient librement sur ses épaules, comme il aimait. Dépourvu de toute trace de maquillage, son visage couleur de miel rayonnait.

— Vous êtes en colère contre moi ? demanda-t-elle en plantant ses yeux dans les siens.

— Pas du tout.

— Dans ce cas, pourquoi agissez-vous comme ça ?

Richard fronça les sourcils, perplexe.

— Comme quoi ?

— Comme si vous n'aviez pas envie de me faire l'amour.

Une bouffée de chaleur envahit Richard et toutes ses belles résolutions partirent aussitôt en fumée.

— J'aimerais d'abord prendre une douche. Nous avons roulé toute la journée, j'ai besoin de me rafraîchir. Naturellement, vous êtes la bienvenue si vous voulez vous joindre à moi…

Qu'elle vienne lui faire l'amour, si elle le désirait tant… avec ses mains et avec sa bouche, si douce…

Il chercha son regard mais n'y trouva aucune réponse. Tout à coup, un sourire éblouissant éclaira son visage, balayant au passage tous ses doutes.

— Vous savez pertinemment que j'en meurs d'envie, susurra-t-elle d'un ton enjôleur.

Richard étouffa un soupir de soulagement.

— Il faudra être douce et patiente avec moi, plaisanta-t-il pour masquer son trouble. Ce voyage m'a épuisé.

— Pauvre Richard… Je crois qu'un bain vous ferait le plus grand bien. Je m'en occupe, déclara Holly avant de disparaître.

Richard ferma les yeux en entendant l'eau couler dans la

salle de bains attenante. Il allait la faire sienne entièrement, sans demi-mesure. A cette pensée, un long tremblement le parcourut.

— Vous venez ?

La voix sensuelle de Holly l'arracha à sa rêverie. Il ouvrit les yeux et retint son souffle. Elle se tenait dans l'embrasure de la porte, complètement nue.

Jamais elle ne lui avait semblé aussi belle ni aussi désirable.

— Avec plaisir, murmura-t-il en la rejoignant en quelques enjambées.

14

— Je suis désolée, Richard, déclara Holly en levant sur lui un regard empreint de gravité.

Sans qu'il puisse s'expliquer pourquoi, Richard sentit son cœur se serrer. En ce lundi matin ensoleillé, ils prenaient un café dans un bistrot du quartier chic de Hobart, à proximité du casino. Il se força à soutenir le regard de Holly et demanda d'une voix sourde :

— Désolée ? Pourquoi seriez-vous désolée ?

Les joues de la jeune femme s'empourprèrent légèrement comme elle reposait sa tasse dans la soucoupe.

— Je ne peux pas vous épouser. J'ai cru que ce serait possible mais je me suis trompée.

Un vent de panique souffla sur Richard.

— Pourquoi ?

— Parce que ça ne marchera pas, répondit-elle simplement.

— Pourquoi ? insista Richard, en proie à une immense confusion.

— Vous savez parfaitement pourquoi, je vous l'ai déjà dit. J'ai besoin d'un mari qui m'aime pour ce que je suis, moi, Holly Greenaway. Je suis un être humain, Richard, je ne suis pas un objet qu'on peut s'offrir et dont on dispose à sa guise. C'est l'impression que j'ai eue ce matin quand vous m'avez traînée dans toutes ces boutiques pour m'offrir une tonne de vêtements. C'est comme si vous aviez besoin de me payer en échange de services rendus… Et c'est la même chose pour la voiture que vous m'avez offerte avant de partir, ainsi que pour le magasin.

— Au cas où vous l'auriez oublié, le magasin, c'était votre idée. Le mariage aussi, d'ailleurs.

— Oui, vous avez raison, admit-elle. Je me suis laissée corrompre par votre argent, mea culpa. Et aussi par vos qualités d'amant. Mais il est temps que ça cesse. Je suis désolée pour la boutique. D'un autre côté, rassurez-vous, vous ne perdrez pas d'argent, c'est un excellent investissement à long terme. Je vous demande seulement la permission de rester dans l'appartement jusqu'à ce que je trouve autre chose.

Tout en parlant, elle avait ôté sa bague de fiançailles et elle la posa au milieu de la table.

Richard tombait des nues. Elle le rejetait. Elle ne voulait plus de lui.

La douleur qui lui étreignait le cœur était si intense qu'il eut envie de lui faire mal à son tour.

— Je vendrai ce fichu magasin, lança-t-il sans ménagement. Je n'aurais jamais dû l'acheter. Autant que vous le sachiez, maintenant : il n'y a jamais eu d'autre acheteur. C'était moi depuis le début.

Elle le dévisagea avec stupeur et pour la première fois depuis qu'il la connaissait, Richard devina ce qu'elle éprouvait : il y avait de l'incrédulité dans ses beaux yeux noisette. Et de l'indignation teintée d'une immense déception.

— Oh, Richard, articula-t-elle. Comment avez-vous pu faire ça ? Moi qui croyais que vous étiez un homme de parole !

Un sanglot lui échappa et, avant qu'il ait le temps de réagir, elle repoussa sa chaise et se leva.

— Oh, mon Dieu… il faut que je m'en aille, murmura-t-elle avant de courir vers la sortie.

Richard n'hésita qu'un bref instant avant de se lancer à sa poursuite. Il laissa tout derrière lui : la bague, leurs sacs. Rien ne comptait, à part Holly. Il fallait absolument qu'il la rattrape. Il lui expliquerait tout et la supplierait de bien vouloir lui pardonner.

— Holly ! s'écria-t-il en poussant la porte de la brasserie quelques instants après elle.

Elle s'immobilisa sur le trottoir et lui lança un regard tourmenté avant de reprendre sa course effrénée. Un crissement de pneus terrifiant déchira les tympans de Richard qui vit avec horreur une petite camionnette dévaler la rue en direction de Holly.

On dit que notre vie défile sous nos yeux juste avant de mourir. En l'occurrence, ce fut la vérité qui frappa Richard juste avant le drame.

Il l'aimait. Oui, il l'aimait comme il n'avait jamais aimé Joanna.

Cette certitude lui donna des ailes, un peu comme si un ange gardien l'avait soulevé à bras-le-corps pour le transporter de l'autre côté de la rue. En un éclair, il saisit Holly par la taille et, en un bond, l'écarta du danger.

Elle poussa un hurlement lorsqu'ils atterrirent contre le bord du trottoir opposé. Richard s'efforça d'amortir leur chute. Il ne cria pas. En son for intérieur, il remercia Dieu de l'avoir sauvée.

Très vite, des passants les encerclèrent pour s'assurer que tout allait bien. Le conducteur de la camionnette se précipita pour voir s'ils n'étaient pas blessés, des clients de la brasserie accoururent.

— Je… je crois que ça va, oui, balbutia Holly, sous le choc. Richard ? Comment vous sentez-vous ?

— Bien, assura-t-il alors qu'une douleur sourde traversait sa jambe.

— Vous saignez, reprit Holly en effleurant sa joue du bout des doigts.

Quelqu'un lui proposa un mouchoir en papier et il tamponna doucement sa pommette égratignée.

— Venez vous asseoir à l'intérieur, suggéra la propriétaire

de la brasserie. Une bonne boisson chaude vous fera le plus grand bien.

— Allons-y, Holly, murmura Richard d'un ton implorant.

Elle ferma les yeux, incapable de soutenir son regard. Il la prit alors par le bras et l'entraîna vers la brasserie. Ils retrouvèrent leur table comme ils l'avaient laissée un moment plus tôt. La bague brillait de mille feux entre les tasses vides.

La serveuse leur apporta deux autres cafés au lait.

— Voici de quoi vous remettre de vos émotions, dit-elle avant de s'éclipser.

Holly baissa les yeux sur sa tasse, incapable d'articuler le moindre mot.

— Vous n'auriez pas dû vous enfuir comme ça, Holly, murmura finalement Richard. Vous avez failli vous faire écraser.

— Je préfère mourir plutôt que d'épouser un homme comme vous.

— Ne dites pas ça, c'est terrible, dit Richard, soudain blême. Je vous aime, Holly. Vous n'allez pas me croire, bien sûr, mais c'est la vérité.

— Comment osez-vous mentir ainsi ? C'est odieux… Vous êtes odieux !

— Je suis entièrement d'accord avec vous. Je me suis conduit comme un imbécile. Mais je vous aime.

— Vous êtes incapable d'accepter une défaite, n'est-ce pas ? Vous ne m'aimez pas, déclara Holly d'un ton amer. Tout le monde sait que vous êtes toujours amoureux de Joanna. Votre mère le sait, vos amis aussi. Je ne suis qu'un moyen pour parvenir à vos fins.

— C'est faux ! protesta Richard avec force. Vous avez tort de croire que j'aime encore Joanna. Tous ceux qui le pensent ont tort. Si vous voulez la vérité, je la déteste. Ou plutôt, non, ma haine s'est envolée aussi. Je n'éprouve plus rien pour elle, c'est encore pire.

Holly le dévisagea d'un air abasourdi.

— Ça vous surprend, n'est-ce pas ? reprit-il avec de l'amertume dans la voix. Comment aurais-je pu avouer à la face du monde que j'étais marié à la plus volage, la plus infidèle des femmes ? Non, ça ne pouvait pas m'arriver à moi, Monsieur Réussite, ajouta-t-il en laissant échapper un rire plein d'autodérision. Comment avouer que ma femme était enceinte d'un autre homme au moment de l'accident qui lui a coûté la vie ? Oh, je m'étais presque fait une raison depuis sa disparition… Joanna avait eu une liaison passagère et elle avait l'intention de me faire croire que l'enfant était de moi. Mais Kim m'a remis les idées en place l'autre jour, lorsque je l'ai appelée pour qu'elle me dise la vérité, toute la vérité. Le jour de l'accident, Joanna se rendait à l'hôpital pour se faire avorter. Elle n'était même pas sûre de l'identité du père… ça pouvait être n'importe lequel des types avec qui elle avait couché durant mon absence. Quelle pensée rassurante, n'est-ce pas ? Ma femme, ma chère et tendre épouse, n'était en fait qu'une nymphomane sans scrupule !

Holly secoua la tête, effarée par l'horrible vérité.

— Oh, Richard, murmura-t-elle finalement, pleine de compassion pour cet homme qu'elle aimait tant.

A sa grande stupeur, des larmes brillèrent dans ses yeux gris.

— Ne pleurez pas, Richard, je vous en prie… Ne pleurez pas.

— Je ne pleure pas à cause de Joanna, Holly. Elle n'existe plus pour moi. Je pleure à l'idée de vous perdre, articula-t-il d'une voix nouée par l'émotion. Vous ne savez pas à quel point je vous aime…

Un mélange d'espoir et d'euphorie gonfla le cœur de Holly.

— Vraiment, Richard ? Vous m'aimez, c'est vrai ?

— Plus que tout au monde. Vous m'avez sorti du gouffre où je me complaisais bêtement. Vous m'avez instillé une précieuse dose d'espoir pour l'avenir. Vous m'avez montré que l'amour n'était pas forcément un sentiment égoïste.

Un silence chargé d'émotion suivit sa déclaration. Au bout de quelques instants, Holly se força à poser la question qui la tourmentait, désireuse de chasser tout malentendu.

— Dans ce cas, pourquoi avez-vous acheté le magasin ?

Il secoua la tête d'un air confus.

— C'était une erreur, je le reconnais. Kim venait de m'éclairer sur la véritable nature de Joanna et j'ai perdu la tête. J'avais besoin de vous, Holly. J'avais besoin de votre douceur et de votre gentillesse. Et oui, je l'avoue, j'avais envie de me perdre dans le désir que j'éprouve pour vous. J'étais trop aveuglé par la rancœur pour me rendre compte que ce que je ressentais pour vous ressemblait déjà à de l'amour. La vérité m'a sauté à la figure tout à l'heure, quand vous avez failli vous faire renverser par la camionnette. Je suis conscient d'avoir commis une bêtise avec le magasin et je sais qu'il vous sera difficile de me pardonner. Mais je vous en prie, Holly, donnez-moi une autre chance. Je ne vous laisse pas complètement indifférente, il me semble. Un jour, peut-être, vous apprendrez à m'aimer.

— Je ne crois pas, Richard, déclara Holly d'un ton posé.

Elle se tut pour s'emparer de la bague et la remettre à sa place, à son annulaire gauche. Le regard attristé de Richard se fit interrogateur. Holly s'empressa de le rassurer d'un sourire plein d'amour et de tendresse mêlés.

— Pour ma part, ça fait déjà bien longtemps que je vous aime, confessa-t-elle en tendant la main vers lui.

Il la serra fort entre les siennes tandis que de nouveau, son regard s'embuait. Cette fois, Holly ne fut pas surprise. Simplement convaincue. Un homme qui osait pleurer pour une femme méritait toute sa confiance. Et tout son amour.

15

— Merci d'avoir accepté de me conduire à l'autel, Melvin, murmura Holly d'un ton ému.

— Tout le plaisir est pour moi, ma chère.

Le sourire de Holly s'épanouit. Melvin était vraiment un homme adorable. Mme Crawford et lui avaient surpris tout le monde en se mariant pendant leur périple à l'étranger. Cela faisait déjà quelques semaines qu'ils étaient rentrés et Holly n'avait jamais vu de couple plus heureux.

A part Richard et elle, bien sûr, songea-t-elle avec un soupir de pure félicité. Ils filaient le parfait amour, tous les deux, et leur bonheur s'était encore épanoui lorsqu'ils avaient appris le mois dernier qu'elle attendait un bébé — un bébé conçu durant leur séjour en Tasmanie… où Holly avait oublié d'emporter sa pilule. N'appelait-on pas cela un « acte manqué », en psychanalyse ? Toujours est-il que cet enfant les comblait déjà de joie.

— Vous n'êtes pas trop nerveuse ? reprit Melvin à mi-voix en lui prenant le bras.

— Un peu, si, concéda Holly.

Il lui tapota affectueusement la main.

— Vous n'avez aucune raison de vous inquiéter. Vous êtes resplendissante et vous vous apprêtez à épouser un homme remarquable.

Holly en était déjà intimement convaincue. Malgré tout, son cœur battit à coups redoublés lorsqu'elle risqua un coup d'œil en direction de la nef.

Son regard se posa d'abord sur Alanna et Sara qui remontaient l'allée centrale d'un pas mesuré. Toutes deux rayonnaient d'élégance dans leurs longues robes de satin rouge, assorties à la couleur du bouquet de roses que Holly tenait dans ses mains, comme un clin d'œil au jour de sa rencontre avec Richard.

Les bouquets des demoiselles d'honneur étaient composés de roses blanches pour rappeler la robe de Holly, coupée dans un satin d'un blanc éclatant. C'était une robe de mariée à la fois traditionnelle et raffinée, avec une longue jupe bouffante et un corsage qui épousait parfaitement ses formes féminines. Le décolleté bateau plongeait légèrement vers le creux de ses seins tandis que les longues manches ajustées mettaient en valeur la délicatesse de sa silhouette. Son voile en tulle blanc se prolongeait en une longue traîne ourlée de perles minuscules.

Alanna et Sara avaient applaudi en l'apercevant, tout à l'heure. Elle ressemblait à une princesse, avaient-elles clamé avec enthousiasme. Mais c'était surtout l'avis de Richard qui la préoccupait en cet instant précis.

En proie à une soudaine agitation, elle aperçut enfin les trois hommes qui se tenaient à côté du prêtre, devant l'autel.

Tous trois étaient infiniment séduisants dans leurs costumes sombres — même Mike qui s'était rasé de près pour l'occasion ! C'était un personnage hors du commun, ce Mike. Entier, un brin torturé, il possédait une nature intéressante pour qui aimait ce genre d'individu.

Dieu merci, Sara — qui lui servait de cavalière en ce jour exceptionnel — était totalement hermétique à son charme suave. Son mari n'aurait guère apprécié qu'il en soit autrement, soit dit en passant.

Egal à lui-même, Reece était beau et radieux comme un acteur de cinéma. Alanna et lui formaient un couple magnifique. Depuis leur première rencontre, Holly avait appris à apprécier l'ami de Richard. Quant à Alanna, celle-ci était vite devenue une amie précieuse et attentionnée.

Le regard de Holly se posa finalement sur Richard. Elle

déglutit avec peine. Il était d'une beauté à couper le souffle. Pourtant, elle le connaissait suffisamment à présent pour déceler en lui un soupçon de nervosité. Il y avait d'abord ses mains qu'il tenait devant lui, pressées l'une contre l'autre. Et sa bouche aussi, empreinte de gravité.

A la vérité, Holly fut presque rassurée de constater qu'il était aussi nerveux qu'elle le jour de son mariage.

Comme les larmes qu'il avait laissées couler en Tasmanie, sa nervosité était pour elle une nouvelle preuve de son amour. Oui, Richard l'aimait. Passionnément. De tout son cœur.

« Tu l'aurais adoré, papa », pensa-t-elle en marchant avec grâce vers son bien-aimé.

Assise au premier rang, Mme Crawford la gratifia d'un sourire radieux lorsqu'elle passa devant elle. Elle paraissait incroyablement jeune dans son tailleur de soie jaune d'or.

Ils ne lui avaient pas encore annoncé qu'elle aurait bientôt la joie d'être grand-mère mais il ne faisait aucun doute qu'elle serait aux anges.

Une bouffée d'allégresse gonfla le cœur de Holly. Elle portait en elle l'enfant de Richard. Dans quelques mois, ils formeraient une vraie famille, tous les trois. Cela faisait si longtemps qu'elle aspirait à ce bonheur !

Tandis que le cortège remontait la nef, Alanna fit un pas sur le côté et Richard découvrit enfin sa future épouse.

Il retint son souffle.

— J'ai eu tort, je le reconnais, Rich, murmura Reece en se penchant légèrement vers lui. Holly est la femme qu'il te faut, cela ne fait aucun doute.

— Elle est trop jeune pour lui, si tu veux mon avis, dit Mike, taquin.

Comme Reece lui décochait un coup de coude dans les côtes, il concéda d'un ton bourru :

— D'accord, d'accord, elle est folle de lui. Ça crève les yeux. Mais il y a pire : je crois bien que Richard l'aime aussi.

— Et alors, quel mal y a-t-il à ça ? demanda Reece.

— Taisez-vous, les gars, ordonna Richard. Au cas où vous ne l'auriez pas remarqué, je suis sur le point de me marier.

Et c'était un vrai mariage, cette fois, songea-t-il comme Holly le rejoignait. Un mariage d'amour.

Il sentit son cœur chavirer et tendit la main vers elle. Elle lui sourit — c'était un sourire désarmant, à la fois timide et débordant d'amour. Conquis, Richard se détendit enfin.

— Tu es magnifique, murmura-t-il d'un ton admiratif. Belle à enchaîner à tout jamais un homme.

— Merci.

« C'est moi qui devrais te remercier, mon amour, pensa-t-il comme ils se tournaient ensemble vers le prêtre. Merci de m'aimer. Merci de m'avoir pardonné. Merci de me faire confiance. »

« Je ne t'abandonnerai jamais, promit-il en son for intérieur tandis que le prêtre entamait son sermon sur le lien sacré du mariage. Je veillerai sur toi et je te chérirai jusqu'à mon dernier souffle… »

MIRANDA LEE

L'épouse bafouée

INTÉGRALE

3 MILLIARDAIRES À MARIER

Traduction française de
MARIE CHABIN

SAGAS

HARLEQUIN

Titre original :
THE TYCOON'S TROPHY WIFE

Ce roman a déjà été publié en 2006

Prologue

Sydney. Mois de septembre. Printemps.

A l'entrée du cimetière, Alanna hésita un instant, contrariée de sentir son estomac se nouer.

« C'est juste une impression », songea-t-elle en se forçant à avancer.

Les spasmes s'accentuèrent lorsqu'elle s'immobilisa devant la tombe. Malgré tout, elle était bien décidée à exprimer tout ce qu'elle avait sur le cœur. Afin de pouvoir tourner la page, définitivement.

— Cinq ans se sont écoulés depuis ma dernière visite, commença-t-elle à l'intention de l'homme enterré là. Cinq longues années terriblement éprouvantes. Aujourd'hui, je suis venue te dire que tu avais perdu, Darko. J'ai survécu. Le temps est un baume formidable et j'ai enfin trouvé en moi la volonté d'avancer… Une volonté d'acier dont je ne soupçonnais pas l'existence. J'ai pris ma vie à bras-le-corps. Moi, et personne d'autre, ajouta-t-elle avec véhémence tandis que ses doigts se crispaient sur les anses de son sac à main. Je me suis remariée, Darko. Oui, tu as bien entendu. Je suis la femme d'un autre homme. De quoi te retourner dans ta tombe, n'est-ce pas ? Bien sûr, il n'est pas question d'amour dans mon couple. Faudrait-il que je sois complètement idiote pour retomber dans ce piège ? Mais nous nous apprécions et nous nous respectons, Reece et moi. Et surtout, il n'essaie ni de me posséder, ni de me diriger.

Il me fait confiance et désire simplement que je sois heureuse. Ça ne le dérange pas que je sorte avec mes amies de temps en temps. Ça ne le dérange pas que je porte des vêtements sexy. En fait, il m'en offre souvent. Regarde, c'est lui qui m'a acheté le tailleur que je porte aujourd'hui. Il aurait été hors de question que je sorte comme ça avec toi, non ? Reece, lui, adore me voir dans ce genre de tenue.

Relevant la tête d'un air provocant, elle virevolta sur elle-même, fière de sa longiligne silhouette moulée dans un ensemble de soie crème. La minijupe dévoilait ses jambes fuselées. La veste enserrait sa taille délicate et plongeait insolemment dans le creux de sa poitrine haut perchée.

— T'ai-je dit que mon mari, en plus d'être riche à millions, était un homme extrêmement séduisant et sexy ? Il n'est peut-être pas amoureux, mais il me fait l'amour comme un dieu, toutes les nuits, juste pour me donner du plaisir. Tu m'entends, Darko ? lança Alanna en dardant sur la pierre tombale un regard plein de défi, alors même qu'une sourde douleur lui déchirait le cœur.

Elle ravala péniblement les larmes qui lui nouaient la gorge. Le temps des pleurs était passé.

— Oh, j'ai une dernière chose à te dire avant de te laisser, reprit-elle d'une voix plus posée. Nous voulons un enfant. Tous les hommes ne sont pas comme toi, Darko. Reece ne considérera pas son enfant comme un rival. Il l'aimera sans arrière-pensée, sans la moindre once de jalousie. D'ailleurs, il n'est absolument pas jaloux. Oh, je sais ce que tu penses : il n'est pas jaloux parce qu'il ne m'aime pas, c'est ça, hein ? Tu sais quoi, Darko ? Jamais plus je ne veux être aimée comme toi tu m'as aimée. Et puis, Reece m'aime, à sa manière. Et je l'aime aussi, de la même façon. Il me rend heureuse, ce que tu n'as jamais réussi à faire malgré tout l'amour que tu prétendais me porter.

Alanna prit une grande bouffée d'air qu'elle exhala lentement, soulagée. Elle n'avait plus mal au ventre.

— Ma mère dit que je devrais te pardonner, que tu avais des circonstances atténuantes. J'en suis incapable. Ce que tu as fait est impardonnable. Je vais partir, Darko, et cette fois, je ne reviendrai plus. Tu fais partie de mon passé, désormais… et je ferai tout mon possible pour ne plus jamais penser à toi.

1

L'organiste entama la marche nuptiale, signalant à l'assemblée que la mariée était enfin arrivée. Elle n'avait qu'un quart d'heure de retard, observa Reece en jetant un coup d'œil à sa montre. Mais ces quinze minutes avaient plongé le futur marié dans un état de nervosité impressionnant.

— Que le spectacle commence ! lança-t-il en souriant à Richard qui s'était redressé aux premières mesures de la marche, tenant ses mains devant lui, serrées l'une contre l'autre.

— Tu as les alliances ? demanda celui-ci dans un murmure à peine audible.

Reece tapota la poche droite de sa veste de smoking.

— Bien sûr. Détends-toi, ajouta-t-il en posant une main rassurante sur le bras de son ami. Je sais ce que c'est, je suis déjà passé par là.

— Mais Richard aussi, railla Mike, posté à sa droite.

Reece tourna légèrement la tête pour le gratifier d'un regard réprobateur. Mike était un type foncièrement gentil, mais sa vision cynique de l'amour et des relations sentimentales s'avérait parfois exaspérante. En ce jour précis surtout, ses remarques étaient parfaitement déplacées. Il était évident que Richard et Holly s'aimaient passionnément. Leur union n'avait rien à voir avec le simulacre de mariage qui avait uni Richard à sa première femme, Joanna… Celle-ci, soit dit en passant, n'avait jamais incarné l'épouse idéale.

Reece n'oublierait jamais cette soirée où elle lui avait fait des avances. S'il n'en avait pas parlé à Richard, l'incident l'avait profondément perturbé à l'époque, à tel point qu'il avait tout fait pour éviter la jeune femme par la suite.

Lorsque celle-ci avait péri dans un accident de voiture deux ans plus tôt, il avait compati au chagrin de son ami, bien sûr. Mais tout au fond de lui, il avait presque béni le ciel d'avoir ainsi donné une seconde chance à Richard.

Quoi qu'il en soit, le premier mariage de son ami appartenait désormais au passé. Ils étaient en train de vivre un grand jour, symbole d'un nouveau départ, et une bouffée d'optimisme gonfla le cœur de Reece lorsqu'il songea à la seconde épouse de son ami.

En faisant la connaissance d'Holly quelques mois plus tôt, il avait craint qu'elle ne soit trop jeune, trop naïve pour un homme comme Richard. A trente-huit ans, ce dernier dirigeait d'une main de fer une grande banque d'affaires tandis qu'Holly, âgée de vingt-six ans, exerçait le métier de fleuriste. Quel écart entre ces deux mondes ! Dieu merci, ses doutes s'étaient vite dissipés. Holly était exactement ce qu'il fallait à Richard après le décès de Joanna : une jeune femme douce, tendre et aimante. Jolie à croquer, pour couronner le tout !

Nul doute qu'elle ferait une mariée adorable.

Les pupilles de Reece s'étrécirent comme il lançait un coup d'œil vers l'entrée de l'église, curieux de découvrir les demoiselles d'honneur. Mais le soleil entrait à flots par les grandes portes ouvertes, inondant la nef d'une lumière éblouissante. Pendant quelques instants, il ne vit que des silhouettes remonter sans bruit vers l'autel.

La première demoiselle d'honneur apparut enfin dans son champ de vision, élégamment vêtue d'une longue robe rouge qui mettait en valeur sa silhouette déliée. Elle tenait entre ses mains un petit bouquet de roses blanches. Des cheveux auburn, brillants comme la soie, encadraient l'ovale délicat de son visage.

Reece ne la connaissait pas personnellement mais il savait

que c'était une amie d'Holly, fleuriste comme elle. Sara devait avoir une trentaine d'années et était mariée, d'après ce que lui avait dit Alanna la veille au soir.

« Pourvu qu'elle soit heureuse en couple », songea-t-il en jetant un coup d'œil furtif en direction de celui qui lui servait de cavalier. Mike affichait un air étonnamment distingué pour l'occasion. Décidément, une bonne coupe de cheveux, un coup de rasoir et un smoking opéraient des miracles ! En temps normal, Mike ressemblait plutôt aux malfrats qui hantent les vieux westerns italiens. Mais aussi bizarre que cela puisse paraître, il rencontrait un certain succès auprès d'une certaine catégorie de femmes — de celles qui aimaient les hommes virils et bourrus, sans doute. Mike, rapidement lassé par ses conquêtes, collectionnait les aventures sans lendemain. Sa dernière petite amie en date — une danseuse « exotique » — n'avait pas passé le cap du mois. Peut-être était-ce le lot de ce surdoué de l'informatique, trop génial pour supporter la routine…

— Tu as intérêt à te tenir à carreau avec ta cavalière, murmura-t-il à l'intention de Mike. C'est une femme mariée.

— Ça ne leur pose pas de problème, en principe, répliqua Mike d'un ton ironique. Mais rassure-toi, personnellement, je les évite comme la peste. Elles ne m'apportent que des ennuis.

— Il semblerait que tu aies une certaine expérience en la matière.

— Disons que j'ai échappé une fois à une situation plutôt scabreuse.

— Je la connais ? demanda Reece, piqué dans sa curiosité.

— Je ne crois pas que ce soit le moment d'en parler.

Comme il dévisageait Mike d'un air interrogateur, ce dernier hocha imperceptiblement la tête en direction de Richard qui regardait droit devant lui, indifférent aux chuchotements de ses amis.

— Joanna ? fit Reece dans un souffle.

— Bingo.

— Elle a aussi essayé avec moi, avoua-t-il.
— Sans blague ? Quelle garce…
— Une très jolie garce, cela dit.
— Ce sont les plus dangereuses, marmonna Mike.

Au même instant, la deuxième demoiselle d'honneur fit son apparition et Reece en eut le souffle coupé. Voilà ce qu'on appelait une très jolie femme. Une femme incroyablement belle, même…

Mais ce n'était pas nouveau pour lui. Cela faisait neuf mois qu'elle était sa femme…

Il s'efforça d'ignorer l'aiguillon de la jalousie qui lui transperça le cœur, lorsqu'il vit tous les regards masculins suivre avec un plaisir évident la gracieuse progression d'Alanna.

C'était incroyable. Jamais encore il n'avait éprouvé ce dangereux sentiment, pas même lorsqu'elle exhibait sa frêle silhouette de mannequin dans les robes de soirée provocantes qu'il choisissait pour elle.

En comparaison, la tenue qu'elle portait aujourd'hui était d'une sobriété confondante. Et pourtant, le résultat n'en était que plus sexy. Ainsi, c'était vrai : ce qui était dissimulé ou tout juste suggéré s'avérait plus troublant que ce qu'on montrait sans pudeur…

A moins qu'il ne s'agisse de la couleur.

C'était la première fois qu'il voyait Alanna porter du rouge. Elle portait d'ordinaire des teintes plus douces, plus neutres. Mais Holly avait décidé que ses demoiselles d'honneur porteraient du rouge pour une raison d'ordre sentimental, semblait-il. Il était question d'un bouquet de roses rouges sans lequel elle n'aurait jamais rencontré Richard…

Eclatante, la couleur contrastait divinement avec le teint de porcelaine et la chevelure dorée d'Alanna.

La coupe de la robe était d'une élégante simplicité. C'était un fourreau qui épousait ses courbes sans les mouler. Le décolleté bateau dévoilait ses épaules crémeuses mais dissimulait pudiquement le creux de ses seins. Les manches étaient longues et droites car c'était le mois de juin. Et à Sydney, le mois de juin est un mois d'hiver.

Dieu merci, le temps était plutôt clément même s'il régnait à l'intérieur de la vieille église un froid sec et mordant.

Parvenue au bout de l'allée centrale, la première demoiselle d'honneur s'écarta sur le côté et Reece put contempler à loisir le visage de sa femme. Un visage d'une beauté parfaite, à la fois pur et classique. Elle avait un front haut, un menton qui pointait délicatement, des pommettes saillantes et un petit nez droit, très légèrement retroussé. Ses yeux verts en amande étaient bordés de longs cils naturellement recourbés. Ses lèvres pleines paraissaient encore plus sensuelles peintes en rouge. Elle avait un teint diaphane, éclatant de santé.

Le regard voilé de Reece glissa sur son corps élancé, le dépouillant mentalement de cette incroyable robe rouge pour l'imaginer comme il la préférait : nue, sans aucun artifice.

Alanna possédait tout ce qui avait toujours attisé son désir : un corps mince et ferme, des jambes fuselées, interminables, des fesses rondes et musclées et une poitrine menue et haute.

Physiquement, il devait avouer qu'elle ressemblait beaucoup à Kristine. C'était d'ailleurs en partie pour cela qu'il l'avait demandée en mariage. Jamais il n'aurait pu imaginer se marier avec une femme qui ne l'attirait pas physiquement. L'autre raison était moins avouable car elle était née d'un besoin de se venger qu'il s'efforçait pourtant de dominer… Mais c'était ainsi : Alanna était encore plus belle que son ex-fiancée et ce constat l'emplissait de fierté. Et elle, en plus, voulait fonder une famille.

Tandis que ces pensées tourbillonnaient dans son esprit, il s'efforça de faire resurgir les sentiments de vengeance qui l'avaient poussé à épouser Alanna, presque un an plus tôt.

A son grand étonnement, il n'y parvint pas.

La stupéfaction fut vite remplacée par une immense bouffée de soulagement. C'était la preuve qu'il avait définitivement rayé Kristine de son esprit. Qu'elle aille au diable… Après tout, c'était bien ce qu'elle méritait.

La seule femme qui comptait pour lui désormais était la superbe créature en rouge qui remontait lentement l'allée. Sa femme. L'éblouissante, la mystérieuse, la fascinante Alanna.

Quelques années plus tôt, Reece aurait interprété son accès de jalousie comme une preuve d'amour. Mais il avait fêté son trente-sixième anniversaire et, à cet âge-là, un homme un tant soit peu sensé ne confondait plus le besoin de possession avec les grands sentiments. Il aimait beaucoup Alanna et lui vouait un profond respect. De là à parler d'amour…

Non. Il n'éprouvait aucun élan romantique quand il la regardait. Et c'était une bonne chose parce que l'amour n'entrait pas en ligne de compte dans leur union. Alanna s'était montrée particulièrement insistante à ce sujet. Il ne serait pas question de sentiments entre eux.

Devant son étonnement, elle lui avait confié qu'elle avait été follement amoureuse de son défunt mari. Oui, ç'avait été l'amour de sa vie, tragiquement décédé dans un accident de voiture. Il était hors de question qu'elle goûte de nouveau aux affres de l'amour.

Au cours de leur premier rendez-vous, Alanna s'était livrée sans faux-semblants. Elle avait cru un moment qu'elle ne se remarierait jamais mais alors qu'elle approchait de la trentaine, son envie de fonder une famille avait resurgi avec force. Des enfants, un mari, un foyer, voilà ce qu'elle désirait. Mais en aucun cas elle n'aspirait à tomber amoureuse, avait-elle répété avec insistance.

C'était précisément pour cette raison qu'elle s'était adressée à l'agence de rencontres on line *Une femme pour la vie*. Ce site avait pour mission de mettre en relation des chefs d'entreprise et des cadres supérieurs avec de jolies jeunes femmes cultivées, désireuses de fonder une famille. Bien qu'il se produisît parfois de véritables coups de foudre, au dire de la directrice de l'agence, il s'agissait dans l'ensemble d'unions de tête plutôt que de cœur ; des mariages de raison, comme on disait jadis.

C'était exactement ce que recherchait Reece en s'inscrivant à l'agence un an plus tôt. Pour lui non plus, l'amour n'entrait pas dans ses préoccupations.

A l'époque, Alanna incarnait tout ce qu'il désirait : une sublime créature qu'il pourrait exhiber fièrement à son bras comme un trophée, un pansement pour son ego blessé, un atout de taille dans sa réussite professionnelle, et un instrument de vengeance idéal.

Il avait veillé à ce que les photos de leur mariage paraissent dans tous les magazines haut de gamme de la presse people. Promoteur immobilier en vogue, il n'avait eu aucun mal à convaincre les journalistes d'assister aux flamboyantes réceptions qu'il avait données chez lui. Des clichés de ces mémorables soirées émaillaient régulièrement les pages mondaines des magazines d'actualité… Et la sculpturale Alanna se tenait toujours à son côté, rayonnante.

Les premiers temps, il avait pris un malin plaisir à imaginer la mine déconfite de Kristine devant ces photos. Kristine, consignée auprès du bellâtre vieillissant qu'elle lui avait préféré… Son ex-fiancée avait sans aucun doute regretté plus d'une fois d'avoir prématurément rompu leurs fiançailles. A sa décharge, comment aurait-elle pu imaginer qu'il deviendrait multimillionnaire trois ans à peine après avoir frôlé la faillite ?

Pauvre Kristine, songea Reece avec cynisme. Si seulement elle s'était montrée loyale et confiante… Au lieu de quoi, elle avait préféré se jeter dans les bras d'un producteur sur le retour qui avait la réputation de remplacer ses petites amies starlettes à peu près tous les ans.

Il fut un temps où la nouvelle de leur rupture l'aurait empli d'une joie fielleuse. Mais sans même s'en apercevoir, au fil des semaines puis des mois, il avait cessé de songer à Kristine.

Quand s'était produit ce petit miracle ? Quelques mois plus tôt, sans doute ; il était incapable de le dater avec précision.

Il fallait bien admettre qu'il aurait été difficile de rêver à une autre femme quand on était marié à une créature aussi fascinante qu'Alanna.

Car en plus de sa beauté plastique, époustouflante, elle possédait une personnalité hors du commun. Elle ne lui posait jamais de questions, ne cherchait pas à savoir ce qu'il faisait pendant ses journées de travail. Elle ne boudait pas non plus lorsqu'il rentrait plus tard que d'habitude ou partait en voyage d'affaires de façon inopinée. Elle entretenait leur maison à merveille, incarnait l'hôtesse idéale aux yeux de tous, et se transformait, la nuit, en amante tendre et passionnée. Que demander d'autre ? A bien y réfléchir, ils formaient un couple parfait.

En fait, l'amour aurait tout gâché.

Absorbé dans la contemplation de sa somptueuse épouse, Reece s'avoua pourtant qu'il était *physiquement* attaché à Alanna.

Il l'avait désirée dès l'instant où il avait posé les yeux sur elle. Mais aujourd'hui, le désir qu'il éprouvait prenait un tour plus intense, plus impétueux.

C'était la faute de cette satanée robe, sans aucun doute. Plus précisément, de sa couleur. Le rouge n'était-il pas considéré comme la couleur de la tentation… Du danger ?

Il serait incapable de patienter pendant toute la réception… Il n'avait qu'une hâte : lui arracher cette fichue robe et lui faire l'amour avec ardeur.

Oui, mais il était le témoin du marié et Alanna une des demoiselles d'honneur. Jamais on ne leur pardonnerait de s'éclipser avant la fin de la fête… D'ailleurs, Alanna refuserait de le suivre. Cela faisait des semaines qu'elle aidait Holly à préparer la réception. Lorsqu'elle s'était levée, à l'aube, pour s'assurer que tout était fin prêt, on aurait dit une enfant au matin de Noël.

Une idée follement excitante surgit tout à coup dans son esprit enfiévré : peut-être réussirait-il à la convaincre de s'éclipser discrètement un instant. Dans une chambre inoccupée ou des toilettes, peut-être ?

C'était le moment de s'adonner à ce genre de fantaisie, songea-t-il, tandis qu'une onde de chaleur l'envahissait. Avant qu'Alanna tombe enceinte. Cela faisait trois mois qu'ils essayaient d'avoir un bébé. En vain, pour le moment. Mais tôt ou tard, ils réussiraient.

Plongé dans ses pensées, il prit soudain conscience du regard d'Alanna qui le fixait en fronçant les sourcils, tout en avançant vers l'autel. Ses pensées se reflétaient-elles sur son visage ? Probablement.

Submergé par une bouffée de culpabilité, il s'empressa d'afficher un de ces sourires éclatants qu'il utilisait tous les jours au travail, avec un succès jamais démenti.

— Tu es magnifique, articula-t-il à l'intention de son épouse.

Lorsqu'elle le gratifia à son tour d'un sourire radieux, il sentit son ventre se contracter. Par miracle, il réussit toutefois à conserver son sourire, comme si de rien n'était.

Malgré son allure désinvolte et son physique de jeune premier, Reece avait toujours été en proie à des émotions fortes, parfois incontrôlables. Depuis sa plus tendre enfance, ses envies et ses impulsions avaient guidé ses pas. Quand il désirait quelque chose, c'était toujours dans l'excès. Quand il tombait amoureux, c'était toujours passionnément.

Lorsque Kristine l'avait quitté, il était devenu fou de désespoir et de jalousie. Même si personne dans son entourage ne s'était douté du tourbillon d'émotions qui le secouaient sans ménagement, Reece s'était senti consumé par le besoin irrépressible de répliquer, de quelque manière que ce soit. Oui, il avait voulu se venger de la femme qui l'avait si lâchement trahi. D'abord en regagnant sa fortune. Ensuite en se mariant.

Par une chance inouïe, son mariage avec Alanna s'était avéré une vraie réussite. Il aurait très bien pu déboucher sur un échec retentissant.

Incapable de détacher son regard de sa ravissante épouse,

il se trouva de nouveau en butte à d'étranges pensées. Que portait-elle sous cette incroyable robe rouge… ?

L'apparition d'Holly à l'entrée de l'église l'arracha à ses songeries érotiques pour le ramener au présent, délicieusement romantique.

La jeune mariée était jolie comme un cœur. Un sourire étira ses lèvres lorsqu'il vit le marié retenir son souffle. Sous ses apparences de banquier froid et austère, Richard était un grand romantique. A la fois sentimental et idéaliste.

Visionnaire, aussi, ce en quoi Reece lui serait éternellement reconnaissant. Si Richard ne s'était pas risqué en dehors des sentiers battus et rebattus de la haute finance, il serait aujourd'hui sur la paille. Car c'était bel et bien Richard qui avait accepté de le soutenir financièrement quand toutes les autres banques lui tournaient le dos. Sans l'ombre d'une hésitation, il lui avait accordé tous les prêts qu'il sollicitait jusqu'à ce que le marché de l'immobilier redécolle enfin pour connaître un succès exponentiel. C'était la main de l'amitié que lui avait tendue Richard à cette époque-là, Reece n'était pas près de l'oublier.

— J'ai eu tort de douter, je l'avoue, murmura-t-il en se penchant vers son ami. C'est exactement la femme qu'il te fallait.

— Elle est bien trop jeune pour lui, bougonna Mike.

Il étouffa un grognement lorsque Reece lui décocha un coup de coude dans les côtes.

— D'accord, d'accord, elle est folle amoureuse de lui, reprit Mike d'un ton bourru. Ça crève les yeux. Le pire, c'est que je crois qu'il l'aime aussi.

— Et alors, où est le problème ? demanda Reece.

— Taisez-vous, tous les deux, intervint Richard. Au cas où vous ne l'auriez pas remarqué, je suis sur le point de me marier.

Reece foudroya Mike du regard mais ce dernier se contenta de hausser les épaules d'un air désinvolte.

Lorsque Richard avança d'un pas pour prendre la main

de sa future épouse, Reece aperçut l'expression d'Holly à travers son voile.

Ce qu'il lut dans son regard aurait dû l'emplir de joie pour son ami car c'était indéniablement de l'amour qui éclairait ses grands yeux pétillants. Alors pourquoi se sentait-il tout à coup aussi… désemparé ? Il n'éprouvait tout de même pas de l'envie en cet instant précis… n'est-ce pas ?

Ce n'était pourtant pas impossible. Aucune femme ne l'avait encore jamais regardé ainsi, avec cette espèce d'adoration aveugle, de confiance béate. Pas même Kristine au meilleur de leur relation. Et certainement pas Alanna.

Il jeta un coup d'œil à sa femme qui se tenait à côté de la jeune mariée. Le voile d'Holly empêcha leurs regards de se rencontrer.

C'était peut-être mieux ainsi, songea-t-il, soudain morose. Les yeux d'Alanna n'exprimeraient jamais de sentiments aussi intenses. Tout au mieux pouvait-il espérer y lire le feu d'un désir brûlant.

Il eut soudain hâte d'allumer cette flamme, de se perdre dans son regard embrumé de volupté. Ce ne serait pas aussi puissant que l'amour, certes… Mais il saurait s'en contenter.

2

— Tu vois ? fit Alanna en gratifiant Mike d'un sourire triomphant. Tu sais danser. Tu as même le rythme dans la peau.

Plusieurs fois d'affilée, Mike avait décliné les invitations de ses amies, et Alanna en était arrivée à la conclusion qu'il s'esquivait parce qu'il ne savait pas danser. Aussi, lorsqu'elle l'avait vu assis tout seul à la table des mariés, l'air maussade, avait-elle décidé d'en avoir le cœur net. Après avoir suggéré à Reece d'inviter Sara, elle avait entraîné Mike sur la piste de danse.

La réception se tenait dans une immense demeure edwardienne aux parquets cirés, idéals pour valser.

— Il faut dire que j'ai un bon professeur, plaisanta Mike en levant enfin les yeux de ses pieds.

— Et tu es un excellent élève. Tu vas pouvoir emmener ta petite amie en boîte de nuit, maintenant.

— Je n'ai personne en ce moment.

— Ah bon ? Ça ne te ressemble pas, dis donc.

— J'ai trop de boulot.

— Tu travailles sur quelque chose de particulier ?

— Sur un nouveau logiciel antivirus. Je vais gagner une petite fortune grâce à lui. Enfin, si je trouve une boîte qui accepte de le commercialiser.

— Pourquoi pas la tienne ? demanda Alanna en faisant allusion à la petite mais très lucrative entreprise d'informatique que Mike avait créée et dont Reece et Richard étaient actionnaires.

— Parce qu'elle n'est pas assez importante. Pour ce coup-là, il me faut une grosse entreprise internationale. Américaine, de préférence. Dès que j'aurai jeté mon dévolu sur une boîte, je demanderai à Richard de mener les négociations. Il est bien meilleur que moi dans ce domaine.

— Mais il sera en voyage de noce tout le mois prochain, fit remarquer Alanna. Il emmène Holly en Europe.

— Il n'y a pas d'urgence. Le logiciel n'est pas encore tout à fait au point, je dois le tester à fond pour m'assurer qu'il n'y a aucune faille.

— Je vois.

Bien qu'elle ait quitté son poste de directrice des relations publiques après avoir épousé Reece — après tout, c'était un métier à plein temps d'être Mme Diamond ! —, Alanna continuait à gérer les frais de la maison sur son ordinateur. Cela dit, l'outil informatique demeurait parfois pour elle un véritable mystère.

— Tu sais quoi ? J'ai l'impression que Reece n'apprécie pas vraiment que tu sois en train de danser avec moi, marmonna soudain Mike entre ses dents.

— Pardon ?

Incrédule, Alanna balaya la salle du regard pour repérer son mari qui dansait toujours avec Sara. Même de dos, il se distinguait aisément du reste des convives, avec sa haute stature et sa chevelure claire. Lorsque, enfin, il tournoya sur lui-même et que leurs regards se nouèrent, elle fut stupéfaite de voir son beau visage, d'habitude si amène, assombri par la contrariété.

— C'est bien ça, confirma Mike. Il est jaloux.

Un frisson parcourut la jeune femme.

— Ne raconte pas n'importe quoi, objecta-t-elle d'un ton sec. Reece ne possède pas une once de jalousie en lui.

— Je t'en prie, Alanna, ouvre les yeux, bon sang ! Tu es

une femme splendide. Si nous étions mariés, je ne supporterais pas de te voir dans les bras d'un autre. Ce n'est pas parce que votre mariage est un peu spécial que Reece n'a pas le droit de réagir comme n'importe quel homme normalement constitué. Tu es sa femme et moi, je suis un séducteur invétéré, libre comme l'air de surcroît. C'est tout à fait logique qu'il se sente menacé. Mais il devrait tout de même savoir que je ne chercherai jamais à te séduire. Ni toi, ni Holly.

Malgré les explications de Mike, elle avait peine à croire que Reece puisse être jaloux à cause d'elle, de quelque manière que ce soit. Ce n'était pas la première fois qu'elle dansait avec un autre homme, et dans des tenues autrement plus provocantes que celle qu'elle portait aujourd'hui ! Pas une seule fois Reece n'avait émis la moindre objection. Il était clair que cela lui importait peu.

— Désolée, Mike, je n'arrive pas à croire que mon mari soit jaloux, déclara-t-elle avec assurance. Sara a dû dire quelque chose qui l'a agacé.

— Tu veux une preuve ?

— Qu'entends-tu par là ?

Sans se donner la peine de lui répondre, Mike resserra son étreinte et la plaqua contre son corps musclé, une main logée dans le creux de ses reins. Prise de court, Alanna laissa échapper un petit cri. La réaction de son mari ne se fit pas attendre. Son visage s'assombrit encore davantage, sa bouche prit un pli menaçant tandis que ses yeux d'un bleu perçant se rétrécissaient dangereusement.

Une vague de panique déferla sur Alanna.

— Ce n'est pas possible, murmura-t-elle d'une voix tremblante. Il ne s'est jamais montré jaloux.

— Reece est un homme. C'est une question de territoire.

Mike relâcha brusquement la pression de sa main et Alanna s'empressa de prendre ses distances.

— C'est ridicule, insista-t-elle, en proie à une angoisse sourde. Reece n'a pas l'âme d'un jaloux. Un jaloux n'offrirait jamais à sa femme les tenues sexy qu'il aime me voir porter dans les soirées.

Un bref silence suivit ses paroles. Finalement, Mike demanda tout à trac :

— Que sais-tu au juste du passé de ton mari ?

Alanna fronça les sourcils.

— Pas mal de choses. Reece est l'aîné de trois garçons. Son père est mort accidentellement quand il était au lycée. Il a commencé à travailler le week-end pour une agence immobilière à l'âge de dix-sept ans et les ventes marchaient tellement bien qu'il a renoncé à entrer à l'université pour se consacrer entièrement à son métier. A vingt et un ans, il avait gagné son premier million.

— Ce n'est pas ce que je te demandais. Que sais-tu de son passé plus immédiat... Que t'a-t-il raconté des années qu'il a vécues juste avant de te rencontrer ?

— Eh bien, je sais qu'il a connu un grave revers de fortune il y a quelques années. Il ne s'en serait jamais remis si Richard n'avait pas été là pour lui remettre le pied à l'étrier. Oh, mais je suppose que c'est à son ex-fiancée que tu fais allusion. La fameuse Kristine, c'est ça ? Reece m'a raconté qu'elle l'avait laissé tomber pour se réfugier dans les bras d'un vieux milliardaire quand le vent a tourné pour lui.

C'était précisément pour cette raison, lui avait-il expliqué lors de leur premier rendez-vous, qu'il n'était pas plus intéressé qu'elle par l'amour. Il avait été follement amoureux et avait beaucoup souffert, comme elle. Il n'avait plus envie de connaître ça.

De son côté, elle lui avait parlé de son chagrin à la suite de la mort accidentelle de son mari bien-aimé. Alanna n'avait pas eu le courage de lui dire toute la vérité au sujet de Darko.

Une question surgit alors dans son esprit : et si Reece ne lui avait pas tout dit, lui non plus ? Mike savait-il quelque chose qu'elle ignorait ?

— Il t'a donc parlé de Kristine, fit Mike d'un ton laconique.

— Il m'a tout dit sur elle, confirma Alanna.

Combien elle était belle, qu'elle rêvait de devenir actrice. Elle l'avait quitté tout juste trois semaines avant la date de leur mariage.

— *Tout dit ?* Permets-moi d'en douter. Un homme ne dit jamais tout à sa femme, et il ne se vante certainement pas d'avoir été humilié par une ex-petite amie. Nous avons notre petite fierté, tu sais.

— Qu'a-t-elle fait, au juste ? demanda-t-elle, intriguée.

— Tu n'as qu'à demander à Reece, j'ai comme l'impression de t'en avoir déjà trop dit.

— Je ne vais tout de même pas le soumettre à un interrogatoire. Je t'en prie, Mike, raconte-moi.

— Qu'a-t-il de si intéressant à raconter, ce cher Mike ?

Alanna fit volte-face et se retrouva nez à nez avec son mari qui toisait Mike d'un air contrarié.

— Ta femme désire que je lui explique le fonctionnement de mon nouveau logiciel, répondit ce dernier sans ciller. Pour être franc, j'ai toujours eu un mal fou à expliquer l'outil informatique aux non-initiés. A en juger par ton regard noir, je ferais mieux de te rendre Alanna sur-le-champ, enchaîna-t-il avec aplomb, C'est un merveilleux professeur de danse. Allez, il est temps pour moi de prendre congé. Je vais aller dire au revoir aux jeunes mariés et je m'en vais. A la prochaine, les amis. Merci encore pour le cours de danse, Alanna. Ça me servira sans doute, un de ces jours.

Alanna le gratifia d'un sourire reconnaissant. Son speech les avait tirés in extremis d'un mauvais pas. Restait à éclaircir le soi-disant accès de jalousie de Reece…

— Pourquoi me foudroyais-tu du regard en arrivant ? Mike te soupçonne d'être jaloux.

L'espace d'un instant, les traits de Reece se durcirent, sa mâchoire se crispa et ses yeux devinrent froids comme la pierre. Puis il partit d'un rire amusé et la tension se dissipa d'un coup, au grand soulagement d'Alanna.

— N'ai-je pas le droit de me montrer un tantinet possessif à l'égard de ma superbe femme ?

— Ça ressemble trop à de la jalousie pour moi, objecta-t-elle gentiment. Et tu sais comme je déteste ça, Reece.

Ce dernier fit la moue mais son regard avait retrouvé tout son éclat.

— Je suis désolé, chérie. C'est à cause de cette fichue robe.

Les yeux de la jeune femme s'arrondirent de surprise.

— Ma robe ? C'est ridicule, voyons. Elle n'a absolument rien d'indécent par rapport au reste de ma garde-robe.

— Ça doit être la couleur. Elle me met dans tous mes états. Si tu veux tout savoir, de drôles d'idées me traversent l'esprit depuis que je t'ai vue remonter l'allée dans l'église, murmura-t-il de ce ton suave et caressant qu'il prenait lorsqu'il lui faisait l'amour.

Elle sentit son cœur s'emballer comme des images infiniment sensuelles défilaient dans son esprit. Nul doute que Reece songeait à la même chose qu'elle, elle le lisait dans son regard.

— J'ai une folle envie de toi, chérie, reprit-il dans un souffle. Je ne vais pas pouvoir attendre d'être à la maison…

Elle frissonna sous son regard ardent. Elle était habituée à lire du désir dans ses yeux mais ce soir, c'était un désir d'un tout autre genre. Plus intense, plus primitif. Et mille fois plus excitant.

Tout à coup, le reste de l'assemblée se perdit dans le vague, elle ne vit plus que les yeux de son mari dardés sur elle. Ses lèvres s'ouvrirent légèrement, sa gorge s'assécha. Elle frissonna.

Un slow sirupeux lui parvint aux oreilles, comme assourdi. Sans mot dire, les yeux toujours rivés sur elle, Reece l'attira dans ses bras. Lorsqu'il la plaqua contre son corps tendu par le désir, une vague d'exquises sensations la submergea. Ses tétons se durcirent sous le satin de sa robe.

Instinctivement, elle noua les mains sur la nuque de son mari et leurs deux corps s'emboîtèrent avec bonheur.

— Je brûle d'envie de t'embrasser, murmura-t-il en enfouissant son visage dans ses cheveux.

— Non…, protesta-t-elle d'une voix mal assurée. Non, pas ici.

— Où, alors ?

Alanna savait pertinemment ce qu'il lui proposait. Il ne s'agissait pas d'un simple baiser. L'idée qu'ils puissent faire l'amour ailleurs que dans l'intimité de leur chambre à coucher la précipita dans un doux vertige. Pour avoir visité la demeure en compagnie d'Holly, elle savait qu'il y avait plusieurs vestiaires au premier étage, certains bien à l'écart du couloir principal.

La tentation de s'y réfugier avec Reece était grande. Elle en mourait d'envie. Pourtant, leur vie sexuelle la comblait et elle se sentait parfaitement épanouie. Il la respectait et prenait soin d'elle avec beaucoup de tendresse. Son comportement ne risquait-il pas de changer si elle se laissait aller à pareille fantaisie ? Plus que tout, elle désirait être sa femme et la mère de ses enfants, pas une maîtresse toujours disposée à satisfaire ses caprices érotiques, n'importe où et n'importe quand.

Non, elle devait à tout prix résister à la tentation.

— C'est impossible, Reece, déclara-t-elle avec une assurance qu'elle était loin d'éprouver. Il faut que j'aide Holly à se changer.

— Elle est en train de danser et ne semble pas du tout décidée à aller se changer, fit observer son mari en désignant du menton le couple de jeunes mariés, tendrement enlacés, qui évoluait sur la piste. S'il te plaît, Alanna, disparaissons quelques instants. Après tout, nous sommes mariés, personne ne nous reprochera quoi que ce soit…

— Là n'est pas la question, objecta-t-elle. Je suis désolée, Reece, tu vas devoir attendre que nous rentrions à la maison.

Une frustration intense se lut sur son visage.

— C'est parfaitement idiot. Tu en as autant envie que moi, ne le nie pas. C'est ce que tu veux, je le sais.

Tandis qu'il argumentait, ses doigts se resserrèrent autour

du bras d'Alanna. Exaspérée, celle-ci se libéra de son étreinte et le foudroya du regard.

— Ne prétends pas savoir ce que je veux, Reece, répliqua-t-elle d'un ton coupant. J'ai dit non et je ne reviendrai pas sur ma décision. Je ne sais pas ce que tu as, ce soir, mais ton attitude ne me plaît pas beaucoup. Maintenant, je vais aller aider Holly. J'espère que tes manières étranges auront disparu avant notre retour à la maison ; j'ai hâte de retrouver le gentleman prévenant et courtois que j'ai épousé !

3

Le silence tendu qui régnait dans la voiture sur le chemin du retour attisa l'inquiétude de Reece. Et si Alanna ne voulait pas de lui, ce soir ? Comment devrait-il interpréter sa réaction ?

Alanna désirait désespérément un bébé. Chaque mois, lorsqu'elle découvrait qu'il leur faudrait encore se montrer patients, une vive déception s'emparait d'elle. Elle s'était plongée dans des tas de livres sur le sujet et avait même entouré en rouge ses jours d'ovulation sur le calendrier de la cuisine. Ce soir ne faisait peut-être pas partie des jours les plus féconds, mais on s'en approchait. Non, elle ne se refuserait pas à lui.

L'espace d'un instant, il revit ses beaux yeux verts pétiller d'excitation lorsqu'il avait suggéré de trouver un endroit tranquille alors que la fête battait son plein. C'était une Alanna qu'il ne connaissait pas encore, mais qu'il avait déjà hâte de retrouver. Il aurait aussi aimé qu'elle ne s'enferme plus à double tour dans la salle de bains quand elle prenait une douche. Qu'elle soit moins pudique, libérée de certains de ses principes, trop rigides.

Taraudé par un regain de frustration, il faillit la provoquer, la pousser dans ses retranchements pour chasser l'affreux doute qui s'immisçait en lui.

Est-ce parce que tu veux un bébé que tu m'autorises à te faire l'amour ? avait-il envie de lui demander sans ambages. *Est-ce que tu simules l'orgasme quand tu es dans mes bras ?*

Est-ce que je compte pour toi ou suis-je seulement un moyen pour parvenir à tes fins ?

A vrai dire, Reece ne la soupçonnait pas de feindre le plaisir quand ils faisaient l'amour. Cependant, quelque chose sonnait faux chez elle, quelque chose d'indéfinissable qu'il ne parvenait pas à cerner. Jusqu'à présent, l'idée qu'elle puisse veiller jalousement sur son jardin secret ne l'avait pas dérangé, mais ce soir, la situation avait changé. Il voulait en savoir davantage sur Alanna, il voulait qu'elle lui donne plus, encore plus et, que Dieu lui soit témoin, il était bien décidé à obtenir ce qu'il voulait !

Le visage tourné vers la vitre côté passager, Alanna se tenait droite comme un i dans le coupé Mercedes, les deux mains sagement posées sur ses genoux.

Reece était furieux, elle pouvait sentir sa colère. Avec le temps, elle était passée maître dans l'art de détecter la colère d'un époux… Dieu merci, le courroux de Reece n'avait aucune commune mesure avec celui de Darko. Combien de fois avait-elle tremblé de peur lorsque ce dernier s'emportait ?

Ce soir-là, elle n'éprouvait aucune peur mais simplement une profonde contrariété mêlée à un soupçon de culpabilité.

Elle s'en voulait de l'avoir mis en colère, tout ça parce qu'il s'était montré un peu trop possessif à son égard. Mike avait raison, au fond. C'était une réaction typiquement masculine, totalement inoffensive.

Elle aurait dû lui présenter des excuses mais, bizarrement, les mots ne venaient pas. Reece engagea la voiture dans l'allée qui menait à leur maison et s'arrêta devant le portail fermé. Machinalement, il appuya sur le boîtier de la télécommande et tapota le volant en attendant que les portes s'ouvrent.

Au prix d'un effort, elle se tourna vers lui et chercha quelque chose à dire, n'importe quoi pour briser la tension qui devenait insupportable. Mais une fois de plus, les mots lui firent défaut et son regard se posa sur l'imposante façade de leur demeure.

Aux yeux de toutes ses amies, Alanna menait une vie de rêve. Ce n'était pas entièrement faux : elle habitait une maison somptueuse, conduisait une voiture luxueuse et possédait une garde-robe griffée des plus grands couturiers.

Mais ce n'étaient pas ces signes extérieurs de richesse matérielle que lui enviaient ses amies, non. C'était Reece en personne, son très séduisant et très charismatique époux.

Il fallait bien reconnaître qu'il avait tout du mari idéal, à la fois ambitieux, enjoué, généreux, cultivé et attentionné. C'était également un merveilleux amant qui, jusqu'à ce soir en tout cas, s'était toujours montré satisfait de leurs étreintes. C'était la première fois qu'il désirait autre chose… Un moment de plaisir presque interdit.

Alanna avait donc tout pour être heureuse, c'était indéniable. Pourtant, tout ce bonheur ne serait que superficiel si elle ne parvenait pas à avoir d'enfant, songea-t-elle avec un pincement au cœur.

Lorsqu'elle avait aidé Holly à ôter sa robe de mariée quelques heures plus tôt, celle-ci lui avait confié qu'elle était enceinte. Malgré la joie sincère qu'elle avait éprouvée pour son amie, Alanna n'avait pu s'empêcher de ressentir une pointe d'inquiétude. Trois mois s'étaient écoulés depuis qu'elle avait arrêté de prendre la pilule et elle n'était toujours pas enceinte. Et si quelque chose n'allait pas chez elle ? Et si elle ne pouvait plus avoir d'enfant…

Les médecins lui avaient pourtant assuré qu'elle finirait par se remettre du choc sans avoir à souffrir de lésions irréversibles.

Mais ils s'étaient peut-être trompés.

— Tu as tout de même l'intention d'entrer, je suppose ?

Les paroles cinglantes de Reece ramenèrent brutalement Alanna à la réalité. Absorbée dans ses pensées, elle ne s'était pas rendu compte qu'ils étaient déjà arrivés au garage. Le moteur était coupé et il la considérait d'un air sombre.

— Oui, bien sûr, répondit-elle en ouvrant sa portière.

Un soupir s'échappa de ses lèvres.

— J'étais juste perdue dans mes pensées.

— Oh… et à quoi pensais-tu ? fit Reece en sortant à son tour de la voiture.

Il claqua sa portière d'un geste brusque.

— A ta future carrière de professeur de danse, peut-être ?

Désarçonnée par son cynisme, Alanna se contenta de secouer la tête. Mais lorsqu'elle passa devant lui pour se diriger vers la porte de la maison, il la saisit par le bras et l'obligea à lui faire face.

— Je n'accepterai pas que tu me sois infidèle, Alanna, j'aimerais que ceci soit clair entre nous. Nous ne nous aimons peut-être pas d'amour mais nous nous sommes promis fidélité et loyauté devant Dieu.

— Je n'ai aucune intention de rompre mon serment, protesta-t-elle avec fougue, choquée par l'attitude de Reece. Toutefois, je pourrais très bien demander le divorce si tu continues à me malmener de la sorte.

Sans relâcher son étreinte, il la considéra d'un air réprobateur.

— Ce n'est pas ainsi que tu exaucerais ton vœu le plus cher : devenir mère… Car c'est bien pour ça que tu m'as épousé, non ?

— C'était une raison parmi d'autres, en effet, admit Alanna d'un ton sec. Je désirais fonder une famille.

— Quelles étaient les autres raisons ? Mon argent, j'imagine ?

— J'avais envie de sécurité matérielle, c'est exact. Mais si tu veux tout savoir, j'ignorais que tu étais à ce point fortuné quand j'ai accepté ta proposition de mariage. Maintenant, je te prie de bien vouloir me lâcher.

Il s'exécuta mais ne bougea pas d'un pouce, la dominant de toute sa hauteur. Elle voulut reculer mais ses jambes heurtèrent le pare-chocs de la voiture.

— Et le sexe, dans tout ça ? Tu m'as avoué dès notre premier rendez-vous que tu supportais très mal la solitude. A mots à peine voilés, tu m'as laissé entendre qu'il te fallait un homme dans ton lit, un homme qui puisse te donner du plaisir. Es-tu satisfaite sur ce plan, Alanna ? demanda-t-il en l'enveloppant d'un regard pénétrant qui la fit tressaillir.

Comme elle tentait de se dérober en esquissant un pas sur le côté, Reece la prit par les épaules et la força à le regarder.

— Es-tu comblée ? insista-t-il.

— Tu le sais très bien, articula-t-elle, parcourue d'un violent frisson.

Sans mot dire, il la plaqua contre lui tandis que ses yeux étincelaient. L'instant d'après, sa bouche exigeante capturait celle d'Alanna.

Reece savait exactement quel genre de baiser aimait son épouse. Dès leur nuit de noces, elle n'avait su résister aux caresses audacieuses de ses lèvres. Lorsqu'il s'arrêta, elle s'accrocha à lui, pantelante.

— Allonge-toi sur le capot, dit-il d'une voix rauque.

Les yeux de la jeune femme s'arrondirent de surprise.

— Mais…

— Ne discute pas, Alanna, ordonna Reece avant de reprendre ses lèvres pour faire taire ses protestations.

Elle n'opposa aucune résistance lorsqu'il la poussa doucement sur le capot encore chaud de la voiture et entreprit de retrousser sa robe jusqu'à la taille.

Son cœur se mit à battre à coups redoublés tandis qu'une onde de chaleur l'embrasait. Un délicieux vertige l'assaillit.

— Oh, mon Dieu, murmura-t-il en découvrant ce qu'elle portait sous sa robe.

C'était un bustier rouge orné d'un porte-jarretelles qui retenait ses bas. Sa culotte se résumait à un minuscule triangle de dentelle. Alanna aimait la lingerie sexy et sophistiquée mais elle n'avait encore jamais porté de sous-vêtements rouges.

D'un geste habile, Reece la débarrassa de son string puis, glissant une main entre ses cuisses, il écarta ses jambes et se pencha sur elle. Elle se mordit la lèvre et ferma instinctivement les yeux.

Elle se raidit dans l'attente de son baiser, mais, contre toute attente, ce furent ses doigts qu'elle sentit d'abord entre ses cuisses. Ses doigts fermes et chauds, provocants.

— Tu es déjà prête à m'accueillir, fit-il observer d'une voix suave.

Il continua à la caresser jusqu'à ce qu'elle le supplie d'arrêter. C'étaient ses lèvres qu'elle désirait. Et sa langue.

Lorsque, enfin, il accéda à son désir, elle secoua la tête de droite à gauche, grisée par le plaisir croissant qu'il distillait en elle avec une lenteur délibérée.

Ses caresses cessèrent d'un coup et Alanna ouvrit les yeux, frappée de stupeur.

— Ne… ne t'arrête pas maintenant ! protesta-t-elle d'un ton suppliant.

Glissant ses mains sous ses fesses, il la souleva dans ses bras. Les yeux de Reece brillaient tandis qu'un sourire sensuel jouait sur ses lèvres.

— Chut…

— Mais que fais-tu ? demanda-t-elle, envahie par la frustration.

— Dis-moi ce que tu ressens en cet instant précis, fit Reece en la portant jusque dans la maison. Dis-moi ce que tu attends de moi.

Elle sentit ses joues s'enflammer.

— Allez, ne sois pas timide, insista-t-il en se penchant vers elle pour chuchoter à son oreille. Personne ne t'entendra, à part moi. Et j'ai très envie que tu me dises ce que tu veux, comme ça, sans fioritures. Je t'en prie, chérie… dis-le-moi !

En proie à une excitation grisante, elle parla d'une voix rauque.

— Ne t'inquiète pas, murmura Reece en resserrant son étreinte comme il gravissait l'escalier qui menait à leur chambre. Je me ferai un plaisir de satisfaire tes désirs… Tous tes désirs…

4

Reece contempla longuement son épouse endormie. Devait-il la réveiller ? C'était dimanche, après tout, et ils n'avaient rien prévu, désireux de se reposer après les émotions de la veille.

Cependant, il était presque midi et Alanna dormait depuis huit heures. Il avait envie de sa compagnie.

Il avait envie d'elle, aussi. Envie de cette nouvelle Alanna qu'il avait découverte la veille.

Son corps se raidit au souvenir de la femme qui s'était révélée à lui lors de la scène du garage. Elle s'était presque montrée agressive lorsqu'ils étaient parvenus dans leur chambre. Elle l'avait déshabillé avec des gestes brusques avant de le chevaucher fougueusement, libérée des tabous qui l'entravaient jusqu'alors.

Un peu plus tard, ils avaient pris leur douche ensemble, pour la première fois — une expérience riche en sensations fortes… Et quand il l'avait priée de rester nue pour lui, elle n'avait marqué qu'une brève hésitation avant de céder à sa requête.

Il avait eu l'étrange impression de faire l'amour à une inconnue. L'Alanna qu'il avait tenue entre ses bras une bonne partie de la nuit n'avait rien à voir avec la femme élégante et sophistiquée, parfois un peu lointaine, qu'il avait épousée.

Laquelle de ces deux femmes, si différentes, aussi attirantes l'une que l'autre, allait se réveiller ce matin ?

Refoulant l'envie de le découvrir sur-le-champ, Reece décida de se lever. Le soleil brillait déjà haut dans le ciel. Ce serait un plaisir de prendre le petit déjeuner sur la terrasse qui donnait sur le jardin, derrière la maison.

D'un geste empreint de réticence, il tira le drap froissé et recouvrit son épouse divinement dénudée. Etouffant un soupir, il enfila son peignoir en éponge et prit la direction de la cuisine.

En ouvrant les yeux ce matin-là, Alanna se sentit incroyablement épanouie. A la fois sereine et bien dans sa peau. Et soudain, elle se souvint. De tout.

— Oh, mon Dieu, gémit-elle en se redressant.

Reece n'était plus là. A sa grande stupeur, le réveil indiquait 12 h 15. C'était la première fois de sa vie qu'elle dormait aussi tard !

A sa décharge, elle s'était endormie aux premières lueurs de l'aube, au bord de l'épuisement. Elle esquissa une grimace tandis qu'un frisson la parcourait. Comment diable avait-elle pu se conduire de la sorte ? A croire qu'elle avait momentanément perdu la raison !

Pour la première fois depuis qu'ils étaient mari et femme, Reece l'avait entraînée dans ce paradis de volupté et d'érotisme qu'elle avait tant aimé, plus jeune, avant d'apprendre à ses dépens que ce genre d'expérience pouvait se révéler extrêmement dangereuse pour une femme mariée.

En épousant Reece, elle s'était juré de ne pas commettre deux fois la même erreur. Lorsqu'il était comblé sexuellement par une femme ou une maîtresse prête à satisfaire tous ses fantasmes, un homme devenait vite jaloux, même s'il n'était pas amoureux.

Une plainte rauque s'échappa de ses lèvres. Fallait-il qu'elle soit idiote d'avoir révélé ainsi à Reece sa vraie nature ! Jamais elle ne supporterait de vivre de nouveau avec un homme dévoré par la jalousie. S'il se mettait à la questionner sur le moindre de ses faits et gestes, s'il commençait à la soupçonner du pire, leur mariage ne durerait pas longtemps.

D'un autre côté, ses inquiétudes n'étaient peut-être pas fondées. Reece était peut-être ravi d'avoir découvert cette facette de sa personnalité, sans que cela influe sur son attitude. Après tout, il ne ressemblait en rien à Darko, que ce soit physiquement ou psychologiquement. Et il n'avait jamais prétendu l'aimer.

Bizarrement, cette pensée ne lui apporta pas le soulagement escompté. Avec un petit haussement d'épaules, Alanna repoussa le drap et se précipita dans la salle de bains. Quelques minutes plus tard, enroulée dans un drap de bain moelleux, elle se dirigea vers la pièce qui lui servait de dressing et opta pour une tenue simple : un jean et un petit pull en maille. Ils n'avaient rien prévu de spécial aujourd'hui, aucune sortie, aucune visite. Après avoir rassemblé ses cheveux en queue-de-cheval, elle quitta la chambre et descendit dans la cuisine, pressée de prendre un café. Au rez-de-chaussée, elle fit un bref détour pour jeter un coup d'œil dans le bureau de Reece, mais la pièce était déserte. Sans doute le trouverait-elle sur la terrasse, c'était son endroit préféré quand il faisait beau.

Elle avait vu juste. En pénétrant dans le hall d'entrée, elle aperçut Reece derrière la baie vitrée, confortablement installé sur une chaise longue. Il était encore en peignoir et lisait le journal en sirotant une orange pressée, les yeux protégés par ses lunettes de soleil. Sur la tablette de la chaise reposaient un bol vide et plusieurs cahiers du journal.

L'espace d'un instant, Alanna caressa l'envie d'aller lui dire bonjour comme s'il ne s'était rien passé de spécial la nuit dernière. Hélas, elle avait épuisé son potentiel d'audace dans les heures qui avaient suivi leur retour à la maison.

A ce souvenir, un flot de sang afflua à son visage. Avait-elle vraiment prononcé les mots sulfureux dont elle se souvenait avant que Reece la porte dans leur chambre ?

Oh oui… Elle les avait dits… Avec une certaine délectation, qui plus est. Mais encore une fois, Darko et lui n'avaient aucun point commun… Dieu merci !

Comme s'il avait senti son regard posé sur lui, Reece se

retourna brusquement. Levant son verre à sa santé, il lui fit signe de le rejoindre.

Elle prit une grande inspiration puis, d'un pas mesuré, elle descendit les quelques marches qui séparaient l'entrée du salon et traversa la pièce en direction de la terrasse.

— Tu as bien dormi ? demanda-t-il dès qu'elle l'eut rejoint.

— Comme un loir, merci. Et toi ?

Il la gratifia d'un sourire éblouissant avant d'enlever ses lunettes de soleil.

— Comme un bébé, plaisanta-t-il en posant ses lunettes sur la tablette de sa chaise. Viens t'asseoir près de moi.

— Je vais d'abord préparer du café. Tu en prendras un ?

— Je prendrai tout ce que tu prendras, répondit Reece en esquissant un autre de ses irrésistibles sourires.

Une vague de soulagement la submergea : de toute évidence, la nuit passée n'avait rien modifié dans leurs rapports.

— Alors ce sera une tasse de café pour commencer, lança-t-elle en lui rendant son sourire. Je prendrai mon petit déjeuner plus tard.

— Veux-tu que je t'emmène prendre un brunch quelque part ? On pourrait aller à Darling Harbour en ferry.

— Je croyais que tu avais pris ton petit déjeuner, se moqua-t-elle en pointant le menton en direction du bol vide.

— Un petit verre de jus de fruits et quelques cuillerées de muesli, rien de plus. Si tu veux la vérité, j'ai une faim de loup. On se demande bien pourquoi, ajouta-t-il, les yeux brillants d'espièglerie.

C'était la première fois qu'il la taquinait au sujet de leurs ébats.

— C'est moi qui devrais être affamée, répliqua-t-elle sans réfléchir. Tu n'as pas fait grand-chose, si mes souvenirs sont bons.

Pris de court, Reece demeura bouche bée. Finalement, un sourire insolent étira ses lèvres.

— Quelle garce ! Il semblerait que ta mémoire soit très

sélective, ce matin. Pour ma part, je me souviens parfaitement t'avoir entendue me supplier de continuer…

— Vous devez souffrir de problèmes d'audition, monsieur Diamond, le coupa Alanna, se piquant au jeu. Je ne vous ai certainement pas *supplié*. Pour votre gouverne, sachez que je ne suis pas du genre à supplier.

— Toutes les femmes devraient connaître au moins une fois dans leur vie le bonheur de supplier, affirma Reece de sa voix rauque et sensuelle. C'est une expérience tout à fait libératrice. Elles oublient ainsi d'être la femme que leur mère désirait qu'elles soient, pour devenir celle que souhaite leur mari.

Elle le considéra d'un air perplexe.

— Ah oui ? Et de quel genre de femme s'agit-il, je te prie ?

— De celle que tu étais cette nuit.

— Les hommes n'apprécient pas tous ce genre de femme, fit-elle observer, emportée par sa spontanéité.

— Ceux qui ne les apprécient pas sont des idiots.

— Tu… Mon… mon attitude ne t'a pas choqué, alors ? bredouilla-t-elle, en proie à une soudaine vulnérabilité.

Reece la considéra d'un air interdit.

— Pourquoi diable serais-je choqué ?

Il posa son verre et se leva en resserrant la ceinture de son peignoir.

— Allons préparer le café ensemble, j'ai très envie de savoir ce qui a bien pu te faire croire que je serais choqué. Et ne cherche pas à te dérober, ma chère, dit-il en la prenant par le bras pour l'entraîner à l'intérieur.

— Pour quelle raison me déroberais-je ?

En proie à un tumulte d'émotions, elle le suivit à contrecœur.

Alanna serait-elle capable de lui mentir ?

Oui, sans l'ombre d'une hésitation, décida Reece.

Pour une raison qui lui échappait encore, elle avait réussi à dissimuler sa véritable nature jusqu'à la nuit dernière. Pourquoi ?

Et pourquoi avait-elle levé le voile précisément cette nuit-là ? Que s'était-il passé de particulier ?

La réponse à cette question jaillit dans son esprit au moment où il franchissait le seuil de la cuisine.

C'était lui qui s'était comporté différemment. D'abord lors de la réception, lorsqu'il s'était montré possessif, voire un brin macho à l'égard d'Alanna. Et puis, il y avait eu la scène du garage où son sang-froid coutumier avait été balayé par une frustration intense, presque douloureuse.

Bien qu'elle prétendît le contraire, Alanna semblait apprécier l'attitude un peu brutale, en tout cas moins policée, qu'il avait eue la veille à son égard. Il saurait s'en souvenir…

— Alors ? fit-il en s'installant sur un des tabourets qui flanquaient le plan de travail.

Feignant de l'ignorer, Alanna entreprit de préparer le café. Puis elle sortit deux tasses du placard.

— Alors quoi ? demanda-t-elle finalement en posant sur lui un regard candide.

Reece fit les gros yeux.

— Pourquoi craignais-tu que je sois choqué par ton attitude ?

Elle haussa les épaules.

— Parce que je n'étais pas comme ça d'habitude, c'est tout.

— Ça, c'est le moins qu'on puisse dire.

Elle le dévisagea avec attention et Reece crut déceler un soupçon d'appréhension dans ses beaux yeux verts.

— C'était formidable, Alanna, s'empressa-t-il d'ajouter. *Tu* as été formidable.

Elle esquissa une grimace embarrassée.

— Tu penses vraiment ce que tu dis ? murmura-t-elle d'une voix mal assurée.

La vulnérabilité qui se lut soudain sur son visage le bouleversa.

— Bien sûr, répondit-il avec ferveur. Je pense te l'avoir dit hier soir, chérie. Nous sommes mari et femme. Nous avons le droit de faire ce que bon nous semble si cela nous fait plaisir.

Alanna baissa les yeux, visiblement gênée. Décidément, il allait de surprise en surprise avec son épouse !

— Je t'en prie, reprit-elle au bout de quelques instants, parlons d'autre chose, d'accord ? Nous avons fait l'amour toute la nuit, je suggère que nous changions de sujet de conversation.

Pris de court, Reece ne sut que répondre. La femme qui l'avait transporté aux confins de l'extase, prenant des initiatives qui l'avaient laissé pantelant de plaisir, semblait bien loin en cet instant précis.

Comment réagir face à ce brusque revirement ? Devait-il refouler le désir qui, déjà, bouillonnait en lui, ou bien devait-il écouter ses instincts, comme la veille au soir ?

5

Alanna emplit sa tasse de café noir. Seigneur, elle aurait mille fois préféré que Reece ne la suive pas dans la cuisine pour reparler de ce qui s'était passé la nuit dernière.

Son attitude plutôt glaciale semblait l'avoir déstabilisé — à juste titre, d'ailleurs. Elle l'avait rejoint sur la terrasse le cœur léger, d'humeur aguicheuse et voici qu'à présent, elle se rétractait dans un accès de pruderie. N'était-ce pas exaspérant que Darko, mort et enterré, continue à lui gâcher ainsi la vie ?

L'air se chargea d'électricité. Elle pouvait presque sentir sur sa nuque le regard perplexe de Reece. « Ma femme est bizarre », songeait-il sans doute en cet instant précis.

« Il n'a pas tort, je suis bizarre », pensa-t-elle en s'emparant de sa tasse pour se diriger vers l'évier. Bizarre, traumatisée, et sacrément méfiante !

Elle était en train de verser un peu d'eau froide dans sa tasse, regrettant de ne pouvoir effacer les quelques minutes qui venaient de s'écouler, lorsque les bras de son mari glissèrent autour de sa taille.

— Oh ! s'écria-t-elle en sursautant.

Quelques gouttes de café s'échappèrent de la tasse pour atterrir dans l'évier.

— Reece, qu'est-ce que tu fabriques, enfin ?

Quelle question idiote… Et complètement superflue car, déjà, les mains de Reece s'étaient faufilées sous son pull pour caresser sa poitrine dénudée.

— Fais comme si je n'étais pas là, mon amour, susurra-t-il en titillant ses tétons déjà durcis. Bois ton café, je t'en prie.

Comment diable aurait-elle pu feindre d'ignorer sa présence alors qu'un délicieux vertige lui faisait tourner la tête ? Un gémissement mourut sur ses lèvres lorsqu'il saisit fermement ses tétons entre le pouce et l'index.

Cédant à la vague de désir qui montait en elle, elle exhala un long soupir et laissa retomber sa tête contre l'épaule de son mari. Il abandonna alors ses tétons frémissants pour lui prendre sa tasse et la poser dans l'évier. Puis il la débarrassa de son pull qu'il jeta négligemment sur le banc de la cuisine.

— Non, objecta-t-il comme elle faisait mine de se retourner. Reste où tu es.

— Mais…

— Tais-toi, ma chérie, coupa-t-il en continuant à la déshabiller.

Il déboutonna son jean et fit glisser sa fermeture Eclair.

— Mais…

De sa main gauche, il la saisit par le menton et tourna son visage juste assez pour pouvoir capturer sa bouche dans un baiser torride. Quant à son autre main, elle traça des cercles brûlants sur son ventre avant de se glisser sous l'élastique de son string. Lorsqu'il délaissa ses lèvres, elle prit appui contre le corps puissant de son mari, grisée par les sensations exquises que lui procurait sa main droite.

Comme par enchantement, toutes les craintes et les angoisses qui l'avaient assaillie un moment plus tôt s'étaient volatilisées. A l'évidence, Reece aimait la séductrice provocante et sensuelle qu'elle s'efforçait tant bien que mal de dissimuler. A vrai dire, elle aussi s'aimait ainsi…

Comme il était bon de se sentir libérée du passé, enfin, et de pouvoir s'offrir sans retenue quand son mari lui faisait l'amour !

Ivre de plaisir et de volupté, elle frissonna violemment. Mais elle désirait davantage. Elle le voulait, lui, pas uniquement ses mains, si expertes soient-elles.

— Reece, articula-t-elle d'une voix sourde.

— Oui ?

— Reece, s'il te plaît… Arrête… Fais-moi l'amour. Je t'en prie…

— Serais-tu en train de me supplier ?

— Oui… oui, je t'en supplie.

— Ici ?

— Oui. Ici et maintenant.

Saisie d'une frénésie incontrôlable, elle termina de se déshabiller en toute hâte. Bientôt, elle fut entièrement nue, le visage empourpré, tremblant de tout son corps.

Lorsqu'elle voulut se retourner, il l'en empêcha et l'obligea à faire face à l'évier.

— Oh, Reece, soupira-t-elle, comme ses mains glissaient sur ses fesses avant de s'immiscer entre ses cuisses.

Electrisée par le désir, elle s'arc-bouta, tout entière tendue vers lui. Une longue plainte s'échappa de ses lèvres lorsqu'il la pénétra, plus fort, plus viril que jamais. Agrippé à ses hanches, il imprima à leur étreinte un rythme lent, infiniment sensuel.

Sa tête tournait. Son cœur battait à coups précipités. Elle voulut reprendre son souffle, en vain. Ses chairs les plus intimes se contractèrent autour de Reece, irradiées de plaisir.

— Oui, chérie… continue comme ça…

Elle cria sans retenue lorsque l'orgasme l'emporta et cria de nouveau en sentant Reece la rejoindre l'instant d'après.

C'était ainsi que tout le monde devrait faire l'amour, songeait-elle, l'esprit embrumé d'une délicieuse torpeur. Un homme et une femme fusionnant en même temps dans un élan irrésistible de passion et de spontanéité, libérés de toute inhibition.

Reece avait raison : ils étaient mariés, ils avaient parfaitement le droit de faire l'amour n'importe où, n'importe quand.

Les bras puissants de son époux l'aidèrent à se redresser et elle exhala un soupir de pure béatitude en se laissant aller contre lui, encore sous le coup du merveilleux voyage sensuel qu'ils venaient d'accomplir.

— Ne me cache plus jamais ta véritable nature, Alanna, murmura Reece en promenant ses doigts sur sa poitrine. Plus jamais, tu m'entends ? Tu n'as pas le droit de nier ce que tu es : une femme incroyablement sensuelle qui a besoin de plaisir pour être heureuse.

— Tu crois ? fit-elle, soudain timide.

— Tu le sais aussi bien que moi.

La sonnerie du téléphone brisa brusquement la tendre intimité qui les enveloppait.

— On ne répond pas, déclara-t-il d'un ton ferme.

Plusieurs sonneries se succédèrent.

— C'est peut-être important, argua-t-elle. Ta mère n'est pas au mieux de sa forme, depuis quelque temps. Tu devrais tout de même aller répondre.

— Tu as raison, marmonna-t-il en relâchant son étreinte.

Avec un soupir, il ferma les pans de son peignoir et noua la ceinture.

— En tout cas, j'espère que ce n'est pas une de tes amies qui aurait l'envie saugrenue de t'entraîner dans une expédition shopping.

Alanna ramassa ses vêtements et s'habilla à la hâte.

— Si c'est le cas, dis-lui que je ne me sens pas bien et que j'ai décidé de passer la journée au lit, lança-t-elle d'un ton lourd de sous-entendus.

Il la gratifia d'un sourire ravageur.

— D'accord, fit-il, avant d'aller décrocher le combiné mural. Reece Diamond à l'appareil.

Elle scruta le visage de son mari, guettant ses réactions.

— Oh, bonjour, Judy, reprit-il d'une voix enjouée.

En entendant le prénom de sa mère, Alanna leva les yeux au ciel.

— Qu'est-ce qui nous vaut le plaisir de votre appel, à cette heure de la journée ?

La mère d'Alanna avait l'habitude d'appeler en soirée, arguant que les communications étaient alors meilleur marché.

La petite ville provinciale de Cessnock n'était pas très éloignée de Sydney, mais sa mère avait toujours été très économe.

— Vous êtes bien énigmatique, Judy, fit observer Reece. Oui, oui, bien sûr… Je comprends. Elle est avec moi, oui. Un instant, je vous la passe.

Couvrant le combiné du plat de la main, il se tourna vers Alanna.

— Ta mère, articula-t-il à mi-voix. Elle a une grande nouvelle à t'annoncer. Il paraît que ça ne peut pas attendre.

Elle sentit son estomac se nouer. La dernière fois que sa mère avait eu une nouvelle urgente à lui annoncer, c'était le jour où son père avait trouvé la mort dans une rixe qui avait éclaté devant son pub préféré, un vendredi soir. C'était il y a dix ans, peu de temps après le vingtième anniversaire d'Alanna.

— C'est une bonne ou une mauvaise nouvelle, à ton avis ? demanda-t-elle à Reece en s'emparant du combiné.

Ce dernier haussa les épaules.

— Elle a l'air plutôt gaie. Et en même temps presque timide.

Elle fronça les sourcils. Ces qualificatifs ne correspondaient pas du tout à sa mère !

— Allô, maman ? fit-elle avec une pointe d'inquiétude dans la voix.

— J'ai une grande nouvelle à t'annoncer, chérie ! Bob m'a demandée en mariage hier soir.

— C'est formidable, maman ! s'écria-t-elle, soulagée. Bob est un type adorable. Bob a demandé maman en mariage, ajouta-t-elle à l'adresse de Reece, qui la considérait d'un air interrogateur.

Le visage de son mari s'éclaira.

— Transmets-lui mes félicitations.

Même si elle se réjouissait de la nouvelle, Alanna ne pouvait s'empêcher d'être surprise par la décision de sa mère. Cela faisait déjà un moment que celle-ci fréquentait ce professeur de maths, mais elle ignorait que le mariage était à l'ordre du jour.

Elle était bien placée pour savoir combien il était difficile de se lancer une deuxième fois dans une aventure qui ne vous avait apporté que souffrance et désillusion par le passé. Son père avait été un mari épouvantable, un homme rustre et égoïste qui passait le plus clair de son temps au pub, entouré de ses compagnons de beuverie. Quand il rentrait ivre à la maison, il prenait un malin plaisir à maltraiter verbalement son épouse, la rabaissant plus bas que terre.

Ecœurée par le comportement de son père, Alanna avait quitté la maison à dix-huit ans, son baccalauréat en poche, pour s'installer à Sydney. Ce ne fut que beaucoup plus tard qu'elle avait compris pourquoi sa mère était restée si longtemps auprès d'un tel goujat. Sa propre expérience conjugale lui avait appris à ne jamais juger quelqu'un tant qu'on n'a pas vécu soi-même la même situation.

— Invite-la à venir passer quelques jours à Sydney avec Bob, lança Reece par-dessus son épaule tout en se dirigeant vers l'escalier. On les emmènera fêter ça dans un bon restaurant.

— C'est une excellente idée ! approuva la mère d'Alanna qui avait tout entendu. Quand pouvons-nous venir ?

— Il faut que je consulte mon agenda, maman. Tu connais Reece : il mène une vie sociale très active. Nous sommes invités à une soirée vendredi et nous avons un vernissage samedi soir.

— Mon Dieu, comment arrives-tu à tenir la cadence ?

Alanna rit de bon cœur.

— Oh, ce n'est pas le bagne, non plus ! Moi qui ai toujours détesté l'inactivité, je suis comblée.

— Je suis heureuse pour toi, ma chérie. Pour être franche, j'avais un peu peur que votre mariage tourne court lorsque tu m'as annoncé que tu épousais un homme que tu n'aimais pas au sens romantique du terme. Et qui ne t'aimait pas non plus. Avoue que c'est une idée quelque peu… originale. Mais j'ai su que tu étais entre de bonnes mains dès l'instant où j'ai rencontré Reece.

« Entre de très bonnes mains », songea Alanna avec humour.

— Merci, maman. Ecoute, je te rappellerai dans la soirée,

d'accord ? On pourra discuter plus longuement des préparatifs de votre mariage.

— Avec plaisir, chérie. Et tu me raconteras le mariage de vos amis.

— D'accord, maman. Je t'appelle vers 19 heures. Bon après-midi.

Après avoir raccroché, Alanna se dirigea vers le cabinet de toilette le plus proche. Quand tomberait-elle enfin enceinte ? se demanda-t-elle en se lavant les mains. Elle n'y avait pas songé un seul instant cette fois, ce qui n'était peut-être pas plus mal. Certains spécialistes prétendaient que le stress et l'angoisse figuraient parmi les causes principales de stérilité. Souvent, les couples ne souffraient d'aucun trouble physiologique ; leur incapacité à concevoir s'avérait en réalité d'ordre psychologique.

Après s'être rafraîchie, Alanna partit à la recherche de Reece. Elle le trouva dans la salle de bains attenante à leur chambre à coucher. Vêtu d'un jean et d'un polo bleu qui se mariait à merveille avec la couleur de ses yeux, chaussé de tennis, il était en train de passer un peigne dans son épaisse chevelure.

— Dis donc, vous avez été exceptionnellement brèves, ta mère et toi, fit-il d'un ton taquin lorsque leurs regards se croisèrent dans le miroir.

— J'ai promis de la rappeler ce soir.

— Très bien. Tu es prête ? Je t'emmène déjeuner.

— Je… Je croyais qu'on allait passer la journée au lit, rétorqua-elle en s'efforçant de ne pas rougir.

— C'est une proposition très tentante, chérie, mais je crains de ne pas survivre à un tel programme. Allons plutôt manger un morceau en ville, d'accord ?

— En ville ? Pourquoi pas à Darling Harbour ? On pourrait prendre le ferry comme tu l'avais suggéré tout à l'heure.

— Oui, mais on trouvera davantage de magasins en ville. J'avais envie d'acheter un cadeau pour les fiançailles de ta mère avec Bob.

A ces mots, les yeux d'Alanna s'illuminèrent. Elle adorait faire du shopping avec Reece qui, contrairement à la plupart des hommes, se montrait toujours d'une patience et d'une générosité extraordinaires.

— On pourrait aussi trouver quelque chose pour ta mère, par la même occasion, renchérit-elle. Ça lui remonterait un peu le moral.

— Très bonne idée. Dans ce cas, ne perdons pas de temps, continua-t-il en jetant un coup d'œil à sa montre. Attrape une veste et allons-y.

Alanna leva les yeux au ciel.

— Il est hors de question que je sorte sans me coiffer et mettre un peu de rouge à lèvres. Accorde-moi dix minutes, d'accord ?

— Dix minutes, pas une seconde de plus, madame Diamond.

Douze minutes plus tard, la Mercedes rouge filait en direction du centre-ville. Ils bavardaient joyeusement, d'humeur légère.

Comme ils approchaient du premier croisement, juste en bas de leur rue, le feu rouge passa au vert. Un camion, garé en stationnement interdit à l'angle du carrefour, empêcha Reece de voir la petite voiture verte qui arrivait à vive allure, sans paraître remarquer que le feu, de son côté, était rouge.

Du coin de l'œil, il aperçut une tache verte du côté d'Alanna. Il hurla « attention ! », et il braqua brusquement à droite pour tenter d'éviter l'accident. Mais l'autre voiture percuta l'arrière de la Mercedes, qui fut précipitée sur l'autre voie.

Tout à coup, comme surgie de nulle part, une grosse voiture noire fonça sur eux. Les freins crissèrent, Alanna hurla. Les bras de Reece se raidirent sur le volant lorsque les deux véhicules se percutèrent dans un fracas métallique. Instantanément, les airbags se déployèrent.

Un silence pesant s'abattit dans l'habitacle. En proie à une angoisse indicible, Reece se tourna vers son épouse. Une plainte désespérée s'échappa de ses lèvres.

Inanimée, Alanna reposait contre le siège, la tête ballante, le teint cireux.

6

Pendant quelques minutes, terriblement éprouvantes, Reece crut qu'Alanna était morte. Puis elle bougea légèrement la tête, tandis qu'un gémissement à peine audible franchissait ses lèvres entrouvertes.

Saisissant son téléphone portable, il composa fébrilement le numéro des urgences. Lorsqu'il raccrocha après avoir expliqué la situation d'une voix entrecoupée, des passants commençaient à s'approcher des véhicules accidentés. L'un d'eux ouvrit la portière de la Mercedes et lui demanda s'il se sentait bien.

— Je n'ai rien, merci. Mais ma femme est blessée.

— Evitez de la toucher, conseilla un autre badaud comme Reece se penchait vers Alanna, en proie à une angoisse grandissante. Attendez l'arrivée des secours.

Reece se figea. Jetant un coup d'œil par-dessus son épaule, il croisa le regard compatissant d'un homme aux cheveux grisonnants.

— Mais je…

— Soyez patient, ils ne vont pas tarder à arriver.

Il se laissa aller contre le dossier de son siège, terrassé par un terrible sentiment d'impuissance.

« Seigneur, je vous en supplie, faites qu'elle n'ait rien. »

Sous le choc, il continua à prier jusqu'à l'arrivée de l'ambulance, concluant d'invraisemblables marchés avec Dieu, promettant mille et une choses en échange de la vie d'Alanna.

Lorsque les secouristes lui annoncèrent, quelques minutes

plus tard, qu'Alanna était dans un état stable et qu'elle ne souffrait d'aucune paralysie, il refoula à grand-peine les sanglots qui lui brûlaient la gorge. Pour se donner une contenance, il leur proposa son aide, alors qu'ils s'apprêtaient à sortir Alanna de la voiture accidentée.

Côté passager, la portière était tellement enfoncée qu'il fallut la faire passer de l'autre côté. Puis, avec délicatesse, on l'allongea sur un brancard et un médecin la poussa en direction de l'ambulance qui attendait quelques mètres plus loin. Après avoir récupéré le sac à main d'Alanna, Reece la rejoignit à l'arrière.

Entre-temps, des dépanneuses et une voiture de police étaient arrivées sur les lieux de l'accident. Deux agents commencèrent à interroger les témoins de la scène ainsi que les conducteurs des deux autres véhicules impliqués dans la collision. L'un des policiers informa gentiment Reece qu'étant donné les circonstances, il serait interrogé plus tard.

Dès leur arrivée à l'hôpital, Alanna subit toute une série d'examens et de radios afin que les médecins puissent affiner leur diagnostic. Reece refusa d'être examiné, arguant qu'il se sentait tout à fait bien, malgré un mal de tête lancinant et une douleur diffuse dans le coude droit. Il était hors de question qu'il s'éloigne de sa femme, fût-ce pour quelques instants.

Le médecin de garde des urgences ne l'entendait cependant pas de cette oreille. Il l'informa qu'Alanna avait besoin d'être seule pour le moment et qu'on le préviendrait dès que le diagnostic serait établi. D'un ton à la fois compatissant et ferme, le médecin lui conseilla de se calmer et de prendre son mal en patience.

— Me calmer, me calmer… Comment veut-il que je me calme…, bougonna Reece en faisant les cent pas dans la salle d'attente.

Il s'efforça cependant de maîtriser ses émotions, et alla se servir un café. Il revint s'asseoir dans la petite pièce éclairée par une lumière blafarde.

L'heure et demie qui s'écoula avant que le médecin ne refasse son apparition fut un véritable supplice. Au fil des minutes, son angoisse grandissait. Lorsque enfin l'interne fit irruption dans la salle d'attente, l'expression de son visage l'effraya.

— Que se passe-t-il ? demanda-t-il en se levant d'un bond. Il y a un problème ?

Le médecin secoua la tête.

— Non… non, rassurez-vous. Votre femme a repris connaissance. Elle a dû se cogner violemment lors du choc. Vous verrez, elle a une grosse bosse juste au-dessus de la tempe gauche.

— Il y a autre chose, n'est-ce pas ?

Le visage du médecin se rembrunit.

— C'est-à-dire que… Monsieur Diamond, votre femme est devenue hystérique quand je lui ai dit que vous alliez venir la voir. Elle prétend que vous avez essayé de la tuer en voiture.

Reece en eut le souffle coupé.

— Comment ? Mais c'est complètement ridicule, enfin ! Pourquoi diable raconterait-elle ce genre d'idioties ? Il faut que je la voie, je vous en prie.

— Je suis navré, monsieur Diamond, mais je ne vous accorderai pas l'autorisation de la voir tant que je n'aurai pas parlé à la police.

— Jamais de ma vie je ne ferai de mal à Alanna, voyons ! C'est tout simplement incroyable ! s'écria Reece, partagé entre l'indignation et la perplexité. Elle le sait bien, enfin ! Ecoutez, manifestement, quelque chose ne tourne pas rond. C'est peut-être le choc qu'elle a reçu à la tête…

— Elle se montre pourtant tout à fait cohérente dans ses explications, monsieur Diamond. Quelle que soit la vérité, elle semble sincèrement convaincue que vous avez essayé de la tuer. Elle et le bébé qu'elle porte.

Reece écarquilla les yeux.

— Alanna n'est pas enceinte.

— Elle prétend l'être de quelques semaines.

— Je vous répète qu'Alanna n'est pas enceinte, insista-t-il d'un ton catégorique. Vous n'avez qu'à lui faire une prise de sang, vous verrez bien.

Le médecin le considéra avec attention, cherchant visiblement à démêler le vrai du faux. Au prix d'un effort, Reece conserva son calme. C'était sans doute le seul moyen de mettre un terme à ce cauchemar.

— Parfait, reprit enfin le médecin. Je vais procéder à un test de grossesse. Suivez-moi, vous resterez dans mon bureau en attendant les résultats.

— D'accord.

Cette nouvelle attente lui parut encore plus longue que la précédente. Pour tromper son inquiétude, il songea aux engagements qu'il avait pris pour qu'Alanna ait la vie sauve. Il s'était promis de passer plus de temps auprès de sa mère souffrante, d'être plus patient avec ses deux idiots de frères cadets et de faire davantage de dons aux plus démunis, à l'instar de Mike qui dépensait une bonne partie de ses gains dans la création de camps d'été et dans l'achat d'ordinateurs pour les gamins défavorisés.

Au début de sa carrière fulgurante, Reece avait souhaité gagner de l'argent pour aider sa mère et sa famille. Mais en chemin, sans qu'il sache vraiment à quel moment c'était arrivé, ses aspirations étaient devenues plus égoïstes. Peu à peu, il avait voulu amasser de l'argent pour lui tout seul. Beaucoup, beaucoup d'argent.

Certes, c'était agréable de n'avoir aucun souci matériel, à quoi bon le nier ? Mais tout à coup, il se rendait compte que l'argent n'avait aucune valeur comparé à la seule chose qui comptait vraiment dans sa vie : Alanna. Sa femme.

— Bon sang, mais qu'est-ce qu'il fiche, ce docteur ? maugréa-t-il en arpentant le bureau d'un pas fébrile.

Quelques minutes plus tard, la porte s'ouvrit.

— Alors ? fit-il aussitôt en rencontrant le regard décontenancé du jeune médecin.

— Vous aviez raison. Votre femme n'est pas enceinte. Bien sûr, je ne lui ai rien dit par crainte de la déstabiliser encore plus. Je lui ai administré un sédatif et j'ai demandé au psychiatre de garde de venir la voir. Il s'agit du Dr Beckham, il devrait arriver bientôt. En attendant, je vous conseille de rentrer chez vous pour vous reposer un peu, monsieur Diamond. Vous ne pouvez rien faire de plus pour le moment.

— J'aimerais voir ma femme, même un instant, protesta Reece d'un ton implorant. Du pas de la porte. Ou à travers la vitre. Un seul coup d'œil, je vous en prie. Vous n'avez qu'à rester près de moi.

Le médecin hésita un court hésitant.

— Bon, c'est d'accord, capitula-t-il.

Un étrange sentiment d'irréalité étreignit Reece comme il suivait le médecin le long du couloir carrelé. Alanna était en vie, c'était déjà une bonne chose. Mais qu'en était-il de sa santé mentale ? Le médecin s'immobilisa devant une grande vitre d'observation.

— La voilà, déclara-t-il en indiquant le lit, de l'autre côté de la vitre.

Reece se figea, les yeux rivés sur la tête blonde d'Alanna, couchée dans un lit d'une blancheur immaculée. Mentalement, il tenta de communiquer avec sa femme, espérant de toutes ses forces qu'elle allait tourner les yeux vers lui.

Son cœur tressaillit lorsqu'elle tourna la tête et rencontra son regard.

Dieu merci, il ne lut aucune angoisse dans ses yeux légèrement voilés, pas le moindre soupçon de peur. Elle le considéra un long moment sans ciller. Son visage était indéchiffrable. L'espace d'un instant, une étincelle de curiosité brilla dans son regard mais rien d'autre. Rien du tout.

— Elle ne me reconnaît pas, murmura-t-il, abasourdi, à l'intention du médecin. Vous avez vu ? Elle ne me reconnaît pas !

Ce dernier fronça les sourcils.

— Il semblerait que vous ayez raison. Dites-moi, monsieur

Diamond, votre femme a-t-elle été mariée avant de vous rencontrer ?

— Oui. Pourquoi ?

— Je me demandais si… Attendez-moi un instant, je reviens tout de suite.

Sans lui laisser le temps de réagir, le jeune docteur pénétra dans la chambre et échangea quelques mots avec Alanna. Puis il rejoignit Reece en secouant la tête, visiblement perplexe.

— C'est la première fois que je rencontre un tel cas, déclara-t-il en entraînant Reece à l'écart. J'ai demandé à votre épouse le nom de son mari afin de pouvoir fournir quelques éléments à la police. A propos, elle vous prend pour un inspecteur. Bref, elle m'a répondu que son mari s'appelait Darko. Darko Malinowski. C'est le nom de son premier mari ?

— Je ne sais pas, avoua piteusement Reece. Je ne sais rien de son premier mariage.

— Je vois. Je vais être obligé d'appeler un neurologue, en plus du psychiatre. Le choc que votre épouse a reçu à la tête a provoqué des lésions internes, sans doute superficielles. Toujours est-il qu'elle souffre d'amnésie partielle.

— Elle ne se souvient pas de moi, répéta Reece, partagé entre la stupeur et une certaine forme de soulagement.

Au moins, elle ne pensait pas qu'il avait essayé de la tuer… Mais son premier mari avait-il essayé, lui, d'attenter à ses jours ? Ce mystérieux Darko… Il avait toujours cru qu'Alanna l'avait aimé passionnément. Et si la vérité était tout autre ?

Un souvenir lui revint soudain.

— Son premier mari est mort dans un accident de voiture, déclara-t-il à l'adresse du médecin.

Ce dernier se frotta le menton d'un air pensif.

— Ah… ça pourrait expliquer certaines choses. Etait-elle avec lui au moment de l'accident ?

Reece esquissa une grimace.

— Je ne sais pas.

Par une sorte d'accord tacite, Alanna et lui s'étaient mariés sans s'étendre sur leurs passés respectifs. Sans doute parce que ce genre de confessions intimes, ce besoin de tout savoir sur l'autre étaient réservés aux couples amoureux. En toute honnêteté, Reece n'avait pas éprouvé la moindre envie de la questionner sur sa vie avant leur rencontre. Elle lui plaisait, il la désirait, tous deux s'entendaient bien et ils souhaitaient fonder une famille. Ç'avait été largement suffisant, à leurs yeux, pour se lancer dans l'aventure conjugale.

Mais les règles du jeu avaient maintenant changé. Croisant le regard intrigué du médecin, il haussa légèrement les épaules.

— Il semblerait que ma femme m'ait fait quelques cachotteries, murmura-t-il avec un sourire contraint.

Lui-même s'était bien gardé de raconter à Alanna sa rupture avec Kristine. Les paroles cinglantes, les mimiques dédaigneuses de cette dernière avaient été autant de coups de poignard. Combien de fois avait-il revécu leur dernière journée ensemble, en proie à un profond désespoir ? Bien sûr, il avait également caché à Alanna qu'il l'avait épousée par esprit de vengeance — au départ, en tout cas. Oui, aux premiers jours de leur mariage, il l'avait exhibée à la face du monde… et pour atteindre Kristine. Sans aucun égard, il le réalisait maintenant, pour la jeune femme sensible qui se cachait sous ses airs de séductrice raffinée et sûre d'elle.

Mais petit à petit, Alanna avait su le conquérir. Elle avait même, sans le savoir, accompli l'exploit de chasser Kristine de son esprit.

Et voilà qu'à présent… elle ne le reconnaissait pas !

Cette pensée lui déchira le cœur. Qu'adviendrait-il si elle ne retrouvait pas la mémoire ?

— Pour l'amour du ciel, dites-moi que ça ne durera pas, reprit-il en jetant un œil désespéré au médecin.

— J'aimerais pouvoir vous rassurer, commença prudemment ce dernier. Selon de récentes études, les personnes devenues amnésiques à la suite d'un traumatisme retrouvent généralement la mémoire, à plus ou moins long terme. Pour être franc, je n'ai pas beaucoup d'expérience en la matière et je préfère vous adresser au Dr Jenkins, le chef de notre service neurologie. Il vous donnera davantage d'explications après s'être entretenu avec votre épouse. Si vous voulez bien m'excuser, monsieur Diamond, je dois retourner aux urgences. Rentrez chez vous. Le Dr Jenkins vous appellera dès qu'il sera là. Je crois me souvenir qu'il est parti en week-end.

Reece secoua la tête.

— Il est hors de question que je rentre chez moi. Ecoutez, puisque Alanna me prend pour un policier, pourquoi ne pourrais-je pas m'asseoir à son chevet ? Elle doit avoir une peur bleue si elle croit que son mari a voulu la tuer. Je pourrais toujours prétendre que je suis là pour assurer sa protection. Je vous promets de ne rien dire qui pourrait la contrarier.

Le médecin réfléchit quelques instants… Une éternité pour Reece, tenaillé par une frustration grandissante.

— Bon, c'est d'accord. Mais je demanderai aux infirmières de passer régulièrement. L'état psychologique de votre épouse est très fragile, monsieur Diamond. Vous sortirez sans objection si elle manifeste le moindre signe de nervosité. Est-ce bien entendu ?

Reece hocha la tête, conscient de la gravité de la situation.

— C'est parfaitement clair.

7

Alanna luttait contre la torpeur qui menaçait de l'engloutir. Ses paupières étaient de plus en plus lourdes, ses pensées s'embrouillaient. Le médecin avait dû lui donner un somnifère.

Mais elle avait trop peur pour s'endormir. Darko devait traîner dans les parages, pressé de finir sa sale besogne.

Les yeux rivés sur la porte close, elle luttait de toutes ses forces pour rester éveillée. S'il entrait, elle hurlerait de toutes ses forces. Sa voix était sa seule arme… Mais elle ne devait pas dormir pour pouvoir s'en servir.

Le médecin avait bien tenté de la rassurer. Elle ne risquait rien à l'hôpital, lui avait-il assuré. Mais il ne connaissait pas Darko. Rusé et tenace, elle savait qu'il était capable de convaincre tout le monde qu'elle avait perdu la raison, et qu'il n'avait rien tenté contre elle. Puis il la tuerait. D'une manière ou d'une autre. Elle et son bébé.

Son cœur faillit cesser de battre lorsque la poignée de la porte tourna lentement. Elle ouvrit la bouche, prête à crier… mais la referma aussitôt, soulagée de voir une infirmière suivie du policier blond qu'elle avait aperçu tout à l'heure en compagnie du médecin.

Encore sous le coup de la peur, elle laissa échapper un petit sanglot. L'infirmière se précipita à son chevet, douce et prévenante.

— Ce monsieur va rester auprès de vous, expliqua-t-elle

d'un ton apaisant. Vous n'êtes pas obligée de parler, madame Diamond, fermez les yeux et reposez-vous.

Alanna leva sur elle un regard interrogateur.

— Comment m'avez-vous appelée ?

L'infirmière esquissa une moue confuse.

— Oh, mon Dieu, j'ai complètement oublié, murmura-t-elle en jetant un coup d'œil désolé en direction du séduisant inspecteur.

— Ce n'est rien, fit ce dernier. Ne vous inquiétez pas, je m'occupe de tout.

— Vous êtes sûr que ça va aller ?

— Sûr et certain.

Reece raccompagna l'infirmière à la porte. Sa décision était prise : étant donné l'état d'angoisse dans lequel se trouvait Alanna, il valait mieux lui dire la vérité. Lui expliquer avec diplomatie qu'elle avait perdu une partie de sa mémoire et que l'ex-mari qu'elle craignait tant était mort. A défaut de régler tous les problèmes liés à son amnésie partielle, cela apaiserait au moins la terreur qu'il avait lue dans ses yeux quand ils avaient ouvert la porte.

Oui, contrairement à ce que pensait l'interne, la vérité lui apporterait un sentiment d'apaisement, Reece n'en doutait pas un instant.

Après avoir fermé la porte de la chambre, il prit une chaise et alla s'asseoir au chevet d'Alanna. Comme elle était pâle ! La peur assombrissait ses grands yeux verts et elle semblait extrêmement fragile.

Le doute l'assaillit. Etait-elle prête à entendre la vérité ? D'un autre côté, la laisser dans l'ignorance eût été encore plus cruel.

— Comment vous sentez-vous ? demanda-t-il à voix basse, choisissant de la vouvoyer pour ne pas la surprendre.

Malgré sa pâleur et ses cheveux en bataille, elle était bouleversante de beauté.

— Je suis très fatiguée. Dites-moi, que se passe-t-il exactement ? Qu'est-ce que l'infirmière a oublié, tout à l'heure ?

Reece inspira profondément.

— D'abord, permettez-moi de vous rassurer, commença-t-il avec douceur. Vous êtes hors de danger. Votre mari ne peut plus rien contre vous.

— Il… il est en prison ? demanda-t-elle d'une voix tremblante en posant sur lui un regard tourmenté.

Il serra les poings, ivre de rage contre cet homme qui avait tant fait souffrir sa femme.

— Disons qu'il ne peut plus vous importuner.

Alanna secoua la tête, les yeux brillants de larmes.

— Vous dites ça parce que vous ne le connaissez pas. Darko est très intelligent. Il me retrouvera tôt ou tard.

— C'est impossible, Alanna, fit-il en remarquant son air surpris lorsqu'il prononça son prénom. Darko est mort.

— Mort…, articula-t-elle d'une voix à peine audible. Darko est mort…

Elle enfouit son visage entre ses mains et éclata en sanglots.

— Il ne mérite pas que vous pleuriez pour lui, déclara-t-il, surpris par sa réaction.

— Ce n'est pas pour lui que je pleure, protesta-t-elle entre deux sanglots. Ce sont des larmes de soulagement, vous comprenez. Je suis enfin en sécurité.

Elle joignit les mains sous son menton, comme pour prier.

— Et mon bébé aussi. En sautant de la voiture, je savais que je prenais un énorme risque. Il conduisait comme un fou. Il m'a dit qu'il allait foncer dans un poteau pour nous tuer tous les trois. Il s'était mis dans la tête qu'il n'était pas le père… Oh, je me fichais bien de mourir mais je ne voulais pas qu'il tue mon bébé.

Le sang de Reece se glaça dans ses veines. Seigneur, il avait oublié le bébé… Comment réagirait-elle en apprenant qu'il était mort ? Car c'était ce qui avait dû se passer…

Il comprenait mieux le désir d'enfant de sa femme. L'aura de mystère qui entourait celle-ci commençait enfin à se dissiper. Il lui manquait encore quelques pièces du puzzle, mais elles se mettaient en place peu à peu.

En proie à une grande confusion, il regarda Alanna sécher bravement ses larmes. L'ombre d'un sourire se posa sur ses lèvres tremblantes.

— Le médecin m'a dit que je n'avais rien de cassé, j'ai juste une grosse bosse au-dessus de la tempe. J'ai eu une chance inouïe, n'est-ce pas ? Quand je…

Elle se tut brusquement et le considéra d'un air interrogateur.

— Qu'y a-t-il ? demanda-t-elle à mi-voix, comme si elle avait perçu son embarras. Est-ce que vous me cachez quelque chose ?

Reece ne savait que répondre. Pourquoi n'avait-il pas écouté les conseils du jeune médecin ? Il aurait dû se taire et attendre. Car à présent, il avait la désagréable impression d'être dans une impasse.

Alanna le détailla longuement avant de reprendre la parole.

— Vous n'êtes pas de la police, n'est-ce pas ?

— Non, avoua-t-il d'un air penaud.

— Mais alors, qui êtes-vous ?

— Je m'appelle Reece. Reece Diamond.

— Diamond…, répéta-t-elle en fronçant les sourcils. Mais… c'est le nom qu'a utilisé l'infirmière pour s'adresser à moi !

— C'est exact. Vous êtes Mme Diamond.

— Ça n'a aucun sens, voyons ! Je m'appelle Alanna Malinowski !

— Tu *t'appelais* ainsi, en effet, Alanna. Mais plus maintenant.

Elle le fixait d'un air hébété.

— Je… je ne comprends pas.

— Tu as été victime d'un accident de voiture ce matin, c'est vrai. Mais ce n'est pas de cet accident-là que tu te souviens. Cette fois-ci, tu n'as pas sauté en route. C'est une voiture qui nous a percutés.

— *Nous* ? Vous voulez dire… vous et moi ?

— Oui.

— C'est complètement fou. Je ne suis jamais montée en voiture avec vous, je ne vous connais même pas !

A ces mots, une vive douleur transperça le cœur de Reece.

— C'est l'impression que tu as en ce moment, mais tu me connais bien, Alanna, et tout va se remettre en place, ajouta-t-il en espérant de tout son cœur que l'avenir lui donnerait raison. Tu souffres d'amnésie partielle. Le choc que tu as reçu à la tête semble avoir effacé quelques années de ta vie.

Les yeux de la jeune femme s'arrondirent de stupeur.

— Je devine ce que tu ressens, Alanna. Il fallait que je te dise la vérité, au moins pour que tu cesses d'avoir peur. Quel âge as-tu, à ton avis ?

— J'ai vingt-cinq ans, répondit-elle du tac au tac avant de prendre un air dubitatif. C'est bien ça ?

— Non, Alanna. Tu as trente ans. Et tu n'es plus Mme Darko Malinowski. Ton premier mari est mort dans un accident de voiture il y a cinq ans.

— Mon premier mari ?

— Oui. Tu m'as épousé l'an dernier. Tu t'appelles à présent Mme Diamond. Et je suis Reece Diamond, ton mari.

Alanna cligna des yeux avant de poser sur lui un regard empli de stupeur et d'angoisse mêlées. A l'évidence, son visage ne lui disait absolument rien.

Une pensée terrible traversa l'esprit de Reece. Et si la mémoire ne lui revenait jamais ? Comment réagirait-il si elle demandait le divorce ?

— Non, murmura-t-elle d'une voix tremblante. C'est impossible… Si Darko est vraiment mort, comme vous le prétendez… je ne me serais pas remariée. Jamais de la vie !

La détermination amère de ses propos en disait long sur l'enfer qu'elle avait dû vivre.

— Vraiment, reprit-elle, c'est impossible. Je n'aurais pas…

Elle se tut brusquement, comme frappée par la foudre.

— Mon bébé ! s'écria-t-elle soudain d'une voix étranglée. Qu'est-il devenu ?

Reece étouffa un grognement. Il n'avait pas songé à ça un seul instant. Mis au pied du mur, il inspira avant de se jeter à l'eau.

— Je ne sais pas vraiment, Alanna. Tu ne m'avais jamais parlé de ce bébé. Nous vérifierons dans ton dossier médical, à moins que la mémoire te revienne d'ici là… Mais je crains fort que tu ne l'aies perdu en sautant de voiture.

Le cri qui s'échappa de ses lèvres ressemblait à une plainte d'animal blessé. Ce fut comme si la douleur qui la submergeait emplissait toute la pièce. Le cœur serré, Reece se pencha vers elle pour la prendre dans ses bras, mais elle s'écarta vivement et, roulant sur le côté, se recroquevilla en position fœtale.

— Non… non… non, sanglotait-elle d'une voix brisée.

L'infirmière fit irruption dans la pièce. Foudroyant Reece du regard, elle se précipita au chevet de sa malade.

— Vous aviez promis de ne rien dire qui puisse la bouleverser, lança-t-elle d'un ton réprobateur. Sortez de cette chambre, je vous prie.

— Je suis son mari et je n'ai aucune intention de partir !

— Vous allez pourtant quitter cette pièce, que vous le vouliez ou non, déclara une voix masculine, posée et catégorique.

Reece se tourna. Agé d'environ trente-cinq ans, l'homme qui venait d'entrer avait un visage lisse, encadré de cheveux bruns un peu longs. Il avait un regard très bleu, pénétrant, et portait un jean délavé, une chemise et un blouson de cuir.

— Je suis le Dr Beckham, reprit-il. Le psychiatre de garde. Mademoiselle, restez auprès de votre patiente, ordonna-t-il à l'infirmière avant de pointer un index autoritaire sur Reece. Quant à vous, cher monsieur, veuillez me suivre, je vous prie.

Reece s'exécuta à contrecœur. A peine dans le couloir, il fit face au médecin et, poings plantés sur les hanches, donna libre cours à son exaspération.

— Je commence à en avoir plus qu'assez des médecins

qui essaient de m'éloigner de ma femme. Ecoutez-moi bien : je ne rentrerai pas chez moi, je resterai auprès d'elle, que cela vous plaise ou non ! J'espère que c'est assez clair !

Un sourire empreint d'amusement étira les lèvres du psychiatre.

— C'est plutôt rassurant de rencontrer un mari qui se préoccupe à ce point du sort de son épouse. Vous retournerez à son chevet dès que vous aurez répondu à mes questions. En attendant, essayez de vous détendre un peu. Le Dr Masur a administré un sédatif à votre femme, elle ne devrait pas tarder à sombrer dans un sommeil réparateur. Maintenant, suivez-moi, j'ai quelques questions à vous poser.

8

Alanna mit du temps à émerger des limbes du sommeil. Ses paupières papillonnèrent quelques instants avant de s'ouvrir complètement. Pendant une fraction de seconde, elle se demanda où elle se trouvait et pourquoi.

— Tu as eu un accident de voiture et tu as perdu la mémoire, murmura-t-elle d'une voix mal assurée en palpant délicatement la bosse nichée à la racine de ses cheveux.

Ce geste lui arracha une grimace de douleur. La bosse semblait énorme. Pourtant, elle n'avait pas mal à la tête.

— Darko est mort, reprit-elle en secouant la tête, partagée entre le soulagement et l'incrédulité.

Hélas, son bébé était mort lui aussi. Son cher, son précieux bébé…

A en croire son entourage, cinq ans s'étaient écoulés depuis le drame. Mais pour elle, cela venait de se produire et la douleur qui lui étreignait le cœur était vive et persistante, presque insupportable. Un nouveau flot de larmes embua son regard. Tout à coup, elle aperçut du coin de l'œil deux longues jambes vêtues d'un jean.

— Oh ! s'écria-t-elle en tournant la tête vers le fauteuil.

Dieu merci, l'homme assis à son chevet dormait à poings fermés et elle eut le temps de ravaler ses sanglots. Les battements précipités de son cœur, en revanche, demeurèrent incontrôlables.

Reece Diamond… Ainsi s'appelait son mari. Son deuxième mari.

« Impossible ! cria une petite voix intérieure. Tout simplement inimaginable ! »

Et pourtant… Pourquoi lui aurait-il menti ? Pourquoi serait-il resté à son chevet si ce n'était pas la vérité ?

Alanna le contempla avec attention. C'était un très bel homme, avec des traits à la fois fins et volontaires qu'on voyait souvent chez les acteurs de cinéma ou les mannequins. Blond cendré, ses cheveux encadraient son visage en vagues souples et une mèche rebelle retombait nonchalamment sur son front. Elle se rappelait que ses yeux étaient d'un bleu limpide, presque transparent. Pour parfaire le tout, il possédait une silhouette d'athlète, puissante et déliée, avec de larges épaules et de longues jambes.

Objectivement, il avait tout pour plaire aux femmes, souvent sensibles à ce subtil mélange de beauté classique et de sex-appeal viril.

Mais elle n'était pas comme les autres femmes. Après sa malheureuse expérience avec Darko, jamais elle ne serait tombée dans le piège de l'amour. Et jamais — au grand jamais — elle ne se remarierait.

A moins que…

Son cœur se serra douloureusement. Quelle était la clé de ce mystère ? S'était-elle finalement remariée dans le seul but d'avoir un enfant ?

Non, elle n'aurait pas pris ce risque. Si elle avait tant voulu un enfant, elle aurait trouvé une autre solution… L'insémination artificielle, par exemple.

Troublée par les mille pensées qui tourbillonnaient dans sa tête, Alanna fronça les sourcils, s'efforçant d'imaginer ce qui avait bien pu se passer au cours des cinq années qu'elle semblait avoir rayées de sa mémoire.

C'était long, cinq ans. Qui sait quel genre de femme elle était devenue pendant tout ce temps ?

Elle tenta de s'imaginer mariée à l'homme qui dormait dans le fauteuil. Bien qu'il fût très attirant, elle n'arrivait pas à concevoir qu'ils aient pu faire l'amour ensemble. Non, cette simple idée la hérissait. Et pourtant, s'ils étaient mari et femme…

Prenait-elle du plaisir dans ses bras ? Son estomac se noua. Il fut un temps où elle savourait pleinement les plaisirs de la chair. Mais Darko avait durement réprimé sa nature sensuelle.

Etait-il possible qu'elle ait repris goût à l'amour physique grâce à cet homme ? songea-t-elle en détaillant à loisir son nouveau mari.

Peut-être, après tout, s'était-elle mariée par amour ?

Non, cette éventualité était tout bonnement inconcevable.

Darko avait conquis son cœur grâce à l'amour dont il l'avait abreuvée, un amour passionné, sans limites. Mais cet amour s'était vite avéré destructeur… Indifférente aux premiers signes qui auraient dû l'alerter, elle avait longtemps pris ses multiples attentions, ses gestes protecteurs, ses cadeaux démesurés pour de l'amour romantique, à la fois pur et désintéressé.

Ainsi, son désir d'attendre leur nuit de noces pour faire l'amour l'avait enchantée. Comment aurait-elle pu imaginer sa réaction de dégoût lorsqu'il avait découvert qu'elle n'était plus vierge ? Elle n'avait pas non plus compris qu'il ait pu se sentir menacé par le plaisir qu'elle prenait au lit.

Les nuages avaient commencé à s'amonceler dans leur vie conjugale bien avant la fin de leur voyage de noces. A cette époque-là, hélas, elle se sentait déjà piégée. Piégée par l'amour qu'elle portait à Darko. Avec du recul, elle savait à présent que ce n'était pas l'amour qui la liait à lui, mais la peur.

Non, décida-t-elle, submergée par une nouvelle vague d'amertume. En aucun cas elle n'avait pu se remarier par amour. Mais alors, pour quelle raison était-elle devenue Mme Diamond ?

Le mystère demeurait entier. Elle avait beau le regarder, le détailler des pieds à la tête, aucune étincelle ne venait éclairer son cerveau embrumé. Aucune sensation de déjà-vu, absolument rien.

— Reece, murmura-t-elle dans l'espoir d'attiser des émotions enfouies tout au fond d'elle.

Ce dernier se réveilla instantanément. Agrippant les bras du fauteuil, il se redressa, sur le qui-vive.

— Comment te sens-tu ? demanda-t-il d'un ton inquiet avant de lever les yeux au ciel. Quelle question ridicule... Attends, j'appelle l'infirmière.

Rapide comme l'éclair, il se leva d'un bond et se dirigea vers la porte à grandes enjambées.

— Non ! s'écria Alanna.

Il s'arrêta net

— Ce n'est pas la peine, ajouta-t-elle d'un ton plus posé.

Reece l'enveloppa d'un regard anxieux.

— Tu as retrouvé la mémoire ?

— Non, hélas. Mais je sens une différence en moi, maintenant que je suis reposée. Je veux dire... Je suis consciente de ne plus être la jeune femme désespérée et vulnérable qui a sauté de la voiture de son mari il y a cinq ans.

— C'est déjà un grand pas, fit Reece en hochant la tête. Il faut que j'appelle le médecin. Il voulait te voir à ton réveil.

— De quel médecin s'agit-il ?

— Du psychiatre de garde, le Dr Beckham. Il est très gentil, tu verras. Un neurologue passera également te voir un peu plus tard, le Dr Jenkins.

Elle secoua la tête, l'air abattu.

— Un psychiatre et un neurologue... Je vais vraiment mal !

— Rassure-toi, tu vas bien. Et tu es toujours aussi jolie.

Alanna cligna des yeux, désarçonnée par le compliment. Contre toute attente, une bouffée de chaleur se répandit dans son corps et elle sentit ses joues s'empourprer.

Si son cerveau ne se souvenait pas de Reece Diamond, il en était tout autrement de son corps... Cette réaction inopinée la rassura en même temps qu'elle attisa sa curiosité.

— J'ai quelques questions à vous poser.

— Je t'écoute.

— Pourriez-vous venir vous rasseoir ? suggéra-t-elle. Vous semblez prêt à vous volatiliser.

Il partit d'un rire amusé et les yeux d'Alanna s'arrondirent de surprise. Elle connaissait ce rire…

— Tu te souviens de quelque chose, n'est-ce pas ? demanda-t-il aussitôt.

— Oui… non… enfin, je ne sais pas trop. C'est votre rire…

— Tu me dis souvent que tu aimes mon rire. Et mon sens de l'humour.

Alanna songea à ses paroles. Oui, après Darko, il n'était pas étonnant qu'elle ait recherché un homme qui aimait rire et plaisanter.

— J'ai une question très importante à vous poser, reprit-elle avec le plus grand sérieux. J'aimerais que vous me répondiez franchement.

— Vas-y, je t'écoute.

— Pourquoi nous sommes-nous mariés ? Je veux dire… J'ai du mal à croire que j'aie eu envie de me remarier et pourtant, je l'ai fait. Alors j'aimerais savoir pour quelle raison.

Il la considéra un long moment sans mot dire, visiblement réticent.

— Je vous en prie, ne vous sentez pas obligé d'enjoliver la vérité. Je ne veux pas qu'on me mente. Je ne veux pas de déclarations enflammées si elles ne sont pas sincères. Grand Dieu, non. C'est d'ailleurs bien la dernière chose que je souhaite : des promesses d'amour. Darko passait son temps à me dire combien il m'aimait et à me démontrer l'inverse par ses actes. Non, je veux simplement savoir pourquoi nous nous sommes mariés, tous les deux. Ce n'était pas par amour, n'est-ce pas ?

Reece passa nerveusement la main dans ses cheveux. Qu'était-il censé répondre ? La vérité, sans doute. Enfin, ce qui était la vérité *avant* l'accident. Car un voile s'était levé en lui ce matin et ç'avait été comme une illumination. Il aimait Alanna… Oui, il l'aimait de toutes ses forces.

Malheureusement, elle n'était pas prête à entendre cela. Il était clair qu'elle fuyait l'amour et les grands sentiments comme la peste.

Aussi s'installa-t-il à son chevet pour lui raconter les choses telles qu'elles s'étaient réellement passées entre eux, jusqu'à aujourd'hui, en tout cas.

Elle l'écouta sans mot dire, se contentant de froncer les sourcils lorsqu'il expliqua qu'ils s'étaient mariés sans qu'il ait été question d'amour. Ils avaient décidé de vivre ensemble car ils s'appréciaient mutuellement et ils désiraient tous deux fonder une famille. Et lorsqu'il confessa qu'il ignorait presque tout de son premier mariage, y compris le nom de son ex-mari, le visage de la jeune femme trahit sa confusion.

— Ce n'est pas possible… Je n'ai rien dit pour expliquer pourquoi je désirais un tel mariage ?

— Tu es restée très vague. Le peu que tu m'as raconté m'a conduit à penser que ton premier mari avait été le grand amour de ta vie et que jamais plus tu n'éprouverais les mêmes sentiments pour un autre, expliqua Reece. Comme je sortais moi-même d'une expérience similaire, tes motivations ne m'ont pas étonné.

— Une expérience similaire ? répéta-t-elle, interloquée.

Il lui parla de Kristine, sans toutefois lui raconter en détail la dernière journée qu'ils avaient passée ensemble. C'était parfaitement inutile. A la fin de son récit, Reece fut terrassé par un profond sentiment d'abattement. La vérité au sujet du passé d'Alanna s'avérait particulièrement déprimante. Cela signifiait qu'elle ne serait plus jamais capable d'aimer. Même si elle finissait par recouvrer la mémoire, ce qu'il souhaitait, évidemment, elle ne lui ouvrirait jamais son cœur. Et cette perspective l'emplissait d'une tristesse indicible.

Il se leva, masquant à grand-peine une grimace de douleur.

— Tu as mal quelque part, fit observer Alanna, optant naturellement pour le tutoiement.

L'inquiétude qui perçait dans sa voix accrut encore la frustration de Reece. Sa compassion ne l'intéressait pas. Ce qu'il voulait, c'était sa tendresse, sa passion, son amour !

— Je suis un peu courbatu et je me sens las, tout à coup, admit-il d'un ton bourru. Un bain chaud, un peu de paracétamol et il n'y paraîtra plus. Je dois aller prévenir le médecin, maintenant. Ensuite, je pense rentrer à la maison, j'ai besoin de me reposer. Mais je reviendrai demain matin, à la première heure.

Avec un peu de chance, elle aurait retrouvé la mémoire entre-temps.

— Et ma mère ? demanda-t-elle à brûle-pourpoint. Est-elle encore… en vie ?

Il haussa les sourcils, stupéfait. La mère d'Alanna n'avait que cinquante et un ans et elle était en excellente santé, contrairement à la sienne, un peu plus âgée, qui souffrait de problèmes vasculaires depuis quelque temps. Pourquoi diable la mère d'Alanna serait-elle morte ?

— Bien sûr, répondit-il, la première surprise passée. Elle est même en pleine forme. D'ailleurs, elle vient de se fiancer et projette de se marier bientôt.

Ses yeux verts s'arrondirent de stupeur.

— C'est une blague ! Qui est l'heureux élu ?

— Il s'appelle Bob. Il enseigne les mathématiques au lycée de Cessnock. Ça fait un petit bout de temps qu'ils se fréquentent, tous les deux.

— Seigneur ! J'ai du mal à le croire !

— Tu devais l'appeler ce soir. Veux-tu que je le fasse à ta place ? Je lui expliquerai ce qui s'est passé.

— Dois-je comprendre que nous nous appelons régulièrement, maman et moi ? demanda Alanna d'un ton sceptique.

— Très souvent, même.

— Cela m'étonne beaucoup.

— Je vais l'appeler et lui dire de venir.

La panique se peignit sur le visage diaphane d'Alanna.

— Non… Ne fais pas ça, je t'en prie. Je n'ai pas envie de la voir pour le moment. Je… j'ai besoin de réfléchir, tu comprends. J'ai besoin de calme et de solitude si je veux retrouver la mémoire.

— Ta réaction risque de la blesser, tu sais.

— Vraiment ? fit-elle presque sèchement. Permets-moi d'en douter.

— Tu vis avec cinq ans de retard, Alanna, remarqua Reece, contrarié par l'attitude de sa femme. Quoi qu'il se soit passé entre ta mère et toi, c'est définitivement oublié. Vous êtes très proches, toutes les deux. Elle voudra te soutenir dans cette épreuve, c'est tout naturel.

Elle secoua la tête avec véhémence.

— Ce que tu dis est sans doute vrai, je ne remets pas en cause ta bonne foi, mais je n'ai pas envie de la voir pour le moment. Est-ce clair ? demanda-t-elle d'un air buté.

Il leva les yeux au ciel.

— D'accord, j'essaierai de lui expliquer la situation le plus délicatement possible. Bon, il faut vraiment que j'aille chercher le médecin.

— Et ne tarde pas à rentrer à la maison, ajouta Alanna. Tu as l'air épuisé.

Son ton prévenant lui arracha un sourire.

— Voilà l'épouse qui parle…

Elle esquissa à son tour un bref sourire.

— On dirait bien, en effet.

Leurs regards se rencontrèrent, celui d'Alanna chargé d'interrogations inquiètes.

— Suis-je une bonne épouse, au moins ?

— La meilleure qui soit, répondit Reece, la gorge étrangement nouée.

Un bref silence suivit ses paroles.

— Tout cela me paraît si difficile à croire, murmura-t-elle enfin.

— Et pourtant, c'est la vérité.

Elle le considéra longuement avant de hocher la tête.

— Ça ne doit pas être très difficile d'être une bonne épouse avec un homme comme toi. Tu es extrêmement patient. Et tu sembles très gentil.

Au prix d'un effort, Reece réprima un rire d'autodérision. Il ne possédait pas une once de patience, d'ordinaire. Quant à sa prétendue gentillesse… Certes, son entourage le qualifiait souvent de gentil et de généreux. Mais c'étaient des qualités tellement superficielles quand on était riche à millions ! Il n'y avait aucun mérite à distribuer de l'argent autour de soi…

Il aurait tellement voulu qu'Alanna retrouve la mémoire très vite ! Manifestement, ce Darko Malinowski l'avait complètement anéantie, tant au plan émotionnel qu'au plan physique. Reece comprenait mieux à présent pourquoi elle avait montré tant de retenue au cours des premiers mois de leur mariage. C'était comme si elle se méfiait de sa véritable nature, passionnée et sensuelle.

Un entretien avec le psychiatre lui ferait le plus grand bien.

— Je vais prévenir le Dr Beckham, déclara-t-il d'une voix blanche, avant de quitter la pièce.

9

— Quelle belle journée ! s'extasia Alanna.

D'un point de vue purement météorologique, oui, c'était une belle journée, un mercredi ensoleillé, trois jours après l'accident. Au volant de sa voiture, Reece ramenait Alanna à la maison. Elle n'avait pas retrouvé la mémoire. Les cinq années passées n'existaient pas et elle ne gardait aucun souvenir de leur mariage.

Physiquement, elle était en pleine forme. Son hématome à la tempe s'était presque résorbé et le scanner n'avait montré aucune lésion cérébrale.

Les deux spécialistes, le Dr Jenkins et le Dr Beckham, étaient arrivés à la même conclusion : son amnésie était d'ordre émotionnel. L'accident de voiture l'avait propulsée cinq ans en arrière, à l'époque où un autre accident lui avait infligé un sérieux traumatisme à la fois physique et psychologique. Pour se défendre, son cerveau avait refoulé tout ce qui s'était passé après cet événement tragique. Quelle ironie ! songea Reece, d'humeur morose. Ce n'étaient pas les cinq dernières années qu'elle aurait dû rayer de sa mémoire mais les vingt-cinq qui les avaient précédées…

Les deux médecins étaient persuadés qu'elle retrouverait bientôt la mémoire, dès lors qu'elle serait de nouveau dans son environnement familier.

Il l'espérait de tout son cœur. Il ne serait pas facile de vivre avec une femme qui le considérait comme un étranger. Partant du principe qu'il valait mieux lui laisser du temps, il s'était installé dans une autre chambre afin de ne pas la brusquer.

Il savait maintenant ce que son premier mari lui avait fait subir. La mère d'Alanna lui avait brièvement raconté leur histoire lorsqu'il l'avait appelée dimanche soir.

Réfugié politique, Darko Malinowski avait perdu ses parents dans son pays natal. Tous deux avaient été sauvagement massacrés par le pouvoir en place. Grand, très brun, plein d'un charme ténébreux, c'était un jeune homme mystérieux et fascinant. Il suivait des études d'ingénieur à l'université de Sydney et travaillait comme chauffeur de taxi pour joindre les deux bouts quand il avait rencontré Alanna. Un véritable coup de foudre, pour lui.

Il lui avait fait une cour assidue, la couvrant de cadeaux et de poèmes qu'il écrivait à ses heures perdues, la traitant comme une véritable princesse. Flattée par toutes ses démonstrations d'affection, Alanna n'avait pas tardé à succomber à son charme.

C'était tellement éloigné de son schéma familial ! Sa belle-mère avait également confié à Reece que le père d'Alanna n'était qu'un égoïste rustre et sans cœur et que sa fille lui avait souvent reproché de rester avec cet homme qui la traitait comme une moins-que-rien. C'était précisément la raison de leur éloignement, durant toute cette période. La mère et la fille ne s'étaient rapprochées qu'à la mort de Darko, lorsque Alanna était rentrée à Cessnock, sous le choc, éperdue de chagrin après sa fausse couche. Elle avait compris depuis pourquoi certaines femmes restaient avec un mari qu'elles n'aimaient plus, un mari méprisant qui prenait un malin plaisir à les détruire.

Apparemment, Darko souffrait d'une jalousie obsessionnelle, quasi pathologique. Il avait fait vivre à Alanna un véritable calvaire, la questionnant sans cesse sur ses allées et venues, la suivant en douce, laissant éclater sa colère si elle émettait le souhait de sortir sans lui. Un vendredi soir, alors que celle-ci, à bout de nerfs, s'apprêtait à quitter la maison sans lui demander son avis, il était allé jusqu'à la ligoter sur une chaise et l'avait laissée là tout le week-end.

« C'était un névrosé de la pire espèce, avait continué la mère d'Alanna. Mais comme il était très fort physiquement, ma fille était terrifiée. En apprenant qu'elle était enceinte, elle espérait que les choses allaient s'arranger entre eux. Hélas, ce fut tout le contraire. Darko l'a accusée d'avoir une liaison avec un autre homme, il s'est mis dans la tête que le bébé n'était pas de lui. Ils étaient en voiture quand Alanna lui a annoncé la nouvelle. Ivre de rage, il a menacé de les tuer tous les trois sur-le-champ. Elle le connaissait bien, elle savait qu'il n'hésiterait pas à mettre sa menace à exécution. Aussi a-t-elle sauté de la voiture dans l'espoir de sauver son bébé. »

S'arrachant à ses sombres pensées, Reece lança un coup d'œil furtif en direction d'Alanna. Contre toute attente, elle semblait plutôt détendue, confortablement installée sur le siège passager de la BMW de location.

Elle avait exprimé son étonnement en découvrant la luxueuse voiture sur le parking, un peu plus tôt, et lorsque Reece lui avait expliqué qu'il s'agissait d'une voiture de location en attendant que leur Mercedes soit réparée, Alanna avait paru encore plus surprise. Manifestement, leur train de vie la plongeait dans un profond désarroi.

Elle avait remis le jean et le pull qu'elle portait le jour de l'accident. Reece lui avait simplement apporté des sous-vêtements propres. En découvrant le soutien-gorge et le string roses, elle avait froncé les sourcils. C'était trop affriolant à son goût, avait-elle murmuré d'un ton contrit.

Reece étouffa un soupir. Où était passée la femme sensuelle qu'il avait épousée ? C'était à croire qu'elle s'était volatilisée…

En entendant le soupir étouffé de son compagnon, Alanna se tourna légèrement vers lui. Le pauvre, songea-t-elle dans un élan de compassion, ça ne devait pas être simple pour lui.

« Pauvre » était un qualificatif qui ne lui convenait pas au sens littéral du terme, pensa-t-elle en le détaillant du coin de l'œil. Il portait un costume gris à la coupe impeccable, probablement taillé sur mesure, et une chemise bleue qui rehaussait encore la limpidité de son regard. Une cravate mordorée apportait une note de fantaisie à sa tenue. A son poignet brillait une montre en or.

En résumé, Reece Diamond portait bien son nom : il conduisait de luxueuses berlines et s'habillait comme un prince. Etait-ce pour son argent qu'elle l'avait épousé ? Avait-elle changé à ce point en cinq ans ?

Darko et elle avaient eu un train de vie tout à fait moyen. Lui avait abandonné ses études peu de temps après leur mariage, arguant qu'il gagnerait davantage d'argent comme chauffeur de taxi. Mais Alanna le soupçonnait d'en profiter pour pouvoir la filer à sa guise. Heureusement, grâce à son diplôme de tourisme, elle avait décroché un poste intéressant dans un grand hôtel du centre-ville et son salaire leur permettait de vivre correctement. Au bout d'un an de mariage, Darko avait exigé qu'elle lui remette l'intégralité de son salaire et elle, pauvre idiote, avait obéi sans protester. Et lorsque, quelque temps plus tard, son mari lui avait ordonné de démissionner afin de pouvoir se consacrer entièrement à lui, comme une bonne épouse qui se respecte, elle s'était de nouveau inclinée.

— Nous sommes presque arrivés, déclara Reece, coupant court à sa plongée dans le passé.

— Nous habitons à Balmain ? fit-elle en lisant les panneaux des rues qu'ils empruntaient.

Au moins reconnaissait-elle Sydney et ses différents quartiers.

— East Balmain, rectifia-t-il machinalement. Au bord de l'eau.

L'un des quartiers les plus chic de la ville. Avant même qu'ils s'arrêtent devant d'imposantes grilles noires, Alanna savait que leur maison ne ressemblerait en rien au petit deux pièces préfabriqué qu'elle avait occupé avec Darko.

Mais lorsque les grilles s'ouvrirent lentement devant eux, elle retint de justesse un petit cri de surprise. Il ne s'agissait pas d'une « maison » mais d'une splendide demeure à deux étages bordée d'une grande cour, au centre de laquelle se dressait une jolie fontaine en pierre.

— J'ignorais que tu étais riche à ce point, murmura-t-elle, émerveillée par tant de beauté.

— Ça n'a pas toujours été le cas, répondit Reece d'un ton désinvolte. Et ça ne durera peut-être pas. L'immobilier est un secteur très fluctuant.

— Tu vends des maisons ? demanda-t-elle comme ils s'engageaient sur une allée assez abrupte, en direction du garage, dont la porte s'ouvrit automatiquement à leur approche.

— C'est ce que je faisais à l'époque où j'ai acquis cette demeure. Maintenant, je suis promoteur. J'achète des terrains sur lesquels je fais construire des résidences haut de gamme. Je me suis également lancé dans les complexes touristiques et les maisons de retraite.

— Tu as dû travailler comme un forçat pour être à la tête d'un tel empire à ton âge. Je veux dire… Tu n'as pas l'air très vieux. Je te donne trente-cinq ans, maximum.

— J'en ai trente-six, bientôt trente-sept. Tu as raison, j'ai travaillé dur pour réussir et ce n'est pas fini. D'ailleurs, il faut que j'aille au bureau aujourd'hui. J'ai quelques dossiers urgents à régler. J'espère que ça ne te dérange pas. Je vais te faire visiter la maison avant de partir. J'imagine que tu ne te souviens de rien.

— Ne te donne pas cette peine, objecta Alanna. Le Dr Jenkins m'a conseillé de mettre ma mémoire à l'épreuve pour voir si je me souviens de certaines choses instinctivement.

— Ta voiture te dit quelque chose ? demanda Reece en désignant du menton la Lexus argent qui stationnait à côté de la BMW.

Alanna contempla d'un air interdit le véhicule aux contours racés.

— Je ne m'en souviens pas du tout, admit-elle en secouant la tête.

— Les clés se trouvent dans la pochette extérieure de ton sac à main, indiqua Reece.

Alanna ramassa le sac qu'elle avait posé à ses pieds. C'était un sac en cuir marron qui portait la griffe d'un grand couturier. Elle trouva un trousseau de clés à l'intérieur de la pochette zippée ainsi qu'un téléphone portable. Elle avait déjà inspecté le contenu de son sac à l'hôpital et connaissait à présent le nom du parfum qu'elle portait ces temps-ci. Le flacon côtoyait un paquet de pastilles à la menthe ainsi qu'un porte-monnaie quasiment vide. Dans le portefeuille assorti se trouvait en revanche une collection impressionnante de cartes, et parmi elles deux cartes de crédit.

— Je travaille à l'extérieur ? demanda-t-elle à son mari.

Il se tourna vers elle.

— Tu étais directrice des relations publiques du Regent Hotel quand nous nous sommes rencontrés. Mais tu as donné ta démission peu de temps après notre mariage.

— Je suis donc ce qu'on appelle une femme entretenue, fit-elle observer d'un ton méprisant, choquée qu'elle ait pu se marier pour des raisons matérielles.

— Absolument pas, protesta Reece. Tu es une battante qui a bien mené sa barque, crois-moi.

La jeune femme songea au poste important qu'elle avait occupé, tandis que Reece l'entraînait à l'intérieur de la maison. Ils longèrent un large couloir avant de pénétrer, quelques instants plus tard, dans un vaste hall d'entrée recouvert de marbre gris. Elle balaya la pièce du regard, impressionnée par tant de luxe. L'entretien de ce genre de maison devait demander un temps fou, songea-t-elle avant de se reprendre. Quelle idiote ! Les femmes entretenues engageaient des domestiques, évidemment !

— Nous venons de traverser l'aile réservée aux domestiques, l'informa Reece, comme s'il avait deviné ses pensées. La buanderie se trouve aussi dans cette partie-là.

Elle le considéra avec stupeur.

— Nous avons des domestiques à demeure ?

— En fait, non. Tu ne le jugeais pas nécessaire. Une femme de ménage vient deux fois par semaine pour s'occuper du linge et des tâches ménagères les plus lourdes. De temps en temps, quand nous organisons une grande réception, tu fais appel à un traiteur. Mais tu préfères cuisiner toi-même pour les dîners entre amis.

— Dieu merci, je ne suis pas totalement oisive !

— Bien au contraire, Alanna, tu m'es d'une aide précieuse. En fait, tu es un peu mon bras droit.

A l'entendre, on aurait cru qu'elle jouait le rôle de secrétaire particulière. Peut-être ne partageaient-ils pas la même chambre, songea-t-elle, très angoissée à l'idée de dormir dans le lit d'un… inconnu. Certes, Reece était un homme extrêmement attirant, mais la simple idée de faire l'amour lui répugnait.

— La maison te dit quelque chose ? demanda-t-il, coupant court à ses pensées troublantes.

Debout au milieu du hall d'entrée, Alanna regarda autour d'elle. De part et d'autre, deux grands escaliers menaient à l'étage où se trouvaient probablement les chambres à coucher. Devant elle, quelques marches descendaient dans un immense salon qui ouvrait à son tour sur une terrasse démesurée.

Légèrement en contrebas, une somptueuse piscine ovale, équipée d'un espace Jacuzzi, miroitait au soleil. Et au-delà, une pelouse impeccablement entretenue, ornée de massifs et d'arbustes, s'étendait jusqu'au rivage. A droite, on pouvait apercevoir la silhouette gracieuse d'Harbour Bridge. Sur l'autre rive se dressaient de nombreuses résidences qui devaient offrir à leurs occupants la même vue spectaculaire.

Ici, tout respirait le luxe et le raffinement, depuis les sols revêtus de marbre jusqu'aux murs d'une blancheur immaculée, en passant par les meubles de style et les objets d'art.

Au-dessus de sa tête, un lustre étincelant pendait au plafond légèrement voûté.

Hélas, tout cela était neuf pour elle… y compris le maître des lieux. La seule chose dont elle arrivait à se souvenir à son sujet, c'était son rire.

— Mon bureau et les chambres d'amis se trouvent par là, reprit Reece en indiquant un couloir qui partait sur la droite, derrière l'escalier. Et ces deux portes, là, sais-tu ce qu'elles cachent ? demanda-t-il en pointant l'index sur les ouvertures qui se trouvaient sous chaque escalier.

— Des toilettes et un vestiaire, peut-être, répondit Alanna d'un ton hésitant.

— Presque. Elles donnent toutes les deux sur des toilettes. Une pièce pour les hommes, l'autre pour les femmes.

— Oh…

Décidément, cette demeure ressemblait à un véritable château ! Tout à coup, elle se sentit submergée par une immense lassitude, tant physique qu'émotionnelle.

— Pourquoi ne retournes-tu pas travailler ? suggéra-t-elle, pressée de se retrouver seule. Je me débrouillerai, ne t'inquiète pas.

— Tu es sûre ?

— Oui. Pour être franche, je suis fatiguée. Je crois que je vais aller me reposer un peu. Je… Oh, zut…

— Que se passe-t-il ? fit Reece d'un ton anxieux. Tu te souviens de quelque chose.

— Non… J'ai oublié de prendre le beau bouquet que tu m'avais apporté à l'hôpital, murmura-t-elle, déçue.

Un sourire soulagé étira les lèvres de Reece.

— Ce n'est rien, je t'en offrirai un autre. Après tout, c'est ma mission : rendre ma femme heureuse. De la même manière que tu me rends heureux, Alanna.

Cette dernière le considéra d'un air incrédule.

— C'est vrai, nous sommes heureux ensemble ?

— Oui.

Elle avala sa salive et força son courage pour poser la question qui lui brûlait les lèvres.

— Au lit aussi ?

— Au lit aussi.

Elle garda le silence. L'idée qu'elle ait pu retrouver le goût de l'amour physique lui semblait inconcevable. Mais cinq années s'étaient écoulées depuis la mort de Darko. A l'époque, elle n'était plus qu'une pauvre créature tétanisée par la peur, incapable de ressentir autre chose que de l'angoisse. Manifestement, elle avait émergé de cet effroi pour redécouvrir les plaisirs sensuels.

Après tout, c'était peut-être pour cela qu'elle avait épousé Reece Diamond, et non pour des raisons matérielles comme elle l'avait cru. Le visage d'Alanna s'assombrit. L'argent ou le sexe… Ou, pire encore, peut-être les deux. C'était absolument abject !

— A quoi penses-tu ? demanda Reece en surprenant son expression horrifiée.

Il fit un pas vers elle, visiblement inquiet. Elle cligna des yeux.

— Je… J'ai du mal à comprendre ce qui m'a poussée à m'adresser à cette agence de rencontres dont tu m'as parlé. Pour être franche, au vu de ma première expérience conjugale, je n'arrive pas à croire que j'ai souhaité un jour me remarier, fût-ce à un homme aussi riche, brillant et séduisant que toi.

Il sourit brièvement avant de hocher la tête.

— Je comprends ton désarroi. Veux-tu appeler ta mère ? Elle t'aidera à y voir plus clair.

— Non, répondit aussitôt Alanna. Je ne veux pas lui parler, pas encore.

— Dans ce cas, tu devrais en discuter avec Natalie. Natalie Fairlane, précisa-t-il devant son air perplexe, la directrice de *Une femme pour la vie*. Veux-tu que je l'appelle pour lui expliquer la situation ? Je peux lui demander de passer te voir demain, si elle est libre. Elle pourra répondre à toutes les questions que tu te poses, étant donné l'entretien poussé qu'elle conduit avec chaque candidat. Et puis, qui sait, votre conversation fera peut-être jaillir quelques souvenirs.

— Oui. Oui, c'est une bonne idée, reconnut-elle, surmontant à grand-peine la bouffée d'angoisse qui montait en elle.

Elle se sentait prise de vertige en se demandant ce qui se passerait si elle n'aimait pas la femme qu'elle était devenue…

— Je l'appellerai dès que j'arriverai au bureau, proposa Reece.

— Merci.

— Tout le plaisir est pour moi, répondit-il en la gratifiant d'un sourire éclatant.

Pas étonnant qu'il ait réussi dans la vie… Qui pouvait résister à un tel sourire ? Elle, songea Alanna en réprimant un frisson. Si séduisant, si sexy fût-il, elle continuait à le considérer comme un parfait étranger.

— Une dernière chose avant que tu t'en ailles, articula-t-elle d'une voix mal assurée.

— Oui ?

— C'est au sujet de notre… de cette nuit, reprit-elle, les joues en feu. Je veux dire… je… je n'ai pas…

Un mélange de compréhension et de regret se lut sur le visage de Reece.

— Rassure-toi, Alanna, je me suis déjà installé dans une autre chambre. Nous attendrons que tu aies retrouvé la mémoire.

— Et si… si je ne la retrouve pas ?

— Les médecins sont formels : tu y arriveras.

— Oui, mais quand ? Demain ? L'année prochaine ? Dans dix ans ?

— Bientôt, ne t'inquiète pas, la rassura Reece d'un ton optimiste. Maintenant, excuse-moi, je dois y aller. Tu trouveras de quoi manger dans la cuisine.

Elle ne put s'empêcher de sourire. Reece Diamond était un homme incroyablement prévenant et attentionné, très différent de Darko. Quelles qu'aient été ses véritables motivations, elle avait fait le bon choix en l'épousant.

— Ça va aller, fit-elle en effleurant du bout des doigts le bras de son mari. Ne t'inquiète pas pour moi.

Il baissa les yeux sur sa main, visiblement surpris par ce geste affectueux. Il chercha son regard et esquissa un sourire.

— Tu dis toujours ça.

— C'est vrai ?

— Oui. Tu es d'une nature très indépendante.

— Ah bon ? fit-elle, sincèrement étonnée.

— Oui, tu peux me croire.

Alanna retira brusquement sa main. Serait-elle capable un jour d'accorder sa confiance à un homme ? Apparemment, c'était ce qu'elle avait fait avec Reece. Et, aussi bizarre que cela puisse paraître, cette pensée la réconforta.

— Je suis désolée…

Ce dernier fronça les sourcils.

— Pourquoi ?

« Je suis désolée de t'avoir oublié », faillit-elle dire avant de se ressaisir.

— Je suis désolée de te causer autant de souci. Ça ne doit pas être facile d'être marié à une femme qui ne se souvient pas de toi.

Il laissa échapper un petit rire.

— Non, pas vraiment.

— A quelle heure penses-tu rentrer, ce soir ?

Il consulta sa montre.

— Il est déjà 11 heures. Je ne serai pas là avant 18 heures.

— Veux-tu que je prépare le dîner ? Je veux dire… Est-ce ce que je fais d'habitude ?

— En principe, oui. Quand nous ne dînons pas à l'extérieur. Mais tu as l'air épuisée. Je rapporterai quelque chose à manger, d'accord ? Qu'est-ce qui te ferait plaisir ? Un repas chinois ? thaïlandais ? italien ?

Alanna eut un sourire confus.

— Je ne sais pas, c'est à toi de me le dire. Qu'est-ce que j'apprécie, ces temps-ci ?

Les yeux de Reece pétillèrent. A quoi pensait-il, au juste ? Elle déglutit péniblement. Oh non, pourvu qu'il n'ait pas mal interprété ses paroles… Car il n'y avait absolument aucun sous-entendu sexuel là-dedans ! Certes, elle s'était adonné avec bonheur aux plaisirs sensuels autrefois mais c'était il y a longtemps, avant que Darko se charge de réprimer sa nature enflammée. Il la forçait à faire l'amour quand elle n'en avait pas envie, clamant haut et fort qu'il n'y avait rien de meilleur que de contraindre sa propre femme à se plier à ses désirs. Il la possédait avec une violence à peine contenue en lui chuchotant des insultes à l'oreille. A ce souvenir, un frisson lui parcourut l'échine.

— Ce sera une surprise, répondit finalement Reece, l'arrachant à ses sombres pensées. Si tu as besoin de m'appeler, mon numéro personnel est le premier de ton répertoire, sur le téléphone portable qui se trouve dans le sac que tu tiens à la main. Il faut que je file, Alanna.

Avant qu'elle ait le temps de réagir, il la prit doucement par les épaules et effleura sa joue d'un baiser. Un baiser aérien, on ne peut plus prude et, pourtant, le cœur d'Alanna s'emballa sur-le-champ tandis que mille frissons couraient sur sa peau.

— A tout l'heure, murmura-t-il avant de tourner les talons.

L'instant d'après, il avait disparu.

Alanna resta un long moment les yeux rivés sur la porte close. Machinalement, sa main effleura la joue qu'il venait d'embrasser. Aucun doute : si son cerveau ne se souvenait pas de lui, son corps, lui, se le rappelait.

10

Perché au douzième étage d'un gratte-ciel du centre-ville, les bureaux de Reece surplombaient le port de Sydney. Diamond Enterprises n'employait que trois personnes à plein temps : son bras droit, Jake Wyatt, un jeune loup féroce et ambitieux, une secrétaire qui se chargeait de l'accueil des clients, et lui-même.

La secrétaire s'appelait Katie. Agée de trente-huit ans, elle avait quitté son poste de commerciale dans l'immobilier pour accepter celui-ci, plus tranquille. Blonde, ravissante, pleine de tact et d'une efficacité redoutable, elle était surtout mariée et heureuse en ménage. Reece n'avait jamais aimé mêler vie privée et vie professionnelle.

— Je ne prends aucun appel pendant une demi-heure, déclara-t-il tout de go en pénétrant dans le hall lumineux qui servait de réception. Et avant que vous ne me posiez la question, Katie, non, Alanna n'a toujours pas retrouvé la mémoire et oui, je suis d'une humeur massacrante.

— Vous ne voulez ni café, ni croissant, alors ? fit Katie sans ciller.

Reece s'immobilisa sur le seuil de son bureau et gratifia sa secrétaire d'un sourire reconnaissant.

— Vous savez comment tenter un homme… Commandez-m'en deux. Avec un café bien serré. Mais pas avant vingt minutes, j'ai quelques coups de fil à passer avant.

— Et Jake, alors ? Il voulait vous voir pour faire le point sur la mission que vous lui avez confiée, vous savez… Il est censé trouver une maison pour Richard, votre ami banquier, et son épouse.

— Ah oui, c'est vrai… Ecoutez, dites-lui que je le verrai plus tard, rien ne presse. Les deux tourtereaux sont en voyage de noces et ne rentreront pas avant un mois. Entendu ?

— Oui, chef, répondit Katie d'un ton espiègle.

Après avoir fermé la porte derrière lui, Reece alla directement à son bureau.

Sans porter la moindre attention à la vue imprenable qui s'offrait à lui ni à la décoration élégante de la pièce, il se laissa tomber dans son fauteuil de cuir, s'empara du téléphone et sélectionna le numéro de Mike dans son répertoire. Avant toute chose, il se devait d'honorer les engagements qu'il avait pris pour qu'Alanna ait la vie sauve.

Mike décrocha à la troisième sonnerie. Sa voix grave résonna à l'autre bout du fil.

— Mike Stone à l'appareil.

— Mike, c'est Reece.

— Reece ! Ecoute, mon vieux, j'espère que tu ne m'en veux plus d'avoir dansé avec Alanna samedi soir… Je n'y tenais pas particulièrement, tu sais.

Il avait complètement oublié cette histoire… Cette soirée lui semblait tellement loin !

— C'est bon, Mike, je ne t'en veux pas. En fait, j'appelle pour tout autre chose.

— Bon sang, Reece, tu as une voix d'outre-tombe. Il n'y a rien de grave, j'espère.

Reece raconta brièvement à son ami ce qui s'était passé.

— Ce n'est pas possible ! s'écria Mike dès qu'il eut terminé son triste récit. Pourquoi ne me l'as-tu pas dit plus tôt ? J'aurais pu t'aider, je ne sais pas, moi… Je t'aurais emmené boire un verre quelque part pour te changer les idées. Tu devais être fou d'inquiétude !

Au bout du fil, Reece eut un sourire sans joie. Il n'y avait pas de mot pour exprimer l'angoisse qui lui avait étreint le cœur lorsqu'il avait posé les yeux sur Alanna, inconsciente, pâle comme la mort sur le siège passager.

— Je te remercie, ça va aller. Ecoute, Mike, après l'accident, je me suis promis que si Alanna… en sortait indemne, je ferais en sorte d'être plus attentif aux autres.

Il toussota pour masquer sa gêne.

— Comme je sais que tu t'investis beaucoup pour les jeunes défavorisés, poursuivit-il, j'aimerais te confier une certaine somme, disons un million pour commencer, afin que tu la distribues à ceux qui en ont réellement besoin. Je le ferai tous les ans, tant que mes finances me le permettront.

Un bref silence accueillit ses propos. Finalement, Mike prit la parole.

— Tu es sérieux ?

— Bien sûr que je suis sérieux, enfin ! Je te confie l'argent et tu te charges d'aider tous ces jeunes que tu soutiens déjà.

— Je ne sais pas quoi dire, Reece.

— Tu n'as qu'à dire merci, mon vieux, c'est tout. Donne-moi ton numéro de compte, je m'en occupe dès aujourd'hui.

Deux minutes plus tard, Reece raccrocha. C'était une bonne chose de faite. Mike ne perdait jamais de temps en discussions inutiles, et il appréciait la concision et l'efficacité de son ami. Le coup de fil suivant s'annonçait plus délicat. Etouffant un soupir, Reece consulta de nouveau son répertoire et sélectionna le numéro de Natalie Fairlane. Coup de chance, il ne tomba pas sur le répondeur de l'agence mais sur sa directrice en personne.

— Bonjour, Natalie, Reece Diamond à l'appareil.

Il y eut une brève hésitation.

— Reece ! s'écria finalement Natalie. J'espère que vous ne m'appelez pas pour m'annoncer que votre mariage avec Alanna bat de l'aile…

— Non, rassurez-vous, répondit-il, surpris par l'inquiétude sincère qui perçait dans la voix de son interlocutrice.

Natalie Fairlane était une superbe rousse, flamboyante,

sculpturale et brillante. Mais, étrangement, elle dégageait une espèce d'assurance glaciale qui portait ombrage à son physique de déesse. Quel homme parviendrait à percer l'armure dont elle s'était entourée ? Un homme aussi complexe qu'elle, probablement...

— Dans ce cas, en quoi puis-je vous être utile ? demanda-t-elle d'un ton intrigué.

De nouveau, il raconta l'accident et l'amnésie partielle dont souffrait Alanna.

— C'est très triste, déclara Natalie. La situation doit être particulièrement éprouvante pour Alanna. J'ignorais que son premier mariage avait été aussi traumatisant. C'est étrange, vraiment... En principe, les femmes qui ont connu un mariage malheureux n'ont guère envie de renouveler l'expérience.

— C'est en effet ce qui la tracasse le plus, admit Reece. Elle n'arrive pas à comprendre pourquoi elle s'est remariée. Je croyais que vous pourriez l'aider à répondre aux questions qui la tourmentent mais il semblerait que je me sois trompé. Apparemment, elle ne vous avait pas mise dans la confidence non plus.

— Hélas, non. Mais vous savez, j'ai ressenti une espèce d'élan de compassion pour Alanna dès que je l'ai rencontrée.

— Pourquoi ça ?

— Je ne sais pas vraiment, une intuition. Il m'arrive de sentir que certaines femmes ont souffert par le passé et c'est ce qui s'est produit avec Alanna. Mais tout s'était éclairci lorsqu'elle m'avait raconté que son premier mari avait trouvé la mort dans un accident de voiture. J'en avais conclu, à tort, que l'espèce de mélancolie qui émanait d'elle provenait de là. J'aurais dû écouter mon instinct... Je retiendrai la leçon, à l'avenir.

Reece comprit soudain les raisons de l'apparente rigidité de son interlocutrice. Natalie Fairlane avait elle aussi souffert à cause d'un homme. Et ses blessures n'étaient pas encore refermées.

— Je me demandais si vous accepteriez de rendre visite à Alanna, reprit-il d'un ton neutre. Les médecins lui conseillent de s'entourer au maximum des personnes qu'elle a côtoyées pendant les cinq années dont elle ne garde aucun souvenir. Et de toute façon, votre visite ne lui fera pas de mal.

— Je serais ravie de la voir. Quand voulez-vous que j'y aille ?

— Demain matin, si vous êtes libre. Vers 10 heures, ça vous va ?

— C'est parfait. Vous y serez aussi ?

Il hésita. Il brûlait d'envie de rester auprès de sa femme mais il ne voulait surtout pas qu'elle ressente sa présence comme une pression supplémentaire. Il ne fallait en aucun cas qu'elle se sente harcelée.

— Non, je dois rattraper le retard que j'ai accumulé au bureau. La femme de ménage sera là pour vous accueillir. Elle s'appelle Jess. Vous verrez, c'est une femme aussi adorable que discrète.

— C'est la même adresse que celle que j'ai consignée dans mon dossier ?

— Oui.

Reece avait acheté la maison le jour où il avait décidé de se remarier. Muté à l'étranger, l'ancien propriétaire l'avait vendue entièrement meublée et décorée.

— Merci beaucoup, Natalie. Je suis sûr qu'elle sera contente de vous voir. Je l'aime tellement… Oh, zut, marmonna-t-il en maudissant sa spontanéité. Pour l'amour de Dieu, ne lui répétez surtout pas ça. Ce genre d'aveu risquerait de l'effrayer. Promettez-moi de garder le secret.

— C'est promis. Pauvre Alanna…, ajouta-t-elle d'un ton peiné. « Chat échaudé craint l'eau froide », comme dit le proverbe. Vous avez raison, elle n'a sans doute aucune envie de vous entendre déclarer votre flamme, pas avec des mots, en tout cas. Ce qui ne vous empêche pas de lui montrer que vous l'aimez en redoublant de petites attentions. Offrez-lui des fleurs, par exemple.

— J'en avais l'intention, ne vous inquiétez pas. Je dois vous laisser, Natalie, ajouta-t-il comme on frappait à sa porte. Je lui dirai que vous passerez demain. Merci encore. Au revoir.

Après avoir jeté un bref coup d'œil à sa montre, Reece pria Katie d'entrer. Sans doute lui apportait-elle le café et les croissants qu'il avait commandés. Il était midi moins vingt. Que faisait Alanna en ce moment précis ?

Avec un peu de chance, elle recouvrait peu à peu la mémoire...

11

Au même moment, Alanna était en train de rincer la tasse qu'elle venait d'utiliser. Un soupir las s'échappa de ses lèvres. Pourquoi ne reconnaissait-elle rien dans cette maison censée être la sienne ?

Elle prit appui contre le plan de travail, en proie à un profond abattement. Elle avait dû ouvrir tous les placards de la cuisine — et ils étaient nombreux — pour trouver de quoi se préparer un café.

Aucune des pièces du rez-de-chaussée ne lui avait semblé familière. Elle était allée se promener dans le jardin dans l'espoir de faire jaillir un souvenir. Elle avait longé la piscine turquoise et était descendue jusqu'au ponton. Là, elle s'était retournée pour contempler la demeure.

C'était le trou noir le plus complet.

Secouant la tête, elle força son courage et se décida à monter à l'étage. Pour une raison qu'elle ne s'expliquait pas, elle avait repoussé ce moment le plus possible. Mais à présent, il était temps de prendre les choses en main.

Elle inspira profondément et se dirigea vers l'imposant escalier double qui dominait le hall d'entrée. Comme elle gravissait d'un pas réticent les larges marches, son attention fut attirée par les cadres qui ornaient la montée de l'escalier. C'étaient de très belles photos en noir et blanc représentant des paysages côtiers et des mers déchaînées. Les avait-elle choisies ? Ou bien se trouvaient-elles déjà dans la maison quand ils avaient emménagé ? Toute la décoration semblait l'œuvre d'un professionnel. Pourquoi n'avait-elle pas souhaité s'en charger elle-même ?

Elle soupira de nouveau. C'était terriblement frustrant d'oublier ainsi tout un pan de son passé. Frustrant et angoissant, un peu comme si on s'était perdu en chemin.

Arrivée en haut des marches, elle s'immobilisa quelques instants. En face d'elle, au bout d'un large couloir, se trouvait une double porte de bois ornée de poignées en argent. A gauche et à droite, deux autres portes étaient fermées.

Son intuition lui souffla que la double porte ouvrait sur la chambre qu'elle partageait avec son mari. Elle poussa malgré tout les deux autres portes en longeant le couloir. C'étaient deux chambres à coucher dotées chacune d'une salle de bains attenante. Décorée en bleu et blanc, celle de droite était occupée. Le lit était défait et des vêtements reposaient pêle-mêle sur le dossier d'une chaise. Alanna aperçut un jean délavé et un blouson de cuir noir. A l'évidence, c'était ici que Reece avait provisoirement élu domicile.

La considération qu'il lui manifestait était à la fois touchante et surprenante. Alanna n'avait pas l'habitude qu'on la ménage ainsi.

Tenaillée par une soudaine curiosité, elle s'avança vers la double porte. Elle avait hâte, tout à coup, de découvrir leur chambre et le lit qu'ils partageaient.

C'était un lit immense. A baldaquin mais de style contemporain, de bois blanc, la couleur dominante de la maison. Il y avait peu de meubles dans la vaste pièce inondée de soleil. Le lit était flanqué de deux tables de chevet blanches. Il y avait aussi deux fauteuils en rotin et une coiffeuse, blanche elle aussi, couverte de flacons, de tubes et de pots en tous genres.

Alanna s'en approcha et ouvrit ses deux tiroirs. Ses yeux s'écarquillèrent lorsqu'elle découvrit leur contenu. Elle n'avait encore jamais vu autant de parures de lingerie ! A son grand désarroi, toutes ressemblaient à l'ensemble de satin rose qu'elle portait ce jour-là : les soutiens-gorge balconnet côtoyaient les strings et les slips brésiliens. Quant à l'autre tiroir, il regorgeait de pyjamas de soie, de caracos et de nuisettes ourlés de dentelle, de guêpières provocantes, de bas et de porte-jarretelles. Manifestement, la femme qui avait épousé Reece Diamond n'appréciait pas la simple lingerie en coton.

De plus en plus perplexe, Alanna se dirigea vers la salle de bains. Celle-ci était entièrement recouverte de marbre, du sol au plafond. La robinetterie étincelait sur les deux vasques et la baignoire-Jacuzzi. Le grand miroir qui surplombait les vasques coulissait, révélant des boîtes de médicaments et des produits de toilette.

Alanna fronça les sourcils en apercevant une boîte de somnifères. Souffrait-elle de troubles du sommeil ? Pourquoi ? Elle avait pourtant tout pour être heureuse… En apparence, du moins.

Elle haussa les épaules. Elle en avait assez de ces vaines spéculations, assez d'imaginer ce que pouvait bien être sa vie aux côtés de Reece Diamond. C'était épuisant.

Après avoir refermé le miroir, elle pivota sur ses talons et balaya la pièce d'un dernier regard. Hélas, aucun souvenir ne faisait surface dans son esprit confus. Rien ne lui paraissait familier…

Ses yeux se posèrent de nouveau sur la cabine de douche. Aménagée pour deux personnes, elle était équipée de deux pommeaux de douche et d'étagères où reposaient shampooings, gels moussants, exfoliants et masques de beauté.

Sa bouche s'assécha soudain tandis que de folles images défilaient dans sa tête. Lui arrivait-il souvent de prendre une douche avec son mari ? Que faisaient-ils d'autre dans cette vaste cabine ?

A son grand désarroi, les battements de son cœur se précipitèrent tandis que d'étranges pensées germaient en elle. Etait-ce la peur ou l'excitation qui la faisait frissonner de la sorte ?

Irritée par sa propre faiblesse, elle tourna les talons et quitta la salle de bains d'un pas décidé. Chaque chose en son temps, avait conseillé le médecin. Il ne fallait surtout pas s'énerver ni vouloir aller trop vite.

Aujourd'hui, elle se contenterait de prendre ses marques dans la maison, de se réhabituer à l'environnement qui avait été le sien avant l'accident.

Forte de ces résolutions, elle s'approcha de la penderie. A droite, des costumes et des chemises impeccablement coupés, des pantalons et des vestes plus décontractés se côtoyaient dans un ordre parfait. Décidément, son mari possédait un goût vestimentaire irréprochable.

La partie gauche était remplie de vêtements féminins. *Ses* vêtements à elle, se répéta-t-elle en contemplant les nombreux cintres et rayonnages. Elle fut frappée par l'absence de couleurs vives — sans doute était-ce encore l'influence de Darko qui détestait qu'elle attirât l'attention sur elle.

Mais lorsqu'elle commença à passer en revue ses tenues, elle s'aperçut rapidement que sa garde-robe n'avait absolument rien à voir avec les vêtements ternes et austères qu'elle était contrainte de porter avec Darko.

Ses robes de soirée lui arrachèrent un petit cri de surprise. Une en particulier la laissa pantoise. C'était une longue combinaison en satin champagne, dotée d'un décolleté plongeant et d'une ligne fluide qui devait épouser les moindres contours de son corps. Mais c'était surtout le dos qui retenait l'attention… parce qu'il était quasi inexistant ! Impossible de porter quoi que ce soit sous une robe aussi provocante… Mon Dieu, l'avait-elle déjà arborée en public ? Darko l'aurait tuée sur-le-champ s'il l'avait vue dans ce genre de tenue !

A l'autre bout du portant, une robe rouge attira son regard. C'était la seule tache de couleur dans une palette de beiges, écrus, gris et noirs. Piquée dans sa curiosité, elle s'empara du cintre et fut soulagée de découvrir une jolie robe à la coupe très sobre.

Toutes les jupes étaient courtes et moulantes, les vestes

cintrées, les pantalons étroits, les hauts décolletés. Il n'y avait là que des tissus sensuels : de la soie, du satin, de la mousseline et de la dentelle. Quant à ses chaussures, elles s'harmonisaient avec ses tenues : escarpins en daim, sandales à brides délicates, bottes hautes, toutes possédaient des talons vertigineux.

Doux Jésus… que s'était-il passé, en cinq ans, pour qu'elle se métamorphose en vamp sexy ?

Heureusement, des tenues plus décontractées complétaient sa garde-robe et ce fut avec un soulagement intense qu'elle découvrit une collection de jeans, de shorts, de bas de survêtements, de T-shirts et de petits pulls.

Malgré tout, l'inspection de sa penderie n'avait fait qu'accroître la confusion qui régnait déjà en elle. Elle n'arrivait pas à croire qu'elle avait changé à ce point.

Désemparée, elle choisit un jean et un T-shirt blanc et retourna dans la salle de bains pour se changer. La sonnerie du téléphone la fit sursauter et elle braqua un regard anxieux sur l'appareil posé sur la table de chevet.

Elle n'avait pas envie de répondre, redoutant de tomber sur quelqu'un qu'elle était censée connaître mais qu'elle avait oublié.

Et si c'était Reece ?

Jetant ses vêtements sur une chaise, elle se hâta d'aller décrocher.

— Allô !

— Alanna ? C'est toi ?

Elle grimaça. C'était exactement ce qu'elle avait craint. Elle ne savait pas qui était la femme au bout du fil. Agrippée au combiné, elle se laissa tomber sur le lit en cherchant un peu d'inspiration. Elle n'avait pas envie de se lancer dans des explications compliquées sur son accident alors qu'elle ignorait l'identité de son interlocutrice.

— Euh… oui, c'est moi.

— Tu as une drôle de voix. Tu es malade ?

— Je me reposais un peu, répondit-elle tout à trac. J'ai une migraine.

— Pauvre chérie… Tu en as souvent, n'est-ce pas ?

Vraiment ?

— Je comprends mieux pourquoi nous ne t'avons pas vue au club de gym, reprit son interlocutrice sans attendre de réponse. Ça ne te ressemble pas de louper les cours deux jours d'affilée. Je suppose que tu ne pourras pas te joindre à nous ce soir. Quel dommage ! Les filles vont être très déçues.

Alanna cligna des yeux. Ainsi, elle fréquentait assidûment un club de gym et sortait le soir avec des amies. Elle était peut-être vraiment heureuse, après tout. Quel dommage qu'elle ne sache pas à qui elle s'adressait ! Elle interrogerait Reece quand il rentrerait dans la soirée.

— Je suis désolée, je ne suis pas très en forme.

— Zut… Sans toi, nos soirées manquent toujours un peu de piquant ! Tant pis, ce sera pour une prochaine fois. Repose-toi bien, en tout cas. A plus tard, Alanna !

— A plus tard…

Elle raccrocha, en proie à une frustration indicible. Des larmes emplirent ses yeux. Elle aurait tout donné pour retrouver sa mémoire. Tout. Et pas demain, ni la semaine prochaine. Elle voulait que ce petit miracle se produise aujourd'hui… Avant le retour de Reece. Elle voulait pouvoir l'accueillir à la porte d'un ton enjoué. « Bonsoir, chéri… Je suis tellement contente de te voir. Je me souviens de toi, tout est rentré dans l'ordre et oui, tu avais raison : nous *sommes* heureux, tous les deux. Je suis une épouse comblée. »

Hélas, tout au fond d'elle, Alanna craignait d'avoir épousé Reece par pur esprit de revanche, juste pour se prouver qu'elle n'était pas la petite chose minable et effrayée que Darko avait piétinée sans pitié.

« Oh, mon Dieu, pria-t-elle en donnant libre cours à ses larmes, faites que je ne sois pas devenue une créature sans cœur et sans scrupule, je vous en supplie… »

12

Reece observait Alanna du coin de l'œil. Perdue dans ses pensées, elle jouait avec le contenu de son assiette sans avaler la moindre bouchée. Elle semblait pourtant d'humeur légère quand elle l'avait accueilli, un moment plus tôt. Pourquoi ce brusque revirement ?

— Quelque chose ne va pas ? demanda-t-il d'un ton posé.

Ils étaient assis face à face dans la cuisine, Alanna ayant refusé de s'installer dans la salle à manger.

— Non, non, s'empressa-t-elle de répondre en levant les yeux sur lui. C'est délicieux mais… je n'ai pas très faim.

— C'est ton plat thaïlandais préféré.

— Ah bon ? fit-elle d'un ton absent en promenant sa fourchette dans son assiette.

Il feignit de ne rien remarquer. Après tout, il était normal qu'elle se sente perdue. Elle ne gardait aucun souvenir des cinq années écoulées et se retrouvait de surcroît propulsée au cœur d'une sombre époque de sa vie.

— Tu veux un peu de vin ? demanda-t-il en s'emparant de la bouteille. C'est aussi ton vin préféré. Tu es une inconditionnelle des vins néo-zélandais.

Alanna porta le verre à ses lèvres et but une gorgée.

— Il est excellent, en effet. Je bois beaucoup d'alcool ? demanda-t-elle soudain, l'air préoccupé.

Désarçonné par sa question, Reece répondit avec circonspection.

— Disons que tu aimes boire un verre de vin de temps en temps. Mais je ne t'ai jamais vue ivre, si c'est ce que tu voulais savoir. Tout au plus légèrement éméchée, un soir.

— Ah bon ? A quelle occasion ?

— C'était le soir de notre nuit de noces. Nous n'avions jamais couché ensemble avant ce soir-là, expliqua-t-il en voyant ses joues s'empourprer. C'est toi qui ne voulais pas. Je comprends mieux pourquoi, à présent.

Au téléphone, sa belle-mère lui avait confié qu'Alanna n'avait eu aucune liaison depuis le décès de Darko. Croisant le regard de son épouse, il vit que la gêne avait cédé le pas à la curiosité.

— C'était comment… Je veux dire, notre première nuit ?

— C'était bien, répondit Reece, délibérément évasif.

En réalité, après bien des caresses et des paroles réconfortantes, Alanna avait enfin réussi à se détendre un peu, suffisamment en tout cas pour goûter à l'extase. Après ça, elle s'était endormie.

— Ça ne devait pas être terrible, fit-elle observer en le fixant avec attention.

— Ça s'est nettement amélioré par la suite.

Elle fronça les sourcils.

— C'est vrai ?

— Pourquoi te mentirais-je ?

Un silence chargé d'électricité les enveloppa. Submergé par une vague de désir, Reece s'empressa de changer de sujet. C'était beaucoup trop dangereux — et terriblement frustrant — d'évoquer leur vie sexuelle alors qu'il ne la sentait pas encore prête à s'offrir à lui.

— Au fait, enchaîna-t-il d'un ton faussement dégagé, j'ai appelé Natalie Fairlane ce matin. Tu sais, la directrice d'*Une femme pour la vie*. Elle passera demain, vers 10 heures. Je lui ai expliqué ce qui s'était passé, ne t'inquiète pas. La femme de ménage sera là. Elle s'appelle Jess.

Alanna se rembrunit.

— Est-elle vraiment obligée de venir ? Je peux très bien me charger du ménage jusqu'à ce que la mémoire me revienne. Ça m'occupe, tu sais. Décommande-la, Reece, je t'en prie.

Il exhala un soupir.

— Comme tu voudras.

Le soulagement se peignit sur le visage de sa femme.

— Merci. L'idée d'être confrontée à des gens que je suis censée connaître mais que j'ai oubliés me met profondément mal à l'aise. A propos, une femme m'a appelée aujourd'hui… C'était très embarrassant.

Reece haussa les sourcils.

— Qui était-ce ?

— Je n'en ai aucune idée. Apparemment, je vais à la gym avec elle… Elle a une voix haut perchée et des intonations plutôt snobs.

— Ah, c'est Lydia. Vous êtes plusieurs à vous retrouver au club de gym du quartier. Et vous sortez ensemble presque tous les mercredis soir. J'ai complètement oublié de te prévenir, je suis désolé. Je suppose qu'elle appelait pour ça.

— En effet.

— Que lui as-tu dit ?

— Rien. J'ai réussi à rester dans le vague en prétextant que j'avais une migraine. Elle n'a pas eu l'air surprise… D'après elle, cela m'arrive souvent.

— Je ne dirais pas souvent mais de temps en temps, c'est vrai.

— Je vois… Cette Lydia, c'est ma meilleure amie ?

— Non. Tu n'as pas vraiment de meilleure amie. Ces derniers temps cependant, tu as beaucoup sympathisé avec Holly.

— Holly, répéta Alanna en fronçant les sourcils. Non, ce nom ne me dit rien non plus. Qui est-ce ?

Reece lui parla d'Holly et du mariage qui avait eu lieu la veille de l'accident. Il lui dit aussi que Richard et Holly étaient partis en voyage de noces et ne rentreraient que le mois suivant.

— Je dois ajouter que tu étais absolument ravissante en demoiselle d'honneur… Cette robe rouge t'allait à merveille.

— Oh ! Je l'ai vue tout à l'heure, en inspectant le contenu de ma garde-robe. C'était ma tenue de demoiselle d'honneur ? Je comprends mieux pourquoi elle ne ressemble pas aux autres robes.

— Ce n'est pas vraiment le genre de vêtements que tu portes d'habitude mais ça t'allait divinement bien.

— Oui, j'ai… euh… il semblerait que j'aime les choses un peu… provocantes.

— J'aime ta façon de t'habiller.

— Darko m'aurait interdit de porter ce genre de vêtements.

— Je ne suis pas Darko, répliqua Reece, à la fois triste et furieux contre cet homme qui l'avait ravagée.

— Non, c'est évident, murmura-t-elle en l'enveloppant d'un regard empli d'admiration et de gratitude mêlées.

En proie à une vive émotion, il lutta de toutes ses forces contre l'envie de la prendre dans ses bras et de l'embrasser, juste pour la consoler. Son cœur se gonfla d'amour, irradiant dans tout son être.

— Je ne te ferai jamais de mal, murmura-t-il avec tendresse. Jamais.

Le regard d'Alanna s'embua.

— J'aimerais tellement me souvenir de toi, articula-t-elle d'une voix étranglée.

— Ça va venir, ne t'inquiète pas.

— Comment peux-tu dire ça ? s'écria-t-elle en essuyant ses larmes d'un revers de main. Les médecins se trompent peut-être…

Reece se força à garder son sang-froid. Elle avait besoin de lui. En aucun cas il ne devait à son tour céder à la panique.

— Nous aviserons le moment venu, déclara-t-il fermement. Tout ira bien, fais-moi confiance.

— Ce n'est pas facile pour moi de faire confiance à un homme.

— Je sais. Et pourtant, tu as appris à le faire. Sinon, tu ne m'aurais pas épousé.

Un pli songeur barra son front.

— Je suppose que tu as raison.

— Natalie te parlera de l'entretien qu'elle a eu avec toi quand tu t'es inscrite à l'agence. Elle te dira un peu dans quel état d'esprit tu te trouvais alors.

— C'est bien ce qui m'inquiète. A la vérité, je ne suis pas sûre que cette Alanna-là me plaira.

— Je ne vois pas pourquoi tu dis ça.

Une expression tourmentée assombrit le visage de sa femme.

— Elle semble si différente de ce que je suis…

— A quel titre ? Donne-moi des exemples…

— Sa garde-robe, pour commencer. J'ai trouvé dans le dressing une robe de soirée tout à fait incroyable, à la limite de la décence.

Reece esquissa un petit sourire.

— Ah oui, la fameuse robe en satin ivoire, c'est ça ? Si ça peut te rassurer, c'est moi qui te l'ai offerte. Et tu ne l'as mise qu'une seule fois. C'était un peu exagéré, je le concède, mais tu la portes divinement bien. Tu sais, la mode a beaucoup évolué en cinq ans et tu n'es pas la seule à arborer des tenues provocantes en soirée. Et puis, tu peux te le permettre, tu as un corps magnifique…

Elle rougit sous son regard pénétrant.

— Darko me trouvait trop maigre.

La mâchoire de Reece se crispa. Il commençait à en avoir assez de ce satané Darko !

— Tu es parfaite, affirma-t-il avec ferveur avant d'enchaîner, de peur de s'aventurer sur un terrain glissant. Si tu n'as plus faim, je vais débarrasser et nous préparer un bon café, qu'en penses-tu ?

— Non, je m'en occupe, protesta-t-elle. Tu as travaillé toute la journée, tu dois être fatigué.

— Tu vas y arriver ? Je veux dire, tu ne te souviens peut-être pas du contenu des placards.

— Je sais où se trouve le café, répliqua Alanna avec une

pointe d'humour dans la voix. C'est la première chose que j'ai cherchée ce matin.

Il rit de bon cœur.

— Je déconseille à quiconque de t'adresser la parole avant ton premier café du matin, c'est vrai.

Elle secoua la tête.

— C'est tout de même bizarre. Je n'aimais pas le café avant... Et maintenant, j'en bois des quantités impressionnantes. C'est terrible, ce trou noir, ajouta-t-elle d'une petite voix. Je n'arrête pas de penser et de ressasser. J'ai l'impression de ne plus savoir qui je suis !

— Essaie de te détendre, je t'en prie. Tu es Alanna Diamond, déclara Reece en glissant de son tabouret. Ma femme.

Sa femme.

Alanna avala sa salive et baissa les yeux, submergée par d'étranges émotions... Des émotions qui empourpraient ses joues et enflammaient sa peau.

Dès l'instant où il avait franchi le seuil, tenant à la main un joli bouquet de fleurs, elle s'était sentie différente en sa présence. Plus épanouie. Plus femme, tout simplement.

Chaque fois qu'elle posait les yeux sur sa bouche, elle l'imaginait en train de l'embrasser. Chaque fois qu'elle contemplait ses mains, elle l'imaginait en train de la caresser. Et quand elle n'osait plus le regarder... comme en cet instant précis... des images beaucoup plus explicites, aussi excitantes que terrifiantes, la plongeaient dans une profonde confusion. Peut-être s'agissait-il de réminiscences de scènes déjà vécues. C'était en tout cas ce qu'elle espérait.

« Essaie de te détendre », avait-il conseillé. Comment aurait-elle pu se détendre alors que son corps vibrait de désir et que des images infiniment troublantes défilaient dans sa tête dès qu'elle posait les yeux sur lui ? Non, il fallait qu'elle soit seule si elle voulait un peu de répit. Quitte à inventer un petit mensonge…

— Je… j'ai un peu mal à la tête, bredouilla-t-elle en risquant un regard vers lui. Pour de bon, cette fois.

Il fronça les sourcils, l'air inquiet.

— J'espère que ce n'est pas une migraine.

— J'espère aussi. Je prends quelque chose de spécial quand ça m'arrive ?

— Attends, je vais te donner tes médicaments, fit Reece en se dirigeant vers un placard encastré au-dessus du réfrigérateur.

Quelques instants plus tard, il posa une boîte de médicaments sur le plan de travail en granit.

— D'habitude, tu en prends deux et tu vas te coucher dans le noir. Il t'arrive parfois de prendre un somnifère pour t'endormir plus rapidement. Tu trouveras la boîte dans le placard de la salle de bains, derrière le miroir.

— Oui, je l'ai vue tout à l'heure. Je crois que je vais me passer de café, si ça ne te dérange pas. Je ferais mieux d'aller me reposer tout de suite.

Reece hocha la tête.

— Tu as raison, n'attends pas que ça s'aggrave. Laisse, je m'en occupe, ajouta-t-il comme elle commençait à débarrasser la table. Pourquoi ne prends-tu pas un bon bain chaud avant de te coucher ? Ça t'aidera peut-être à chasser la tension que tu as accumulée aujourd'hui.

Elle dissimula sa culpabilité derrière un sourire contrit.

— Oui, c'est une bonne idée. Merci encore, Reece. Pour tout.

— Tu n'as pas à me remercier, c'est normal.

Et il la gratifia d'un sourire qui lui chavira le cœur. Bouleversée, Alanna ramassa la boîte de médicaments et quitta la pièce d'un pas pressé. Elle attendit d'être au pied de l'escalier pour reprendre son souffle et monta les marches quatre à quatre, pressée d'échapper à la présence magnétique de son époux.

En atteignant la chambre à coucher, elle s'aperçut que

son mensonge était en train de devenir réalité : une douleur martelait ses tempes, sourde et lancinante. C'était sa punition…

Etouffant un gémissement, elle se dirigea vers la salle de bains, avala deux antalgiques et se fit couler un bain chaud qu'elle parfuma avec des sels et du bain moussant.

Une demi-heure plus tard, elle émergea de la grande baignoire ronde. La douleur avait empiré, chaque geste, chaque pas était un véritable calvaire. En désespoir de cause, elle prit un somnifère et enfila le pyjama de soie rose qu'elle avait choisi un peu plus tôt, estimant que c'était l'ensemble le moins affriolant de tous ses déshabillés.

Terrassée par une violente migraine, elle se glissa dans le grand lit à baldaquin. Déjà, ses pensées devenaient confuses sous l'effet du somnifère. C'était exactement ce dont elle avait besoin : plonger dans un profond sommeil où rien ni personne ne viendrait la perturber. Tout oublier — vraiment tout, cette fois —, l'espace de quelques heures.

Un quart d'heure plus tard, le vœu d'Alanna fut exaucé : elle s'endormit enfin en exhalant un soupir soulagé.

Hélas, les somnifères n'avaient aucune prise sur le tumulte intérieur qui l'agitait : d'affreux cauchemars l'attendaient au cœur de la nuit, des rêves terrifiants, dominés par le danger qu'incarnait Darko, le chagrin et la déception. Des songes oppressants qui racontaient la confiance brisée et l'amour trahi.

13

Reece était couché et s'efforçait de se concentrer sur son livre lorsqu'un cri perçant déchira le silence.

— Alanna !

Vif comme l'éclair, il bondit hors du lit et se précipita dans la chambre voisine. Là, il alluma la lumière et courut jusqu'au grand lit.

Recroquevillée au milieu du matelas, elle avait les yeux fermés.

— Non, Darko, s'il te plaît…, gémit-elle d'une voix brisée, non…

Le cœur de Reece se serra douloureusement. Même mort et enterré, ce monstre continuait à la torturer… Elle semblait terrorisée et sa petite voix suppliante le glaça.

Il devait la réveiller. Il devait l'arracher des griffes de ce passé terrifiant et la rassurer, lui dire que c'était fini, qu'elle ne risquait plus rien, qu'elle était en sécurité avec lui.

— Alanna, murmura-t-il en la secouant gentiment par les épaules.

Elle ouvrit grand les yeux et Reece y lut toute la terreur qui l'habitait.

— C'est moi, Reece. Ton mari… Tu te souviens ?

— Reece ? Oh, Reece ! articula-t-elle avant d'enfouir son visage dans ses mains, secouée de sanglots.

Une bouffée d'amour gonfla le cœur de Reece.

— Tout va bien, chérie, dit-il en s'asseyant auprès d'elle. Tu n'as absolument rien à craindre.

Comme pour prouver ses dires, il l'enlaça tendrement. L'espace d'un instant, elle se raidit entre ses bras mais, bien vite, elle se laissa aller contre lui tandis que les larmes continuaient à couler sur ses joues.

— Reece, balbutia-t-elle en l'enlaçant à son tour. Reece…

— Oui, je suis là. Chut… Ça va aller, murmura-t-il en caressant ses cheveux.

Combien de temps restèrent-ils ainsi, blottis l'un contre l'autre ? Un quart d'heure, peut-être plus. Il n'aurait su le dire. Tout comme il n'aurait su dire à quel moment précis ses caresses et ses mots apaisants se transformèrent en gestes plus langoureux.

Trop longtemps contenu, tout le désir qu'il éprouvait pour elle était monté en lui insidieusement, et sans qu'il puisse s'expliquer comment, il se retrouva en train de l'embrasser. Prudemment d'abord, puis, très vite, avec une passion débordante.

Après un bref moment d'hésitation, Alanna répondit à son baiser avec la même ardeur et un grisant sentiment de victoire l'envahit. Si elle ne se souvenait pas de lui consciemment, son corps le faisait. Il le clamait haut et fort tandis que leurs langues se mêlaient dans un baiser avide.

Elle laissa échapper un gémissement de protestation lorsqu'il abandonna ses lèvres. Se redressant sur un coude, il plongea dans son regard voilé.

— Alanna, quelques baisers ne me suffiront pas, avoua-t-il d'une voix rauque. Si tu préfères que nous en restions là, il faut le dire tout de suite.

Elle ne souffla mot. Ils se contemplèrent un long moment, comme hypnotisés. Finalement, n'y tenant plus, il reprit la parole.

— Dis quelque chose, je t'en prie.

Il saurait refouler son désir s'il le fallait, il l'aimait trop pour risquer de l'effrayer. En attendant, chaque seconde écoulée le mettait au supplice.

— Oui, murmura-t-elle enfin sans cesser de le regarder.

Reece retint un grondement de frustration.

— Tu préfères que nous arrêtions ?

— Non !

Une onde de chaleur le fit frissonner. Jamais encore il n'avait eu autant envie d'elle.

— Oh, Alanna, chuchota-t-il en caressant son joli visage d'une main tremblante.

Sur le point de lui avouer son amour, il se mordit la lèvre. C'était encore trop tôt. Au lieu de parler, il captura de nouveau sa bouche et l'embrassa avec une fougue et une tendresse mêlées.

Il brûlait d'envie de lui donner du plaisir, de lui offrir tout son amour sans avoir à l'exprimer verbalement. Il y avait encore peu de temps, il prenait les sentiments qu'il éprouvait pour du désir pur. Mais il se trompait, il l'avait compris depuis. Cette nuit, il lui ferait l'amour avec tout ce qu'il ressentait pour elle, en espérant de tout son cœur qu'elle connaîtrait le bonheur entre ses bras.

Il releva la tête et rencontra le regard éperdu de son épouse. Sans cesser de la contempler, il entreprit de déboutonner sa veste de pyjama, guettant le moindre signe de panique, la moindre protestation.

Au lieu de quoi, Alanna aspira une grande bouffée d'air.

Ses doigts hésitèrent un instant sur le dernier bouton. En écartant enfin les pans de soie sur sa poitrine frémissante, il retint son souffle. C'était comme s'il découvrait son corps magnifique pour la première fois. Comme s'il le sentait vibrer sous ses mains pour la première fois.

Lorsque ses doigts effleurèrent délicatement ses tétons durcis par le désir, il entendit sa respiration s'accélérer. Elle fixait sur lui ses grands yeux implorants et ses lèvres entrouvertes l'invitaient à reprendre ses caresses dans une supplique muette.

Encouragé par sa réaction, il se pencha sur sa poitrine et

captura son téton droit qu'il titilla délicatement du bout de la langue.

Alanna poussa un petit cri en s'arquant contre lui.

Il releva brièvement les yeux. Cette fois, ses paupières étaient closes, sa tête rejetée en arrière en signe d'abandon total. Grisé par le désir de sa compagne, il reporta son attention sur sa poitrine, caressant, taquinant et suçotant jusqu'à ce qu'elle laisse échapper de longs gémissements de plaisir. Electrisé, il s'efforçait de rester doux et patient alors même qu'un brasier consumait son corps.

A sa grande surprise, ce fut elle qui manifesta la première son impatience. Avec des gestes fébriles, elle le débarrassa de son caleçon puis ôta le bas de son pyjama.

— Tu es sûre ? demanda-t-il une dernière fois en achevant de se déshabiller.

— Oui…

Puis elle s'allongea et, l'agrippant par les épaules, l'invita à venir sur elle. Ils gémirent à l'unisson lorsqu'ils s'unirent, happés par un tourbillon d'émotions intenses et inédites.

— Ne ferme pas les yeux, pria-t-il d'une voix rauque avant de bouger lentement en elle.

Dans un soupir, elle plongea ses yeux dans les siens et il vit le plaisir les assombrir progressivement, tandis qu'ils ondulaient sur un rythme langoureux.

Il gémit en la sentant se resserrer autour de lui, comme un délicieux étau.

— Reece…

Il se figea sur-le-champ, dans l'expectative.

— Non… non, n'arrête pas, implora-t-elle d'une voix entrecoupée.

— Tes désirs sont des ordres. Bouge avec moi maintenant, laisse-toi aller.

Quelques instants plus tard, elle souleva ses hanches et cria, parcourue par d'exquises vagues de plaisir. Reece ne tarda pas à lui faire écho. Ses épaules frémirent, son dos se cambra. Son esprit explosa en même temps que son corps.

Et ce fut à travers les brumes de l'extase, alors qu'ils reprenaient lentement leur souffle, collés l'un à l'autre, qu'une pensée le traversa, encore plus fulgurante que ce qu'ils venaient de vivre.

Sur le calendrier de la cuisine, Alanna avait entouré ce jour-là d'un grand cercle rouge…

Elle ne se souviendrait peut-être jamais de lui. Elle ne l'aimerait peut-être jamais. Mais elle porterait son bébé.

Reece en avait la certitude.

14

Alanna se réveilla en sursaut. Avec toute sa mémoire.

— Oh ! s'écria-t-elle dans un élan d'allégresse. Oh, merci, mon Dieu !

C'était à peine croyable, elle se souvenait de tout !

Mieux encore, toute la confusion et l'angoisse qui pesaient sur elle depuis quelques jours s'étaient volatilisées. Elle n'avait plus peur. Elle savait qui elle était et d'où elle venait. C'était comme une renaissance, un lumineux retour à la vie.

Reece ! Il fallait absolument qu'elle lui annonce la bonne nouvelle !

Mais à côté d'elle, le lit était vide et…

— Seigneur ! s'exclama-t-elle en consultant le réveil posé sur sa table de chevet.

Il était 9 h 15. L'euphorie qui l'animait vacilla un peu lorsqu'elle comprit que Reece était parti travailler. Elle aurait tant aimé lui annoncer la nouvelle tout de suite en le serrant dans ses bras !

Au même instant, elle aperçut la carte de visite qu'il avait posée à côté du réveil. Ce n'était pas la première fois qu'il lui laissait un petit message de cette manière. D'un geste fébrile, elle s'en empara et la retourna.

— « Je n'ai pas le cœur de te réveiller, tu dors si bien, lut-elle à voix haute. Je t'appellerai à l'heure du déjeuner. Repose-toi. Tendrement, Reece. »

Un soupir béat s'échappa de ses lèvres tandis qu'elle contemplait l'empreinte de sa tête sur l'oreiller voisin.

Etait-ce grâce à ses tendres caresses qu'elle avait retrouvé la mémoire ? Etait-ce son étreinte langoureuse qui avait percé le voile d'angoisse qui l'étouffait depuis leur accident ?

Oui, sans aucun doute.

Reece serait ravi. Ça n'avait pas dû être facile de vivre avec une femme qui ne voyait en lui qu'un parfait inconnu. Et pourtant, il avait fait preuve d'une grande douceur, d'une patience infinie.

Il fallait absolument qu'elle le prévienne. Qu'elle lui annonce la grande nouvelle et qu'elle le remercie.

Pourtant, au moment où elle s'apprêtait à décrocher le combiné, une timidité inexplicable l'envahit. Son estomac se noua au souvenir de la nuit passée. Elle se revit en train de pleurer, recroquevillée sur le lit, tétanisée par la peur puis, quelques instants plus tard, blottie dans les bras de Reece, tremblante de désir. Un désir puissant, irrésistible.

Le doute n'était pas permis, elle était bel et bien redevenue la femme libérée et sensuelle qui s'était révélée à Reece juste avant l'accident ; leur nuit d'amour avait agi comme un déclic sur sa mémoire anesthésiée. Elle n'avait pas à rougir de son comportement, sa nature avait repris le dessus, c'était ainsi.

A la vérité, elle avait vécu une expérience extraordinaire dans les bras de Reece. C'était un homme merveilleux. Sa mère avait raison quand…

— Oh, mon Dieu ! s'écria Alanna en se redressant.

Etouffant un gémissement, elle s'empara du combiné et composa le numéro qu'elle connaissait par cœur. Reece attendrait un peu, elle devait à tout prix rassurer sa mère.

— Maman, je suis désolée ! déclara-t-elle d'un trait dès que celle-ci décrocha.

— Alanna ! fit sa mère d'un ton soulagé. Tu as retrouvé la mémoire !

— Oui ! Je me suis réveillée ce matin, avec toute ma tête,

expliqua-t-elle non sans humour. Oh, maman, j'espère que tu ne m'en veux pas…

— Ne sois pas ridicule, ma chérie. Reece m'a expliqué la situation et j'ai parfaitement compris.

— J'espère. Je m'en voudrais tellement de t'avoir fait de la peine. Tu m'as accueillie à bras ouverts quand je suis venue me réfugier chez toi après la mort de Darko. Je ne sais pas ce que je serais devenue sans toi.

— Tu t'en serais sortie, affirma sa mère. Tu es très forte, Alanna.

— Comment peux-tu dire ça ? Je suis restée mariée trois ans durant à un monstre. Si j'avais été aussi courageuse que tu le prétends, je l'aurais quitté.

— Tu l'aimais.

— Au début, oui…

— Toi et moi savons pertinemment pourquoi tu ne l'as pas quitté, Alanna. Il faut avoir vécu ce genre d'expérience pour comprendre.

— Tu as sans doute raison. J'aurais tellement voulu…

— Cesse de ressasser le passé, coupa sa mère. Tu as tourné la page, ma chérie. Aujourd'hui, tu es mariée à un homme formidable et tu mènes une vie confortable. Reece t'aime beaucoup, Alanna. Alors oublie le passé et concentre-toi plutôt sur le présent et l'avenir.

— Entendu, maman, murmura-t-elle en jetant un coup d'œil au réveil.

Il était 9 h 40. Soudain, une sonnette d'alarme retentit dans son cerveau.

— Mon Dieu, maman, je viens juste de me rappeler que j'attends de la visite et je ne suis même pas habillée !

— File te préparer. Je suis heureuse que tout soit rentré dans l'ordre, ma chérie. Embrasse Reece de ma part.

— Je n'y manquerai pas, maman.

Et elle raccrocha.

Il lui restait vingt minutes avant l'arrivée de Natalie Fairlane.

Ses pensées se tournèrent de nouveau vers Reece et elle eut soudain très envie d'aller lui annoncer la nouvelle de vive voix. Il lui manquait terriblement. Elle désirait plus que tout sentir sa présence, se noyer dans ses yeux clairs. Pourquoi attendre ce soir ? La journée serait interminable si elle ne se décidait pas à aller le rejoindre.

Mais d'abord, il lui fallait se préparer et expliquer la situation à Natalie qui s'était gentiment donné la peine de passer la voir dans l'espoir de lui rafraîchir la mémoire. C'était inutile, désormais. Alanna se souvenait parfaitement de son état esprit quand elle avait frappé à la porte de l'agence…

C'était une ancienne victime, fière de son statut de rescapée, qui s'était adressée à Natalie le jour de l'entretien. Une femme qui assumait pleinement ce qu'elle était, qui savait ce qu'elle voulait et qui se sentait prête à tout pour l'obtenir.

Elle voulait la sécurité matérielle. Un mari séduisant qui la respecterait pour ce qu'elle était.

Et un bébé.

Alanna plaqua une main sur sa bouche.

Un bébé !

Sans se donner la peine de s'habiller, elle descendit dans la cuisine à la vitesse de l'éclair et courut se poster devant le calendrier accroché à côté du réfrigérateur.

Son cœur fit un bond dans sa poitrine lorsqu'elle aperçut le grand cercle rouge qui entourait le jour précédent, encadré avant et après par deux cercles plus petits. Ses jours d'ovulation…

Reece était-il au courant ?

Probablement pas. L'envie d'être père ne le taraudait pas autant qu'elle celui d'être mère. Parfois même, Alanna avait l'impression qu'il désirait fonder une famille juste pour lui faire plaisir.

En attendant, un frisson de pur bonheur lui parcourut le dos tandis que son regard se posait de nouveau sur le cercle rouge.

Il était encore trop tôt pour qu'elle confie ses espoirs à Reece. Et puis, elle ne voulait surtout pas se bercer de fausses joies.

Malgré tout, c'était plus fort qu'elle, comme une conviction intime… Elle avait la nette sensation qu'un petit miracle s'était produit la nuit dernière.

Instinctivement, ses mains se posèrent sur son ventre.

— Est-ce que tu m'entends, mon bébé ? murmura-t-elle d'une voix nouée par l'émotion. Oui, je sais que tu es là. Nous allons prendre le ferry et rendre une petite visite à ton père, continua-t-elle d'un ton léger en regagnant sa chambre. C'est plus rapide que la voiture. J'espère que tu n'auras pas le mal de mer…

Un sourire espiègle aux lèvres, elle entreprit de se préparer.

15

La brise marine ébouriffait l'épaisse chevelure d'Alanna. Installée sur le pont avant du ferry, elle avait hâte d'arriver à destination, impatiente d'annoncer à Reece qu'elle se souvenait de lui, de leur mariage… de tout !

Natalie Fairlane avait paru soulagée et sincèrement heureuse lorsque Alanna lui avait dit qu'elle avait retrouvé la mémoire. La jeune femme s'était confondue en excuses pour le déplacement inutile, mais Natalie ne lui en avait pas tenu rigueur. En apprenant qu'Alanna s'apprêtait à annoncer la grande nouvelle à Reece, elle l'avait incitée à partir sur-le-champ. Son expression ravie lui avait fait chaud au cœur. Lors de leur entrevue, elle s'était sentie très proche de cette femme qui partageait sa conception un brin cynique du couple et des grands sentiments.

Les choses avaient bien changé depuis. En ce qui la concernait, en tout cas. Aujourd'hui, elle se sentait d'humeur incroyablement romantique ; c'était comme si un voile s'était levé devant ses yeux. Des sentiments aussi troublants que grisants l'animaient.

Le ferry accosta enfin à Circular Quay et elle se dirigea vers le gratte-ciel qui abritait les bureaux de Reece. Et s'il n'était pas là ? songea-t-elle soudain. Il avait très bien pu s'absenter pour se rendre sur un site qu'il projetait d'acquérir. A moins qu'il ne soit allé déjeuner avec un de ses architectes. Ou un ingénieur, ou un client, comme il en avait l'habitude.

Heureusement, il n'était que midi et Reece déjeunait rarement avant 13 heures. Elle pressa le pas. Avec un peu de chance, elle le surprendrait assis à son bureau, plongé dans un dossier. Elle marchait aussi vite que le lui permettait le tailleur en daim chocolat qu'elle avait choisi de porter. Avec la petite jupe droite et la veste mi-longue, cintrée à la taille, elle arborait un polo en maille fluide qui mettait en valeur sa poitrine menue. Ses bottines en cuir noir étaient assorties à son sac à main orné d'anses de bois.

Quelques minutes plus tard, elle traversait la rue en direction de l'entrée de l'immeuble. Son cœur battait de plus en plus vite dans sa poitrine. La simple idée de revoir Reece l'emplissait d'une joie indicible. Elle longea la vitrine d'une brasserie à la mode où elle avait déjeuné plusieurs fois avec lui, et poussa les grandes portes de verre fumé.

Elle traversait le vaste hall de réception en direction de la rangée d'ascenseurs lorsqu'un bref coup d'œil sur sa droite la stoppa dans son élan. L'espace d'un instant, son cœur cessa de battre.

Derrière la paroi vitrée qui séparait la brasserie du hall de réception se trouvait son mari, assis à une table.

Il n'était pas seul. Une femme était assise en face de lui. Une blonde à la beauté renversante.

En posant les yeux sur elle, Alanna eut l'impression de recevoir une gifle.

C'était Kristine, l'ex-fiancée de Reece.

Alanna ne la connaissait pas personnellement, bien entendu, mais elle avait vu une photo d'elle sur le bureau de son mari, au début de leur mariage. Et lorsqu'elle l'avait questionné sur l'identité de cette magnifique créature, il lui avait répondu sans ciller.

Ce jour-là, Alanna avait regardé longuement la photo de la femme dont il avait été follement amoureux. Avec ses longs cheveux dorés, ses grands yeux bleus, sa bouche sensuelle, sa poitrine plantureuse et ses jambes interminables, elle ressemblait à une poupée Barbie. Tout simplement irrésistible…

Clouée sur place, Alanna la contemplait de nouveau aujourd'hui, mais cette fois en chair et en os. Elle était en proie à un tumulte d'émotions. Kristine posa la main sur celle de Reece dans un geste très intime. Et ce dernier ne chercha pas à la retirer.

Le souffle coupé, elle réprima une grimace de douleur. Une main glacée lui étreignait le cœur en même temps qu'une bouffée de jalousie montait en elle.

C'était *son* mari. *Son* homme. *Son* amant.

Il était hors de question qu'elle le partage avec une autre. Elle l'*aimait*.

Cette évidence la stupéfia.

Non, elle ne voulait pas retomber dans ce piège-là, surtout si son amour attisait un tel sentiment de jalousie ! Ce sentiment était une vraie malédiction. Il aveuglait les esprits et détruisait les vies.

Mais l'aiguillon de la jalousie continuait sans répit à lui transpercer le cœur. Elle sentait monter en elle une colère irrésistible.

Au prix d'un effort surhumain, elle résista à l'envie d'entrer en trombe dans le restaurant et de gifler la tentatrice. Non, elle ne reproduirait pas ce que lui avait fait subir Darko, c'était trop ignoble ! Effrayée par la violence de sa réaction, elle se hâta en direction des ascenseurs et s'engouffra dans la première cabine. Dieu merci, elle était vide. Pour rien au monde elle n'aurait voulu que quelqu'un la surprenne dans cet état-là.

Parce que la jalousie était laide. Et toxique.

Lorsque l'ascenseur s'immobilisa au douzième étage de la tour, elle s'était suffisamment ressaisie pour pénétrer dans le hall d'accueil avec son assurance coutumière.

— Bonjour, Katie ! lança-t-elle d'un ton faussement léger.

La stupéfaction se peignit sur le visage de la secrétaire.

— Alanna ! Dieu soit loué, vous me reconnaissez !

— Oui, j'ai enfin retrouvé la mémoire. C'est merveilleux, n'est-ce pas ?

— C'est formidable, oui ! Quand est-ce arrivé ?

— Ce matin, en me réveillant. Je voulais appeler Reece pour le prévenir mais j'ai préféré venir lui annoncer la bonne nouvelle en personne.

Alanna feignit d'ignorer la lueur de gêne qui brilla un instant dans le regard de Katie.

— Il… n'est pas dans son bureau pour le moment. Il est descendu prendre un café. Mais il ne devrait pas tarder à remonter. Je vais l'appeler sur son portable, si vous voulez.

Elle se força à sourire.

— Oui, je vous remercie. Je vais l'attendre dans son bureau, ajouta-t-elle avant de se diriger vers la porte qu'elle referma d'un coup sec.

Mieux valait qu'elle fût seule si elle voulait se reprendre avant l'arrivée de Reece. Que lui dirait-il quand elle le questionnerait ? S'il n'avait rien à se reprocher, il lui dirait la vérité, à savoir qu'il avait pris un café en compagnie de son ex.

Après avoir remis un peu d'ordre dans ses cheveux, elle se mit à arpenter la pièce d'un pas nerveux. Soudain lasse, elle s'arrêta pour admirer la vue qui s'offrait à elle. Hélas, rien n'y faisait. Elle était incapable de penser à autre chose qu'à Reece et sa chère Kristine. Que fabriquait-il, bon sang ? Etait-ce si long de prendre congé d'elle et de monter la rejoindre ?

Au bout de ce qui lui parut être une éternité, la porte du bureau s'ouvrit à toute volée et Reece fit son apparition, plus séduisant que jamais, son beau visage rayonnant de bonheur.

— Alanna ! Tu es resplendissante, ma chérie ! s'écria-t-il en refermant la porte derrière lui.

Il fut près d'elle en quelques enjambées.

— Tu as retrouvé la mémoire, n'est-ce pas ?

Elle se raidit légèrement lorsque son mari l'entoura de ses bras.

— Comment le sais-tu ? Katie te l'a dit ?

Le sourire de Reece s'épanouit tandis qu'il l'attirait tout contre lui.

— Non, j'ai simplement fait marcher ma tête. Comment serais-tu venue jusqu'ici si tu ne t'étais pas souvenue de l'adresse ?

— Elle figure sur la carte de visite que tu m'as laissée en partant, répliqua-t-elle d'un ton assez froid.

Il parut décontenancé puis partit d'un rire amusé.

— Arrête de me faire marcher, petite farceuse. Tu as bel et bien retrouvé la mémoire. Sinon, pourquoi te serais-tu donné la peine de venir jusqu'ici, dans un de tes tailleurs préférés, de surcroît ? Non, tu es redevenue mon Alanna… Celle que j'ai découverte il n'y a pas si longtemps que ça, ajouta-t-il d'une voix sensuelle.

Son baiser langoureux dissipa pendant quelques instants la jalousie qui la consumait. Mais à peine eut-il abandonné ses lèvres qu'elle céda de nouveau à ce sentiment dévastateur.

— J'étais déçue de ne pas te trouver ici, commença-t-elle d'un ton suave. Où étais-tu ?

— En bas, je prenais un café.

— Seul ?

— Non. J'étais avec une vieille connaissance.

— Ah oui ? Qui ça ?

— Tu ne connais pas.

Son demi-mensonge fut comme un coup de couteau planté en plein cœur.

— Que dirais-tu d'aller déjeuner au Rockpool ? reprit-il en souriant. Je vais demander à Katie de réserver une table.

Elle se mordit la lèvre. Elle était en train de vivre un de ces moments où tout se joue, où une existence tout entière peut basculer. Qu'allait-elle décider ? Allait-elle le mettre au pied du mur au sujet de Kristine, ou allait-elle faire comme s'il ne s'était rien passé ?

Tout à coup, elle pensa au bébé qu'ils avaient très probablement conçu ensemble la nuit dernière. Un enfant avait le droit de vivre avec ses deux parents.

— Alanna ? Quelque chose ne va pas ?

La voix pressante de Reece l'obligea à prendre une décision.

— Pas du tout. J'étais juste en train de me poser une question : savais-tu que la nuit passée correspondait à la période la plus féconde de mon cycle ?

— Bien sûr, répondit-il en l'enveloppant d'un regard tendre qui lui réchauffa le cœur.

Après tout, peut-être avait-il croisé Kristine tout à fait par hasard ? Peut-être n'en disait-il pas davantage pour ne pas l'inquiéter.

Mais peut-être pas…

— Es-tu tout à fait sûr de vouloir des enfants avec moi, Reece ?

— Bien sûr que je le veux, quelle question ! Viens, allons célébrer ton rétablissement devant un bon repas gastronomique.

Le cœur plus léger, elle le suivit sans protester lorsqu'il la prit par la main pour l'entraîner hors du bureau. Ils traversèrent le hall de réception comme deux gamins qui s'apprêtent à faire l'école buissonnière.

Si seulement elle n'avait pas lancé un dernier regard en direction de Katie pour lui dire au revoir… Car la secrétaire affichait à présent une expression ouvertement soulagée, comme si une crise grave venait d'être évitée de justesse.

Immanquablement, l'image de Kristine s'imposa de nouveau à Alanna. « Mon Dieu, je vous en supplie, faites que ce ne soit pas ça… », pria-t-elle en silence, en proie à une sourde angoisse.

Etait-il possible que Reece fût toujours amoureux de son ex-fiancée ?

Si elle se sentait capable de vivre auprès de Reece sans recevoir son amour, elle ne supporterait pas, en revanche, de vivre auprès de lui alors qu'il en aimait une autre.

16

C'était étrange, Alanna n'était pas tout à fait comme avant, songea Reece en la regardant manger de bon appétit. Elle était trop gaie, trop bavarde… Beaucoup trop expansive.

La femme qu'il avait épousée était discrète. Sûre d'elle, certes, mais pleine de retenue.

L'amnésie dont elle avait souffert semblait l'avoir transformée. Etait-ce parce que les tristes souvenirs de son mariage avec Darko l'habitaient encore et qu'elle s'efforçait de les chasser en prenant justement le contre-pied ?

Elle ignorait à quel point il admirait sa force de caractère, sa détermination sans faille. Jeter aux oubliettes un passé aussi traumatisant n'avait pas dû être une mince affaire.

En comparaison, son idylle malheureuse avec Kristine ne représentait pas grand-chose. Rétrospectivement, il n'avait pas eu de mal à tourner la page. Il en avait pris pleinement conscience aujourd'hui même, en revoyant son ex-fiancée.

Elle ne manquait tout de même pas de toupet… Ou bien elle était complètement idiote ! Venir le trouver à son bureau comme ça, à l'improviste, dans l'espoir qu'il lui tomberait dans les bras en lui pardonnant tout le mal qu'elle lui avait fait ! C'était incroyable…

Lorsqu'elle avait fait mine de vouloir l'embrasser, sous les yeux d'une Katie éberluée, il s'était empressé de l'inviter à prendre un café.

Mais la froideur qu'il lui avait témoignée n'avait pas calmé ses ardeurs. Elle lui avait pris la main alors qu'il essayait de la raisonner et, devant la fermeté de son étreinte, il avait jugé inutile de protester. En aucun cas il ne voulait causer de scène en public. Il n'avait éprouvé qu'une seule émotion alors qu'elle lui présentait des excuses d'une voix implorante : de la stupéfaction. Oui, il était stupéfait de s'être cru un jour amoureux de cette femme.

Elle avait prétendu l'aimer encore et elle était sûre qu'il éprouvait toujours des sentiments pour elle, avait-elle ajouté comme pour mieux s'en persuader. En entendant pareilles inepties, il l'avait remise à sa place en termes clairs et catégoriques. Kristine avait fondu en larmes.

Dieu merci, Katie l'avait appelé sur son portable à ce moment précis : Alanna l'attendait dans son bureau. Il était temps de mettre un terme à cette mascarade presque cocasse. Il lui avait pourtant fallu plusieurs minutes pour prendre congé de Kristine. Désireux d'éviter un scandale, il avait appelé un taxi et s'était assuré qu'elle montait bien dedans. Il n'avait aucune envie qu'elle le suive dans son bureau… Inévitablement, Alanna en tirerait des conclusions aussi hâtives qu'erronées.

La voix de cette dernière le tira de ses réflexions.

— Je ne sais pas quel dessert choisir, murmura-t-elle en haussant ses épaules délicates.

— Que dirais-tu d'un truc plein de sucre et de beurre ? fit-il d'un ton taquin.

L'inquiétude voila aussitôt ses grands yeux verts.

— Tu me trouves trop maigre ?

— Pas du tout. Simplement, tu n'es plus toute seule… L'aurais-tu déjà oublié ?

A son grand soulagement, le visage de son épouse s'éclaira instantanément. C'était toujours comme ça, avec Alanna. Dès qu'on parlait bébé, elle était heureuse.

— Et si je me trompais…, dit-elle sur un ton soudain sérieux.

— Ne te mets pas martel en tête, ma chérie. L'espoir est une très bonne chose.

Pour sa part, il espérait de tout son cœur qu'elle finirait par l'aimer.

Il étouffa un juron en entendant la sonnerie de son portable. Pourquoi ne l'avait-il pas éteint ? Avec une grimace contrite, il prit l'appareil et le porta à son oreille.

— Oui ?

— Reece, c'est Jake. Excuse-moi de te déranger à l'heure du déjeuner mais c'est assez urgent. Tu te souviens du terrain sur la Gold Coast, celui que tu rêves d'acheter depuis pas mal de temps ? Un ami à moi m'a laissé entendre qu'il allait être mis en vente sur le marché ce week-end. L'annonce paraîtra dans le journal de demain. Si tu y vas dès aujourd'hui, tu seras le premier sur les rangs.

— Aujourd'hui, répéta Reece en croisant le regard d'Alanna.

— C'est un emplacement unique. En bordure de mer. Le genre d'affaire qui ne se représente pas deux fois, même dans le contexte actuel.

— Oui, je sais. Et si je pars demain ?

— Il n'y a pas de vols en début de matinée à destination de la Gold Coast.

— Je vois.

— Veux-tu que je demande à Katie de te réserver une place dans le prochain avion ? Avec une voiture de location et une suite à Coolangatta Court ?

Reece hésitait, tiraillé entre l'envie de rester auprès de sa femme — après tout, c'était un jour important pour eux, à plus d'un titre — et le désir de conclure au plus vite une affaire exceptionnelle. En tant que futur père de famille, il se devait de songer à l'avenir matériel de son foyer. S'il achetait ces terrains, sa famille serait à l'abri du besoin jusqu'à la fin de ses jours.

— D'accord, dit-il enfin.

— Génial.

Il raccrocha et rangea le téléphone dans sa poche, l'air préoccupé.

— Je suis désolé, ma chérie, mais je dois partir cet après-midi pour la Gold Coast. Avec un peu de chance, je rentrerai dès demain… Après-demain si les négociations traînent un peu.

Sur le point de l'inviter à l'accompagner, il se ravisa. Il ne l'avait encore jamais fait. Alanna n'apprécierait sans doute pas.

— Oh…, murmura-t-elle avec une moue dépitée. Tant pis. Le devoir t'appelle, je comprends. J'inviterai peut-être ma mère à venir me voir. Je l'ai appelée, à propos, et je me suis excusée de n'avoir pas donné de nouvelles plus tôt.

— Tu as bien fait. J'avais peur qu'elle réagisse mal.

— Non, maman est très compréhensive, tu sais. Bon, avec ce changement de programme, je crois que je vais me passer de dessert, conclut-elle en reposant la carte sur la table. J'imagine que tu vas devoir repasser à la maison pour prendre quelques affaires.

— Je n'aurai pas le temps, hélas. Je partirai avec le sac de voyage que je garde au bureau. Il faut que je file, Alanna, ajouta-t-il en faisant signe au serveur pour régler l'addition. Je vais leur demander de t'appeler un taxi.

— Merci.

Cinq minutes plus tard, Reece la regarda s'éloigner en voiture, envahi par une soudaine morosité. Ce qu'il appréciait autrefois chez sa femme l'emplissait à présent d'une intense frustration. Il aurait aimé qu'elle le questionne sur son emploi du temps, qu'elle ne soit pas aussi conciliante quand il partait ainsi à l'improviste.

Il aurait pourtant juré que l'Alanna qui s'était révélée à lui le week-end dernier… et la nuit passée… aurait insisté pour l'accompagner sur la Gold Coast.

Décidément, son épouse demeurait une véritable énigme pour lui. Voici qu'au moment où il croyait mieux la connaître, elle lui échappait de nouveau…

Une chose était sûre, en tout cas : il l'aimait. Plus que tout au monde. Et l'idée de passer une nuit sans elle lui répugnait. Déjà, elle lui manquait.

Un soupir s'échappa de ses lèvres. Il conclurait cette fichue vente au plus vite et serait de retour à Sydney dès le lendemain.

17

L'angoisse qui tenaillait Alanna devint insupportable au fil des heures. Incapable de se concentrer sur quoi que ce soit, elle errait comme une âme en peine dans la grande maison vide. Une pensée obsédante la torturait sans relâche : ce n'était pas pour conclure une affaire que Reece était parti sur la Gold Coast, non… C'était pour y rejoindre sa maîtresse, son ex-fiancée, la sulfureuse Kristine.

N'était-ce pas une coïncidence troublante qu'elle les ait surpris ensemble quelques heures seulement avant que Reece ne soit obligé de s'absenter à l'improviste ?

La jalousie s'immisçait sournoisement dans ses pensées, tel un serpent venimeux. Quel sentiment abject ! Parfaitement incontrôlable, hélas…

Elle laissa échapper un gémissement tandis que d'horribles images défilaient dans son esprit confus. Son mari et cette femme tendrement enlacés dans une chambre d'hôtel.

Aveuglée par le désespoir, elle courut dans la cuisine, décrocha le téléphone et enfonça la touche numéro deux. Les numéros de téléphone des meilleurs amis de Reece étaient programmés dans le répertoire. Richard figurait en première position et Mike en seconde.

En dansant avec elle le soir du mariage, Mike lui avait laissé entendre qu'elle ne savait pas tout sur la relation qu'avait entretenue Reece avec Kristine. Eh bien, qu'il le veuille ou non, il lui raconterait l'histoire de a à z !

Les sonneries se succédèrent. « Mon Dieu, faites qu'il soit chez lui… »

— Mike Stone à l'appareil.

— Mike ! Dieu merci, tu es chez toi !

— Alanna ? C'est toi ?

— Oui… oui, c'est moi. Je…

— Tu as retrouvé la mémoire ! coupa Mike d'un ton enjoué.

Elle esquissa une grimace.

— Reece t'avait mis au courant ?

— Bien sûr. Le pauvre était mort d'inquiétude.

— Vraiment ? fit-elle d'un ton dubitatif. Ecoute, Mike, ce n'est pas pour ça que je t'appelle. Tu te souviens, samedi dernier, tu as refusé de me raconter ce qui s'était vraiment passé le jour où Kristine a quitté Reece ?

— Oui, pourquoi ?

— Il faut que tu me dises la vérité, Mike. Il le faut, tu m'entends ?

— Alanna, je…

— Je crois qu'il est parti avec elle. Avec Kristine.

— *Quoi ?* C'est impossible.

— Je les ai surpris dans un café en ville, aujourd'hui, et ils semblaient plutôt intimes. J'étais venue dire à Reece que j'avais retrouvé la mémoire. Pendant le déjeuner, il a reçu un coup de téléphone et le voilà qui m'annonce tout à trac qu'il doit partir sur la Gold Coast pour régler une affaire urgente et qu'il y restera un jour ou deux. Désolée, Mike, je ne crois pas aux coïncidences. Il est toujours amoureux d'elle, n'est-ce pas ?

— Mais non, voyons !

— Raconte-moi ce qui s'est passé le jour de leur rupture.

Il soupira.

— Je t'en prie, insista-t-elle d'une voix implorante. A ton avis, pour quelle raison m'a-t-il épousée ? Tu es l'un de ses meilleurs amis, tu dois être au courant.

— Bon sang, c'est du passé, tout ça. Les choses ont changé depuis. Reece a changé.

— Je t'en prie, Mike, arrête de vouloir le protéger. Dis-moi la vérité, je suis prête à l'entendre. Je ne supporte pas le mensonge.

Un silence gêné accueillit ses paroles.

— S'il te plaît, Mike.

— Bon, d'accord, accepta-t-il enfin en exhalant un soupir résigné. Mais je continue de penser que tu fais fausse route.

Et il lui raconta… Comment Kristine avait fait l'amour à Reece ce jour-là, pendant plusieurs heures, semblant vouloir assouvir tous ses fantasmes. Ensuite, elle s'était levée et, dardant sur lui un regard lourd de mépris, elle lui avait froidement annoncé qu'elle le quittait. Quand il serait seul dans son grand lit, avait-elle ajouté d'un ton sarcastique, il aurait tout le loisir de l'imaginer dans les bras de son nouvel amant, en train de faire l'amour avec la même ardeur, la même fougue qu'elle lui avait témoignées ce jour-là.

En se dirigeant vers la porte, la tête haute, le regard hautain, elle avait simplement ajouté qu'elle l'aimait encore.

— Pourquoi l'a-t-elle quitté si elle l'aimait ? demanda Alanna, en proie à des émotions contradictoires.

— Pour une histoire d'argent. Reece refusait de vendre l'immense terrain dans lequel il avait placé tout son argent. Les taux d'intérêt le saignaient à blanc. Il aurait pu vendre, à perte, bien sûr… Mais il ne voulait rien entendre. Il savait que ces terrains se vendraient une petite fortune d'ici un an ou deux. En attendant, il était prêt à se serrer la ceinture. Mais pas Kristine. C'est une femme vénale, seul l'argent l'intéresse. Si elle s'était montrée plus patiente, elle aurait eu tout ce qu'elle voulait… Reece et sa fortune.

— Je vois. Pourquoi m'a-t-il épousée ? insista Alanna, partagée entre la curiosité et l'appréhension.

— Au début, sans doute un peu pour se venger de Kristine. Il voulait lui montrer qu'il avait tourné la page, que leur histoire était bel et bien terminée. Au fond de lui, je crois qu'il désirait la rendre jalouse. Il voulait lui rendre la monnaie de sa pièce, en quelque sorte.

— Jalouse ? répéta Alanna, perplexe.

— Tu es une femme extrêmement séduisante, Alanna. Kristine ne t'arrive pas à la cheville. Reece espérait blesser son amour-propre en montrant à la face du monde qu'il avait épousé une sublime créature, qu'il n'avait pas besoin d'elle pour être heureux.

Alanna sentit son cœur chavirer. Ainsi, c'était pour cette raison qu'il tenait à ce qu'elle porte des vêtements sexy. Elle comprenait mieux désormais pourquoi il se réjouissait chaque fois que des magazines publiaient des photos d'eux, prises sur le vif au cours de brillantes soirées.

Toute cette mise en scène, dans le seul but de narguer Kristine…

— Je suis sûr qu'il a changé depuis le début de votre mariage, s'empressa d'ajouter Mike. Tu te souviens de son accès de jalousie quand nous avons dansé ensemble, l'autre soir ? Il se moque de Kristine, elle n'existe plus pour lui, j'en mettrais ma main à couper. Ecoute, Alanna, je vais l'appeler sur son portable, tu veux ? Je lui parlerai de tes…

— Non, coupa sèchement Alanna. Non, Mike, je t'en prie, ne fais pas ça. Ce sont mes affaires, je tiens à les régler seule. Promets-moi de ne pas t'en mêler.

— Mais…

— Promets-le-moi !

— Seigneur, je ne te connaissais pas ce ton de combattante, fit Mike, qui semblait hésiter.

En cet instant précis, elle se sentait pourtant davantage l'âme d'une victime que celle d'une combattante… Tant pis, elle irait jusqu'au bout de ses résolutions, c'était une question de survie. Elle serait incapable de vivre de nouveau avec la peur au ventre et encore moins avec cette jalousie qui lui tordait le cœur et assombrissait son esprit. Elle préférait connaître la vérité, même si celle-ci ne lui apportait pas le soulagement espéré.

Il était grand temps de réagir.

— Au revoir, Mike.
— Avant de partir, promets-moi quelque chose, toi aussi.
— Quoi donc ?
— Appelle-moi dès que tu auras compris que tu t'es trompée.

18

Reece s'inquiétait. Où était passée Alanna ? Il avait appelé à la maison dès son arrivée à l'hôtel mais personne n'avait répondu. Il avait alors tenté de la joindre sur son portable. Il était éteint. Bien sûr, il avait laissé un message, mais il n'avait toujours pas de nouvelles. C'était étonnant.

Oh, ils jouissaient chacun d'une certaine liberté au sein de leur couple mais Reece l'appelait régulièrement lorsqu'il partait en voyage d'affaires. En principe, Alanna ne sortait pas le jeudi soir… Peut-être avait-elle décidé d'aller voir sa mère au lieu de la faire venir.

Résistant à l'envie d'appeler chez sa belle-mère pour en avoir le cœur net, il se dirigea vers la salle de bains. Il prendrait une douche puis irait se coucher avec le best-seller qu'il avait acheté à l'aéroport, juste avant d'embarquer.

Reece venait d'éteindre le robinet lorsqu'il crut entendre un coup frappé à la porte de la suite. Enfilant à la hâte un peignoir, il traversa la chambre à grandes enjambées. Il n'avait pas rêvé, on frappait bien à la porte. D'un geste machinal, il repoussa les mèches humides qui lui barraient le front et s'immobilisa devant la porte close.

— Qui est là ? demanda-t-il, étonné.

— C'est moi. Alanna.

— Alanna !

En un éclair, il tira la chaîne de sécurité et ouvrit la porte à toute volée. Alanna se tenait devant lui, belle à couper le souffle malgré l'expression empreinte de gravité qui voilait son visage.

— Que diable fais-tu ici ? demanda-t-il sans ambages, partagé entre la joie et l'inquiétude.

— J'ai pris le vol de 20 h 20, répondit-elle en le scrutant d'un air étrange — presque soupçonneux.

Il laissa échapper un rire gêné, peu habitué à ce qu'elle le regarde de cette manière.

— Oui, je vois ça. Mais pourquoi ?

— Tu ne m'invites pas à entrer ?

Son ton glacial le prit de court. Avant qu'il ait le temps de réagir, elle le poussa sans ménagement et pénétra dans la pièce d'un pas décidé. Après un bref instant d'hésitation, elle prit à gauche et se dirigea vers la chambre à coucher.

Tout à coup, un éclair de lucidité le traversa. Elle le soupçonnait de ne pas être seul. Oui, aussi incroyable que cela puisse paraître, elle était venue jusqu'ici dans l'intention de le prendre en flagrant délit d'adultère !

La première surprise passée, Reece referma la porte d'un geste sec et s'élança à sa poursuite. Elle se trouvait déjà dans la chambre où le décor dépouillé offrait peu de recoins où une maîtresse aurait pu trouver refuge. Sourcils froncés, elle balaya la pièce du regard.

— Tu ferais bien de vérifier la salle de bains, lança-t-il d'un ton mi-moqueur, mi-exaspéré. Elle se cache peut-être derrière le rideau de douche.

Sous son regard médusé, Alanna s'empressa de suivre son conseil. Lorsqu'elle reparut dans la chambre, il constata avec une certaine satisfaction que son visage avait perdu de sa détermination farouche.

— Il n'y a personne avec toi, murmura-t-elle, l'air hébété.

— Tu es sûre ? insista-t-il à dessein. Elle est peut-être en retard. Qui qu'elle soit, d'ailleurs.

— Kristine, bien sûr. La femme que tu n'as jamais cessé d'aimer.

Reece tombait des nues.

— Kristine ! Mais tu as perdu la tête ? Je n'éprouve plus rien pour elle.

Une rougeur violente envahit le visage d'Alanna.

— Ne me mens pas, Reece. Je vous ai vus ensemble aujourd'hui. Main dans la main.

— C'était elle qui me tenait la main, nuance. Et si tu veux la vérité, je ne la supporte plus.

Les yeux d'Alanna s'arrondirent de surprise.

— C'est vrai ?

— Oui. Je…

Sa voix se brisa et il resta un long moment à la contempler, bouche bée. Ces quelques instants de grâce resteraient à jamais gravés dans sa mémoire. Il venait de comprendre l'attitude étrange de son épouse… Son vœu le plus cher avait été exaucé.

— Tu es jalouse, murmura-t-il finalement en ressentant une bouffée d'allégresse.

Le visage d'Alanna se rembrunit aussitôt.

— Je… je… j'ai eu tort, je sais…

— Non, ma chérie, non, pas du tout, objecta Reece en s'approchant d'elle pour la prendre dans ses bras. Au contraire, tu as eu mille fois raison d'écouter tes sentiments. Tu m'aimes, n'est-ce pas ?

— Oh, mon Dieu… Je me sens tellement bête…

— Alors nous sommes deux. Parce que je t'aime aussi, Alanna.

Elle leva vers lui des yeux embués de larmes. Elle était visiblement bouleversée.

— Tu… tu m'aimes, c'est vrai ? bredouilla-t-elle d'une voix à peine audible.

— De tout mon cœur. J'ai cru mourir dimanche dernier, quand je t'ai vue inanimée dans la voiture. Et plus tard, lorsque tu as repris connaissance et que tu ne te souvenais plus de moi… J'étais devenu un parfait inconnu pour toi… J'ai cru vivre un enfer.

— Tu étais si gentil, pourtant !

— Oui, je venais de comprendre que je t'aimais.

— Oh, Reece…

— Toute la semaine, j'ai brûlé d'envie de t'avouer mon amour mais chaque fois, la peur me paralysait.

— Peur, toi ? Ça ne te ressemble pas.

— Et pourtant, si. J'avais une peur bleue de te perdre, mon amour. Je t'ai si souvent entendue dire que tu ne voulais plus qu'on t'aime ! Aussi, lorsque j'ai compris le week-end dernier que j'étais amoureux de toi, j'étais tétanisé.

— Reece…

— Je voulais te demander de m'accompagner aujourd'hui, avoua-t-il sans la quitter des yeux une seule seconde. Mais je n'ai pas osé. J'avais peur que tu ressentes mon invitation comme une pression. J'ignorais que tu m'avais vu en compagnie de Kristine. Quant à tes soupçons, j'étais à mille lieues de les imaginer !

Un sourire attendri se peignit sur les lèvres d'Alanna.

— Si tu as connu l'enfer dimanche dernier, je l'ai connu à mon tour aujourd'hui. Crois-moi, ça m'a demandé un effort surhumain de ne pas entrer comme une furie dans ce café pour gifler cette poupée Barbie qui te tenait la main ! C'est la première fois que j'éprouve un tel sentiment de jalousie. J'étais stupéfaite… J'avais honte de mon attitude, honte de la violence de ma réaction. La jalousie est un sentiment que j'abhorre, il peut conduire aux pires excès.

Il effleura tendrement ses cheveux.

— Tu n'avais aucune raison d'être jalouse, mon amour. Il n'y a plus rien entre Kristine et moi. Plus rien du tout. Je ne sais pas ce qui lui a pris de s'imaginer qu'il lui suffirait de faire une apparition surprise pour me reconquérir… La pauvre est devenue folle !

— Mais tu l'as aimée. Et tu l'aimais encore quand tu m'as épousée.

— C'est ce que je croyais, en effet. Mais à bien y réfléchir, je ne suis plus tout à fait sûr d'avoir un jour éprouvé de l'amour pour elle. J'ignorais la signification profonde de ce mot, à l'époque. J'étais trop jeune, trop égoïste. Maintenant, je sais ce qu'est l'amour, le vrai, continua-t-il en la serrant contre lui. C'est ce que je ressens pour toi. Je t'aime comme un fou, Alanna. J'admire ce que tu es. Il faut une sacrée force de caractère pour surmonter toutes les épreuves qui ont émaillé ta vie. Rares sont les femmes qui auraient puisé en elles le courage de tourner la page et de repartir de zéro après une expérience aussi traumatisante que la tienne. Je suis heureux que tu aies choisi de m'accorder ta confiance. En fait, j'ai eu une chance inouïe que tu veuilles bien de moi comme mari.

Elle secoua la tête, les yeux brillant d'émotion.

— C'est moi qui ai de la chance, Reece. Je crois que je t'ai aimé dès notre première rencontre, mais j'avais peur, inconsciemment, de me brûler de nouveau les ailes. Cette brève plongée dans le passé m'a fait comprendre pourquoi j'ai choisi de t'épouser toi, l'antithèse de Darko. Et la nuit dernière, tu m'as fait l'amour avec une telle tendresse, une telle douceur que ce fut comme un déclic : en me réveillant ce matin, je me souvenais de tout parce que je n'avais plus peur. Plus peur d'aimer. Je me sens en sécurité auprès de toi. Ça n'a l'air de rien, mais ça veut dire beaucoup pour moi. Mon cœur est enfin libre de t'aimer, sans retenue.

Et Reece vit enfin cette expression qu'il avait rêvé de lire un jour dans son regard vert. Oui, c'était de l'amour que reflétaient ses yeux en cet instant précis. Un amour pur, entier.

Reece crut défaillir de bonheur.

— Je suis désolée de t'avoir soupçonné du pire, reprit-elle d'une voix étranglée en posant la tête sur son torse.

— Pas moi. Si la jalousie n'avait pas guidé tes pas, nous ne serions pas ensemble ce soir… En fait, nous serions chacun dans notre coin, en train de faire comme si nous n'éprouvions rien l'un pour l'autre. Ce serait vraiment ridicule, tu ne trouves pas ? ajouta-t-il en souriant. Surtout maintenant que nous sommes parents…

Les yeux d'Alanna s'embuèrent de larmes.

— Tu le crois aussi ?

— Bien sûr.

— On peut se tromper.

— C'est vrai, mais il me semble qu'un petit cercle rouge entourait aussi la nuit qui vient… Que dirais-tu d'assurer nos arrières ?

Alanguie dans les bras de Reece, Alanna savourait l'instant présent. Jamais elle n'aurait cru qu'un tel bonheur fût possible. On y goûtait une fois dans sa vie, c'était certain. Encore fallait-il rencontrer un homme aussi extraordinaire que Reece… Un sourire béat éclaira son visage.

— Reece, chuchota-t-elle.

— Oui ?

— J'ai un coup de fil à passer.

— Maintenant ? A cette heure-ci ?

— Oui.

— A qui ?

— A Mike.

— Mike ?

— Chut… N'oublie pas que nous nous aimons et que nous nous vouons une confiance totale. Nous n'avons donc aucune raison d'être jaloux. J'ai quelque chose à lui dire, je lui avais promis. Tu n'as qu'à écouter.

— D'accord, d'accord, maugréa Reece en attrapant son téléphone portable.

Il enfonça quelques touches avant de lui passer l'appareil.

— Tiens, ça sonne chez lui.

— Mike Stone. J'espère pour vous que c'est important, débita ce dernier d'un ton impatient. Il est tard et j'étais en train de travailler.

— C'est important, déclara Alanna sans se démonter. Tu avais raison et j'avais tort. Reece n'est plus amoureux de Kristine. Il m'aime autant que je l'aime. Et maintenant, retourne au travail.

— Et toi, retourne à tes occupations… Quelles qu'elles soient, rétorqua Mike avec un petit rire entendu.

— Oh, oui, susurra Alanna en rendant le téléphone à Reece.

Leurs regards se nouèrent, lourds de désir.

— J'en ai bien l'intention…

Épilogue

Positif. Le résultat était positif.

Alanna poussa un cri de joie avant de fondre en larmes. Reece entra précipitamment dans la salle de bains.

— Que se passe-t-il ? demanda-t-il d'un ton paniqué.

Le visage baigné de larmes, elle lui tendit le test de grossesse.

— J'ai acheté ça à la pharmacie. Il a viré au bleu.

— C'est une bonne ou une mauvaise nouvelle ?

— C'est une merveilleuse nouvelle, articula-t-elle entre deux sanglots.

Tout à coup, Reece eut la gorge serrée par l'émotion. Alanna était enceinte. Elle portait son enfant. Elle avait raison : c'était une merveilleuse nouvelle !

Elle parvint à sourire à travers ses larmes.

— Mon Dieu, Reece, si tu pouvais voir ta tête…

— Excuse-moi, je suis tout secoué. Je crois que je vais aller m'allonger un peu.

Le sourire d'Alanna s'épanouit.

— Oh, mon pauvre chéri… Malheureusement, ce n'est pas le moment de faiblir. Richard et Holly vont arriver d'une minute à l'autre pour visiter la maison.

Richard et Holly étaient rentrés la veille de leur voyage de noces. Impatients de découvrir la demeure que Reece leur avait dénichée, ils avaient proposé de passer sans tarder.

« Il y aura quelques travaux de rénovation à prévoir, avait averti Reece lorsque son ami l'avait appelé, la veille au soir.

Mais le prix est intéressant et, cerise sur le gâteau, vous serez à trois maisons de la nôtre ! »

Reece avait hâte de revoir son ami. Et maintenant, il brûlait d'impatience de lui annoncer la grande nouvelle : ils attendaient un bébé !

— Tu as raison, admit-il en consultant sa montre. Ils ne vont pas tarder à arriver.

Dix minutes plus tard, rayonnants de bonheur, ils allèrent ouvrir à Richard et Holly.

Il ne fallut qu'un quart de seconde à Richard pour noter le changement opéré chez son ami et sa ravissante épouse. De son côté, Holly eut exactement la même sensation.

— Si je ne les connaissais pas, chuchota Richard à l'adresse de sa femme comme ils suivaient leurs hôtes à l'intérieur, je jurerais qu'ils reviennent eux aussi de leur voyage de noces…

— C'est exactement l'impression que j'ai eue en les voyant, murmura Holly. Tu as remarqué leur manière de se regarder ?

— Ils sont tombés amoureux, conclut Richard.

— *Follement* amoureux, rectifia Holly.

Au même instant, leurs hôtes s'immobilisèrent et se tournèrent vers eux. Glissant un bras autour de sa taille, Reece attira sa femme contre lui.

— Avant que nous partions visiter votre nouvelle demeure, nous aimerions vous annoncer quelque chose, déclara-t-il avec une pointe de fierté dans la voix.

— Tu es enceinte, lança Holly à l'adresse d'Alanna, tout simplement radieuse.

— Oui ! Comment as-tu deviné ? Ça ne fait que quelques semaines, je n'ai pas encore pris de poids…

— C'est écrit sur ton visage. Tu rayonnes de bonheur. Et toi aussi, Reece.

— Nous sommes fous de joie, déclara ce dernier. Et très amoureux.

Richard et Holly pouffèrent en chœur.

— Ça aussi, nous l'avions remarqué ! s'écrièrent-ils à l'unisson.

— Mike ne va jamais vous croire, ajouta Richard d'un ton taquin.

— Oh, je pense que si, intervint Alanna. Mike n'est pas aussi insensible qu'il veut bien le faire croire. Personnellement, je ne serais pas surprise qu'il tombe amoureux à son tour… Un jour.

Richard et Reece échangèrent un regard et éclatèrent de rire. De leur côté, Holly et Alanna échangèrent un regard et se contentèrent de sourire d'un air complice.

Retrouvez prochainement,
dans votre collection

SAGAS

PARENTHÈSE AU PARADIS - N°194

Le temps d'une idylle, de Cathy Williams

Les semaines de croisière que Delilah a passées avec Daniel auraient pu rester le plus beau souvenir de sa vie... mais lorsqu'elle découvre que Daniel lui a menti sur son identité, Delilah met un terme à leur idylle. Une question ne cesse alors de la tourmenter : comment le célibataire le plus riche d'Angleterre réagira-t-il à l'annonce de sa paternité ?

Une délicieuse comédie, de Melanie Milburne

Vingt-quatre heures. C'est le temps qu'il reste à Abby pour se trouver un fiancé. Comment pourrait-elle se rendre seule au bal du magazine où elle est journaliste, alors qu'elle y raconte qu'elle est en couple avec l'homme parfait ? Abby voit soudain l'image de Luke s'imposer à son esprit. Se pourrait-il que son ami, doté d'un charme ravageur, accepte de se prêter à cette comédie ?

La vengeance d'un milliardaire, de Chantelle Shaw

C'est la rage qui envahit Sabrina le jour où Cruz lui fait la plus humiliante des propositions : il sauvera sa famille de la ruine... en échange de six mois passés entre ses bras. Il est hors de question qu'elle cède ! N'a-t-elle pas déjà assez souffert à cause de lui, qui lui a brisé le cœur en la quittant sans une explication ?

UNE NUIT AU BOUT DU MONDE - N°195

Entre les bras d'un milliardaire, de Robyn Donald

Seule et sans moyen de quitter Londres pour rentrer en Nouvelle-Zélande, Siena pensait que sa situation ne pouvait être pire. C'était compter sans Nicholas Grenville, qui l'a abandonnée cinq ans plus tôt... et le seul à pouvoir lui permettre de rentrer chez elle. Mais avant cela, elle devra séjourner avec lui quelques jours à Hong Kong !

Une irrésistible attirance, de Jennifer Rae

Huit ans qu'Amy n'avait pas revu Luke, le frère de sa meilleure amie. Il l'avait fait rêver pendant tout un été, ensemble sur une île perdue au large des côtes australiennes... Mais cette nostalgie n'est rien comparée au choc que lui inflige le retour de Luke. Il est plus viril, plus imposant. Hors de question pourtant de céder au désir...

Retrouvez prochainement, dans votre collection SAGAS

Une nuit bouleversante, d'Andie Brock

En rejoignant Orlando aux Caraïbes, Isobel avait un but : convaincre le milliardaire d'investir dans son entreprise. Elle était alors loin d'imaginer que cet homme lui ferait passer une nuit inoubliable. Une unique nuit de plaisir qui devait rester sans suite. Seulement, Orlando souhaite poursuivre leur aventure ! Mais Isobel reste interdite. Comment annoncer à cet homme qu'elle porte son enfant ?

LES HOMMES DE LOI, d'Elizabeth Heiter - N°196

La menace cachée

Andre fixe le revolver que Juliette Lawson braque sur lui. Ainsi, son intuition ne l'a pas trompé : la prise d'otage dont la jolie graphiste vient d'être victime n'était pas un hasard. Mais qui est-elle en réalité, cette fragile jeune femme qui dirige sur lui son arme d'une main tremblante ? Quel secret la pousse ainsi à menacer un agent du FBI ?

Pour l'amour d'un garde du corps

Troublée, Shaye soutient le regard de Cole Walker. Pour la seconde fois en un an, le policier vient de risquer sa vie pour la sauver du malfaiteur qui a mis un contrat sur sa tête… Mais, cette fois, le bel inspecteur souhaite devenir son garde du corps. Une proposition que Shaye hésite à accepter car, s'il reste à ses côtés nuit et jour, Cole deviendra aussi la cible des tueurs qui la traquent…

Au cœur du risque

Marcos regarde la femme que son hôte vient de lui présenter comme étant une de ses amies. Pourquoi Brenna, son premier amour, se trouve-t-elle dans la demeure du baron de la drogue qu'il est venu espionner ? Priant pour qu'elle ne révèle pas son identité, il croise le regard de Brenna et se détourne. Car ce qu'il y a lu le déstabilise : un trouble égal au sien, preuve que leurs sentiments n'ont rien perdu de leur intensité…

Retrouvez prochainement,
dans votre collection

SAGAS

LA SAGA DES LEOPARDI, de Penny Jordan - N°197

L'héritier des Leopardi

Depuis la mort de sa sœur, Julie élève le fils de celle-ci, un bébé de trois mois à qui elle est bien décidée à offrir tout son amour. Mais, alors qu'elle rentre chez elle, Julie découvre devant sa porte la silhouette imposante d'un homme dont le regard est tout sauf amical. Un homme qui se présente comme Rocco Leopardi, l'oncle de Josh, et qui exige que l'enfant aille vivre dans la famille de son père, en Sicile...

Un bouleversant mensonge

Désemparée, Léonora comprend que, si elle veut éviter la prison à son frère, elle va devoir accepter l'ignoble chantage d'Alessandro Leopardi : faire croire à tous qu'elle est sa maîtresse, et l'accompagner en Sicile pour une grande fête familiale...

Un château en Sicile

Alors qu'il n'y croyait plus, Falcon retrouve enfin la trace de l'héritier de la famille Leopardi, le fils de son demi-frère Antonio. Mais, lorsqu'il fait la connaissance de la mère du bébé, il découvre une jeune femme épuisée et apeurée, pour laquelle il éprouve soudain un étrange désir de protection...